KB042658

박이문 지적 자서전

행복한 허무주의자의 열정

일러두기

1. 『박이문 인문 에세이 특별판』은 2016년 '박이문 인문학 전집 간행위원회'에서 결정한 대로 에세이를 따로 모아 펴내기로 한 약속을 지켜 출간하는 것이다. 세계적인 석학이자 20세기 이후 한국 인문학의 거장으로 평가받는 박이문 선생은 한편으로 뛰어난 에세이스트였다. 선생의 에세이는 시적 운율로 빚어진 산문시이면서 동시에 철학적 사색과 인간적 성찰이 담긴 명문으로 인정받고 있다.

2. 『박이문 인문 에세이 특별판』 제1권 『박이문 지적 자서전-행복한 허무주의자의 열정』은 지성의 참모총장을 꿈꾸며 살아온 박이문 선생의 내면적인 고백이 오롯이 담긴 지적 자서전 『행복한 허무주의자의 열정』(2005)의 전면 개정판이다. 이 책의 특별한 의미는 수많은 에세이 가운데서 '자서전적' 내용으로 박이문 선생 본인이 직접 뽑았다는 것이다. 맨 앞의 〈남기고 싶은 말〉은 사실적 내용과 함께 박이문 선생이 별세하기 전의 심경을 『박이문 인문학 전집』 전 10권에서 추출하여 그대로 전했다. 그리고 1부는 박이문 선생의 지적 여정이, 2부는 감성과 가치관을 드러낼 수 있는 글로 구성했다. 뒤에 실린 강학순 교수와의 인터뷰에서는 박이문 선생의 가장 최근의 생생한 육성이 온전히 드러난다.

3. 이 책에 실린 글들은 모두 원래 발간 또는 집필 당시의 원고 텍스트를 제 1차적 기준으로 했지만, 원문의 오식과 오자들은 바로잡고, 표기법과 맞춤법은 지금의 것을 기준으로 새로 교정 · 교열하였다. 시대적 차이와 출판사별 기준의 차이도 있기 때문에 정리하며 새로운 기준을 정해서 이에 맞추어 새로이 고쳤다.

4. 아울러 2017년 3월 26일 별세한 박이문 선생을 추도하는 의미에서 주요한 추도사와 고인에 대한 기사를 추려서 각 권의 맨 앞에 게재하였다.

박이문 인문 에세이 특별판 01

박이문 지적 자서전

행복한 허무주의자의 열정

박이문 지음

미다스북스

지적 열정을 추구한 나의 생애

박이문 선생은 영원한 질문의 철학자였다.
선생은 인간 모두를 작가로, 인간의 개별적 삶을 하나의 작품으로 승화시키며 진정한 자유를 선사하였다.
_정대현(이화여대 철학과 명예교수)

선생은 "절대적인 건 없다"며 "지금 이 순간 몰입해 최선을 다하면 되는 것 아닌가"라고 말하면서까지 '둥지의 철학'을 통해 스스로 계속해서 정답을 찾기 위해 노력했다. 학계 안팎에서 그를 이 시대의 진정한 철학자이자 스승으로 평가하는 이유다.
_김흥근(교수신문 기자)

선생은 당대 세계적인 사상가들의 가르침을 배웠지만 어느 한 사상가의 철학에 머무르지 않고 자신만의 세계를 구축한 학자로 평가받는다.
_박상현(연합뉴스 기자)

남기고 싶은 말

– 박이문을 대신하여

〈남기고 싶은 말〉은 미다스북스 대표 류종렬이
계간지 《문학사상》의 청탁을 받아 2017년 1월호에 게재한 글의 전문입니다.

남기고 싶은 말[1]

– 박이문을 대신하여

류종렬

1. 나의 근황

눈에 덮인 들

학 한 마리

혼자

황혼에 서 있다

한 다리만으로[2]

---

1) 이 글은 몇몇 사실적인 부분에 대한 설명이나 중간 중간 수식어 등을 제외하면, 거의 대부분의 본문이 『박이문 인문학 전집』에서 추출하고 인용한 것임을 밝힙니다.

2) 박이문, 『박이문 인문학 전집 10 : 울림의 공백』, 미다스북스 2016, 128쪽, 시 「학–어머님은 내가 생겼을 때 학의 태몽을 꾸셨다고 말씀하셨다」 중에서.

나는 지금 환자복을 입고 영원한 부재를 눈앞에 두고 있다. 흰 시트가 깔린 일산의 한 노인요양원 병실 침대에 주로 누워 있다. 창문을 통해 바다같이 넓고 차고 푸른 하늘 그 위로 떠가는 뭉게구름을 자주 쳐다보곤 한다. 해가 지고 밤이 오거나 밤이 가고 낮이 오면, 낮과 밤의 사잇길을 바람과 같이 지나가는 과거도 돌이켜본다. 기억의 상처 속의 피의 뜨거운 바램도 생각해본다. 인생은 시인 천상병의 말대로 '잠깐 온 소풍'이다. 병원은 인생이 잠깐 쉬어가는 소풍지다.

나는 한평생 온세계를 방랑했다. 철이 들 무렵부터 지성의 참모총장이 되겠다는 지적인 욕구로 프랑스며 미국이며 독일이며 전세계를 헤매고 또 헤맸다. 여기, 그리고 저기를. 마치 저기 창밖으로 보이는 구름처럼 계속, 또 계속. 때로는 마치 보이지 않는 별처럼.

학과 같은 내 아내 유영숙은 일주일에 두 번 정도 요양원을 방문한다. 아내는 원래 나보다 더 아픈 사람이었다. 하지만 작년에 내가 병이 급격히 악화되어 오히려 아내의 병수발을 받는 처지가 되었다. 아픈 몸을 이끌고 화요일과 목요일에 요양원을 찾아오는 아내는 올 때마다 간식을 가져와 내게 먹여준다. 그리곤 내 손을 잡아 주고 볼을 부벼주기도 하며, 여러 가지 소식도 전해준다.

나는 이제야 비로소 가장 평범한 사람으로 돌아와 가장 평범한 방식으로 아내와 사랑을 나누고 있다. 지금 내 의식 속에는 아내만이 뚜렷하고 아내 외의 사람에 대한 기억은 점점 더 가물가물해지고 있다. 나는 지금 노인장기요양등급 2급 판정을 받고 24시간 간호를 받

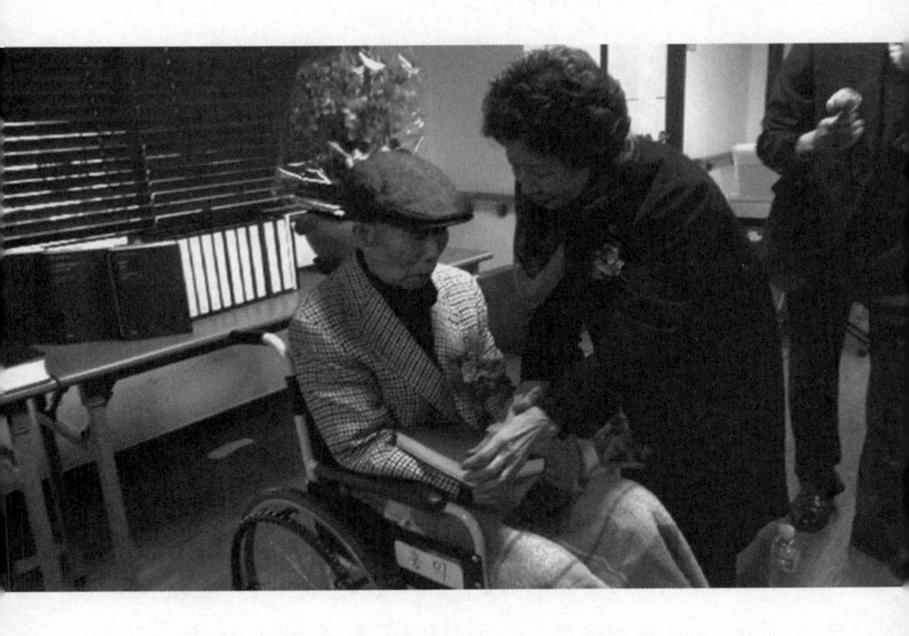

해가 지고 밤이 오거나 밤이 가고 낮이 오면, 낮과 밤의 사잇길을 바람과 같이 지나가는 과거도 돌이켜본다. 기억의 상처 속의 피의 뜨거운 바램도 생각해본다. 인생은 시인 천상병의 말대로 '잠깐 온 소풍'이다. 병원은 인생이 잠깐 쉬어가는 소풍지다.

고 있다. 아픈 아내 역시 지난 11월에 다행스럽게도 장기요양등급 4급 판정을 받아 요양사가 1주일에 2회씩 내가 없는 집을 방문하여 홀로 있는 아내를 보살펴주고 있다.

철학자의 죽음에는 여러 가지 방식이 있다. 소크라테스는 감옥에서 독배를 마시고 죽었다. 그가 마지막으로 남긴 말은 빌린 수탉 한 마리 값을 갚아달라는 것이었다. 칸트는 죽기 직전에 늙은 하인에게 포도주 한 잔을 청해 마시고 "좋다!"는 말과 함께 세상을 떠났다. 니체는 정신병원에서 극심한 치매 증상을 보이다 죽었다. 내가 좋아했던 비트겐슈타인이나 프랑스에서 공부할 때 내 지도교수였던 자크 데리다는 암으로 세상을 떠났다. 내 은사 데리다의 특강에서 자주 거론하던 들뢰즈는 자신이 살던 아파트에서 투신자살했다.

하지만 나는 그저 이렇게 조용히 지내다가 삶의 마지막 마침표를 찍으려 한다. 하나뿐인 나의 아내, 맑고 깊고 시원한 큰 두 눈을 가진 희고 가냘픈 한 마리 학과 같은 아내와 함께. 병상에 누워 있는 지금도 별과 구름, 산과 바다, 새와 꽃을 노래하고 아름답고 우아한 시를 쓰고 싶다는 생각에 나는 자주 사무친다.

2. 다음 세대를 위하여

죽은 나뭇가지에서 터질 것 같은 초록빛 잎이 난다
죽은 잔디밭에서 처녀 같은 풀잎이 난다
어느덧 사방에 꽃이 피고
어느덧 가로수는 짙은 잎으로 무겁게 흔들린다
산으로 가 누워계신 어머니는 돌아오지 않는다[3)]

인생에는 여러 가지 길이 있다. 많은 종류의 할 일과 즐거움을 가질 수 있다. 그러나 우리는 그 인생의 보배를 모두 다 동시에 소유할 수는 없다. 애국자가 되는 동시에 모리배가 될 수는 없는 것이다. 일생을 두고 나는 '목숨을 걸고 살 수 있는 어떤 이상, 어떤 가치'를 찾아내고자 했다. '어떻게 살 것인가'라는 화두가 나에겐 언제나 가장 절실했기 때문이다.

싫건 좋건 우리는 삶을 살 수밖에 없다. 사느냐 죽느냐가 아니라 어떻게 살아야 하느냐가 무엇보다 중요하다. 어차피 당장 죽지 않고 살아야 한다면, 죽는 날까지 어떤 방식으로 무엇인가를 추구하며 살아야 한다. 어떻게 하면 한 번밖에 살 수 없는 삶을 가장 보람있게 살 것인가?

---

3) 박이문, 『박이문 인문학 전집 10 : 울림의 공백』, 미다스북스 2016, 339쪽, 「봄의 기적」 전문.

그러나 슬프게도 어떠한 인생이 참다운 인생이며, 뜻있는 삶인가를 결정할 사람은 아무도 없다. 한 사람의 운명의 주인은 오로지 그 자신이며 자신의 운명은 오로지 자신에게 달려 있다. 한 인간의 운명은 이미 밖으로부터 결정된 것이 아니라 언제나 그 스스로에 의해서 만들어질 수밖에 없다.

비록 모든 꽃나무가 언젠가는 시들거나 늙고 죽어 썩게 마련이지만, 꽃을 한 번이라도 피우고 죽는 나무와 그렇지 않은 나무 사이에는 뛰어넘을 수 없는 거리가 있다. 꽃은 다 같이 지는 꽃이라도 그 중에 더 아름답게 피었다 지는 꽃과 그렇지 못한 꽃 사이에는 자로 측량할 수 없는 간격이 있다. 때가 되어 죽기는 마찬가지지만 꽃을 피우고 죽은 나무는 그렇지 않은 나무에 비해서 한결 아름답다. 때가 되면 다 같이 시들어 없어지기는 매일반이지만, 눈부시게 피어난 꽃은 그렇지 못한 꽃에 비해 훨씬 더 아름답다.

한 사람의 인생도 마찬가지다. 우리의 인생이 꽃나무에 비할 수 있다면 이왕이면 꽃을 피우는 나무가 되고, 우리의 인생을 꽃에 비할 수 있다면 같은 값이면 보다 아름다운 꽃으로 피었다가 죽음을 맞이하는 것이 좋다.

죽는 순간 가슴에 손을 얹고, 누가 무엇이라든 간에 '나는 내 힘껏 내 뜻대로 옳게 살았다'라고 스스로 말할 수 있을 때 그 사람의 삶은 꽃이고, 성공한 삶이다. 그리고 우리가 살 곳은 저기가 아니고 오직 여기일 뿐이다. 우리가 존재하는 시간은 영원이 아니라 현재이기 때문이다. 여기에 믿음직한 나무뿌리처럼 우리의 뿌리를 묻고 현재란 비바람을 맞을 때 비로소 우리들의 삶은 봉오리를 맺고 꽃으로 정화된다.

우리가 여기를 떠나 현재를 벗어나려고 한다는 것은 마치 물고기가 연못을 나와 둑에서 날뛰려는 것과 마찬가지다. 비록 서리가 내리면 시들어버리고 말 꽃이지만 한 떨기의 장미꽃은 아름답고 한 줄기 난초꽃은 향기롭다.

나는 젊은 사람들이 저기 동네 어귀에 서 있는 전나무를 닮았으면 좋겠다. 삶이, 그 하루하루가, 아니 그 한순간 한순간이 자유와 그것이 동반하는 불안 속에서 빠져나갈 수 없음을 의식하면 할수록 살아있으면서 모든 정신적 불안으로부터 자유로운 상태에서 초연하게 존재하는 전나무의 기개를 닮았으면 좋겠다.

썩고 병든 과거의 역사를 갈아엎고 미래를 개척할 젊은 세대들이 언제고 변함없이 푸르고, 어떠한 계절의 요란스러운 변화에도 흔들리지 않고, 항상 떠들썩하고 부산스럽게 돌아가는 인간사의 변동에도 불구하고, 그 중심에 딱 버티고 당당한 모습으로 우뚝 서서 마을에 중심과 질서를 잡아주는 묵은 전나무의 자신감과 지조를 배웠으면 좋겠다. 하늘로 곧장 높이 뻗어 뛰어나 보이면서도 단순하지만 전체적으로 어디 한 곳에서도 흩어짐 없이 잘 균형 잡힌 동네 한복판에 선 전나무처럼 황제와 같은 권위로 아주 당당하면서도 극히 겸손하고, 점잖으면서도 고귀한 품위를 갖추었으면 좋겠다.

꽃이 진다고 해서 그 꽃이 아름답지 않을 수 없는 것과 마찬가지로 우리가 조만간 죽어 흙이 되고 벌레의 밥이 되게 마련이라고 해도 삶 일반, 특히 인간의 삶은 아름답고 귀하다. 우리 모두가 머지않아 사라질 것이기 때문에 그만큼 더 우리들의 삶은 보람을 갖는다. 그러므로 우리는 어떤 경우에도 삶의 존엄성과 절대적 가치를 의식하고 삶에 대한 경외, 삶의 성스러움을 깨달을 필요가 있다. 시들시들한 꽃보다 생생한 꽃이 더 아름다운 것과 마찬가지로 적극적 삶, 인텐스한 삶은 그만큼 더 귀중하다. 인생의 의미의 문제는 도대체 삶 자체가 보람 있는가의 문제이며 어떻게 보람 있는 삶을 살아갈 수 있는가의 문제이기 때문이다.

3. 끝으로 남기는 말

소나무는
외솔길 숲속 소나무는
의젓하기만 하네
이유도 없이
뜻도 묻지 않고
그저 의젓하기만 하네[4)]

이럴 수가 있나! 정말 이럴 수가 있는가! 이제 내게 시간이 정말 얼마 남지 않았다. 나에게 죽음이 언제고 닥쳐올지 모른다는 사실은 아주 객관적인 자명한 일이다. 최근 들어 시력, 청력 그리고 특히 기억력도 나빠지고 있다. 그럴수록 나는 언제 죽어도 좋다는 각오로, 나머지 삶의 하루하루를 좀 덜 부끄럽게, 그리고 좀 더 뜻있게 살아야 하겠다는 다짐도 해보곤 한다. 나는 금년이, 아니 이 달이, 아니 오늘이 내 인생의 마지막 해, 마지막 달, 마지막 날일 수도 있다는 것이 객관적 사실임을 냉정하게 받아들이고 있지만, 때로 나는 나의 소원대로, 신조대로 살지 못한 채 허탈한 심정으로 지금 나의 과거를 돌아보기도 한다.

---

4) 박이문, 『박이문 인문학 전집 10 : 울림의 공백』, 미다스북스 2016, 165쪽, 시 「소나무 송頌」 중에서.

나는 그동안 도대체 무엇을 위해 살았던가? 내가 정말 찾고 있었던 것은 무엇이었던가? 나는 한 인간으로서 큰 부끄러움 없이 살았던가? 어쩌면 무슨 변명을 다 대도 결국 나는 이기적인 삶을 살았던 것이 아닌가? 살아가면서 나는 무엇을 어쩌자는 것이었던가? 나는 가짜가 아닌 진짜로 살았는가? 나는 어쩌면 가짜가 아니었던가? 나는 정말 진짜인가? 대답은 한결같이 불확실하다.

궁극적으로 의미가 없는데도 삶에 악착같이 매달려왔던 자신이 치사스럽게 느껴지기도 한다. 그러나 그럼에도 불구하고 나는 한번밖에 못 사는 삶을 위해 더 잘 살고, 더 정정당당하고 인간답게 살기 위해 부단히 애써왔다. 나는 직업으로부터, 철학으로부터, 모든 물질적 · 사회적 · 관념적 속박과 구속으로부터는 물론 애착으로부터도 해방되어 자유분방하면서 충만한 생명체로서 흰 구름처럼, 끊임없이 떠도는 바람처럼 존재하려고 무던히 노력했다.

철학적 사유처럼 투명하고, 예술작품처럼 아름답고, 종교적 삶처럼 열정적으로 살고자 했다. 이제 삶의 마침표를 준비하는 지금 확실한 것은 위와 같은 모든 물음들에 대해서 마음 편히 당당하게 대답할 수 있는 건 내가 평생에 걸쳐 바로 '마음의 둥지'를 트는 작업을 했다는 사실이다.

그러나 그 둥지를 당신의 눈앞에 그대로 보여줄 수는 없다. 이유는 간단하다. 그러한 둥지는 어디에 이미 존재하는 것이 아니라 사람들 각자가 스스로 자기 나름대로 지어야만 하는 각자의 창작물이기 때문이다. 내가 평생을 몸과 영혼과 정신을 바쳐 해온 작업은 철학적 둥지를 짓는 일이었다. 그것은 존재일반을 주제로 한 한 편의 거대한 '철학적 시'이기도 했고, '시적 철학'이기도 했다.

세상을 사물들과 사건들, 그리고 그것들 간의 물리적·정신적 관계의 총칭으로 규정한다면, 그것은 한편으로는 한없이 복잡하고 혼란스럽지만, 다른 한편으로 그것의 경이로운 질서가 우리를 황홀케 한다. 나는 일찍부터 이런 상반된 감동을 시인으로서 언어에 담아두고 싶어 하면서, 다른 한편으로는 철학자로서 그러한 질서를 논리적으로 밝혀내겠다는 집념에 사로잡혀 살아왔다. 나는 10대 후반부터 시작한 시작詩作을 평생 계속했고, 30대 후반부터 시작한 철학적 집필생활 또한 평생을 계속했다.

'둥지의 철학'은 모순되어 보이는 위와 같은 나의 양면적 정신의 충동이자, 소망을 조화로운 세계관이자 동시에 인생관으로 통일된 하나의 시적 철학이자 철학적 서사시로 묶어낸 것이다. 인간의 시야는 0도에서 1도까지로 되어 있는 '존재–의미 매트릭스'의 눈금 사이에 있다. 얼마 지나지 않아 내 육신의 존재가 비록 죽음 저 너머로 사라져 버린다 해도 '둥지의 철학'은 인간과 모든 생명이 사라지는 우주의 역사를 상상해서 풀어낸 내 필생의 시도였다는 사실만은 기억해주길 바란다.

| 차례 |

2부 감성의 흔적

학희에게

1부 지성의 궤적

01
사르트르와의 만남

지적으로 나를 바꾼 한순간만을 꼭 집어내서 말할 수는 없지만 지금까지 살아오면서 그러한 순간들은 헤아릴 수 없이 많았다. 지적으로 나에게 결정적 영향을 준 철학자나 작가나 학자, 사상가는 어느 한 사람이라고 말하기 힘들다.

나는 십 대부터 오늘날까지 수많은 이들로부터 다양한 영향을 끊임없이 받아왔고 지금도 받고 있다. 하물며 나의 생각과 인생을 바꾼 한 권의 책을 꼽기는 더더욱 어렵다. 나의 지적 세계는 수많은 책들에 의해서 형성되었다. 그럼에도 불구하고 굳이 한순간만을, 한 사람만을, 하나의 저서만을 들라면 나는 1953년 봄 어느 날에 읽은 한 권의 책을 들고 싶다. 바로 사르트르의 저서『존재存在와 무無』에 담긴 그의 실존주의를 해설한 일본어 번역서였다.

"인간의 궁극적 욕망은 헛된 것이고, 그럼에도 그런 꿈을 버릴 수 없어 애쓰는 인생은 헛된 수난이다." – 장 폴 사르트르

당시는 일선에서 아직도 수많은 이들이 죽어가고 있던 6·25 전쟁 와중의 어느 무렵이었다. 그때 나는 부산 제5육군병원에 입원하고 있다가 군에서 제대한 후에 부산 부두에서 잠깐씩 일을 하면서 서대신동에 위치한 전시연합대학에 적을 둔 채, 동래 온천 근방에 방을 하나 얻어 숙식하고 동래고등학교에서 불어 시간강사로 근무를 하면서 겨우 끼니를 때우고 있었다. 당시 대부분의 사람들이 그러했듯이 나는 극심한 경제적, 신체적 고통과 지적 혼미 속에서 절망적 악몽에 빠져 있던 스물셋의 젊은 문학도였다.

세계는 캄캄했다. 나는 인간의 삶과 세계를 밝혀주는 빛을 갈구하고 있었다. 이 무렵 나는 동래에서 당시 세계적으로 영향을 미치고 있던 사르트르와 실존주의에 대한 일본어 번역서를 적지 않게 갖고 있던 양병식 씨를 우연히 알게 되었다. 그의 서가에는 현재 정확히 그 제목이 기억나지 않지만 『존재와 무』에 담겨 있는 사르트르의 실존철학을 해설한 책이 있었다. 나는 그 책을 통해서 그때까지 말로만 듣던 사르트르의 실존주의야말로 내가 품고 있던 세상과 삶에 대한 모든 물음의 해답을 갖고 있다는 느낌을 강하게 가졌다. 앞으로의 삶에 대한 전망이 전혀 보이지 않는 절망적 상황에서 지적 혼돈과 정서적 허무주의라는 수렁에서 헤매고 있던 나에게 사르트르의 실존주의는 지적 혼미에서 벗어나도록 세상을 밝혀주는 한 줄기 빛이자, 정서적 허무주의의 수렁에 비춰진 한 줄기 구원의 손길로 느껴졌다. 이러한 신념은 그 후 10년 가까이 지난 1962년 초 파리에서 방대한 양의 『존재와 무』를 원서로 몇 번이나 읽고 또 읽고, 그에 대한 수많은 해설과 논평을 읽은 후에도 근본적으로 변하지 않았다.

사르트르와 그의 실존주의를 처음 만난 후 반세기가 지난 오늘날 나는 그의 철학에 과거처럼 전적으로 공감하지는 않는다. 세계와 인간의 모든 문제가 그의 실존주의 하나만 가지고서 만족스럽게 조명되거나 설명되지 않으며, 시원하게 풀리지도 않는다고 생각한다. 그러나 한 가지 확실한 것은 사르트르와의 만남이 나의 운명을 바꾸었고, 『존재와 무』의 독서와 사르트르의 실존주의에 관한 수많은 책들이 나의 삶을 때로는 고독과 고통으로, 때로는 열정과 긍지로 충만케 했다는 사실이다. 사르트르를 만나지 않았더라면 나는 서른이 넘은 나이에 지적 모험심으로 힘든 방랑의 길에 나서지 않았을 것이고, 실존주의와 접하지 않았더라면 나는 현재의 나와 전혀 다른 인간이 되었을 것이다. 그 뒤에 알게 된 니체의 '망치로 하는 철학'과 더불어 사르트르의 실존주의 철학은 인생을 보는 시각과 삶에 대한 오늘날의 나의 태도를 형성하는 데 결정적인 요인이 되었다.

《조선일보》, 2000. 8. 25.

02
하나만의 선택

철이 들기 전에 있었던 일들을 빼놓고 말한다면 내가 지금까지 살아온 길은 언제나 명확한 의식을 갖고 내 자의로 스스로 선택해온 것이라고 나는 생각한다. 어떤 것을 선택함으로써 잃어야 했던 많은 것을 다시 되찾을 수 없는 지금 다소 섭섭하게 느껴지는 일이 있더라도 나는 내가 살아온 길에 대해서 후회하지 않는다. 원하던 바가 이루어진 것은 아니지만 결국 내가 살아온 삶이 바로 내가 원하던 대로였다는 것은 알고 있다.

호강스럽다곤 할 수 없는 가정에서 자란 나로선 안락한 생활이 부럽지 않았다곤 할 수 없고, 고통받는 민족의 하나로서 정치사회 문제에 대해 민감했었다고 믿지만 나는 실업가가 되려거나, 정치가가 되려는 생각은 꿈에도 해본 적이 없었다. 또한 나는 학자를 경멸했다.

나는 창조적 인간이, 시인이, 아니 위대한 시인이 될 것을 꿈꾸고 있었다. 내가 이러한 결심을 한 것은 아마 K중학 2학년 때라고 기억된다. 십오 리나 되는 소학교를 걸어다녀야 했던 내 고향의 분위기나, 철저한 유교적 양반 분위기 속에 지배되었던 나의 가정이 시적인 것이 못 됨은 대개 짐작이 갈 것이다. 이런 환경이 불만스러웠다.

소학교 5학년생이던 겨울방학 때라고 기억된다. 동경서 대학을 다니다 학병을 피해 와 있던 큰형이 갖다 둔 꽤 많은 문학 서적이 겨울이면 고아놓은 엿을 두는 넓은 우리집 건넌방에 아무렇게나 쌓여 있었다. 호기심에 알지도 못하는 그 책들을 뒤적거리다가 나는 내가 살고 있는 세계, 내 주변에서 보고 듣는 것과는 영 다른 세계가 있음을 발견했다. 일본 평범사平凡社 발행이었다고 기억되는 호화판 『문예사전文藝辭典』 한 권이 굴러다니고 있었는데 나는 그 책 속에서 미켈란젤로의 그림이 갖는 힘에 일종의 전율에 가까운 흥분과 매혹을 느꼈고 유럽 고적들의 사진에 놀랐었다. 그러한 세계는 내가 보고 알고 상상할 수 있는 한계를 훨씬 넘는 것이었다. 시골 소년은 곧잘 손이 꽁꽁 어는 냉방에서 책을 통해 황홀하고 마술적인 세계에 남몰래 매혹되고 흥분된 나날을 보냈던 것이었다. 출세하고 편안히 산다는 것은 잘사는 것이 무엇인가를 아는 것과는 다르다는 사실을 차츰 의식하게 되었다. 나는 인생의 의미, 만물의 현상에 대한 원리를 확실히 근원적으로 알고 싶었다. 어느덧 나는 감상에 빠진 문학 소년이 되어가고 있었다.

식혜를 담은 자박지 물이 꽁꽁 얼어붙는 그 건넌방에 있던 책들이 대부분 프랑스 문학 계열에 속하고 그것을 따라가는 일본 문학지들이었던 이유도 있겠지만, 자라면서 프랑스 문학이 역시 가장 참신하고 모험적이고 화려하다는 것을 믿게 됐다. 그 후 스스로 크나큰 인생의 문제와 씨름하고 있다고 자처하는 문학 소년으로서의 나는 철학에도 크게 끌리는 바가 없지 않았지만 불문학을 전공으로 선택하는 데 주저하지 않았다. 당시 꽤 궁색한 처지였음에도 불구하고 나는 내가 하려는 공부를 하나의 생활수단으로 생각해본 적이 없었을 만큼 어리석기도 했다. 그러면서도 나는 다시 다른 공부를 시작할 때도 그와 같은 기분 속에서였다. 하기야 잘만 하면 생활은 저절로 하게 될 것이라는 막연한 자신을 갖고 있었던 건지도 모르겠다.

인생에는 여러 가지 살아가는 길이 있고 인생에는 많은 종류의 할 일과 즐거움을 가질 수 있다. 그러나 우리는 그 인생의 보배를 모두 다 동시에 소유할 순 없다.

6 · 25전쟁과 겹쳐진 4년간의 대학 시절은 앎에 대한 욕망이 채워지지 않고 착잡한 사회적 · 시대적 곤경이 겹쳐 삶에 대한 심각한 괴로움으로 흘러갔다. 이러한 환경과 내 마음의 상태는 가끔 술로도 표현되었지만 한 편 시작詩作을 통한 표현의 본능으로 나타났고, 평론을 씀으로써 앎에 대한 지적 욕구로도 나타났다.

당시는 열심이었지만 지금 뒤돌아 생각해보면 그 몇 개 안 되는 작품들은 말도 안 될 만큼 피상적이거나 유치한 것으로밖엔 여겨지지 않는다. 지금 생각하면 부끄럽기만 하다.

어찌 보면 말도 안 되는 보들레르에 관한 학사 논문을 써내고도 나의 불어 실력은 소설 하나 쉽사리 읽지 못할 정도로 빈약했었고, 2년 후 가장 지적인 시인의 한 사람인 「폴 발레리에 있어서 지성과 현실과의 변증법으로서의 시」로 석사라는 증명서를 땄을 때도 불문학에 대한 나의 지식이란 거의 백지와 비슷하고, 소설이나 시를 분명히 분석할 능력이 없을 뿐더러, 지성인으로서 모든 문제에 대해 제대로의 판단이나 명석한 견해를 갖지 못한 채 모든 것이 애매하고 흐리멍텅했다. 지적인 면에서 나는 초조했다.

이러한 상태 속에서 나는 1957년 프랑스정부 장학생으로 파리로 가게 됐다. 파리에 도착한 나는 아찔하고 깜깜했다. 소르본을 드나들면서 나는 답답하고 안타까웠다. 귀가 뜨이지 않고 입이 열리지 않고 펜이 돌아가지 않았기 때문이다. 이렇게 10개월을 보낸 나는 흐릿한 안개가 걷히듯 머릿속이 밝아짐을 느꼈다. 문학 작품도 논리적인 설명을 거쳐 더 즐겁게 감상될 수 있었으며, 시도 조리 있는 해석을 통해서 더 깊은 감명을 느낄 수 있다는 것을 깨달았다. 한마디로 말하자면 나는 그들의, 아니 서구의 논리에 거의 전율에 가까운 지적 매혹을 느끼고 그것을 찬탄하게 됐다. 그들이 지적으로 얼마만큼 앞섰는가는 그들의 역사적 유물이나 생활양식을 통해서뿐만 아니라 그런 것의 기초가 되는 그들의 지성, 그들의 이성에 감복했다. 머릿속이 정연히 정리되었다고 믿을 수밖에 없는 그곳 교수들이 부러웠다. 흐리멍텅한 내 머릿속은 안개가 가득 낀 것 같아서 답답했고, 그들의 머릿속은 마치 수건으로 닦아 놓은 유리창처럼 투명한 것으로만 상상되었다.

그렇게 모든 것이 투명할 수 있다면 얼마나 상쾌하고 유쾌하랴. 고기 맛을 안 중처럼 약간이나마 지성과 학문의 진미를 알게 된 나는 지식에 대한 욕망을 뿌리가 빠지도록 만족시키고 싶었으나, 부득이 안타깝고 아쉬운 마음을 안은 채 다음 해 가을 서울로 돌아왔고 그 서울은 무척 초라해 보였다.

『문예사전』을 통해 어릴 적 발견한 서양을 나는 프랑스에서 목격했던 것인데, 그것은 막상 마주했을 때의 여인이 중매인이 보여준 사진 속의 그녀보다 더 매혹적인 경우와 비슷하였다. 딱지를 맞은 셈이 된 나는 소용도 없어진 그녀의 사진만을 기억 속에 갖고 있는 격이었다.

이미 한 학기를 보낸 바 있는 이화여자대학교에 돌아왔다. 이 학교는 나를 따뜻이 반겼고 아껴주었다. 나는 아직 한창 젊은 때였고 그곳에서의 생활은 즐거웠다. 파리에서 돌아온 때는 한국에 처음으로 번역 문학이 붐을 일으키던 때였다. 발레리의 시편詩篇 등을 번역하여 나도 이 붐의 한 몫을 담당했다. 서투름은 말할 필요도 없거니와 더러 오역이 있었으리라고 생각되는 이런 일을 꼭 좋아서도 아니면서 가볍게 한 데 대해서 지금은 뉘우쳐진다. 다시는 번역 같은 것은 하고 싶지 않은 생각이 들 정도다.

그밖에도 나는 잡문을 더러 썼다. 이것은 이름 석 자를 활자화하는 허영도 있었지만, 나 자신의 생각을 정리하는 의욕도 없지 않았다. 그러나 나는 나 자신이 불만스러웠다. 나의 머리는 아직도 정리되지 않았고, 지성인으로서 또 불문학 선생으로서, 그리고 시인이 되고자 하는 사람으로서 나는 정신적으로 한없는 빈곤함을 절실히 느꼈다. 이대로 가다가는 이와 같은 지적 모호성, 정신적 불안에서 죽을 때까지 벗어날 수 없을 것이 확실했다.

표면상으로 나는 다소 행복할 수 있는 조건을 갖고 있었다. 그러나 나는 행복을 바라지 않았다. 모든 것에 대해서, 특히 나 자신에 대해서 분명하고 명석해지고 싶었다. 나는 분명히 알고 싶었다. 그리고 투명하기를 원했다.

이화에 인연을 맺은 지 4년 반이 지난 때 나는 오막살이집과 얼마 안 되지만 아끼던 책을 팔아버리고 함께 계시던 연로하신 어머님을 형한테 모시게 하고 서른이 넘은 나이에 터무니없는 인생의 도박을

건 것이다. 나는 파리로 다시 떠났다.

불문학자가 되기 위해서도 아니요, 박사학위를 따기 위해서도 아니었다. 철 늦게까지 낭만 속에 사로 잡혀 있던 나는 어떤 소설 속 주인공의 낭만을 찬미하는 데 그치지 말고 어떤 시인의 생활양식을 부러워하고만 있을 것이 아니라 그것이 좋은 이상 직접 흉내라도 내고 싶다는 망상을 지울 수 없었던 것이다.

조이스나 헤밍웨이, 오스카 와일드, 피카소, 그리고 아폴리네르의 파리가 저항할 수 없는 힘을 갖고 날 끌어당긴 것이다. 그뿐 아니다. 사르트르의 파리를 잊을 순 없었다. 사르트르는 나의 인생에 대한 태도, 인간에 관한 견해에 결정적인 영향을 주지 않았는가. 인간에겐 자유가 있으며, 한 인간의 인생은 그 당자의 자유로운 선택에 의해 결정된다는 견해는 화려했다곤 할 수 없는 나에게 위로와 아울러 주어진 환경을 깨치고 자신의 길을 개척해보겠다는 만용을 돋구어주었던 것이다. 내가 거기에 다시 간 것은 남 보기 좋은 간판을 얻고자 해서가 아니다. 그렇기에 어떤 이들이 서울에 가서 빨리 자리를 잡아야 한다고 서둘 때 나는 그들에 대해 철저한 경멸심과 측은함을 동시에 느낀 적도 있었다.

기숙사 한 구석에 앉아 밤새도록 타이프를 치고 싶었다. 소르본에서 가르치는 모든 것을 알고 싶었다. 나는 그곳에서 가르치는 교수들처럼, 연신 책을 쓰고 논문을 써내는 많은 파리의 지식인들처럼 어떤 문제에 대해서, 아니 모든 문제에 대해서 조리 있고 질서 정연하고 깊이 있는 견해를 갖고 그것을 얘기할 수 있는 능력을 갖고 싶었다. 내게 그들은 마치 신들과 같이 모든 것을 들여다보는 존재같이만 보였다. 그런 반면 내가, 아니 우리가 그들에 비해 얼마나 뒤떨어져 있는가를 절실히 느끼지 않을 수 없었다. 내 머리는 아직도 흙탕물처럼 탁했고 내 논리는 마치 가시철사처럼 얽혀 있었다. 내 혀는 아직도 반벙어리처럼 맴돌고 있을 뿐이었다. 그 많은 책을 다 이해할 수 없을 뿐더러 읽을 수도 없었다. 타이프라이터 앞에 앉아도 무엇을 어떻게 찍어야 할지 엄두가 안 났다. 나도 무엇인가 특유한 경험이 있고 생각이 있다고 어렴풋이 믿어 오고 있었던 터이지만 그러한 것이 나의 무식한 착각, 혹은 자기 과대망상증에 근거하고 있다는 것을 늦게나마 깨닫기 시작했다.

좀 더 구체적인 것부터 하나씩 다시 시작해야 했다. 학위 논문이란 명목을 걸고 말라르메에 관한 종합적인 공부를 시작했다. 나는 이것을 하나의 지적 훈련으로 생각했다. 난해하기로 유명하며 지적인 것으로 이름 높은 이 시인을 택한 이유는 이대에서 강의하는 동안 그의 시를 뒷받침하는 듯한 형이상학적인 하나의 중심 개념에 주의를 갖게 된 까닭에도 있었지만, 무엇보다 그의 시가 난해했기 때문이었다.

난해한 시를 이해해 보자는 나의 욕심이 있었기 때문이다. 내가 일찍부터 학자를 경멸하였던 이유는 학자란 대개가 남이 말한 것을 외우고 남의 책을 베낀 것을 또 베끼거나, 먼지가 끼고 곰팡이가 낀 고서를 뒤적거리는 일을 주로 하고 있는 것이라고 생각해왔기 때문이다. 박사논문이란 대개 이따위 종류의 일에 속하기 쉽다. 이러한 논문을 내가 쓰기 시작한 것이다. 그러나 나는 차근히 이런 일을 함으로써 지성의 좋은 훈련을 거칠 수 있다는 걸 깨닫기 시작했다. 그러나 나는 되도록 주석적인 일을 피하면서 가능하면 가장 종합적이고 논리적인 통일된 새로운 해석을 말라르메의 시에 붙여보려고 애썼다. 당시에도 어느 정도 느낀 바지만 결과는 역시 퍽 피상적이었다. 좀 더 자세하고 구체적이며 논리정연한 전개를 하여 나의 전체적인 관점을 뒷받침하지 못한 데 비해서 쉽사리 통과는 되었지만 나의 논문이 불만스러웠고, 나 자신의 능력에 회의를 넘어서 실망까지 한 적도 많았다. 나의 논문이 유치한 것 같았다. 그 후 뜻밖에도 이 논문의 출판 계약서에 사인을 하게 되던 날의 놀라움과 기쁨과 격려되는 마음은 보통이 아니었다.

모든 학문, 모든 사유는 철학으로 통한다는 말에는 깊은 일리가 있다. 모든 학문은 반드시 어떤 원칙을 전제로 해야만 한다. 모든 사유, 즉 이치도 반드시 어떤 전제에서 출발할 수밖에 없다. 다시 말하자면 그 전제의 옳고 그릇됨이 따져지고 설명되기 전에, 이미 옳은 것으로 받아들여야 한다. 이러한 전제를 가짐으로써 비로소 그 사실이 이해될 수 있다. 그러나 철학은 다른 학문이 받아들인 전제를, 즉 원칙 자체를 비판하고 설명하려 한다. 가령 말라르메의 시를 위대한 작품이라고 평가한다면 그 판단에는 반드시 위대성에 대한 기준이 이미 있어야 하는데, 철학은 어째서 그 기준이 옳은 기준으로 받아들여져야 하는지를 따지고자 한다. 다시 말하자면 철학은 우리가 흔히 받아들이고 있는 원칙 자체를 명석하게 이해하고 설명하고 비판한다. 그렇게 함으로써 철학은 피상적인 이해를 넘어서 갈 수 있는 한까지의 철저한 이해를 요구한다. 그렇기 때문에 어떤 학문이고 깊이 추구하다 보면 자기도 모르는 사이에 철학적인 사색에 빠지는 것은 당연하다. 나는 전문적인 의미로서의 철학가가 되려는 생각은 꿈에도 해본 적이 없다. 그러나 철학적 문제 자체와 그것을 다루는 방법을 좀 체계적으로 알아보고자 하는 것도 나의 내적 욕구로 보나, 내가 말라르메를 이해하려 하는 시도로 보나 거의 필연적인 결과라 해도 틀림없다.

파리에 가서 2년이 되던 해부터 나는 논문을 준비하는 틈틈이 하나 둘 철학 강의를 듣기로 작정했고, 논문이 끝난 다음 해에는 일년 동안 남아 전적으로 철학 강의만을 들었다. 그곳의 철학 강의를 내가 어느 정도 이해하고 있다는 것이 공식적으로 인정됐던 그해 6월에도 나의 머리는 아직 잘 정리되지 않았고 문학에 대해서, 또 허다한 철학적인 문제에 대해서, 그리고 나 자신의 인생 문제에 대해서 아무런 명확하고 자신 있는 견해를 세우지 못하고 있었다. 내가 이곳에 온 이유는 바로 이런 문제를 근본적으로 시원스럽게 해결하고 싶었기 때문이 아니었던가?

모든 것이 아직도 희미할 뿐인데 이렇게 지내는 동안 서울에 둔 벗들과 멀어지는 것 같았고, 가족과도 감정적인 거리가 커짐을 느꼈다. 그렇다고 꼭 이렇다 할 애인이 옆에 있는 것도 아니었다. 두 종잇장 증명서가 창백해진 두 손에 쥐어져 있을 뿐이었다. 돈이 있거나 생활

할 길이라도 있었다면 나는 내가 스스로 부여한 내 숙제의 뿌리를 빼 보겠다는 마음이 간절했다. 그러나 모든 조건이 여의치 않던 나는 마침내 지적으로 흥분도 했었고 환희와 다소의 희열감을 느낄 수 있었으며 평생 처음으로 지적인 성장을 크게 체험했고 그럼으로써 애착을 갖게 된 프랑스를 떠나야만 했다.

미국행이 유일한 찬스라고 생각한 나는 그곳으로 떠나기로 결심했다. 나는 그곳에서 좀 더 철학을 배우고 유럽과 다르다는 미국의 정신적 풍토에서 새로운 각도로 여러 지적 문제를 재검토해보자고 마음먹었다. 그럼에도 불구하고 그곳에 있는 미 대사관으로부터 입국 비자를 받아 쥐고 이른 가을의 맑은 하늘 밑에서 아름답고 넓은 콩코르드 광장에 선 나는 말할 수 없는 공허감과 어떤 외로움과 그리고 뜻을 채우지 못한 채 언제 다시 볼 수 있을 것 같지 않은 파리를 떠난다는 마음에, 그리고 또 다시 낯선 곳에 또 하나의 서투른 말로 학생 생활을 시작해야 할 일을 생각하고 일종의 피로 섞인 공포감으로 흐느낌에 젖어 들었다. 그때 벌써 내 나이는 빠르면 중학생의 자녀를 가졌을 만한 때였다.

1965년 말 내가 로스앤젤레스의 서던캘리포니아대학에 오게 된 것은 정말 우연이었다. 다 늦게 신청한 장학금을 주겠다고 나섰기 때문이다. 나는 이제 아마 평생 처음으로 학비에 대해 큰 걱정을 하지 않아도 될 판이었다. 그레이하운드 버스를 타고 며칠 걸려 대륙을 횡단해 서부 도시로 갔다. 할리우드 영화로 화려하게만 상상했던 서부의 끝 로스앤젤레스는 퍽 촌스럽고 엉성해 보였다. 도시 같은 기분도, 서양이란 기분도 없었다. 중심이 잡히지 않은 도시의 모습이나 그곳에 사는 사람들의 옷차림이나 태도는 상스럽고 제멋대로인 것만 같았다. 내가 다니던 대학도 넓고 좋은 건물이 들어섰지만 기대한 것과는 달리 역시 촌뜨기 같았다. 파리에서 오래 살고 그곳에 애착을 갖고 있음으로써 생긴 편견에 따르는 판단인지도 모른다. 왁작거리던 대학구내와 '카르티에라탱Quartier Latin'이라 부르는 학생가街의 분위기에 비해 모두가 긴장이 풀리고 한가해 보였다. 야자수가 많이 서 있는 이 지방은 차라리 아프리카의 열대 지방을 연상시킬 뿐이었다.

로스앤젤레스엔 많은 한국인과 일본인들이 살고 있었다. 거의 서울에 온 것 같은 착각도 들었다. 그곳에서 중학 혹은 대학 동창, 그리고 고국에서 내가 가르치던 옛 학생들도 만나게 됐다. 그들은 이미 멋쟁이 자동차를 굴리고 아담한 집에서 아내 혹은 남편과 함께 이미 자녀들을 두고 있었다. 이들의 생활수준, 이들의 깔끔한 집들에 비해 뼈만 남은 내 꼴이나 내가 여정을 푼 하숙방은 너무나 초라해 보였다. 난 아직까지도 그러한 생활이 내게도 가능하리라고 믿어보지도 않고 그러한 생활을 단 한 번이라도 부러워한 적이 없었다.

나는 나의 지적 요구, 정신적 만족만을 위해 모든 것을 희생하고서라도 맘껏 채워보고 싶었고, 그러한 나의 생활 철학에 아직도 은근한 자부심을 갖고 있었다. 그러나 나이가 먹고 피로를 느끼고 고독한 나는 이러한 주위 환경을 볼 때 차츰 인생에 대한 견해, 내가 살아온 태도에 대해 다소의 반성과 회의도 느껴지는 것 같았다. 남들 말대로 '자리를 잡을' 때가 늦은 대로나마 왔어야 했는지도 모른다. 그러나 나는 크게 동요되지 않았다.

다음 해인 1966년 2월 봄 학기부터 나는 정식으로 강의를 듣기 시작했다. 내 영어가 부자유스러움은 말할 필요도 없다. 이곳에서 다루는 철학의 문제나 방법은 내가 파리에서 배워온 것과는 판이하게 달랐다. 유럽에선 종합적인 파악을 지향함으로써 전체적인 관점을 갖기 쉬우나 그 반면, 그 관점에 대한 세밀하고 확고한 논리가 빈약하다. 이에 반해서 현대 영미 철학은 종합적 파악에 앞서 세밀한 부분의 철두철미한 분석을 지향한다. 따라서 흔히 생각하는 철학과는 달리 시종 말재주 놀이만 하는 인상을 준다. 내가 읽어야 할 책이나 알아야 할 철학자들도 태반이 생전 처음 알게 된 얘기요, 처음 듣게 된 사람들이다. 터놓고 말해서 유명하다는 교수들의 얘기도 별로 신통한 것이 없고 별로 시원한 것 같지 않았다.

나는 처음 얼마 동안 이러한 분위기, 이와 같은 철학에 심한 반발과 염오에 가까운 느낌을 갖고 있었다. 그러나 난 좀 더 참아 담담하고 겸손한 마음으로 새로 접촉하는 철학을 이해해보려 애썼다. 왜냐하면 그 당장의 내 소견에 그 철학이 심오한 것이 못 되고, 그 사람들의 주장이 경박한 것같이 보이긴 했지만, 그들의 철학이 나보다 재주가 더 있고, 더 진지하고, 더 공부했다고 생각되는 많은 사람들에 의해서 존경과 갈채를 받고 있음을 모르고 있지 않기 때문이다. 그 철학에 반발을 느끼는 이유는 내가 무식한 탓으로 믿을 수밖에 없기 때문이다. 실상 나는 내가 싫다고 생각하는 철학의 내용을 확실히 알지도 못하고 있던 것이 아니었던가. 철학을 공부한다는 뜻으로 미국에 왔지만 나는 처음부터 박사학위를 따서 그곳에서 교편을 잡을 생각은 추호도 없었거니와 한국에 돌아와서라도 철학에 전념할 생각은 전혀 없었다. 그리 어렵지도 않아 보이고 또 장학금도 넉넉했기에 내 생각의 정리, 내 머릿속의 정리가 될 것임을 생각하고 학위 취득을 하기로 결정했던 것이다.

내 관심은 존재학存在學이었고, 전통적으로 논의를 일으키면서 해결되지 않은 존재학에 관한 철학적 문제를 해결하기 위해 나는 '표현'이란 개념을 심각히 생각하게 되었다. 이 개념이 내 머리에 떠오른 것은 파리를 떠나기 며칠 전 말라르메에 대한 내 논문의 출판 계약에 사인하고 비자와 비행기표를 마련한 다음 콜레쥬 드 프랑스Collège de France 옆 작은 카페에서 공부하던 이형동, 배요선 두 친구와 맥주를 마실 때였다. 나는 하이데거의 『존재存在와 시간時間』, 사르트르의 『존재存在와 무無』가 문제되는 철학적 저서란 정도로 알고 있었으며 동시에 모든 철학적 해답엔 언제나 논의가 따르고, 문제가 남아 있게 마련이듯이 이 두 존재에 관한 학설에도 이론이 많다는 것을 알고 있었다. 나는 여기서 '존재와 표현'이란 말을 생각하게 됐다.

학위 논문의 주제를 메를로 퐁티에 집중한 까닭은 그가 '표현'에 관해 중요한 견해를 갖고 있다고 생각했기 때문이다. 퍽 깔보고 덤벼들었던 논문은 빈곤한 내 어학력과 주임 교수가 어휘의 선택, 점 하나에까지도 주의를 기울일 만큼 까다로웠기 때문에 다소 힘이 들었다. 몇 개월에 써 버리겠다고 덤빈 논문은 1년이 더 걸려야만 했다. 까다로운 주임 교수에 대해 화도 내본 바 없지 않았지만 논문이 통과했을 당시나 지금이나 오히려 그 교수의 태도를 고맙게 생각한다. 왜냐하면 내가 논문을 깔본 것은 내가 얼마나 철학에 대해 무식했으며 학문에 대해 경박한 생각을 갖고 있었는가를 증명하는 것이었기 때문이다. 약 2년 반 정도를 대학에서 심히 긴장된 생활을 해야 했지만 이 고비를 겪은 다음, 내 지적 세계는 좀 더 넓어지고 밝아지는 것같이 느끼게 됐다. 그러나 이런 과정이 끝난 직후에도 나는 아직 철학의 중요한 문제에 대해서 나대로의 명확한 이론을 갖고 있지 못했을 뿐더러 철학이 무엇인가에 대해서까지도 확실한 파악을 하지 못하고 있었다.

나는 더 명백히 파악하고 싶었다. 나는 지적으로 모든 우주의 문제를 파악할 수 있는 지성의 참모총장이 되고 싶었다. 한 수 한 수의 움직임이 어떤 정확한 뜻을 가지고 있는지 파악하는 바둑 명인名人이 알고 있음에 틀림없는 선명한 의식처럼 나도 그러한 경험을 가지고 싶었다. 한국에 돌아올 날을 좀 연기하고 직업을 구하기로 했다. 가르쳐야 정말 공부가 될 것이라고 생각했기 때문이다. 68년 가을부터 뜻한 바도 없었는데, 나는 얼결에 미국에서 철학을 가르치는 입장에

서게 된 것이다. 영어가 형편없이 짧았고 형식적인 과정을 재빨리 밟았지만 사실 나의 철학에 대한 바탕은 퍽 빈약한 것이어서 적어도 처음 한 학기는 긴장이 되고 퍽 힘이 들었다. 밤늦게 다음날 강의를 준비하면서 한 학기 두 학기를 보냈을 때 내 입과 귀는 조금 트이는 것 같았고 어떤 철학적 문제에 대해서 차츰 분명한 견해를 갖게 되는 듯했다. 그때까지 잘 연관을 맺어 볼 수 없었던 문제들이 좀 더 선명한 논리적 윤곽을 드러내 보이기 시작하는 느낌이었다. 이럴 때 학문하는 사람들이 피부로써 느낄 수 있는 기쁨은 마치 등산객들이 고초를 겪으며 험난한 길을 헤쳐 정상에 올라가 아름다운 패턴으로 눈앞에 펼쳐지는 전망을 바라볼 때 느끼는 것과 비교되리라. 깜깜했던 크나큰 철학적 문제가 선명히 해결됐을 때 느끼는 지적 쾌감은 아마도 성性을 통해서 느끼는 쾌감 이상으로 강렬한 것인지도 모른다.

큰 짐이 되어 고충을 갖게 될 것임을 뻔히 알면서도 나는 고의적으로 가능한 한계 내에서 내가 지금껏 별로 집중하지 못했던 과목, 내가 관심을 갖게 된 문제들을 일부러 가르쳐보려고 애썼다. 물론 이러한 생활 태도는 미숙한 탓인 줄도 알고 있었지만 나는 좀 더 광범위하게 전체적으로 파악하고 싶었기 때문이었다. 또 이렇게 여러 가지 과목을 가르치면서 어느 정도 상식적인 정도이긴 하지만, 다방면으로 알게 되는 장점도 있다. 그러나 인간의 능력엔 한계가 있는 이상 이렇게 에너지를 헤프게 쓰다가는 한 과목 한 문제를 깊이 파고들고, 독창적인 학설을 세울 순 없다.

나는 고독했고 또 고독해 할는지도 모른다. 나는 가난했고 또 가난할는지도 모른다.
이 선택을 위해 많은 것을 희생했다. 그러나 나는 그 희생을 후회하지 않는다.
– 1983년 미국에서 아내와 함께

그러나 나는 내가 아직도 초보자라는 것을 알고 있었기 때문에 이렇게 하는 것이 단단한 기초가 된다고 믿었던 것이다.

미국에서 철학을 가르친 지 만 4년이 지났다. 이제야 겨우 모든 문제가 상당히 분명해지는 것 같고, 이제야 겨우 내가 하는 일이 무엇인가를 확실히 알게 됐다. 대부분의 동료들에 비해 나는 약 10년이 늦은 셈이다. 그러나 나는 지적으로 보아 학문적인 면에서 아직도 유치원생 같이만 느껴졌다. 이제야 학문을 시작할 단계에 왔다고 생각했다. 멀고 어려운 길을 걸어왔지만 아직도 내가 가야 할 길은 멀기만 하다. 이렇게 살아오면서 나는 아마도 많은 사람들이 맛볼 수 없는 지적 환희와 희열을 다소나마 경험할 수 있었다. 그러나 스스로 선택하고 각오한 바이지만 그러한 경험을 위한 대가는 컸다.

다른 사람들에겐 쓸쓸히만 보였을 나의 보잘 것 없는 삶의 대가가 컸다는 것을 의식하게 된 것은 11년 만에 돌아온 서울에서 확실해지는 것 같았다. 서울에 두고 떠났던 여러 옛 친구들이 사장이 되고, 부장이 되고, 한국의 문화를 창조해가는 마당에서 중견이 됐다. 그들에겐 아담한 집이 있고, 아내와 자식이 있고, 친구들이 있다. 그러나 내겐 그 아무것도 없다. 사장으로서, 한 사회의 중견으로서, 남편으로서, 그리고 아버지로서의 인생의 기쁨을 나는 잃었던 것이다. 나는 그 복잡하고 활기찬 서울의 거리를 별로 갈 곳도 없이 걸어 다니며 스스로 어쩐지 초라함과 외로움을 느끼는 때도 있다. 인생이 이게 아니구나 하는 생각도 든다. 그렇다면 나는 의식적인 결의에 의해 잃어버린 것을 새삼스럽게 아쉬워하고 부럽게 생각하는가? 나는 내가 살아온 생을 후회하는가?

어떠한 인생이 참다운 인생이며, 뜻있는 삶인가를 결정한 사람은 아무도 없다. 인생에는 여러 가지 살아가는 길이 있고 인생에는 많은 종류의 할 일과 즐거움을 가질 수 있다. 그러나 우리는 그 인생의 보배를 모두 다 동시에 소유할 순 없다. 애국자가 되는 동시에 모리배가 될 순 없다. 나는 어느 신도 믿지 않는다. 인생이 무슨 목적을 갖고 그에 따라 어떤 종교적 의미가 있다고도 믿지 않는다. 우리는 모든 만물과 똑같이 어떤 우연의 소산인 것으로밖엔 생각할 수 없다. 일단 생명을 갖게 된 동물로 나는 생명을 지속하려는 본능에 의해 살고, 역시 우연의 결과로서 의식을 갖게 된 인간으로서 나는 내 삶의 모든 행위에 의미를 찾고 가치를 부여하려는 의욕 속에 노력하고 있을 뿐이다.

나는 나대로의 인생의 의미와 가치를 선택했다. 나는 고독했고 또 고독해 할는지도 모른다. 나는 가난했고 또 가난할는지도 모른다. 이 선택을 위해 많은 것을 희생했다. 그러나 나는 그 희생을 후회하지 않는다. 나는 오늘도 나 자신에게 이렇게 고요한 채찍질을 계속하고 있다.

'타협치 말라. 뿌리를 빼라!'

계간《창조》, 1972. 8.

03
나의 스승 데리다

데리다Derrida는 나의 스승이었다. 그는 나보다 생일이 몇 달 늦은 나의 동갑내기였지만, 나는 그의 제자였다. 학문에는 나이가 없고 장유유서가 통하지 않는다.

꼭 41년 전인 1963년 소르본대학에서 불문학박사학위 논문, 「말라르메가 말하는 "이데아"의 개념: 논리정연성에 대한 꿈L' "Idée" chez Mallarmé-La cohérence rêvée」의 논문 심사를 몇 달 앞두고 있던 나는 철학학사학위Licence ès lettres en philosophie를 따기 위한 공부를 다시 막 시작한 학생이었고, 그는 소르본대학의 철학과 간판 석좌교수로서 '철학일반Philosophie générale'이라는 강좌를 맡고 있던 폴 리쾨르Paul Ricoeur의 조교였다. 학제상으로 철학학사학위를 받기 위해서는 '철학일반 및 논리학Philosophie générale et logique', '윤리학과 사회학

Morale et sociologie', '철학사Histoire de la philosophie' 및 그 밖의 인문 계열 과목 중 하나를 합해서 최소한 총 네 종류 강좌의 합격증을 받아야 했고, 이 모든 과목의 시험에 통과하자면 적어도 여덟 개의 강좌와 같은 수의 '연습세미나Travaux Pratiques'에 나가야 했다.

각각의 세미나는 해당되는 과목의 최종시험을 준비하는 연습과정에 지나지 않는다. 리꾀르 교수는 이 강좌 가운데 한 과목으로서 '철학일반'의 틀에서 강의를 했고, 데리다는 바로 그의 강좌를 위한 복습 및 예습의 기능을 하는 '연습세미나'를 맡고 있었던 것이다. 학년말 그 강좌 최종시험에서 리꾀르 교수가 낸 문제 '기호'에 관한 필기시험에 통과되고 그 며칠 후 구두시험에서 우리나라 인문학계서도 많이 알려진 철학자 및 문학비평가였던 가스통 바슐라르Gaston Bachelard의 딸로서 후설의 전문가로 알려진 교수 수잔 바슐라르Suzanne Bachelard와 데리다를 나란히 대하게 되었다.

마치 피고인이 검사와 판사를 대하듯이, 죽어서 이승을 떠나 저승에 간 자가 염라대왕같이 대하듯이 해야 했다. 이때 내게 주어진 구두시험 문제는 '실체Substance'에 대해서 십오 분 동안 이야기하는 것이었는데 이 문제의 출제자가 데리다였다는 것은 그의 '연습세미나'에서 다루었던 내용을 뒤돌아볼 때 분명했다. 그러나 나는 눈앞이 캄캄했다. 내가 어떻게 그 긴 십오 분을 그들 앞에 앉아 무슨 말을 하면서 있었던 것인지 지금 아무리 생각해도 기억이 나지 않는다. 일주 후 대학 벽에 붙인 합격자 명단에서 내 이름을 발견했을 때 나는 너무나 기뻤다. 데리다가 고맙게도 나를 잘 봐준 것임에 틀림없다고는 생각했지만 말이다.

나는 1963~1964학년도 내내 그가 지도하는 '연습세미나'에서 철학을 배우기 시작했다. 그는 나의 그냥 단순한 스승이 아니고 내 삶의 진로에 결정적인 역할을 한 은사이기도 했다. 1965년 말 내가 미국에 가서 입학허가와 장학금을 받고 철학을 더 공부하는 데 결정적으로 필요했던 추천서를 그가 써주었기 때문이다. 그가 내게 보여준 추천서에서 "미스터 박은 내 강의에서 처음에는 어려움이 있었으나 놀라운 발전을 보여주었다. …… 국적과 인종을 떠나서 이 학생이 입학허가와 장학금을 받게 되기를 바란다." 등등의 문구를 내가 읽었을 때 나는 깊은 감동을 받았고, 고마운 생각으로 가슴이 뭉클했던 기억이 40년이 지난 지금도 생생하다. 소르본대학에서 가까운 곳에 있는 고등사범학교Ecole Normale Supérieure의 연구실에서 자신이 펜으로 쓴 그 추천서를 내게 직접 전해주면서 자신도 1955~1956학년도 1년 동안 하버드대학에 유학했었다는 그의 짤막한 말도 내 기억에 아직도 또렷하게 남아 있다.

그의 철학으로 전통적 사유와 질서의 많은 부분은 이미 해체되고 지금도 계속해서 해체 중이다. 그는 누가 무어라 해도 20세기, 아니 21세기의 위대한 철학자로 남을 것이며, 나는 그만큼 그를 존경하고, 그러한 스승의 제자였다는 것만으로도 자랑스럽게 생각한다.

2004년 10월 8일 세계의 모든 신문, 라디오, TV는 철학자 데리다의 죽음을 크게 보도했다. 나는 우리나라 시간으로 9일 아침 뉴스를 통해 이 소식을 알았다. 한 철학자의 죽음이 이처럼 세계적 뉴스가 되기는 아주 드문 일이다. 하지만 그것은 그가 이미 세계에 널리 알려져 있었음을 전제한다. 사실 '해체주의'라는 아주 생소한 언어철학 이론과 난삽한 글쓰기로 유명한 철학자인 그의 이름은 지난 70년대부터 이미 전 세계의 철학자들, 문학이론가들, 인문학자들, 예술가들, 정치사회학자들, 언론인들, 건축가들, 종교인들 그리고 그 밖의 거의 모든 영역의 지식인들에게 알려져 있었다. '해체주의'라는 개념과 그의 이름은 현재 적어도 인문사회계열에서 가장 많이 인용된다는 통계가 나오고 있다.

이런 사실은 그가 한 세대 앞서 이름을 떨치던 사르트르에 버금가고, 몇 년 전 타계한 선배 푸코 이상으로 20세기 프랑스를 대표하는 철학자이며, 하이데거나 비트겐슈타인을 넘어서려는 20세기 세계를 대표하는 사상가라는 증거이다. 누가 무엇이라 비판해도 20여 년 전부터 그는 방대한 철학적 밤하늘을 장식하는 은하계 가운데서도 가장 높은 곳에서 가장 강한 빛을 내고 있는 별, 철학의 화려한 스타임에 틀림없다.

세계의 수많은 철학자, 인문사회학자 및 그 밖의 각 분야에서 활약하는 지성인들이 그의 죽음을 애도하는 것이 자연스러운 일이라면, 그의 제자로서 내가 내 은사의 죽음에 충격을 받고 아픔과 허전함을 어떻게 느끼지 않을 수 있었겠는가. 약 1년 전부터 그가 암과 투쟁하고 있다는 소식을 소문으로 들어 알고 있었지만 그의 죽음에 대한 소식은 내게 충격이었다. 나는 그의 명복을 빌면서 그를 회상하는 이 글을 써서 제자가 타계한 스승에게 바치는 고별사로 대신하고자 한다.

내가 데리다의 이름을 처음 듣고 직접 만난 것은 앞서 말했듯이 1963년도의 학년이 시작되는 10월 말 그의 첫 '연습세미나'에서였고, 마지막으로 만난 것은 독일 마인츠대학Universitat Maïnz에서 안식년을 보내고 있던 내가 1985년 10월, 그가 창립하고 초대 학장으로 있던 소르본 근처의 국제철학대학Collège International de Philosophie에서 그의 주재로 개최되었던 '프랑스 · 인도 학술대회Congrès franco-Inidien'에 데리다의 권유로 초청을 받고 구경삼아 참석했을 때였다. 그 모임에는 데리다의 저서 『그라마톨로지에 관해서De la grammatologie』의 영문 번역자인 동시에 여성운동 문학비평으로 한국에서도 약간 알려진 인도 출신 가야트리 스피박Gayatri C. Spivak도 발표자로 있었다. 확실하지 않지만 수 년 전 노벨 경제학상을 받은 역시 인도 출신 아미타 센A. Sen도 거기 참석했던 것이 아니었던가 생각된다.

나는 지난 40년 동안 데리다와 여러 번의 서신 교환과 전화를 했었는데 서신 교환은 1965년 11월 내가 그의 추천서로 가게 되었던 서던 캘리포니아대학University of Southern California에 도착해서 그에게 보낸 소식으로 시작되었고, 지금부터 두 달 전인 2004년 8월 중순 내가 나의 독일어 번역 영문 시집, 『박살난 낱말들Broken Words/Zerrochene Wörter』 한 권을 그에게 보낸 것으로 끝났다. 1997년에는 나의 프랑스어 논문집 『철학과 문학 에세이Essais philosophiques et littéraires』 한 권을 그에게 보낸 직후 그의 편지를 받았다. 이 논문집에는 그의 언어철학을 근본적으로 비판하는 논문 「데리다와 언어의 감옥Derrida ou la prison du langage」 및 「세계와 낱말Le monde et le mot」이 포함되어 있었는데, 내가 그에게 비판적인 내용이 담긴 이런 글들이 수록된 책을 보낸 것은 진리에 관한 문제에서는 스승과 제자의 관계가 장애가 되어서는 안 된다는 아주 상식적인 생각에서였다. 그는 자신의 회신 속에서 내가 이 책의 서문에서 그를 기억해주고 그가 써주었던 추천서 이야기를 언급한 데 대해 고맙다고 썼다. 그리고 그의 언어철학에 대한 나의 비판에 관해서는 내가 자신의 철학을 잘 소화하지 못한 데 있다고 덧붙였다. 이 편지를 받고 나는 그에게 전화를 걸어 옛날 기억을 더듬어 얼마동안 통화를 했다.

이것은 프랑스 밖에서 내가 그에게 했던 첫 전화였다. 또 한 번은 1998년이었다고 추측되는데, 한국의 어떤 단체에서 데리다를 초청하고 싶은데 그에게 그 뜻을 전해달라는 부탁을 받고 전화했었는데 예상했던 대로 성사가 되지 않아 아쉬웠다. 그는 작고하기 직전까지도 수많은 책을 집필하고 세계 각처에서 쏟아져 들어오는 초청강연에 모두 응하기에는 너무나 바쁜 스타 철학자였다.

그런데 지금 우리들은 이제 서로 전혀 다른 세상에 존재하게 되었다. 그렇다. 나는 이제 그를 다시는 더 만날 수도 없고 서신을 주고받을 수도 없게 되었다. 그렇게도 많은 책을 냈던 그는 더 이상 책을 쓰지 못하고, 그렇게 많이 하던 강연도 더 이상 할 수 없게 되었다. 나에게 데리다는 어떤 인간으로 비쳤으며, 이국의 한 제자가 이해한 이국의 스승 데리다의 철학은 무엇이었는가?

그는 보기만 해도 아주 단단한 체격의 소유자이다. 1970년대 초까지만 해도 그를 볼 때마다 아주 까만 머리에 약간 검은 그의 얼굴에는 크고 영롱한 두 눈빛이 언제나 긴장하고 있었다. 1963~1965년까지 2년 동안 내가 그의 학생으로 소르본대학의 그 강의실에서, 또는 그냥 옛 학생으로서 그가 소르본을 떠나 1994년부터 강사로 근무하게 되었던 고등사범학교에서 그리고 소르본대학 주변의 거리나 카페에서 그를 가까이 혹은 멀리서 만날 때 항상 한 쪽 손에는 무거워 보이는 누런 가죽 책가방을 들고 있던 검은 옷차림의 그의 모습이 지금도 눈에 선하다.

1963년에 처음 그의 이름을 듣고 만나면서부터 2004년 그가 작고하기 두 달 전까지 내가 직접 및 간접적으로 알 수 있었던 인간 데리다의 얼굴에서 나는 단 한번도 웃음을 못 보았고, 농담을 들어본 적이 없었다. 그는 언제나 엄숙했고, 말이 별로 많지 않았으며, 이야기할 때는 거의 모든 프랑스인에게서 볼 수 있는 요란스러운 손짓 및 역동적 얼굴 표정을 하지 않았고, 어떻게 보면 비프랑스적이라 할 만큼 의젓하다거나 아니면 딱딱했다고 할 만큼 신중하고 점잖았다.

데리다는 '연습세미나' 외에도 '들뢰즈Deleuze의 흄Hume'에 관한 특강과 나란히 '철학의 방황Errance de La Philosophie'이라는 특강을 몇 달 간 했다. '연습세미나'에서 그는 아리스토텔레스 철학에서의 '실체Substance'에서 데카르트에서의 '직관Intuition', 칸트에서의 '선험적 자아Ego TranscendentaL', 후설의 '본질직관 Intuition Eidétique', 하이데거의 '인간존재Dasein' 등의 개념들을 분석하고, 가능하면 강단에 나와 한 주제를 놓고 발표Exposition하고, 2주일에 한 번씩 리포트Disseration를 제출토록 했다.

철학강의라고는 50년대 초 동숭동에 있던 서울 문리과대학 캠퍼스에서 박종홍 선생님의 철학개론을 무슨 말인지도 모르고 듣던 일이 전부였던 나는 파리에 와서 몇 권의 철학 입문서를 열심히 읽기는 했지만 데리다의 특강은 물론 세미나도 잘 따라가기가 너무나 벅찼다. 어려웠다. 도대체 그러한 개념들이 무엇을 뜻하는지 아주 낯설었다. 그리고 그러한 문제가 당시 나를 괴롭히고 있던 "어떻게 살 것이며, 삶의 의미가 무엇인가?"라는 실존적 문제와는 아무 상관이 없었다. 나는 그의 특강을 몇 번 듣다가 청강을 중단하고 '연습세미나'만은 잘 몰라도 열심히 빠지지 않고 출석하여 배우려고 했다. 학년말 시험과 직결되어 있기 때문이기도 했지만 실존적 문제에 대한 대답을 찾자면 당시의 나에게 적어도 그 세미나에서 다루는 철학적 개념들만이라도 정확히 이해해야 하는 것이 아주 기본적인 과정이라고 확신하고 있었기 때문이다.

처음 '보고서'로 주어졌던 제목이 무엇이었는지는 지금 기억이 나지 않지만 나는 그 주제에 관해서 열심히 공부하고 내 나름으로는 선생이 깜짝 놀랄 것이라고 기대하면서 보고서를 제출했다. 2주일이 멀다고 기다리던 차에 돌려받은 그 보고서의 점수는 20분의 6점이었다. 프랑스 채점제도에 의하면 모든 시험은 우선 합격/불합격으로 나누어지는데 그 경계선은 20점 만점의 10점이다. 내가 받은 점수는 낙제점의 훨씬 밑을 도는 것이었다. 나는 자존심에 큰 상처를 받았고 얼마동안 큰 충격에서 좌절감까지 느꼈다. 나의 두 번째 보고서에서는 20분의 9점을 받았다. 20분의 13점 정도를 받기를 기대했던 세 번째 보고서에서 나는 20분의 11점을 얻었다. 처음으로 합격점에 도달했던 것이다. 이 같은 나의 공부 과정이 데리다가 나를 위해 좋은 추천서를 써주었던 기본적 근거였을 것이라고 나는 지금도 추측한다.

그의 강의는 난해했다. 아니 분명하지 않았다. 그의 스승 리꾀르 교수 혹은 사회학자 레이몽 아롱Raymond Aron의 강의 그리고 사회학 '연습세미나'를 담당했던 사회학과 조교 가르디Gardi에 비해서 더욱 그러했다. 또한 그는 '따듯한' 감성적인 사람이 아니었다. 언제 대해도 약간 '차다'고 느껴졌다. 그의 '인간성'에 관한 이 같은 인상의 여러 가지 근거를 댈 수 있겠지만 한 가지만 예로 들어보자. 자신의 제자였던 내가 그의 추천서 덕택으로 미국유학의 길로 떠난 지 꼭 5년 반만에, 그리고 내가 미국의 대학에서 그 직업과 명색은 동일한 '철학교수' 생활이 3년 째였던 1971년 여름 반갑고 자랑스럽다는 생각으로 고등사범학교에 있는 그의 사무실로 찾아 갔을 때의 그의 태도에서 나오는 그의 '찬' 품성을 알 수 있었다.

누가 무엇이라 비판해도 데리다, 그는 방대한 철학적 밤하늘을 장식하는 은하계 가운데서도 가장 높은 곳에서 가장 강한 빛을 내고 있는 별, 철학의 화려한 스타임에 틀림없다.

우리는 내가 읽은 그의 책에 대한 얘기를 나누었고, 그는 자신의 책『음성과 현상La voix et le phénomène』이 곧 영어로, 얼마 후 일어로 번역되어 나올 것이라고 자랑스러워하면서, 나더러 보스턴에서 내가 외롭지 않으며, 소속된 어떤 팀Équipe이 있느냐고 물었다. 그렇지 못하다면 철학자로 활동하기가 어렵지 않겠느냐는 것이다. 만일 그렇지 못하다면 한국에 돌아가서 활동하는 것이 좋지 않겠냐는 것이다. 물론 그의 예측대로 나는 보스턴이라는 생판 객지에서 여러 모로 외로움을 느끼며 살고 있었다. 무척 그러했다. 초기에는 더욱 그러했다. 이러한 그의 따듯한 말에 나는 깊은 감명을 받았고 진심으로 고마웠다. 그의 이런 이야기는 그가 나를 철학가로서, 아니 하나의 인간으로서의 삶을 깊고 따듯한 마음으로 생각하고 있다는 사실의 증거이기 때문이다. 그는 차디차 보이는 그의 겉과 달리 깊은 속에서 그는 아주 따듯한 심성을 간직하고 있는 인간이었다.

그럼에도 불구하고 내가 역시 '찬' 사람이라고 느꼈던 것은, 만일 내가 그였더라면 "커피 한잔이라도 마시자!", 아니면 자기의 책 한 권에 사인을 해서 "이 책을 한 권 기념으로 주겠다!"고 했었을 것이기 때문이다. 이러한 그와 나의 차이는 어쩌면 그가 단단한 이성적 서양문화권에 속하는 데 반해서 내가 말랑말랑한 감성적 동양문화권에 속해 있었기 때문인지 모른다. 어쨌거나 나는 아쉽게도 내내 그와 커피 한 잔을 나누지 못했고, 내가 책방에서 사서 손에 들고 갔던 그의 작은 책,『입장Position』에 그의 사인을 받고 내가 투숙하고 있던 숙소로 돌아갔었다. 물론 그의 강의가 난해했던 것은 그가 그 후 머지않아 세상에 내놓게 될 서양철학사를 뒤흔들 만한 낯설지만 혁명적인 사색에 파묻혀 있었기 때문이 아니었을까? 또한 나에게 그렇게도 호의적인 추천서를 써주었음에도 불구하고, 언제 봐도 인간적으로 차게 느껴졌던 것은 그가 보다 근본적이고 아주 추상적인 그리고 영원한 문제를 해결하는 데 몰두해 있었기 때문이었을 수도 있다.

1970년 내가 보스턴으로 직장을 옮겨가기 일년 전인 1969년도 뉴욕주 트로이 시에 있는 렌셀러폴리테크닉대학Rensselaer Polytechnic Institute에 재직 중에 나는 그보다 2년 전 파리에서 출판된 데리다의 화제의 세 권의 저서, 『음성과 현상』, 『글쓰기와 차이L' écriture et la différence』, 『그라마톨로지에 관하여De la grammatologie』를 주문하여 읽을 때까지 나는 철학자로서의 데리다의 중요성을 전혀 모르고 있었다. 이 책들이 프랑스에서 큰 화제가 되었다는 것을 알게 된 것은 내가 있던 학교에서 과히 멀지 않은 곳에 있는 여자 명문사립대학의 하나인 스미스대학Smith College에서 프랑스 미학을 가르치고 있던 장 파리스Jean Paris를 만나고 나서이다. 어쩌다가 말 끝에 그는 내가 데리다를 개인적으로 알고 있을 뿐만 아니라 그의 제자였다는 이야기를 하자 철학이야기를 꺼내고 위의 세 권의 책을 낸 데리다가 하이데거를 넘어서는 철학자라는 소문이 돌고 있다는 것이었다.

1971년 내가 소르본대학 앞 한 카페에서 만난 까뮈 전공자로 알려진 사로키Saroki 교수는 알고보니 데리다를 개인적으로 알뿐만 아니라 고등사범학교와 그 학교 입학준비 학교인 루이 르 그랑 고등학교 Lycée Louis le Grand 보수과 동기 동창이라면서 당시 데리다가 후설과 하이데거 등을 열심히 공부했었다고 이야기해주었다. 그렇게 말하면서 이미 세계적 명성을 얻게 된 동기동창 데리다를 선망하는 모습도 엿볼 수 있었다.

파리의 서점에서 보내준 세 권의 책 중 뒤의 두터운 두 권은 1년 후 보스턴으로 옮겨간 후에 읽었지만, 테가 얇은 것 가운데 첫 번째 책, 『음성과 현상』을 읽고는 두 가지 이유에서 깜짝 놀랐다. 첫째는 지금까지 분석철학에서는 물론 어느 철학 텍스트에서도 볼 수 없었던, '해체Déconstruction', '흔적Trace', '보완Supplément', '차연Différance', '처녀막Hymen' 등등의 낱말들이 중심개념으로 사용되고 있다는 사실과 맞부딪쳤기 때문이다. 둘째, 그가 다루고 있는 문제가 당시나 지금이나 나의 철학적 핵심관심사인 언어와 그 의미에 대한 문제이며, 그러한 문제가 영미의 분석철학자들이 다루고 있는 핵심문제와 다르지 않으면서도 그 접근 방법은 너무나 다르고 그러면서도 전자들이 갖고 있는 설득력 이상으로 철학적 호소력을 갖고 있음을 발견했기 때문이기도 하다.

나는 그 후 이 책을 원서로 몇 번 읽었고, 다음에 나온 영어 번역판으로도 몇 번 읽었다. 이 작은 책에 데리다의 철학적 기본 사상, 방법, 키 어휘가 모두 담겨 있다고 믿고, '해체철학'이라고 불리게 된 그의 철학의 막중한 중요성을 갖고 있음을 나는 세계의 수많은 이들과 함께 지금도 확신한다. 내가 적어도 기호와 그 대상의 관계 및 철학과 문학의 관계에 대해서는 지금도 의견을 달리하고 있지만 말이다.

바로 이때까지, 나는 데리다보다 몇 년 선배인 들뢰즈는 그가 벌써 오래전부터 발간한 『흄Hume』, 『베르그송Bergson』, 『프루스트와 기호Proust et les Signes』, 『니체와 철학Nietzsche et la Philosophie』 등의 수많은 책을 통해서 이미 이름만은 파리에 있을 때부터 잘 알고 있었다. 하지만 데리다에 관한 한 사정은 달랐다. 앞서 언급한 그의 책을 파리로 직접 주문하여 받아 보기 이전까지, 그리고 미국에서 데리다에 대해 발표된 논문들과 출판된 책들을 접하기 전까지 나는 나의 스승이었던 데리다의 철학이 무엇인지 전혀 몰랐었고, 그의 철학의 중요성은 더더군다나 몰랐다.

이 당시까지 내가 전도 유망한 젊은 철학자로서의 그를 처음으로 알 수 있었던 것은 1963년 프랑스 철학계의 원로의 한 사람이었던 장 발Jean Wahl이 회장으로 있는 '철학 서클Cercle de Philosophie'이 주최한 한 지식인들의 모임에서였다. 그 모임에는 누보로망Nouveau Roman의 한 대표적 소설가인 동시에 소르본대학 철학과 출신으로 그 써클의 총무를 맞고 있었던 미셸 뷔토르Michel Butor가 있었다. 그가 곧 발간 예정이었던 자신의 작품 「당신의 파우스트Votre Faust」에 관해 할 강연을 들으러 몇십 명의 청중 속에 섞여 있던 나는 그 가운데에 데리다가 있음을 보았다. 이때 원로 장 발 교수는 옆에 서 있는 데리다를 보면서 "자크Jacques! 자네가 번역한 후설의 저서 『기하학의 기원L' origine de la géometrie』이 수상하게 된 것을 축하하네!" 하고 말하는 것을 옆에서 듣고 데리다가 철학의 유망주라는 것을 비로소 눈치챘다. 데리다는 문제의 책을 1962년에 번역했던 것인데 그 번역본에 쓴 데리다의 서문은 원래의 텍스트보다 긴 것으로 유명하지만, 바로 그 서문이 후에 전개될 데리다 철학의 DNA였다는 것을 나는 그 후에야 알 수 있게 되었다.

그가 5년 후 유명하게 되기 전부터 데리다는 당시 서른둘의 나이에 이미 자신의 독창적인 철학적 패러다임을 거의 완결하고 있었던 것이다. 1967년 그를 혜성같이 하루아침에 유명하게 만든 세 권의 책 중 두 권의 내용들이 주로 천재적 소설가로 한 때 촉망을 받던 필리프 솔레르스Philippe Sollers 주관의 《텔켈Tel Quel》이라는 전위적 문학이론 계간지에 이미 발표되었던 것이었음을 감안하면 그의 철학이 탈강단적, 탈제도적, 반전통적 성격을 띠리라는 것과 동시에 그의 철학적 조숙성을 알 수 있다.

나는 1977년 봄호 《철학哲學》에 발표한 「이념학理念學Idéologisstics과 현대사상現代思想」이란 제목의 글에서 푸코, 들뢰즈, 라캉, 바르트, 데리다 등 60년대 이후의 대표적인 프랑스 인문학자들을 소개하면서 그들의 글쓰기를 철학, 사회학, 심리학, 언어학, 철학이라는 학문적 분야의 범주 대신에 '이념학'이라는 새로운 학문적 분야의 범주에 묶는 것이 가능하며 바람직하다는 제안을 한 적이 있다. 데리다를 비롯한 위의 프랑스 철학자들은 서로 약간씩은 다르면서도 분석철학을 포함한 기존의 여러 철학들이 했던 것과는 상당히 다른 작업을 하고 있다는 점에서는 동일하며, 그들의 공통점은 모든 사유, 이론에 숨어 있는 음침하고 응큼한 이념들의 음모를 폭로하고 고발하고 더 나아가서는 그렇게 왜곡된 이념들을 분쇄하여 사실을 사실대로 보게 하겠다는 계몽적 의도가 깔려있는 사실에서 찾을 수 있는 것이 아닌가 생각되기 때문이다. 이런 점에서 그들은 니체, 마르크스 그리고 프로이트의 후예들이라 주장할 수 있다. 데리다는 위의 여러 사상가들 가운데서도 더 급진적이고 더 혁명적이며 더 보편적인 철학적 문제에 천착했던 것으로 보인다.

그가 무명의 철학자로서 그러한 전위적 실험 문학지에 글을 쓰고 나서부터 40년이 지난 지금, 철학계는 물론 지성계 전체는 이미 전과는 확연히 달라졌다. 그의 철학으로 전통적 사유와 질서의 많은 부분은 이미 해체되고 지금도 계속해서 해체 중이다. 이러한 가운데에 첨단과학기술의 비약적 발전과 아울러 혼란이 생기고 있지만 그 가운데서 새로운 세계에서 새로운 문명이 창조적으로 재구성되어가는 중인 것 같다. 하지만 개인적으로 그의 제자인 나는 한 사람의 철학자이자 스승인 그의 철학적 의미론, 더 일반적으로 인식론에 아직도 완전히 동의할 수 없다.

그것은 아마도 나의 무지 때문인지도 모르지만 말이다. 그런데도 불구하고 그는 누가 무어라 해도 20세기, 아니 21세기의 위대한 철학자로 남을 것이며, 나는 그만큼 그를 존경하고, 그러한 스승의 제자였다는 것만으로도 자랑스럽게 생각한다. 그리고 나는 그의 '연습세미나'와 그의 많은 저서들, 그리고 그에 대해 쓴 많은 책들을 생각하면서 제자가 이제 유명을 달리하게 된 스승에게 바치는 고별사로서 그의 명복을 빌며 이 글을 그의 영혼에 바친다.

《철학과 현실》 제63호, 2004.

04
지적 방랑의 변명

영국 낭만주의 문학을 장식한 키츠Keats는 22세에 요절했고, 프랑스의 현대시사에 빛나고 있는 랭보는 19세에 시작詩作을 그만두었다. 흄은 이미 26세에 유명한 철학 저서를 출판했고, 헤겔, 하이데거, 비트겐슈타인, 사르트르, 데리다는 모두 30대에 각기 『정신현상학』, 『존재와 시간』, 『논리철학논고』, 『존재와 무』, 『음성과 현상』을 출판했다. 나는 10대부터 세계를 매혹할 작가의 꿈을 꾸었고, 뒤늦게 30대 중반에 철학을 시작할 때는 세상을 바꿀 철학을 세워보겠다는 원대한 꿈을 남몰래 간직했었다. 지금까지 나는 이화여자대학교에서 불문학교수로 4년을 지냈고 미국에서 철학교수로 25년을 보냈으며, 현재 고국에 돌아와 철학을 가르치고 있다. 그동안 4권의 시집과 30여 권의 철학 저서, 그리고 적지 않은 양의 논문을 한국어와 영어와 불어로

써냈다. 그러면서도 나는 나 스스로를 시인으로나 철학가로 생각할 수 없다. 그렇다고 지금의 내 나이를 감안할 때 나를 시인이나 철학자로 새삼 부를 수 있게 할 만한 시집이나 철학적 저서를 기대한다는 것도 어려울 것 같다. 그럼에도 불구하고 나는 그동안의 시작과 철학 저서들을 습작으로만 믿고, 날마다 세상을 매료할 만한 철학적 시와 세계를 바꿀 만한 시적 철학체계를 머릿속에서 창작했다가 구겨버리고, 구상했다가 허물곤 하는 망상적 시간에 잠기곤 한다. 이러한 자신을 의식할 때마다 나는 나 자신에게 물어보곤 한다. 나는 도대체 누구인가? 나는 어디서 와서 무엇을 찾아 어디로 가고 있는가?

나는 아산리에서 약 6킬로미터 떨어진, 30여 가옥이 모여 이루어진 창룡리라는 벽촌에서 한 유가儒家의 막내로 태어났다. 형들이 서울과 동경에 유학을 갔던 관계로, 나는 방학을 제외한 대부분의 날들을 언제나 탕건을 쓰고 계시던 한학자이신 조부, 신학문을 다소 익혀 '개화'한 부친, 일찍 부친을 잃고 집안이 기우는 바람에 외가가 되는 서울의 정승 댁에서 성장했다가 시골 양반집 농가에 17세의 나이로 시집을 와야 했던 모친, 그리고 남녀차별로 높은 학교에 진학 못하고 집에 남아 있어야 했던 두 누이 틈에서 동네사람들로부터 '애기 도련님'의 대접을 받으며 자랐다. 장날 읍내에서 소를 몰고 장을 보고 돌아올 때에 마신 막걸리에 약간 얼근해진 우리집 일꾼들인 김서방이나 오서방이 신문지에 싸서 사다 준 가래엿이나 눈깔사탕을 받았을 때 느꼈던 따뜻하고 기뻤던 기억은 아직도 생생하다.

조부는 약주를 즐기시면서도 한 번도 언행을 흐트러 보이신 적이 없고, 엄하게 범절을 따지는 백발이었지만 심성은 고운 분이셨다. 부친은 천성이 가냘프다 할 만큼 마음이 여리셨다. 어머니는 소심한 아버지와는 대조적으로 꿋꿋하고 과묵하신 분이였으나 언제나 정성스러우셨다. 식구 가운데 영악하거나 극성스럽거나 강한 이는 아무도 없었다. 모두 마음이 착한 탓이었을까? 아니며 약한 탓이었을까? 아무튼 막내로 태어나 집안에서는 서열상 밑바닥에 있었으면서 나는 단 한 번 누구한테 맞아 봤거나 큰 소리로 야단을 맞았던 기억조차도 찾아낼 수 없다. 그러니 나중에 읍내에 있는 소학교, 그리고 그 후 서울에 있는 중학교에 가서 거친 읍내 애들이나 서울 놈들의 상스럽고 거친 언행에 큰 충격을 받게 됐던 것은 당연하다. 이런 경험을 통해서 나는 내가 그때까지 얼마나 좁은 온실에 갇혀 있었는가를 깨닫게 되었다.

나는 일찍 학교에 다니고 싶었다. 책보를 들고 학교에 다니는 나이 든 애들이 부러웠다. 그러나 부친은 내가 9세가 되어서야 입학시켰다. 학교가 십오 리나 떨어진 곳에 있는 데다가 어려서부터 나의 몸과 마음이 남달리 유약한 탓이었다. 그러나 시골 통학길이 고되기는 했지만 나는 학교가 재미있었다. 언제나 선생님들한테 칭찬을 받고 우등상을 받았기 때문이다. 나 역시 머지않아 형들의 뒤를 따라 서울에 있는 높은 학교에 가는 것은 마치 자연의 법칙같이 당연한 것으로 여겨졌다. 4세 때 급성폐렴을 앓아 일꾼의 등에 업혀 온양에 있는 병원에 다녀왔었다는 말은 후에 들었지만, 내가 기억할 수 있는 한, 학교에 가기 전에 나는 한 번도 동네를 떠나본 적이 없다. 그러한 나에게 목조 현대식 소학교 건물이며, 콘크리트로 세운 교문과 거기에 붙은 동판 학교이름이며, 현관에 붙은 학교종이며, 교원실에 있는 오르간이며, 이 모든 것들은 무한한 호기심을 자극하고 동경심을 불러 일으켰다. 어린 촌뜨기는 자기가 살고 있는 촌과는 다른 문명의 세계, 그가 전부인 줄로만 알고 있었던 농촌마을 너머, 보다 넓고 개명한 다른 세계가 있음을 막연하나마 의식했던 것이다. 다른 세계에 대한 의식은 5학년 때 그 지방에서 뽑혀 열흘 남짓 일본 구경을 하고 돌아와서 더욱 분명해졌다.

그러나 서울에 있는 중학교에 입학할 때까지 작은 농촌과 학교가 있는 15리 밖의 읍내가 내 세계의 전부였다. 야산, 산소, 개천, 논, 밭 등이 나의 삶의 공간의 전부였다. 소, 돼지, 개, 닭, 참새, 까치, 잠자리, 붕어, 개구리, 거머리, 모기, 배추, 고추, 참외, 참깨, 감자, 고구마, 옥수수 등이 농촌의 넉넉지 못한 양식이었다.

그러나 나에게는 부족함이 없었다. 나에게는 언제나 뒤에서 나를 든든하게 보호해주시는 조부, 모친 특히 부친이 계셨다. 하루하루가 삶으로 역동했다. 여름이면 언제나 바빴다. 학교에서 돌아오면 책보를 내던지고 여름에는 동네 앞을 흐르는 개울에서 물장난하고, 논고랑에서 붕어를 잡았고, 겨울이 되면 얼어붙은 논바닥에서 미끄럼 타기에 열중했다. 때로는 소를 논두렁으로 끌고 다니면서 풀을 뜯겨야 했고, 때로는 빈 정종 병을 들고 건너편 마을에 가서 술을 사와야 했다. 때로는 벼가 누렇게 익은 논에 날아오는 새들의 무리를 쫓기 위해 찌그러진 세숫대야를 몇 시간이고 두들기기도 했다. 그러면서도 어려움을 느끼지 않고 행복했었다. 모든 것이 자연스럽고 평화로웠다.

이러한 나의 세계에 금이 가기 시작했다. 내가 소학교를 졸업할 무렵부터였다. 그것은 내가 사춘기를 나도 모르게 느끼기 시작한 때와 일치한다. 나는 인간 간의 갈등, 주위 사람들에게서 볼 수 있는 가난함과 빈약함, 무지와 미련함, 고집과 억지, 때로는 악의와 잔인성, 인간 간의 불평등, 제도적 억압, 운명과 죽음에 대한 수수께끼, 특히 물질적 생활조건에 대한 불만을 막연하게나마 의식하기 시작했다. 이러한 의식은 큰형이 시골집에 두고 간 문학책, 서양문예사전, 그리고 일본 작가와 사상가들의 전기 등에 눈을 떠서 그 뜻을 잘 모르면서도 그것들을 몰래 열중해서 뒤적거려보기 시작하면서부터 급격히 예민해지고 부풀었다. 아마 나는 이 당시 벌써 작가, 시인, 예술가, 아니 '사상가'가 되겠다고 막연하게 마음먹은 듯싶다. 아무튼 나는 무엇인지도 모르면서 지적 · 정신적 세계에 끌렸던 것으로 기억된다.

이제 내가 변하고 나를 둘러싼 세계가 달라지기 시작했다. 가정에 대한 자부심이 흔들리고, 포근했던 시골 마을이 어지러워지고, 멋있어 보이던 동네 사람들이 초라해 보이고, 무한히 넓은 줄만 믿었던 들과 산이 답답한 공간으로 변모했다. 내가 책에서 위인들을 만나고 난 후 집안 어른들이나 형들을 보는 눈이 달라졌다. 한문을 잘 하시고 보학譜學에 환하신 할아버지는 엄격한 뜻에서 학자는 아니셨다.

그는 가문의 체면을 잃지 않기 위해 전통적 예의범절을 지키는 것으로 만족하고 계셨다. 아버지는 신학문에 조금은 통하고 계셨지만 적극적으로 '개화'하려는 현대인은 아니셨다.

그는 어려움을 무릅쓰고 오직 4형제의 교육을 시키느라고, 제대로 된 신사양복 한 벌도 장만하지 않고 공무로 일본이나 다른 지방을 여행해야 할 때는 부잣집 내종 4촌 동생의 양복을 빌려 입어가면서 자신을 돌보지 않으셨다. 그는 그만큼 경제적이셨다. 형들은 중학교와 대학에 다니고 있었긴 했지만 '사상가'가 될 만큼 도덕적 혹은 정치적 의식이 강했던 것 같지는 않았고, 큰 야심과 투지를 보이기에는 성격들이 너무 소극적이고 약했던 것 같다. 개인적이고, 가족적인 마을이라는 공동체적 차원에서만이 아니라 국가적, 아니 민족적 차원에서도 마찬가지다. 알고 보니 우리는 주권을 잃은 식민지였으며, 어떤 한국인이나 어떤 한국적 문화유산도 세계적인 비중을 가졌다는 증거가 보이지 않았다. 충격적으로 박살난 자존심 뒤에 남는 것은 무한한 허탈감이다.

그럴수록 나는 나의 세계가 좁고, 어둡고, 답답하게 느껴졌다. 나는 보다 넓고, 환하고, 멋있는 세계로 떠나, 보다 높고 푸른 하늘을 향해 날아갈 준비를 해야 했다. 모든 것을 풀어 새로 밝히고 싶었다. 나의 운명과 세계를 바꾸어놓고 싶었다. 나는 나 자신과 세계에 대해 반항을 시작하고 있었던 것이다. 나는 그때 이미 분명히 환상에 빠진 낭만주의자였던 것 같다. 일흔을 넘긴 지금까지도 멋있는 철학적 시와 시적 철학을 창조하겠다는 꿈을 깨끗이 버릴 수 없는 나는 바보가 아니라면, 아직도 망상에서 깨어나지 못한 낭만주의자로 남아있음에 틀림없다. 그 당시 이러한 허망한 망상에 빠져들어 갈수록 나는 그만큼 더 외로움을 느꼈다. 어디 가서 나의 상처받은 아픔을 호소하며, 누구한테 가서 허망스러우나 크나큰 꿈을 의논하고 도움을 청할 수 있겠는가? 나에게는 그런 곳이나 그런 이들이 전혀 없었다. 나는 혼돈 속에서 그지없이 외로웠다.

이러한 나의 정신적 상황은 해방 후 집안의 경제적 사정이 퍽 각박해진 가운데, 게다가 심한 사춘기를 거쳐 가면서 더욱 고통스러웠다. 정치적 및 사회적 의식이 강렬했지만 정치적 행동에는 비교적 소극적으로만 참여했던 이유는 당시 나의 가정적, 신체적 및 정신적 상황 때문이었다. 나는 행동적이기보다는 사색적이며, 실용적이기보다는 관념적으로 되어가고 있었다. 나는 어느덧 우울한 내성적 문학 소년이 되어 있었고, 알지도 못하는 문학책을 닥치는 대로 읽으면서 혼탁한 가운데서나마 나름대로 세상과 인간과 삶을 보는 시야를 넓히고, 도덕적 및 미학적 감수성을 길러가고 있었다.

그와 더불어 세상의 부조리, 인간의 비리, 운명의 불평등성 등이 무력한 나의 분노와 반항심을 자극하고, 나를 빠져나갈 수 없는 혼돈 속에 몰아넣고 있었다. 이런 과정에서 나는 육체적으로는 어느덧 편두통과 신경성 위궤양에 걸려 그 후 몇십 년 간 고질적인 육체적 고통을 견디어 가야 했었고, 정신적으로는 염세적인 동시에 낭만적 이

한편으로는 모든 것을 투명하게 설명하고,
다른 한편으로 모든 것을 아름다운 것으로 만듦으로써
삶의 후끈한 의미를 발견하고
젊음의 환희를 체험해보고 싶었다.

상주의자, 허무주의자인 동시에 심미주의자로 변해가고 있었다. 그러나 그럴수록 나는 역시 문학, 시에 끌려 있었고, 문필가, 철학적 사상가가 되고 싶었다. 나는 내가 빠져든 육체적 고통에서 해방되고, 정신적으로 어두운 수렁에서 빠져나가려고 몸부림치고 있었다. 한편으로는 모든 것을 투명하게 설명하고, 다른 한편으로 모든 것을 아름다운 것으로 만듦으로써 삶의 후끈한 의미를 발견하고 젊음의 환희를 체험해보고 싶었다. 당시 내가 의식했던 것은 아니지만 나는 막연한 대로 키에르케고르가 말하는 '목숨을 걸고 싸울 수 있는 가치 있는 것'을 더듬어왔었기 때문이 아니었던가 싶다.

대학 시절 보들레르의 삶과 작품이 나에게 충격을 주어 시로 유혹했고, 사르트르의 마술적 언어의 논리가 나를 실존적 문제에 눈을 뜨게 했고, 또한 철학적 세계를 엿보게 했다. 소르본대학에서 5년을 지내면서 나는 피상적이나마 방대한 지적 세계와 접하면서 사유와 학문의 세계에 한 발자국씩 끌려들게 되었고, 아무리 서정적 시라도 논리적으로 해석할 수 있고, 그러할 때에 비로소 논리를 초월한 시적 가치를 체험할 수 있음을 깨달았다.

미국 대학에 2년 반 동안 학생으로 있으면서 나는 처음으로 '분석철학'이라는 말을 들었고, 철학적 사고의 미시적 세밀성과 논리적 엄격성을 배우면서 그때까지의 나의 지적 수준이 얼마만큼 엉성했던가를 의식하면서 내 자신의 지적 미래에 대해 절망감을 자주 느끼곤 했다. 그러면서도 나는 내가 새로 접한 이 새로운 철학에 크게 반발을 했다. 나의 철학적 문제는 어떤 전문화된 특수한 영역에서 제기되는 언어적, 개념적, 논리적인 것이 아니라 세계와 우주를 총체적으로 설명하고, '인생의 의미'를 찾아내는 절실한 실존적인 것이었기 때문이다.

그 후 25년간 미국 대학에서 직장을 갖고 있는 동안 나는 수많은 철학적 분야와 다양한 철학적 입장에서 쓴 책을 닥치는 대로 읽었고, 예술, 문학, 형이상학, 인식론, 언어 등 다양한 주제에 대해 시시한 것이었지만 적지 않은 수의 논문을 썼다. 이러는 동안 나의 철학적 방법은 현상학도 아니며 분석철학도 아닌 것이 되어 있었다. 나의 철학적 관심은 어떤 한 가지 분야에 머물지 않았으며, 내가 즐겨 찾는 철학자는 플라톤도 칸트도 아니었고, 비트겐슈타인도 하이데거도 아니었고, 콰인도 데리다도 아니었다. 이러한 기간 동안 시간 관계로 잘 읽을 수가 없었을 때도 나의 관심은 문학과 예술에서 떠난 적이 없었다. 이러한 나의 지적 호기심과 방황, 회의와 반성 그리고 추구와 방랑은 백발이 된 지금도 끝나지 않고 계속되고 있다. 지난 40년에 걸쳐 내가 펴낸 40여 권의 한국어 책과 여기저기 발표한 수십 편의 영 · 불어 논문들은 산만한 정신적 궤적을 따랐던 내 지적 방랑의 거칠고 어수선한 흔적들에 지나지 않는다.

나는 지금까지 어떤 철학자도 그대로는 추종하지 않는다. 그러나 수많은 철학자들로부터 무한한 지적 통찰력과 지혜를 배운다. 위대한 철학자, 작가, 혁명가는 물론 나를 가르쳐주신 시골 소학교 선생님으로부터 모든 스승들에 이르기까지, 나와 가까웠던 모든 친지들, 수많은 책들, 세계, 자연, 그리고 나의 모든 경험이 나의 철학적 교사이자 교과서였다.

나는 어떤 특정한 종교도 믿지 않는다. 그러나 스스로를 누구 못지 않게 종교적인 사람으로 자처한다. 나는 물리적 우주에 대한 과학적 설명을 신뢰한다. 그러나 바로 그러한 우주야말로 가장 신비스러운 것으로 본다. 나는 내세를 믿지 않고 누구나 한 번밖에 살지 못한다고 믿는다. 그러나 바로 이 세상이 곧 내세이며, 바로 이 삶이 영원한 삶이라고 믿는다. 나는 삶의 궁극적 허무를 의식한다. 그러나 이 허무감을 달랠 아무것도 눈에 띄지 않는다. 나는 인간이 자연, 지구, 우주의 주인이라고 믿지 않는다. 그러나 인간이 자연, 지구, 우주의 운명에 대한 책임이 있다고 믿는다. 나는 인간보다 개나 새에 더 정이 간다. 그리고 인간이 물리적으로는 무한히 광대한 우주의 무한히 작은 일부분임을 안다. 그러나 또한 인간은 정신적으로 우주보다 크다는 것을 알고 있다.

나는 언어를 떠난 인식을 믿지 않는다. 그러나 인식은 역시 인간의 인식과 독립해 존재하는, 개념화할 수 없는 무엇에 대한 인식이지 인간의 상상물이 아니라고 생각한다. 나는 우리가 믿고 있는 모든 사실, 현상, 세계, 우주 등등은 언어에 의한 인간의 고안품이라고 믿는다. 그러나 그러한 사실, 현상, 세계, 우주는 단순히 인간에 의한 언어적 발명 이상이라고 확신한다. 나는 인식론적 관념론자이며 존재론적 유명론자이다. 그러나 플라톤이나 버클리적인 관념론을 배척하고, 존재론적 개념주의를 거부한다.

나는 궁극적으로 어떤 것이 선하고 어떤 것이 악한지, 궁극적으로 어떤 삶이 옳고 그릇된 삶인지를 알 수 없다. 그러나 선과 악, 옳고 그릇된 삶은 개인이나 집단의 의견에 달려있지 않다고 확신한다. 나는 행복하고 싶다. 그러나 그냥 편함으로써의 혹은 쾌락으로써의 행복을 멸시한다.

나는 유토피아를 믿지 않는다. 그러나 인간사회는 꾸준한 개혁으로 개선되어야 한다고 믿는다. 나는 역사의 변증법에 따른 진보가 허구라고 생각한다. 그러나 인간의 지혜와 결단에 따라 역사는 진보해왔고 앞으로도 진보할 수 있으며, 진보해야 한다는 신념을 갖고 있다. 나는 독재적 사회주의보다는 자유민주주의를 선택했다. 그러나 현재와 같은 물질적 가치만을 중요시하는 추악한 자본주의에 구역질을 느낀다. 나는 동구 사회주의 체제의 붕괴가 그곳 민중들을 위해서 다행스러운 역사적 사건이라고 여긴다. 그러나 사회주의가 지향하던 유토피아적 이상은 살아남아야 한다고 믿는다.

나는 소수 세련된 지배 귀족에 맞서 다수 소박한 민중의 편에 선다. 그러나 민중은 정말로 귀족적이어야 한다고 믿는다. 나는 문화가 대중이 즐길 수 있는 것이라야 한다고 생각한다. 그러나 오늘의 천박한 쾌락주의적 대중문화를 혐오한다. 나는 약바른 자를 경멸한다. 그러나 위선자는 정말 참을 수 없다. 나는 조용한 것을 좋아한다. 그러나 나 자신에게 철저하고 싶다.

나는 이성이 정확히 무엇인지를 모른다. 그러나 이성의 존재를 확신한다. 나는 이성이 판단의 절대적 잣대라고는 믿지 않고, 이성을 무조건 의지할 수 있는 빛으로 신뢰하지 않는다. 그러나 이성은 역시 사유의 잣대이며, 이성보다 더 신뢰할 수 있는 빛은 아무데서도 찾아낼 수 없다. 나는 모든 사람들이 다같이 이성적 기능을 갖고 있다는 것을 안다. 그러나 그들이 또한 이성을 잃는 때가 흔히 있다는 것을 안다.

나는 철학이 이성적 활동의 가장 대표적 표현이라고 믿는다. 그러나 이성은 인간의 모든 활동에서 다소나마 발견할 수 있다. 나는 철학이 아무것도 생산하지 못하고, 세계의 어느 것도 바꾸어 놓을 수 없음을 안다. 그러나 철학은 세계를 밝히는 빛이다. 나는 철학의 실용성을 믿지 않는다. 그러나 철학이 세계의 창조자라는 점에서 철학은 가장 실용적이라고 생각한다. 나는 철학적 사유도 역시 자연의 일부로서 자연, 세계 속에 갇혀있음을 안다. 그러나 철학적 사유를 하는 한 인간은 필연적으로 그가 태어나고 생존하는 사회, 세계, 자연을 초월하고 우주는 그러한 철학적 사유 속에 들어있음을 안다.

『이성은 죽지 않았다』(1996)

05
끝없는 의미 찾기

'순례' 하면 먼저 '성지순례'라는 말이 머리에 떠오를 만큼 순례는 종교와 뗄 수 없는 관계를 맺고 있다. 하지만 '순례'라는 말이 반드시 종교적인 것은 아니다. '순례'라는 낱말은 원래 방황, 정신적 편력, 긴 여행, 인생의 행로 등 다양한 뜻을 가진 영어 'Pilgrimage'의 우리말 번역어이다. 이 영어 단어가 '방황자' '떠돌이' '이방인'을 뜻하는 라틴어 Peregrinus에서 파생한 Pilgrim이라는 낱말에 뿌리를 박고 있다는 사실에서도 이를 알 수 있다.

성지순례가 있을 수 있듯이, 순례자의 관심과 목적에 따라 학술순례, 역사순례, 건축순례, 미술관순례, 관광순례, 쾌락순례 등도 있을 수 있다. 실제로 오늘날 많은 단체여행이 후자와 같은 순례에 속한다. 순례의 기본적인 의미는 무언가에 대한 꾸준한 탐구, 긴 여정, 낯선 길로의 떠남과 그 길을 따라 여러 곳을 '둘러봄'을 뜻한다. 그러나 순례는 그냥 '둘러봄', 즉 구경이 아니다. 권태의 해소와 오락을 위한 길나들이가 아니라 정신적, 지적 탐구라는 목적이 분명한, 체계적 둘러봄을 위한 길나들이이다. 순례에는 보다 더 가치 있는 것, 궁극적으로는 보다 더 성스러운 것에 대한 집요하고 투철한 소망과 의지가 내포되어 있다.

1620년 메이플라워Mayflower라는 이름을 붙인 작은 목선을 타고 영국을 떠나 목숨을 걸고 거친 대서양을 건너 완전한 미개척지 신대륙이었던 미국의 동쪽 해안 플리머스에 발을 디딘 청교도들. 그들을 순례자 조상들The Pilgrim Fathers이라고 부르는 이유는 그들이 종교적 신앙을 위해 미지의 길을 나섰기 때문만이 아니다. 그들의 믿음의 내용과는 상관없이 자신의 신앙, 즉 신념에 철저했고 그러한 신념을 위해 험난한 도전과 모험의 길을 나서는 데 주저하지 않았기 때문이다. 보다 옳고, 보다 아름답고, 보다 분명하고, 보다 순결하고, 보다 숭고한 것을 위해 많은 것, 때로는 모든 것을 버리기 위해서 나서는 행위야말로 순례의 본질이다.

길 위에 선 인간

누가, 왜 이러한 순례의 길을 나서고 있는가? 누가, 무엇이 순례자인가? 20세기 철학자 하이데거는 참다운 사유를 존재의 목소리를

삶은 부단한 변화의 과정, 즉 길 위에 존재한다. 인간은 인간으로서 정해진 길을 따라 변하지 않을 수 없고, 또한 발전하지 않을 수 없다.
인간은 태어나자마자 나들이길에 나선 순례자이며, 그의 삶은 곧 끝없는 순례의 과정이다.

듣기 위해 마련한 오솔길로 보았고, 18세기 형이상학자 헤겔과 20세기 신부이자 고생물학자였던 테이야르 드 샤르댕은 인간을 포함하여 우주의 역사를 물질이 정신으로 진화하는 과정, 즉 행보로 설명했다.

그리스도교 및 이슬람교는 인간을 포함한 삼라만상의 현상을 하느님의 계시에 따라 인간이 스스로를 구원하는 길을 찾아가는 과정으로 보았다. 노장사상은 물론 그와 상반된다고 믿어왔던 유교에서도 우주 삼라만상의 영원불변한 보편적 원리가 길의 이미지로 파악되고 있다. 이러한 사실은 길을 뜻하는 '도道'라는 한자어가 노장사상을 표현하는 것에서도 알 수 있다. 생명이 곧 끝없는 길을 걸어가는 과정이라는 생각은 모든 생명이 해탈하기까지는 끝없는 '윤회'라는 쳇바퀴 속에 갇혀있는 것이라는 힌두교와 불교의 핵심사상에서도 나타난다.

그렇다면 인간은 물론, 모든 동물과 사물, 자연, 지구, 우주가 일종의 인격체인 동시에 순례자이며, 그들의 역사는 일종의 순례의 역사가 아닐까? 하지만 모든 존재를 위와 같은 철학적, 종교적 교리 대로 쉽게 믿을 수 있는지는 깊이 생각해보아야 할 문제이다. 위의 사상들은 물활론적 사유의 일종인 의인적Anthropomographic 세계관을 반영하는데, 이러한 세계관은 첨단 과학기술의 기적에 가까운 경이로운 위력에 비추어볼 때 버티기 어려운 것이기 때문이다. 자연, 지구, 우주의 존재에 어떤 목적이 있다고 생각하기는 쉽지 않고, 그러한 것들의 형태에 '순례'라는 의인적 개념을 적용할 수 있는 정당성을 대는 일도 결코 간단치 않은 일이다.

이러한 사실에도 불구하고 적어도 인간의 삶만은 위와 같은 철학적 혹은 종교적 세계관의 틀에서 가장 잘 설명될 수 있을 것 같다. 인간이 길 위에서 자신의 길을 부단히 새로 만들고 태어나서 죽을 때까지 살아가는 존재라는 것만은 확실하다. 인간은 다른 생명체들과 마찬가지로 태어나는 순간부터 죽을 때까지 항상 스스로를 새롭게 변화시킴으로써만 생존할 수 있다.

어머니의 젖에서 떨어지고 싶지 않아도 젖 대신에 밥을 먹어야 하며, 어른이 되고 싶지 않아도 어른으로 변신할 수밖에 없다. 늙고 싶지 않아도 늙을 수밖에 없고, 죽고 싶지 않더라도 때가 되면 죽어야 한다. 삶은 부단한 변화의 과정, 즉 길 위에 존재한다. 인간은 인간으로서 정해진 길을 따라 변하지 않을 수 없고, 또한 발전하지 않을 수 없다. 인간은 태어나자마자 나들이길에 나선 순례자이며, 그의 삶은 곧 끝없는 순례의 과정이다.

인간의 삶이 곧 종교적 순례

순례는 좁은 의미의 종교인에게만 의미를 갖는 말이 아니라, 넓은 의미에서 낯익은 한 곳을 떠나 낯선 다른 곳, 보다 의미 있고 바람직한 것을 찾아가는 끊임없는 길 떠남이요, 인간의 삶은 끊임없는 방랑, 방황, 탐구, 즉 순례의 과정이다. 이런 점에서 종교적 신념과 상관없이 모든 순례자는 넓은 뜻에서 종교적이다. 또한 자신이 추구하는 목적과 그 가치를 확고히 하든, 그 반대로 도중에 방황하거나 좌절하든 상관없이 모든 인간의 삶은 하나같이 일종의 종교적 순례의 길을 걸어가고 있다.

인간은 다른 모든 개별적 생물과 마찬가지로 자신이 의식하든 않든 자신의 의도와는 상관없이 궁극적으로 이해할 수 없는 이유에 의해서 태어났다. 하지만 그는 다른 생물들과는 다르게 자신에게 주어진 상황과 현재의 모습을 극복하고 초월하여, 보다 귀하고 성스러운 무언가를 위해, 태어나는 순간부터 죽는 순간까지 알게 모르게 한없이 노력하는 동물이다. 이와 같은 사실만 보더라도 찾아가는 목적지, 즉 '성지'로 부를 수 있는 곳을 발견하고 도달할 수 있을지 없을지의 문제를 떠나서, 종교의 유무를 떠나서 인간은 일종의 종교적 순례자이며, 그의 삶은 넓은 뜻에서 종교적 순례이다.

시골 벽촌에서 살던 내가 어려서 무심코 보았던 두 가지 종류의 먼 길을 떠나는 장면이 지금 내 기억 속에 생생하게 되살아난다. 하나는 우리집 총각 일꾼과 바람을 피우다 들통이 난 행랑집 유부녀가 동네에서 쫓겨나 그 총각의 뒤를 따라 어디론가 먼 길을 떠나가는 모습을 사랑채 대청마루에서 혼자 우연히 바라보았던 기억이다. 어린 마음이었지만 어딘지 모르게 아쉽고도 슬픈 생각이 들었었다. 다른 하나는 동네 할아버지가 초라한 상여를 타고 동네 사람들의 어깨에 실려 동네 밖으로 나가는 모습을 멀리서 바라보며 죽음에 대한 막연한 무서움을 느꼈을 때이다.

그들은 모두 어디론가 먼 길을 떠나고 있었다. 그들은 나름대로의 순례의 길을 가고 있었다. 그들은 각기 어디로 갔는가? 그들은 지금 어디에 있는가? 그들의 순례의 궁극적 의미는 무엇인가? 65년이 지나간 지금도 나는 가끔 이런 물음을 새삼스럽게 스스로에게 던져보면서, 순례로 생각되는 인생에 대해서 한결 더 숙연함을 느낀다.

『삶에의 태도』(1988)

06
인생 텍스트론
-인생이란 무엇인가

1. 인생에 대한 물음의 철학적 성격

인생은 무엇인가? 동서고금을 막론하고 종교인과 철학가들이 던졌고 지금도 여전히 계속되고 있는 물음이다. 수많은 종류의 종교나 철학적 주장들은 이러한 물음에 대한 직접 혹은 간접적인 다양한 대답에 지나지 않는다. 철학자도 아니었던 화가 고갱은 문화적으로 가장 세련된 도시 파리에서의 화려한 예술가의 생활은 물론 자신의 가족들마저 헌신짝처럼 버리고 당시 프랑스의 식민지였던 타이티라는 미개지를 찾아가 그곳에서 그림을 그리며 여생을 마쳤다. 그

〈우리는 어디서 왔는가? 우리는 누구인가? 우리는 어디로 가는가?〉

– 장 폴 고갱 1848.6.7 ~ 1903.5.8, 1897년작.

것은 그의 유명한 그림의 제목이 웅변으로 말해주듯 '우리는 어디서 왔는가? 우리는 누구인가? 우리는 어디로 가는가?Où sommes–nous venus? Que sommes–nous? Oùallons–nous?'라는 철학적 물음을 가졌기 때문이며 그런 물음에 대한 대답을 찾기 위해서였다. 그러나 이 물음이나 대답은 직업적 종교인이나 철학가나 예술가의 전유물이 아니다. 인간이면 누구나 갖게 되는 물음이요, 찾고자 하는 대답이다. 교육을 받았건 안 받았건 이런 물음은 의식이 있는, 즉 생각하는 인간의 근본적 속성이기 때문이다.

인생이란 무엇인가? 이 물음에 어떤 대답이 있을 수 있는가? 아니, 도대체 이 물음은 정확히 무엇에 대한 어떤 종류의 대답을 요구하고 있는 것인가? '인생은 무엇인가?'라는 물음은 '인간은 무엇인가?'라는 물음으로 풀이할 수 있고 이 물음이 요구하는 대답은 다른 동물과 구별되는 한 종으로서 인간에 대한 정의로 볼 수 있을 듯하다. 이 물음은 동물학적 물음이요, 동물학적 물음이 생물학적, 더 나아가서는 화학적 또는 물리학적으로 분석될 수 있다면, '두 다리로 서서 걷는 동물'이라든가, '두뇌가 가장 발달한 생물'이라든가, 〈x, y, z〉들의 화학적 원소 혹은 물리학적 입자로 설명된다는 대답이 나올 수 있을 것이다. 인간의 본질에 대한 이와 같은 문제의 접근과 대답은 다같이 과학적이다. 인간의 본질을 물리적 원소로 환원시킴으로써 인간 고유의 본질을 부정하는 결론으로 밀고 가는 경향이 있다.

윤리철학자 윌리엄스가 인간의 삶을 '유전자의 운송차'로 정의했을 때 그는 인간과 다른 생물이 근본적으로 구별이 되지 않고 인간 삶의 목적과 근원적으로 동일함을 뜻하고 있다.

'인생이란 무엇인가?' 혹은 '인간이란 무엇인가?' 하는 물음에 대한 과학적 접근과 과학적 대답은 그 결론이 어떻든 간에 결코 만족스럽지 않다. 어떠한 과학적 답을 얻었을 경우에도 종교인, 철학가, 고갱 그리고 우리 모두에게는 여전히 같은 물음이 떠나지 않기 때문이다. 이러한 사실은 우리의 문제와 물음이 과학적인 것이 아니라 철학적 성질을 띠고 있음을 말해준다. 과학적 문제는 구체적 현상에 대한 경험과 논리의 두 가지 테두리 안의 문제요, 그에 대한 대답도 그러한 논리를 규제하는 규범을 전제로 한다. 그러므로 이러한 개념과 규범이 먼저 밝혀지지 않고는 경험과 논리의 틀 안에서만 의미를 갖는 문제와 해답은 불충분하다.

인간이란 것이 어떤 속성을 갖고 있는가를 검토하기에 앞서 '인간'이란 말은 도대체 무엇을 뜻하는가의 개념 문제가 있고, 인간의 본질이 생물학적, 화학적 또는 물리학적 현상의 속성으로 설명된다면, 그러한 속성의 설명이 다시금 요청된다. 그러나 그러한 현상의 설명은 현상 아닌 형이상학적 무엇, 즉 과학의 영역을 벗어난 무엇에 의해서만 설명될 수 있다. 이와 같은 두 가지 '인생은 무엇인가?' 혹은 '인간은 무엇인가?'라는 문제는 필연적으로 과학적 영역을 넘어 철학적 문제로 바뀐다.

2. 기존의 철학적 대답

'인생은 무엇인가?' 혹은 '인간은 무엇인가?' 혹은 '나는 무엇인가?'라는 물음은 항상 바로 위와 같은 철학적 관점에서 제기되어 왔고 그에 대한 대답이 제시되어 왔다. 장자는 인생을 나비의 꿈으로 생각해봤고, 고대 그리스 철인들은 '인간의 본질이 이성에 있다'고 믿었으며, 공자와 칸트는 윤리 의식을 인간의 본질로 여겼다. 마르크스는 한 인간의 본질이 사회적 관계의 총체라 주장했고, 서양 종교는 인간을 신의 아들로 확신했고, 파스칼은 무한히 방대한 우주에 비해 무한히 작지만 무한히 작은 존재에 비해서는 무한히 큰 '중간적 존재'에 비유했다.

쇼펜하우어는 인생의 의미가 궁극적으로 허무함을 확신했고 사르트르는 인생이 무용한 고통/수난이라는 결론을 내렸다. 힌두교에 의하면 인생의 궁극적 의미란 삶의 영원한 윤회의 고리에서 해탈/해방Moksha되어 다시 태어나지 않는 데 있고, 불교에 의하면 극락에 가는 것이며, 기독교나 회교에 의하면 천당으로 감에 있다.

이처럼 다양한 인간관/인생관들이 공통으로 갖고 있는 또 하나의 철학적 이념은 인간중심주의Anthropocentrism이다. 그것은 인간이 만물의 영장이요 따라서 지구의 주인이라는 신념이다. 인간중심주의는 동서고금을 막론하고 대부분의 인간의 사고를 암암리에 지배해왔다. 특히 서양의 종교사상에서 그렇다. 그것은 인간에게 긍지를 부여하고 만족을 모르는 인간의 자연지배와 약탈행위를 정당화해왔다.

인간과 인생에 대한 이같은 지배적 사상의 그늘에는 그것과 정반대되는 인간관이 전혀 없었던 것은 아니었다. 인간의 본질을 규정하는 '이성'은 물론 '나/자아'만이 아니라 모든 존재의 창조주라는 신이라는 존재, 더 나아가 어떠한 영원한 실체도 존재하지 않는다는 주장이 있었고 근래에 들어와서는 인간이 우주의 주인이 아니라 생태계의 한 고리에 지나지 않는다는 것을 우리는 다같이 의식하게 되었다.

인간은 자연의 물리적 자연 법칙에 지배되는 동시에 규약적 규범에 묶여 있다. 규약은 언어를 전제로 한다. 따라서 인간 존재는 필연적으로 언어적이다. 언어적으로 존재한다는 것은 의미적으로 존재한다는 말에 지나지 않으며, 거꾸로 인간이 의미적으로 존재한다는 말은 인간의 삶의 양식은 텍스트 쓰기이며 그러한 인간의 삶은 텍스트로 볼 수밖에 없다.

프로이트는 '이성'이 욕망의 시녀에 불과함을 정신분석학적으로 밝혔고, 흄은 '이성'의 허구성을 주장했으며, 현대 과학은 이러한 입장을 더욱 뒷받침한다. 니체는 신의 죽음을 선포했고, 세계 전체를 마야Maya로 본 힌두교의 입장을 이어받아 나/자아만이 아니라 모든 이른바 실체들의 허구성을 '공空' 혹은 '무無'라는 말로 표현하고 있다. 인간이 지구의 주인으로서 자연을 무자비하게 도구화할 수 없음은 생태계 파괴를 직면하면서 누구나 깨닫게 됐다.

위와 같이 크게 다른 두 종류의 입장 가운데 어떤 것을 선택하든 과연 우리는 그러한 철학적 인생관/인간관에 만족할 수 있는가? 과연 이러한 철학적 인생관/인간관들 가운데 어느 하나만이라도 '인생은 무엇인가?' 혹은 '인간은 무엇인가?'를 묻는 우리들의 애타는 목마름을 축여줄 수 있겠는가? 이러한 물음 다음에도 어째서 그리고 어떻게라는 물음은 논리적으로 꼬리를 물고 계속될 것이다. 인간의 본질이 '이성'에 의해 규정되고 인생이 백치의 이야기에 지나지 않는다면, 이성의 본질은 무엇이며 천당에서 영생의 의미는 무엇인가라는 물음이 뒤따라 튀어나온다. 인간과 인생에 대한 우리들의 물음에 대한 지금까지 들어보았던 어떤 대답도 만족스럽지 못하다는 말이다.

이런 결과에 대해 두 가지 이유를 들 수 있다.

첫째 이유는 모든 사유가 부딪치는 '이성'의 한계에 있다. 어떠한 설명, 어떠한 정의도 항상 불완전하다. 인간이 가령 '이성'이라는 속성에 의해 정의됐고, 인생의 의미가 천당 가는 데 있다고 가정해도, '이성'이 인간의 본질이라면 바로 그 '이성'의 본질은 무엇이며, 천당 가기가 인생의 의미라면 그러한 의미의 의미는 무엇인가라는 물음이 논리적으로 가능하기 때문이다.

어떤 현상이나 사건의 원인/이유를 묻는 모든 물음은 무한 역행적, 즉 논리적으로 대답이 불가능한 물음이라는 것이다. '인간은 무엇인가?' 혹은 '인생은 무엇인가?'의 물음이 인간이라는 현상이나 인생이라는 사건으로서 접근될 때 그에 대한 대답은 논리적으로 불가능하며 따라서 문제조차 제기될 수 없다는 것이다.

둘째, 그런데도 불구하고 이러한 물음이 우리를 떠날 수 없다면, 우리는 더 중요한 이유를 생각해야 한다. 우리의 논지를 위해서 실제로나 논리적으로 다같이 불가능하지만 인간과 인생에 대한 위와 같은 물음에 대한 대답이 완전했다고 인정한 상황을 가정하고 그것이 무엇을 의미하며 어떤 결과를 낳게 되는지 상상해 보자. 인간이라는 존재나 인생이라는 과정에 대한 's는 p이다.'라는 일반적 형식으로 기술될 수 있는 명제Proposition의 옳음, 즉 진리임을 인정한다는 사실은 어떤 존재Existence 혹은 사태State of Affairs를 확인했다는 말이다. 그러나 한편으로 존재와 사태, 다른 한편으로 그 의미Meaning는 논리적으로 다른 범주에 속한다.

전자가 서술적Descriptive 대상이며 따라서 서술적 대답을 가질 수 있는 데 반해 후자는 오직 평가적evaluative 관점에서 평가적 대답만을 얻을 수 있다. 그러므로 인간 혹은 인생이라는 사실/대상에 대한 's는 p 혹은 q이다.'라는 서술적 명제가 참이라고 인정했을 경우에는 그것의 의미가 어떻게 해석될 수 있는가라는 물음이 제기될 수 있다. 전자가 사실적Factual 문제인 데 대해 후자는 가치론적Axiological 영역에 속한다. 그런데도 인간과 인생에 대한 논의가 철학적 문제가 아니라 가치에 대한 문제임에도 불구하고 사실과 가치의 차이와 그 관계를 혼동한 나머지 사실적 문제로 제기하고 사실적 대답을 제시하고 있다.

이러한 두 가지 이유에서 볼 수 있듯이 인간과 인생에 대한 물음이 사실적으로 제기되고 그에 대한 대답을 사실적으로 찾으려 하는 한 우리는 문제를 결코 풀 수 없다. 어떠한 존재나 사실 자체에서 그것의 의미는 절대로 도출되지 않는다. 허무주의는 모든 존재 특히 인간 존재와 인생의 궁극적 의미를 부정한다. 그러나 우리는 그들의 반허무주의적 주장의 밑바닥에 허무주의가 숨겨져 있는 것을 지적해낼 수 있다. 인간과 인생에 대한 사물적 관점의 테두리 안에서 허무주의를 부정하는 태도는 이성적 사유가 도달한 결론이 아니라 본능적 저항에 지나지 않는다.

허무주의를 부정하게 되는 이유는 허무주의와 삶에 대한 본능이 양립할 수 없기 때문이다. 동물로서의 인간에게 삶에 대한 동물적 욕망보다 더 강하고 중요한 것이 있을 수 없기 때문이다. 그런데도 불구하고 모든 현상을 사실적 관점에서 대하는 한 철학적으로 허무주의는 역시 옳다. 그것은 전통적 기독교적 교리와 상충됨에도 불구하고 갈릴레이에게 지동설은 역시 옳았던 것과 마찬가지다.

3. 목적으로서 '의미'와 허무주의

인생의 의미에 대한 우리들의 구체적 경험과 사유 및 그것에서 허무주의적 결론이 나오게 되는 것을 사례를 들어 생각해보자. 모든 인간의 행동과 행동의 결과로 나타난 제품이 '의미'가 있다면, 이때 '의미'라는 말은 각기 그것의 '목적'이라는 말과 같은 기능을 한다. 어떤 목적을 전제로 하지 않는 행동이나 제작은 상상할 수 없다. 수험 공부는 대학 입학이라는 목적을 위해 하는 것이고, 나사는 어떤 부속품을 만들 목적으로 제작된다. 한편 대학 입학은 학위를 따는 목적을 갖고 있으며, 학위는 취업이라는 목적을 갖는다.

다른 한편 부속품은 좀 더 큰 제품을 만들 목적으로 생산된다. 이처럼 '목적'은 인간의 모든 행동에 '의미'를 부여하고 이런 의미 부여를 통해서만 그런 것들이 이해된다. 인간의 행동만이 아니라 인간의 존재 자체를 하나의 사건/과정으로 볼 수 있는 한 인간의 인생만이 아니라 모든 동물, 모든 자연 현상, 모든 동물의 형태와 모든 자연 현상의 생성 과정을 이해하는 데도 같은 논리가 적용되어야 할 것 같다. 그리하여 인간이라는 존재, 인생이라는 과정, 개, 새, 꽃, 나무, 산, 바다도 각기 그것들의 생성과 성장 그리고 변화 과정의 '목적'을 묻게 된다. 이런 시각에서 인생이 목적, 즉 의미가 있다고 대답할 수 있는가?

이 물음에 대답을 구하기 위해서 '인생의 의미/목적The Meaning of Life', 인간 행동에 대한 물음부터 대답해야겠다. 삶은 부단한 행동의 총화이다. 모든 행동은 분명히 목적을 갖는다. 따라서 인생에 있어서 목적/의미는 많다. 그러나 '인생의 의미/목적'을 물을 때 우리가 알고자 하는 것은 많은 목적으로 이어졌던 한 인간의 일생 자체가 가질 수 있는 총괄적 목적이다. 인생의 의미/목적에 대한 물음을 이렇게 해석할 때 우리의 대답은 필연적으로 부정적이다. '나'의 행동의 목적은 '나'라는 주체를 전제한다. 그러나 내 인생의 목적을 물을 때 나는 이미 나의 주체성의 부재를 전제하고 있다. 주체적으로 여러 목적을 갖고 살아온 주체자인 내가 목적을 갖고 있느냐를 묻고 있는 것이다. 그러나 이러한 물음은 논리적으로 불가능하다. 왜냐하면 그러한 물음을 던지는 자와 그 물음의 대상이 논리적으로 동일할 수 없기 때문이다. 따라서 이러한 물음은 끝없이 반복될 수밖에 없다. 그렇다면 인생의 의미/목적에 대한 만족스러운 대답은 있을 수 없다.

초인적 능력을 가진 원숭이 손오공이 아무리 재주를 부려도 그는 역시 부처님의 손바닥에서 놀고 있었다. 인간과 자연의 관계도 마찬가지다. 인간이 다른 동물들보다 아무리 뛰어난 능력을 갖고 있더라도 인간은 다른 동물들과 똑같이 자연의 일부이다. 단 하루밖에 살지 못하면서 조금이라도 더 살려고 애쓰는 하루살이의 모습, 며칠이면

메말라버릴 웅덩이에서 목을 내밀고 살려고 버티는 물고기들, 언젠가는 죽게 될 텐데 굶주린 사자에게 먹히지 않으려고 도망치는 어린 사슴의 삶을 애처로이 바라보면서 우리 인간은 그런 삶의 목적의 부재, 즉 허무함을 의식한다.

그러나 인간의 삶도 근본적으로 그들의 삶과 다름없다. 영웅들이나 명사들이 평범한 사람들과 함께 묻혀있는 공동묘지를 거닐 때, 또는 옛 이집트의 파라오나 중국의 진시황의 썩다 남은 유골을 볼 때, 혹은 좀 더 잘 살려고 서로 싸우고 죽이는 우리 스스로의 삶이 한없이 무의미함을 생각하게 한다. 우주에게 '나'의 존재는 물론 '인류'의 생존이 무슨 특별한 의미를 갖겠는가? 어떠한 삶을 살든 상관없이 인간의 삶은 다른 동물의 삶과 똑같이 근본적으로 허무하다. 즉 목적의 뜻으로는 의미가 없다는 결론을 피할 수 없다.

4. 언어적 의미와 텍스트로서의 인생

그러나 '의미Meaning'라는 개념은 목적이라는 뜻 외에도 다른 수많은 뜻으로 사용된다.[1] 그러나 편의상 여기서는 언어/텍스트적 Semantical 의미와 '목적'이라는 의미를 포함하는 그 밖의 다른 종류의 의미로 크게 양분하려고 한다. 언어적 의미는 언어에만 해당되는 의미이며 그러한 의미는 언어 자체에 내재한다. 무엇이고 상관없이 그

---

1) I. A. Richards와 C. K. Ogden의 『The Meaning of Meaning』(London, 1923)은 meaning이라는 낱말이 몇백 개의 상이한 뜻으로 사용되고 있음을 보여준다.

것을 언어로 분류할 수 있다면 그것이 그 자체로서 갖는 '의미'이다.

이와는 달리 비언어적 의미는 경우에 따라 목적, 의도, 기능, 원인, 결과 등을 각기 지칭하지만 그러한 뜻의 '의미'는 어떤 경우이든 그러한 것들과 내재적 관계를 갖지 않은 욕망, 계획, 조직, 자연 법칙 등에 비추어서만 그 뜻을 갖는다. 그러나 앞서 보았듯이 설사 인간이나 인생의 궁극적 의미가 '목적'이라는 비언어적 의미로는 절대 존재할 수 없더라도, 만약 인간을 언어로, 인간의 삶을 언어적 기록, 즉 텍스트로 볼 수 있다면, 인간과 인생에 대한 '의미'를 논할 수 있고 인생의 '궁극적, 즉 절대적 의미'가 가능하다.

언어/텍스트는 그 자체 속에 이미 의미를 내포하고 있기 때문이다.

문제는 인간을 언어로, 인생을 텍스트로 볼 수 있느냐에 있다. 생물학적, 화학적 그리고 물리학적으로 인간은 다른 동물과 다를 바 없다. 따라서 과학적 입장에서 인간과 그의 삶은 다른 동물과 마찬가지로 생물학적으로, 물리학적으로 물질적 속성과 구조에 의해서 또는 사회학적으로 사회적 기능에 비추어 정의되고 설명될 수 있으며, 인간의 행동은 그렇게 정의되고 설명된 생물학적 존속 과정의 서술로서 파악할 수 있다.

그렇다면 어떻게 인간을 언어로, 인생을 텍스트로 볼 수 있는가? 보석 상인한테는 약간의 상품 가치밖에 없는 금반지가 그것을 주고받은 부부한테는 둘도 없는 귀중한 의미를 갖고, 불교를 믿지 않는 사람한테는 한낱 돌조각에 지나지 않는 불상이 불교 신자에게는 무한히 중요한 정신적 실체로 보일 수 있듯이 물리적으로 동일한 것도 그것을 어떻게 보느냐에 따라 전혀 다른 존재로 나타날 수 있다.

① 산시산 수시수山是山 水是水 ② 산불시 산 수불시 수山不是 山 水不是 水 ③ 산시수 수시산山是水 水是山 ④ 산시산 수시수山是山 水是水라는 하나의 유명한 선시禪詩가 말하고자 하는 것도 바로 그런 것이었다. ①의 명제와 ④의 명제는 문자적으로 동일하지만 후자는 전자에서 나타난 실체와는 전혀 다른 실체를 나타내고 있다. 똑같은 산山과 수水를 함께 보면서도 후자와 전자는 서로 전혀 달리 보고 있다는 것이다. 똑같은 인식 대상이 전자의 경우 지각적 존재로 파악된 데 반해서 후자의 경우 형이상학적 존재로 파악되고 있다. 소승불교에서, 초월적 열반의 세계Nirvana는 형상적 속세Samsara와 구별되어 생각해 왔지만 현상적 속세가 곧 초월적 열반 세계라는 대승불교의 형이상학적 주장도 위와 같은 논리적 입장에서 이해된다. 똑같은 논리가 인간의 경우도 해당될 수 있다.

인간/인생이 지각적/과학적 인식 대상 그리고 과학적 설명 대상이 되지만 그것은 언어/텍스트로 파악될 수 있다는 것이다. 그것은 그저 논리적 개연성이 아니라 당위성이다. 그렇지 않고는 우리가 관찰하고 체험할 수 있는 인간/인생은 설명되지 않는다.

인간은 자연의 물리적 자연 법칙에 지배되는 동시에 규약적 규범에 묶여 있다. 규약은 언어를 전제로 한다. 따라서 인간 존재는 필연적으로 언어적이다. 언어적으로 존재한다는 것은 의미적으로 존재한

인생이 다 같은 꽃이라도 어떤 꽃이냐에 따라, 어떻게 피었느냐에 따라 한 인간의 삶과 다른 인간의 삶의 차이는 진주와 쓰레기의 차이 이상으로 클 수 있다.

다는 말에 지나지 않으며, 거꾸로 인간이 의미적으로 존재한다는 말은 인간의 삶의 양식이 텍스트 쓰기이며 그러한 인간의 삶은 텍스트로 볼 수밖에 없다. 이러한 사실은 인간이 물리적으로만 존재하지 않음을 말해 준다. 파블로프의 개가 주어진 여건에 조건반사적으로 존재하는 것과는 달리 인간은 의미 해석적으로 존재한다.

'인간은 물리적으로 무한히 방대한 우주에 포함된 무한히 작은 존재이지만 그러한 우주를 자신의 머릿속에 넣고 생각할 수 있다는 점에서 우주보다도 더 방대하다'고 했을 때 파스칼은 바로 위와 같은 인간의 특수한 존재 양식을 지적해준 것이다.

인간은 언어적인 존재로 그냥 있지 않다. 그가 접하는 모든 것을 언어화한다. 왜냐하면 인간과 의식 대상의 관계는 언제나 의미적이며 의미적인 것은 필연적으로 언어적이기 때문이다. 따라서 인간과 자연의 관계는 칸트의 코페르니쿠스적 인식론의 혁명이 보여주었듯이 인과적이 아니라 해석적이며, 자연중심적이 아니라 인간중심적이라는 것이다.

인간의 의식은 미다스 왕의 손에 비유된다. 미다스 왕의 손에 닿는 모든 것이 황금으로 바뀌듯이 인간의 의식이 닿는 모든 대상, 행위, 인간이 하는 모든 행위는 의미로 변하게 마련이다. 문화를 인간에 의한 자연의 인간화, 즉 의미화로 정의할 수 있고 또한 인간의 의식이 닿는 모든 것을 의미화한다면 자연은 이미 존재하지 않는다. 모든 것은 문화적, 즉 의미적 존재로 이미 전환되었기 때문이다. 언어적 존재로서 인간이 모든 것을 문화화, 즉 의미화할 수밖에 없고, 언어를 떠난 '의미'가 있을 수 없고, 언어적 작업이 글쓰기이고 그렇게 써놓은 글을 텍스트라 한다면, 인간의 삶은 텍스트 쓰기에 지나지 않고 바로 그러한 점에서 인간의 삶의 과정과 그의 일생은 필연적으로 '의미'를 갖게 마련이다.

'태초에 말이 있었다.'라는 성서의 말도 이런 점에서 그 뜻이 비로소 이해되고 올바른 말이 된다. 그러나 성서에서 주장하고 있는 것과는 달리 말/언어는 우주의 태초에만 있었던 것이 아니라 그 생성 과정에도 있었고 또 그 끝에도 있을 것이다.

모든 인간의 삶의 과정을 텍스트 쓰기, 모든 인간의 일생이 각기 자기가 써서 남긴 텍스트라는 말은 모든 인간이 똑같은 글쓰기를 하며, 똑같은 내용의 텍스트를 쓴다는 말이 결코 아니다. 인간의 존재양식은 플라톤의 경우처럼 '이데아'라는 보편적 관념으로서가 아니라 'p, q, s, t' 등의 이름이 붙은 개별적 실존자로만 존재한다. 구체적으로 존재하는 인간은 어떠한 경우에도 다른 인간과 완전히 동일할 수 없다. 모든 '나'는 각자 다르다. 따라서 모든 인간이 다같이 텍스트를 쓰고 모든 텍스트가 다같이 의미를 갖지만 그들의 텍스트와 글쓰기의 스타일은 각자 필연적으로 다르고 따라서 그 텍스트의 의미도 필연적으로 다르다. 그것은 마치 같은 언어를 사용하면서도 작가마다 다르고, 한 작가의 개별적 작품들이 저마다 다른 것과 같다.

한 개인에 적용되는 위와 같은 논리는 집단에도 똑같이 적용된다. 각 개별적 인간의 삶이 개별적 텍스트라면 인간 집단으로서의 사회와 그러한 사회의 변화를 지칭하는 역사는 무수히 작은 텍스트로 구성된 총괄적 거대 텍스트로 볼 수 있다. 따라서 한 개별적 인간 텍스트의 의미가 개별적으로 해석될 수 있다면, 총괄적 사회/역사 텍스트의 총괄적 의미도 같은 논리에 의해 해석될 수 있다. '인생이란 무엇인가?'라는 물음을 제기하는 것은 우연한 일이 아니다.

그러나 생물학적으로 똑같이 인간의 얼굴을 하고 있으면서도 모든 인간이 서로 똑같은 인간일 수는 없으며, 다같이 하나의 민족, 하나의 문화, 하나의 지역 그리고 하나의 단체라는 점에서는 모두 동일할지라도 그 내용에서는 서로 차이가 있을 수밖에 없다. 한 인간이 훌륭하다고 해서 모든 인간이 그럴 수는 없으며 한 민족 혹은 한 문화가 위대하다고 해서 모든 민족 혹은 문화가 다 같이 위대할 수 없다는 말이다.

이러한 사실은 '인생은 무엇인가?' 하는 물음에 대한 대답이 한 인간이 쓴 것으로 다른 어떠한 것들과도 구별되는 자신만의 고유한 텍스트적 의미로 대치될 수 있듯이 '역사란 무엇인가' 하는 물음은 각기 서로 다른 공동체가 공동으로 쓴 텍스트의 고유한 의미로 대치될 수 있다. 한 개인이나 한 공동체의 정체성/자아란 어떤 신비스러운 형이상학적 속성을 가리키는 것이 아니라 한 개인, 한 공동체가 남겨놓은 특유한 텍스트에 지나지 않고, 그러한 정체성은 각기 그들의 텍스트에 내재하는 의미의 해석으로 밝혀지기 때문이다. 따라서 한 개인 그리고 각기 공동체로서 하나의 민족, 하나의 문화, 하나의 지역, 하나의 단체의 본질, 즉 정체성은 각기 그들이 남긴 텍스트의 의미 해석에 의해 결정된다.

5. 인생 텍스트의 해석

생존하기 위해서는 객관적 세계에 대한 정보가 필수적이다. 그러한 정보는 객관적 서술을 필요로 한다. 그렇다면 대부분의 텍스트가 표상적Representational인 것은 당연하다. 언어, 즉 텍스트는 정보의 전달 외에도 명령적Imperative 혹은 수행적Performative/의식적

Ritualistic 기능을 담당하기 위해서 쓰여진다. 이러한 언어, 이러한 텍스트는 과학적, 철학적 그리고 일상 생활적 맥락에서 일종의 도구로서 기능적으로 쓰이고 해석된다. 이와는 달리 언어/텍스트는 비도구/비기능적으로도 사용된다.

소설은 이러한 언어/텍스트의 가장 좋은 예이다. 소설의 목적은 어떤 정보를 전달한다든가 무엇을 누구에게 시키기 위해서라든가 어떤 의식을 수행하기 위해서가 아니라 아직 존재하지 않았다고 전제하는 이야기를 꾸미는 데 있으며, 쓰여진 언어/텍스트 자체가 곧 그러한 이야기이다. 편의상 후자인 텍스트를 설화/이야기Narrative적 텍스트의 범주에 그리고 전자의 여러 경우의 텍스트를 함께 묶어 비설화/비이야기Nonnarrative적 텍스트의 범주에 귀속시킬 수 있다면, 텍스트로서 인생, 즉 인생/텍스트는 후자의 범주에 속한다. 인생이란 곧 소설임을 말하며, 각 인간의 삶이란 각자 다른 소설로 봐야 한다는 말이다. '인생이란 무엇인가?'하는 물음을 내 자신에게 던질 때 그것은 '나는 누구인가?'의 물음으로 변하고, 이 물음은 정확히 '나의 정체는 무엇인가?'로 되며 이에 대한 물음은 결국 '나의 삶이 어떤 이야기가 될 수 있는가?'의 물음으로 바뀐다.

텍스트로서 다같이 의미를 갖고 따라서 해석의 대상이 되지만 두 가지 경우 그 의미의 성격은 사뭇 달라서 그 해석의 시각도 달라진다. 비설화적 텍스트의 의미는 그 텍스트 밖의 것, 즉 텍스트가 지칭하는 대상, 텍스트가 요청하는 어떤 행위 등을 지칭하고 텍스트의 해석은 바로 그런 의미를 밝혀내는 작업이며, 그 텍스트는 그것의 진위성 혹은 적절성에 의해 결정된다. 설화적 텍스트의 경우는 다르다. 이 경우 텍스트의 의미는 텍스트 외부에 있지 않고 그 자체에 있다. 텍스트가 지칭하는 대상이 있고 없는 것과는 상관없이, 그리고 텍스트가 지칭하는 어떤 존재나 현상에 대한 텍스트 내의 명제Proposition의 진위 또는 텍스트를 서술하는 어떤 행위의 적절성과는 상관없이 텍스트의 이야기 흐름 자체에 있을 뿐이며, 그런 의미를 지닌 이야기/텍스트는 그것의 투명성, 폭과 깊이, 다양성, 총괄성 등의 척도에 의해 평가된다.

『임꺽정』이 『자유부인』보다 높이 평가된다든가 셰익스피어의 『맥베스』가 코르네유의 『시나』보다 뛰어난 텍스트라 한다면 판단은 대개 위와 같은 이야기/텍스트 평가의 기준에 근거하는 것으로 볼 수 있다. 인생이 설화적 텍스트라면 인생의 의미도 위와 같은 소설 작품으로 해석되고 그것의 가치도 소설의 관점에서만 평가될 수 있다는 것이다.

부처, 예수, 공자나 네로, 진시황이나 히틀러가 살았던 인생을 각기 그들이 창작한 소설/이야기로 본다면 그것은 구체적으로 무엇을 지칭하는가? 그것은 더 구체적으로 말해서 그들의 태도, 생각, 행동 그리고 그것들을 둘러싼 모든 사실과 사건들을 뜻한다. 그러나 모든 것들을 하나의 통일된 전체로서, 즉 '나' 혹은 '예수' 혹은 '공자'의 시각에서 볼 때 각기 그들의 태도, 생각, 행동 그리고 그들을 둘러싼 모든 사실과 사건들이 논리적으로 더 연관성을 갖추어 하나의 통일된 의미를 더 보일 수도 있고 그렇지 못할 수 있다. 셰익스피어의 '인생은 한 백치가 들려준 이야기이다'라는 말은 바로 인생에 대한 이러한 사실을 지적해 준다. 한 인간의 본질이 그의 주체성을 의미하고 한 인간의 주체성이 그 삶의 어떤 통일성을 지칭한다면 '백치가 한 이야기' 같은 인생에서 '주체성'이란 찾을 수 없다는 말이다.

이러한 사실은 오직 인생 전체를 통해서 어떤 통일된 이야기가 성립될 수 있는 인생일 경우에만 그의 삶은 비로소 정체성, '자아'가 있었다고 말할 수 있다. 그렇지만 한 인간의 삶이 텍스트인 이상 어떤 텍스트이건 모두 최소한의 의미를 지니며 따라서 논리적 일관성을 띤다. 또한 어떤 텍스트일지라도 그것의 구성 요소들의 논리적 관계가 완전히 맞추어지기에는 인생이란 텍스트를 구성하는 요소들은 너무나 많고 복잡하다. 이런 점에서 모든 인생의 텍스트가 내포하는 이야기는 셰익스피어가 생각했던 것과는 달리 완전 백치의 이야기도 아니며 그와 동시에 전지전능한 신의 이야기도 아니다. 따라서 언제나 정도의 차이를 막론하고 다소 애매모호하고 그만큼 난해하다. 그러므로 한 인간의 정체성, 즉 한 인간의 삶의 의미에 대해 누구나 결정적인 결론을 내릴 수 있다는 주장은 지나친 독선/독단이다.

일관성이 있다고 해서 모든 인생/텍스트가 똑같이 평가되지 않는다. 오로지 황금을 위해서 일생을 살아간 샤일록이나 오로지 남을 위한 자비를 위해 일생을 바친 부처는 일관성이라는 점에서 똑같이 그들의 인생/소설은 의미/가치를 갖는다고 볼 수 있다. 그러나 샤일록의 가치관, 행동, 태도, 생각과 행동의 깊이나 폭은 부처의 경우와 전혀 다르다. 후자의 경우 고귀하고, 옳고, 우아하고, 깊고 넓다고 서술할 수 있다면 전자의 경우는 그와 정반대가 된다.

이러한 차이는 다같이 줄거리가 명확할지라도 천박하고 쓰레기 같은 소설이 베스트셀러가 되는 반면, 장미꽃같이 아름답고, 학같이 우아하고, 바다같이 깊은 감동을 줄 수 있는 소설이 잘 팔리지 않는 것과 마찬가지다. 인생이 다 같은 꽃이라도 어떤 꽃이냐에 따라, 어떻게 피었느냐에 따라 한 인간의 삶과 다른 인간의 삶의 차이는 진주와 쓰레기의 차이 이상으로 클 수 있다.

6. 어떤 텍스트를 쓸 것인가

인생이 텍스트 쓰기이며, 인생의 의미가 텍스트적으로만 해석되고, 인생의 가치가 텍스트적으로 평가될 수 있다면 각자 인생의 의미는 그가 죽는 날에야 끝을 맺게 될 소설/텍스트에 의해서 결정된다. 그러나 어떤 텍스트를 써서 어떻게 끝을 맺을까의 문제는 각자 자신의 자유로운 결단에 따라 어떤 주제를 어떻게 선택하여 실천에 옮기느냐에 달려 있다.

이 점에서 인간적 삶의 의미를 소설/텍스트로서 발견할 수 있고 이런 텍스트의 의미를 아름다운 꽃에 비교할 수 있어도, 텍스트 쓰기로

써 인생은 꽃피는 과정과는 다르다. 한 꽃나무가 어떤 꽃을 피울 수 있는가가 자연의 원리에 의해 이미 결정된 데 반해 자신이 어떤 인생 텍스트를 쓰는가는 오로지 나의 자유로운 실존적 결단에 의존한다. 오직 나만이 내가 죽는 날 끝을 내야 하는 소설/텍스트의 책임자이며, 내 인생의 의미 내용, 즉 가치의 책임자이다. 그러므로 인생이란 텍스트 쓰기는 죽을 때까지 창작자로서 각자 '나'를 부단히 긴장하게 한다. 그러나 바로 그러한 긴장에서만 나는 창작자로서 자부심을 아울러 체험한다.

'인생은 무엇인가?'라는 물음이 곧 '인생의 의미는 무엇인가?'라는 물음이며 이는 곧 '더 가치 있는 소설/텍스트는 무엇인가?' 하는 물음으로 풀이될 수 있다면, 어떤 소설을 어떻게 써서 어떻게 끝을 내야 하는가의 문제는 오로지 각자 자신의 텍스트 쓰기가 자신의 자유로운 가치 선택, 즉 어휘와 구성에 대한 자신의 선택 및 그것을 이행하려는 의지와 노력에 달려 있다.

똑같이 인간의 마스크를 썼더라도 어떤 인간은 개에 비교할 수 있는 반면에 다른 인간은 천사로 볼 수 있다. 한 인간의 삶은 아름답고 성스러운 것으로 충만될 수 있고 아니면 추하고 속되고 거칠고 혼돈스럽고 허망하고 허전한 것이 될 수도 있다. 그러나 어떤 인간으로 어떻게 살아야 하는가는 결국 각자 자신만의 자유로운 선택에 달려 있으므로 자신만의 책임이다. 안중근과 이완용, 테레사 수녀와 지존파들은 각기 다른 삶의 텍스트를 썼으며 따라서 그들의 삶의 의미와 가치는 전혀 다르다.

이러한 사실은 인간의 특수한 형이상학적 존재 양식에 근거한다. 인간은 다른 동물과 똑같이 자연의 일부라는 점에서 자연에 내재Immanence, 즉 자연 속에 폐쇄되어 갇혀 있지만 자신이 쓰는 텍스트와 그것의 의미는 결국 각자 자신이 책임을 지고 창조해야 한다는 점에서 인간은 또한 자연을 초월Transcendence하여 다른 사람, 다른 존재에 무한히 개방적으로 열려 있다. 즉 인간의 본질은 자율성에 있다는 말이다.

인간 존재 양식에 대한 이런 사실은 존재 일반에 대한 형이상학적 결론을 도출한다. 적어도 인간만은 물질적 존재로 환원될 수 없으며, 그러한 존재를 내포한 우주에 대한 총괄적 설명은 유물론적으로 불가능하다는 것이다. 이런 점에서 지구가 우주의 물리적 중심이 아니라는 코페르니쿠스의 지동설을 인정하면서도 '역시 지구는 우주의 형이상학적 중심이다'라는 언뜻 보아 모순된 헤겔의 명제는 옳다. 인간은 그냥 존재하지 않고 의미로서 존재하며, 그러한 인간에 의해 우주 전체도 그냥 존재하지 않고 무엇인가의 의미로서 존재한다. 이 점에서 '물리적으로 인간은 우주 속에 포함되지만 자신의 머릿속에 우주를 넣고 생각할 수 있는 인간은 우주보다도 더 크다'는 파스칼의 역설적 주장은 말이 되고 또한 옳다.

《철학과 현실》, 1995, 봄호

07
아직 쓰이지 않은 텍스트

내가 글을 쓰는 사상가가 되고 싶었던 것은 일제 때 소학교를 다닐 때였다. 문학은 물론 '문화'와는 너무나도 거리가 먼 벽촌에서 자랐지만 교과서나 《소학교신문》의 글을 읽고 때로는 《소년의 벗》이라는 일어 소년 잡지를 접하고 일본 작가와 사상가들을 다룬 소년을 위한 한두 권의 '위인전'을 읽고 큰 충격을 받은 기억이 있다. 우리집 건넌방에는 일본말로 된 여러 어려운 책이 벽에 기대어 많이 쌓여 있었는데 그 가운데는 소설이나 시집 등이 끼어 있었다. 소학교 졸업반 무렵부터 나는 이런 책들에 무척 큰 호기심과 물리칠 수 없는 매력을 느꼈다. 참뜻을 알 수 없었지만 그것들은 내가 살고 있던 세계와는 너무나 다르고 황홀할 만큼 멋진 다른 세계와 다른 인간과 삶이 있음을 느꼈기 때문이다. 이때부터 극히 막연하지만 나는 책 쓰는 사람내지는 작가를 선망하게 됐다.

시인이 되겠다는 생각은 중학교에 들어와서 흔들리지 않게 굳어가고 있었다. 중학교 시절 나는 처음으로 교내 신문에 「낙엽」이라는 시를 발표하고 몇 명이 '처녀회'라는 문학 그룹을 짜서 모이기도 했다. 나의 필력을 칭찬해주는 이가 있었던 것도 아니지만 나는 그 후 고등학교를 마칠 때까지 줄곧 발표되지 않는 시를 수없이 썼다. 내가 대학에서 불문학과를 선택한 것은 자연스럽다. 대학 때 혼자서 수많은 시를 썼고 그중 몇몇은 《대학신문》이나 몇 잡지에 실렸지만 두서너 번을 빼놓고는 내 시를 칭찬하는 이를 만나보지 못했으며 내 자신도 내 작품이 좋다고 믿어본 적은 별로 많지 않았다.

대학을 나온 뒤 40년의 대부분을 외국에서 지내는 동안 나는 시에 별로 손대지 못한 채 살아왔다. 전공을 불문학에서 철학으로 바꾸었기 때문이다. 그러나 시와 문학 그리고 예술 일반이 나의 관심에서 아주 떠난 적은 없었고 나는 오랫동안 버려두었던 시작에 틈틈이 즉흥적으로 손을 댔다. 영어로도 써봤다. 나는 몇몇 친구의 권유와 출판사의 호의로 이것들을 모아 그동안 벌써 네 권의 시집을 엮어내게 되었다. 그 중의 몇몇 시를 쓰는 바로 그 순간 나는 내가 시로 표현할 수 있는 모든 것이 그 작품 속에 다 들어있다고 느꼈고 따라서 나로서는 더 이상 쓸 시가 없다는 생각이 머릿속을 스쳐가는 느낌을 가진 때도 있었다. 그러나 그 시집들은 비평계나 독자의 주의를 아직도 거의 받지 못하고 있다. 지금 뒤돌아볼 때 내가 생각해도 이 작품들은 결코 만족스럽지 못하다. 그 후에도 나는 산발적으로 썼던 시들을 발표하지 않은 채 두고 있다.

지난 40여 년 동안 나는 한글이나 영어 또는 불어로 적지 않은 양의 글을 썼다. 대학 강단에서 전공을 불문학에서 철학으로 바꾼 나의 글쓰기는 거의 대부분 창작물이 아니라 철학과 관련된 논술적 종류에 속한다. 아직까지도 나는 대학 강단에서 이런 작업을 계속하고 있다. 시작 그리고 더 일반적으로 문학적 창작이라는 작업과 철학적 담론을 펴는 노력은 사뭇 다르다. 그러나 평생을 대학 강단에 섰으나 나는 대학 교수보다는 문인/예술인으로 존재하고 싶었고 철학적 논술을 써왔으면서도 언젠가는 써야 할 시를 염두에 두고 있었다. 나의 모든 경험과 지식의 축적 그리고 나의 모든 작업이, 아직 쓰여지지 않았지만 내가 죽기 전 언젠가는 꼭 쓰고 싶은, 아니 써 남겨야 할 한 권의 시집, 아니 한 편의 시를 위한 준비이며 습작에 지나지 않는다는 생각을 나는 늘 속으로 해왔던 것 같다.

글쓰기는 어떤 기능을 갖고 있는가? 아니 글쓰기란 무엇인가? 글쓰기는 인간에 의한 의도적 언어작업이다. 언어의 특징을 도구로 보는 것은 가장 일반적 상식이다. 자신의 경험 표현이나 의사 전달은 사회생활에서 피할 수 없는 필요조건이다. 또한 그것은 모든 인간이 내재적으로 갖고 있는 정신적 요청이기도 하다. 그러나 이러한 요청은 언어 없이 불가능하다. 언어가 절대적으로 필요한 도구적 기능을 한다는 것은 자명하다. 글쓰기로 나는 내가 알고 있는 것을 기록해

두고 나의 의도를 남에게 전달한다. 나는 한때 낱말들을 기관총의 총알로 생각해보기도 했고 언술/명제를 포탄으로 쓰려고 했다. 글쓰기의 기관총으로 낱말의 총알을 뿜어 적에게서 나를 방어하려고도 생각해 봤으며 언술/명제의 글쓰기 대포알을 쏘아 저항하는 적을 정복하는 무기로 사용할 수 있다고도 믿었다. 남이나 세계를 지배하는 자는 결국 주먹보다는 말을 사용하는 자라고 생각되는 때가 많다.

말/언어는 분명히 누구에게나 중요한 도구임에 틀림없다. 그래서 고대 그리스의 수사학자들은 남들을 설득하는 기술로서 언어를 제공했고 니체나 푸코는 언어를 권력과 지배의 수단으로 보았다. 그러므로 이들에게 언어는 어디까지나 정치적인 의미를 갖는다. 그러나 언어는 단순한 도구적 기능만을 갖지 않는다. 언어는 존재, 존재 인식과 뗄 수 없는 관계를 갖는다. 도구적 언어관은 물리학적 의식관을 전제로 한다. 물리학적 의식관에 의하면 의식은 사물 현상을 수동적/기계적으로 반영하는 거울에 비유될 수 있다. 그러나 우리의 의식은 의도적Intentional이며 따라서 역동적이다. 지각, 인식, 경험 그리고 의도는 '의미'적 존재로 그것은 기존의 대상 의식 속에 비친 기계적 반영이 아니라 어떤 범주나 개념 등의 틀 속에서만 구성된다. 그런데 이러한 범주나 개념은 반드시 언어적이다.

따라서 일반적 상식과는 달리 언어 이전의 세계, 대상, 지각 그리고 경험은 있을 수 없다. 이러한 사실을 칸트가 가르쳐 주었고 니체가 강조했고 쿤이 더욱 분명히 밝혀주었다. '언어는 존재의 집이다.'

라는 하이데거의 말은 위와 같은 사실을 새삼 시적 언어로 압축한 표현에 지나지 않는다. 한편으로 의식, 즉 인지되지 않은 존재는 의미가 있을 수 없고, 다른 한편으로 언어 이전의 다양한 의식, 즉 지각, 경험, 세계, 존재 그리고 의지는 도저히 '이해될 수 없기Unintelligible' 때문이다. 언어는 세계와 독립해 존재하며 세계를 표상하는 단순한 도구가 아니라 세계 자체가 이미 언어적이라는 것이다. 그렇다고 언어에 의해 구성되기 전의 존재, 세계 그리고 경험을 부정하는 말이 아니라 이른바 언어 이전의 '객관적' 존재들은 인간의 입장에서 볼 때 말할 수 없는 혼돈상태로 '무의미한' 채로 어둠 속에 남아 있다는 말이다. 이러한 어둠은 언어의 빛으로 밝아지고 비로소 '의미의 질서'를 갖고 인간 앞에 '나타나게Aletheia' 된다. 언어의 근원적 가치는 도구적이 아니다. 그것은 그 자체 내재적으로 귀중한 가치인 광명이기도 하다.

인간이 그냥 물질이나 동물과 다른 점이 있다면 그것은 후자가 혼돈의 어둠 속에 그대로 갇혀 있는데 반해서 전자는 질서의 빛 속에 존재하고 있다는 것이다. 빛, 즉 투명성은 의미의 꽃과 향기를 창조해낸다. 인간의 본질은 의미를 찾는 데 있다. 따라서 모든 것에 대한 투명성은 인간의 가장 인간다운 이상이다. 이러한 이상의 실현은 인간이 언어를 발명함으로써 그 희망이 보이기 시작했다.

그러나 시작은 끝이 아니다. 언어의 발명은 한밤중에 켜진 작은 촛불에 비유된다. 세계, 아니 존재 일반은 거의 전부 아직도 칠흑같은 어둠에 싸여 있다. 그만큼 세계와 인간의 삶은 혼돈에 빠져 있다는 말이며, 이런 것을 의식하면 의식할수록 인간은 질서를 찾으려 하게 된다. 혼돈이 불안을 조성하고 불안이 자유를 약탈한다면, 질서는 안정을 가져오고 안정은 자유의 뿌리가 된다. 그러므로 언어에 의한 세계 질서의 건설은 곧 안정과 자유의 획득을 의미한다. 내가 어려서부터 말에 매료되고 언어, 글, 시, 문학, 책이 나를 매혹시키고 있었던 것은 그만큼 내가 안정을 얻어 불안에서 해방되어 자유를 획득하고자 했기 때문이었던 것 같다.

언어는 여러 시각에서 분류될 수 있다. 우선 구두Oral 언어와 기록Written 언어의 구별이 선다. 구두 언어는 시간과 공간적으로 제한되어 있다. 시간적으로는 일회적이며 공간적으로는 일장一場적이다. 이와 대조해서 기록 언어는 시간과 공간적 제약을 극복하며 더욱 영구적이고 더욱 보편적인 기능을 갖는다. 오늘 이곳에서 기록된 언어는 이후에도 남아 있고 다른 곳에 옮겨가도 같은 의미를 발휘할 수 있다. 따라서 언어가 어둠에 빛을 밝혀주고 혼돈에 질서를 가져오는 기능을 한다 할 때 구두어로 밝혀진 빛과 질서는 지속성과 보편성이 결여된다는 말이며 다시금 혼돈과 어둠 속에서 불안정에 흔들리고 자율성을 잃게 된다. 구두어와는 상대적으로 기록 언어가 마련하는 빛과 질서는 영구성과 보편성을 더 잘 간직한다는 말이며 혼돈의 해방과 그 결과로 체험되는 자율성도 그만큼 더 크다. 따라서 인류가 문자를 발명하여 기록 언어가 마련됐을 때 존재는 그만큼 더 밝아졌고 자율성을 찾게 됐다는 뜻이 된다. 기록 언어를 가능케 한 문자의 발명이 인류 역사의 놀라운 비약이었음은 두말할 나위가 없다. 문자의 발명으로 과거와 나 아닌 다른 이들, 이곳 아닌 다른 곳에서의 다양한 경험과 지식이 좀더 영구적으로 축적 계승될 수 있었다. 문명과 문화가 경험의 축적에 바탕을 두고 있는 이상, 오늘날과 같은 고도의 문명과 문화는 문자 언어가 없었더라면 전혀 상상도 할 수 없었다. 문자의 발명과 병행한 기록 언어의 출현은 곧 글쓰기의 발명을 의미한 것이고 글쓰기의 근본적 의미는 인간의 자율성에 의한, 더 크고 지속적인 세계 질서 구축의 확장과 획득이다.

우리는 왜 글을 쓰는가? 우리의 경험이나 생각을 기록해두거나 타인에게 더욱 확실히 전달하기 위해서다. 경험이나 생각이 비가시적 의식의 활동인 데 반해서 그것을 기록하거나 전달하는 언어는 가시적인 객관적 현상이다. 경험/사고는 시간적으로나 논리적으로 언어에 선행하며 그것들은 서로 분리할 수 있는 독립된 존재처럼 보인다. 그러나 경험/사고와 언어는 완전히 독립할 수 없고 경험/사고는 그것이 곧 언어적 활동이며, 글을 쓰는 이유는 기존의 경험/사고의 표현이나 전달에만 있지 않다. 글로 써지기 전까지는 경험/사고가 의식 활동이니만큼 그것은 그 자체로서는 유동적이며 불확실하며 막연한 채 남아 있으며 오래 지속될 수 없다. 그러한 경험/사고의 내용이 더 복잡해지고 세밀해지면 그만큼 더 어려워진다.

경험/사고라는 주관적 의식 활동이 문자로써 종이에 기록되어 객관화됨으로써 경험/사고의 내용이 그만큼 확실해지고 섬세하며 복잡한 차원으로 발전될 수 있다. 우리가 우리의 경험/사고를 언어로 기록하는 이유는 고도의 경험과 사고를 하자는 데 있다. 글쓰기의 가장 중요한 근본적 이유는 좀 더 잘 생각하고 세계와 인생을 좀더 잘 인식해 보자는 데 있다. 글을 쓰면서 우리는 더 정확히 생각하고 더 세계를 잘 인식할 수 있다는 말이다. 글쓰기에 대한 욕망의 근원에는 진리에 대한 깊은 숨은 욕망이 깔려 있다. 문학이나 철학은 다른 어느 지적 활동보다 각별한 언어활동이니만큼 작가나 철학자는 일반 사람들은 말할 필요도 없이 지적 활동을 직업으로 삼는 다른 지식인/학자보다도 진리를 추구하고 세계를 투명하게 보고자 하는 욕망이 많은 종족에 속한다. 나는 왜 시를 쓰려 했고 문학을 하려고 했으며 철학을 하고 있는가? 나는 왜 글쓰기를 하는가? 나 자신과 세계를 더욱 투명하게 파악하려 하기 때문이다.

언어가 구두 언어, 즉 그냥 말과 기록 언어, 즉 글쓰기로 구별될 수 있듯이 글쓰기 자체는 그것을 사용하는 의도에 따라 여러 가지로 구분이 가능하다. 여기서 언어라고 할 때 그것은 개별적 발음, 낱말 등을 지칭하는 것이 아니고 정리된 한 의도/의미를 나타내는 언술Proposition 및 언술을 단위로 해서 구성된 담론Discourse을 가리킨다. 언술/담론은 문법적으로 흔히 직설법, 명령법, 접속법 등에 의한 구별이 그 한 예가 되며, 일상언어철학자 오스틴은 언어를 행위적 측면에서 '언표적Locutionary', '비언표적Illocutionary', '유도적Perlocutionary' 행위로 분류한다. 그러나 여기서 우리는 우리의 성찰을 위한 편의상 논리실증주의적 언어철학의 입장에 따라 인지적Cognitive 언술과 정서적Emotive 언술로서 잠정적으로 구별해보기로 한다.

논리실증주의자들에 의하면 인지적 언술과 정서적 언술의 구체적 차이는 과학적 언술/담론과 문학적 언술/담론의 두 가지 다른 기능에 의해 엄격히 구별된다. 인지적 언술/담론의 기능은 객관적 사물/사실을 서술Description/표상Representation함에 있고 정서적 언술/담론의 기능은 화자의 어떤 사물/사건/사실에 대한 주관적 정서를 표현Expression하는 데 있다는 것이다. 이런 입장에서 볼 때 오직 과학적 글쓰기만이 사물 현상을 투명케 하는 데 이바지할 수 있고 문학적 글쓰기는 객관적 세계를 파악하는 지적 기능과는 아무 상관이 없다. 과학자와 시인을 대립시켜 볼 때 오직 철학자만이 객관적 세계에 대한 진리에 관심을 가질 수 있고 시인이나 소설가는 그러한 진리와는 전혀 상관없는 모름지기 자신의 주관적 감정을 폭발시킬 뿐이라는 것이다.

논리실증주의자들은 정서적 언술과 대립되는 지적 언술의 예를 과학적 글쓰기에서 찾고 있다. 그러나 여기서 글쓰기에 대한 나의 철학적 관심은 철학과 문학에서 글쓰기의 다른 점에 쏠려 있다. 이유는 단순하다. 철학적 글쓰기와 문학적 글쓰기는 분명히 구별된다. 그것들의 작업은 흔히 서로 배치되어 보인다. 그런데도 나는 철학적 글쓰기를 하면서 오랫동안 소홀히 했던 문학적 글쓰기에 대한 애착과 향수를 버리지 못하고 있다.

나는 왜 시를 쓰려 했고 문학을 하려고 했으며 철학을 하고 있는가?

나는 왜 글쓰기를 하는가?

나 자신과 세계를 더욱 투명하게 파악하려 하기 때문이다.

문학적 언술이 주관적 감정을 표현하고 과학적 언술이 지적 표상을 한다면 철학적 언술이 갖는 기능은 무엇인가? 논리실증주의적 입장에서 볼 때 철학적 언술은 과학이나 문학적 어느 언술과도 같은 차원에서 구별할 수 없는 상위적, 즉 메타 언술이라고 주장한다. 그러나 설사 그러한 분석을 인정하더라도 철학이라는 메타 언술이 더 고차적인 차원에서 발생하는 모든 경험을 종합적으로 밝히려 한다는 점에서 철학이 과학과 마찬가지로 역시 인지적 기능을 하고 있다는 사실에는 변함이 없을 것 같다.

내가 철학을 하게 된 이유는 세계의 모든 현상과 그곳에서 일어나는 모든 문제에 대한 투명한 설명을 찾고자 함이었고 그것은 분명히 가장 고차적인 차원에서 나타난 지적 욕구의 표현이다. 그러므로 우리의 담론을 밀고 나가기 위해 여기서 우리는 정서적 글쓰기와 대립시켜 지적 글쓰기를 대표하는 것으로 과학적 글쓰기 대신 철학적 글쓰기를 내세우고 그것들 간의 관계를 검토해 보기로 하자.

도대체 시/문학작품이 시인/작가의 주관적 감정을 '표현'해준다는 말은 구체적으로 무엇을 지칭하는가? 도대체 '객관적 진리' 그리고 그러한 진리의 '표상'이란 구체적으로 무엇이며 철학적 글쓰기가 그러한 진리를 표상한다는 주장은 무엇에 근거하고 있는가? 내가 시를 아주 떠날 수 없고 시적 글쓰기를 아직도 간간히 하고 있는 까닭은 내가 표현/배출하지 않고는 못배길 감정을 남달리 갖고 있기 때문인가? 내가 얼마 전부터 주로 철학적 글쓰기를 하는 까닭은 내가 남달리 세계의 현상에 대한 진리에 관심이 많고 그러한 것에 대한 진리를 남달리 발견했기 때문인가? 나의 궁극적 욕망이 세계를 투명하게 밝히는 데 있고 오직 철학적 글쓰기만이 그러한 것을 충족시키는 데 이바지할 수 있다면 어째서 나는 아직도 시쓰기 그리고 더 일반적으로 문학 작품 쓰기에 그렇게도 강력한 애착과 미련을 갖고 있는가? 이러한 물음에 대한 설득력 있는 대답이 제공되지 않는 한 철학적 글쓰기와 문학적 글쓰기의 구별은 쉽지 않고 논리실증주의적 지적 담론과 정서적 담론의 구별은 재고되고 비판되어야 한다.

이 문제를 둘러싼 철학에서의 전문적 논쟁은 아직도 뜨겁게 지속되고 있으며, 논리실증주의적 입장에 대한 비판은 이른바 포스트모더니즘적 시각에 일반적으로 나타났고 '해체주의'라는 이름으로 한층 심도있게 제기되었다. 이에 대한 논쟁이 앞으로 어떤 방향으로 끌려가게 되든 간에 철학과 문학을 진리와 감정, 표상과 표현으로 단순화시켜 구별하는 데 문제가 있는 것만은 틀림없는 사실이다.

그렇다면 철학적 글쓰기와 시적 글쓰기의 공통점은 무엇이며 그것들 사이의 말할 수 없는 차별은 어떻게 설명될 수 있는가? 이 물음은 결국 다음과 같은 나의 개인적 경험에 대한 반성적 물음을 제기한다. 철학적 글쓰기를 할 때 나는 무엇을 의도하고 있는 것이며, 무엇이 부족해서 문학으로 되돌아가 시나 그 외의 작품을 쓰고자 하는 욕망에 끌리는가? 거꾸로 나는 어째서 시만을 붙들고 시만을 쓰지 않고 무엇이 미흡해서 철학을 하게 됐으며 아직도 철학에서 손을 떼지 못하는가? 이러한 물음에 대답을 찾으려면 그에 앞서 '글쓰기란 무엇인가?'라는 더 일반적 물음이 선행되어야 한다.

인간은 좀 더 바람직한 생활 여건의 조성이라는 실용적 요청에 의해서만이 아니라 인간이 내재적으로 갖고 있는 순수한 정신적 요청에 의해서 세계와 자신을 투명하게 파악하려는 지적 필요성을 느낀다. 그것은 곧 인식적 요청을 뜻하며 인식은 의식의 '객관적 사물 현상'의 '주관적 관념화'로 서술될 수 있다. 그리고 이러한 인식 과정이 언어적 기록에 의해서 '의미'의 질서를 갖게 된다. 이렇게 볼 때 글쓰기는 객관적 대상/세계나 주관적 의식/경험을 언어/기호로 서술, 즉 표상 혹은 표현하는 과정을 통해서 그 의미를 기록하는 작업이다.

객관적 대상/세계나 주관적 의식/경험을 언어/기호로 서술, 즉 표상 혹은 표현하는 과정을 통해서 그 의미를 기록하는 작업이다. 객관적 대상/세계나 주관적 의식/경험은 존재론적 측면에서 그 속성을 본질적으로 달리하고 있을지 모르나 다같이 '실재'하는 무엇을 지칭한다는 데는 아무 차이가 없다. 그것들은 다같이 '존재론적 질서 Ontological Order'에 속한다. 그러나 그것들이 지각/의식을 거쳐 언어로 서술 기록되는 바로 그 순간부터 그것들은 존재론적 전환을 이루어 '의미론적 질서Semantical Order'로 고정된다. 그러므로 글쓰기란 결국 '존재'의 '의미화'에 지나지 않으며 인식/앎은 오직 의미적 세계에만 속한다.

여기서 인식의 풀리지 않은 역설이 드러난다. 그것은 인식 대상과 인식된 것, 존재 질서와 의미 질서, 즉 글로 쓰여지기 이전의 존재론적 질서와 글로 쓰여진 의미론적 질서 사이의 자기 모순적 관계이다. 인식은 필연적으로 인식의 주체로서의 의식과 그와 별개의 대상을 전제로 한다. 그러나 인식 대상은 글쓰기 속에서 '의미'로만 나타난다. 인식의 결과 '의미'만이 남게 되고 그것은 결국 대상의 증발을 뜻한다. 인식 대상으로서 객관적 세계, 객관적 존재는 어느덧 내가 '무엇 무엇으로서' 글로 써서 의미로 파악한 것만 남게 된다는 것이다. 나의 입장 혹은 인간의 입장에서 볼 때 세계는 내가 또는 인간이 관념적으로 파악한 세계인 '의미'와 동일하다는 것이다. 인식에 대한 전통적 인식 모델은 인식을 일종의 객관적 대상의 의식 복사複寫 혹은 반영反映으로 보는 것이다. 그러나 인식에 있어서 위와 같은 점들이 사실이라면 인식에 대한 고전적 모델은 틀렸다. 인식은 이미 존재하는 어떤 객관적 대상의 마음속 복사나 반영이 아니라, 그러한 대상의 글쓰기로 이룩하는 주관적/관념적 조직이며 구성이다. 이런 점에서 인식은 발견이 아니라 제작이다.

'존재' 질서를 '의미' 질서로 전환하는 것은 언어이다. 전자가 글로 쓰일 때 그것은 후자로 변모한다. 이런 점에서 글쓰기는 인식대상으로서 세계/존재를 바라보는 여신 메두사의 시선이다. 메두사의 시선이 닿기만 하면 모든 살아 있는 존재는 죽은 물건으로 굳는다. 이와 마찬가지로 객관적 '존재 세계'가 글쓰기라는 활동에 의해서 인식되는 순간 그것은 어느덧 관념적 '의미 세계'로 변하고 만다. 인식이 글쓰기를 떠나서 있을 수 없고 또한 글쓰기가 위와 같은 구조를 갖고 있다면 인간의 인식적, 즉 지적 의도는 욕심 많은 왕 미다스의 의도와 같이 자기 모순적이다. 손만 대면 모든 것을 황금으로 만들 수 있는 마술적 능력을 얻게 되지만 미다스 왕은 여전히 음식 섭취는 물론 여인과의 사랑을 필요로 한다. 그러나 그러한 필요를 충족시키고자 하는 그의 모든 행위는 실패로 돌아간다.

먹으려는 모든 음식이 황금으로 변하여 그는 그것을 먹을 수 없고, 사랑하고자 손으로 껴안는 모든 여인이 황금 덩어리로 변하기 때문이다. 인식의 의도, 즉 세계/존재를 지적으로 소유하자는 의도도 마찬가지다. 내가 글쓰기를 통해서 세계를 지적으로 소유했다고 믿는 순간 내가 소유한 것은 객관적 대상으로 '세계 그 자체'가 아니라 글쓰기에 의해서 변질된 주관적 관념으로서 세계라는 대상의 '의미'뿐이기 때문이다.

인식의 꿈, 즉 이상의 완전한 실현은 논리적으로 그 근본적 구조상 반드시 실패하기 마련이다. 그런데도 인간은 세계를 알아 지적으로 소유하고자 하는 욕망을 버릴 수 없다. 바로 그러한 지적 욕망이야말로 인간이라는 동물을 다른 동물과 구별해주는 어쩌면 유일한 속성일 수도 있다. 글쓰기는 바로 그러한 인간적 욕망의 표현에 지나지 않으며, 철학적 글쓰기와 문학적 글쓰기의 차이는 인식/지적 욕망, 즉 세계/존재를 관념적으로 소유하려는 인간의 욕망에서 드러나는 인식과 인식 대상 및 글쓰기와 글쓰기 대상 간의 역설적 관계로서만 설명되고 이해될 수 있다.

인식의 값은 두 가지 척도에서 평가되어야 할 것이다. 인식의 이상은 총체성과 투명성이다. 그러한 두 가지 요소는 지성의 가장 근본적 본성이다. 글쓰기는 인식적 활동이며 인식은 세계의 복사가 아니라 세계의 관념적/의미론적 구성/조직이다. 다른 비유를 들자면 글쓰기는 조각가의 조각 작업이며 글쓰기의 구체적 결과인 텍스트는 그런 작업의 결과로 나타난 조각 작품이다. 가장 바람직한 글쓰기는 모든 대상, 모든 경험을 가장 총괄적인 동시에 가장 투명하게 구성/조직/조각해 내는 글쓰기일 것이다. 철학적 사고의 본질이 모든 문제를 가장 본질적으로 추구하고 그것에 대한 가장 보편적이며 투명한 명제를 찾아내려는 데 있다면 철학적 세계 인식, 즉 세계에 관한 글쓰기는 가장 포괄적이며 가장 투명한 세계 구성/조직이라 정의될 수 있다.

그러나 이러한 철학적 글쓰기는 그 성공과 비례해서 글쓰기에 의한 세계 인식이 추구하는 또 하나의 이상을 상대적으로 희생시켜야만 한다. 글쓰기에 의한 세계 구성/조직이 총체적이면 총체적일수록 그 글쓰기는 꼭 그만큼 보편적인 명제로 변하고, 명제가 보편적일수록 구성/조직된 세계는 그만큼 추상적이며 또 그만큼 개념적일 수밖에 없다. 그러나 존재하는 모든 것은 개별적이며 구체적인 것이므로 그만큼 불투명하다. 요컨대 그것은 그만큼 개념화에 저항한다는 말이다. 그러므로 총체성과 투명성을 추구하는 철학적 글쓰기에 의한 세계 구성/조직은 구체적 세계와는 별개의 것이 된다. 철학적 글쓰기로 구성/조직된 세계/존재가 이런 점에서 객관적 세계, 즉 글쓰기에 의해서 구성되는 이전의 모습과 상이하다는 것을 의식하지 않을 수 없다.

시로 대표되는 글쓰기는 철학적 글쓰기의 바로 위와 같은 문제의식에서 비롯되고 그것의 존재 원인과 정당성도 역시 바로 위와 같은 글쓰기의 문제에 비추어 찾아진다. 철학적 글쓰기를 하면서 스스로의 작업과정과 그 결과를 반성하는 철학자라면 자신의 글쓰기로 세계를 파악하고 그만큼 세계를 소유하게 됐지만 또한 그만큼 세계의 무엇을 적지 않게 잃거나 세계를 그만큼 왜곡시켰다는 생각에 석연치 않고 무엇인가 부족함을 느낄 것이다. 철학적 글쓰기로 구성/조각된 세계/존재가 구체적 사실과 다르다는 생각을 하게 될 것이라는 말이다.

이러한 느낌과 생각은 철학적 글쓰기라는 존재 파악을 위한 어망에는 수없이 많은 크고 작은 다양한 존재들인 물고기가 잡히지 않고 새어나갔거나 빠져나갔다는 의식이다. 시로 대표되는 문학적 글쓰기는 철학적 글쓰기가 잃은 것은 찾고 왜곡시킨 것은 바로잡으려는 시도이며 철학적 글쓰기의 어망에 잡히지 않았던 수많은 물고기를 조금이라도 더 건어올리자는 방책이다. 추상적으로 기울어지는 철학적 글쓰기가 빠뜨리거나 부득이 버릴 수밖에 없었던 구체적 존재들을 시적 글쓰기가 포착하려면 그 글쓰기는 그만큼 덜 추상적인,

더 구체적인 언어로 바뀌어야 한다. 그렇다면 그만큼 그 언어의 의미는 덜 '개념적'이며 더 '감각적'이 된다. 그렇기 위해서는 언어는 가능한 한 '개념적'으로가 아니라 '사물적'으로 존재하며, 언어의 의미는 관념적이기에 앞서 '구체적'일 필요가 있다. 시적 글쓰기에서 각 낱말의 의미가 관념에 앞서 감성에 호소하려는 경향을 보이는 것은 당연하다. 시적 글쓰기의 상대적 특징은 언어의 은유Metaphor나 환유Metonymy 그리고 그 밖의 다양한 기술적 방법을 동반한 언어의 비유적Figurative 용법이다. 이러한 용법들은 시적 글쓰기에 내재하는 의도를 수행하기 위해 동원된 방법이요 수단이며, 따라서 시적 글쓰기에 사용될 때 철학적 글쓰기에 사용된 똑같은 언어도 그 언어의 의미는 그만큼 사물적으로 존재하고자 하는 경향을 띤다.

시적 글쓰기의 어망이 철학적 글쓰기의 어망에서 빠져나간 존재의 물고기를 유혹해서 잡으려면 그 그물은 그만큼 더 존재의 물고기 자체에 가까워야 할 것이다. 시적 글쓰기 작업은 바로 이러한 그물을 짜내는 작업이며 시 작품이란 존재를 있는 그대로 잡기 위해 짜여진 언어적 그물이다.

그러나 시적 글쓰기는 두 가지 근본적 문제를 안고 있다. 첫째 문제는 인식에 전제된 대상과 그것의 의미화의 구조에서 생긴다. 인식은 구체적 대상의 관념화를 뜻하며 그리고 관념화는 개념화, 즉 언어적 의미화를 말한다. 구체적 대상이 관념적으로 추상화되어 의미로 전환되지 않은 대상의 파악/표상/인식은 논리적으로 불가능하다. 그런데도 불구하고 시가 지향하는 것은 인식 대상, 즉 존재/세계를 있는 그대로 포착/표상/인식함에 있다. 즉 시적 글쓰기는 구체적 대상을 관념화/언어적 의미화를 거치지 않고 그냥 그대로 포착/표상/인식하는 작업이다. 구체적 사물 현상 자체, 세계/존재 자체는 시적 글쓰기의 고향 땅이다. 시적 글쓰기는 인식의 고향으로의 귀향에 불과하다. 그렇지만 이러한 시적 글쓰기의 의도는 분명히 모순적이어서 그 실현은 논리적으로 불가능하다.[2)]

시적 글쓰기의 두 번째 문제는 모든 글쓰기의 궁극적 의도가 '절대적' 세계/존재를 인식하자는 데 있다는 점이다. 여기서 '절대적' 인식이란 가장 총체적이며 가장 투명한 인식을 말한다. 총체성과 투명성은 모든 글쓰기의 궁극적 꿈, 즉 이상이다. 글쓰기의 이러한 의도는 철학적 글쓰기로 대표되는데 그 가운데에서도 가장 대표적인 예는 헤겔의 글쓰기에서 찾을 수 있다. 그런데 구체적 사물 자체를 있는 그대로, 즉 사물의 현상 자체로서 포착/표상/인식하고자 하는 시적 글쓰기는 필연적으로 글쓰기의 관념성/개념성/의미성을 극복하려 한다. 즉 시적 인식과 글쓰기는 그런 인식과 글쓰기에 전제된 사물 현상, 즉 대상의 관념화를 거치지 않고 목적을 달성하자는 것이다. 그러나 이러한 목적이 달성되려면 인식과 글쓰기의 이상에 내재적으로 포함된 인식의 총체성과 투명성은 그만큼 희생되어야 한다.

---

2) 박이문, 「시와 과학」, 『시와 과학』(서울: 일조각, 1975).

그러므로 세계/존재를 인식하는 작업으로서 글쓰기는 그것의 이상을 고수하는 한 시적 글쓰기만으로는 만족할 수 없다. 시적 글쓰기에서 의도적으로 희생해야 했던 인식적 이상의 한 측면으로서 인식의 총체성과 투명성을 다시 구제하기 위해서 시적 글쓰기는 다시금 철학적 글쓰기로 돌아올 내적 필요성을 느끼게 된다. 이렇게 철학적 글쓰기로 돌아왔을 때 거기서 우리는 또 한번 글쓰기의 벽에 부딪히고 또다시 시적 글쓰기로 옮겨가야 할 요청을 의식하고 그러한 작업의 필요성에 몰린다. 철학적 글쓰기와 시적 글쓰기는 글쓰기의 근원적 요청이라는 점에서 볼 때, 서로 다른 두 가지 목적을 가진, 단 하나의 이상적 글쓰기의 양면을 나타낼 뿐이다.

철학적이건 시적이건 어느 글쓰기도 그 한 가지만으로는 글쓰기의 궁극적 이상을 채울 수 없다. 그 어느 쪽의 글쓰기도 그것 하나만으로는 완전하기 않기 때문이다. 그래서 우리는 철학적 글쓰기에서 시적 글쓰기로 바꾸는가 하면 시적 글쓰기에서 철학적 글쓰기로 다시 돌아간다. 이 두 가지 글쓰기는 순환적으로 반복되지 않을 수 없다. 철학적 글쓰기 또는 시적 글쓰기 또는 시적 글쓰기 그 어느 하나만으로는 만족할 수 없기 때문이다.

11

철학적 글쓰기와 시적 글쓰기가 순환적으로 반복하며 추구하는 것은 '완전한' 글쓰기이다. 세계/존재를 있는 그대로이면서도 총체적이고 투명하게 인식하자는 것이 모든 글쓰기의 이상이라면, 그리고 그러한 모든 글쓰기는 철학적 글쓰기와 시적 글쓰기로 크게 양분할 수 있다면 '완전한' 글쓰기는 이 두 가지 글쓰기의 종합으로 가능할 것이다. 그렇다면 그러한 양식의 글쓰기는 논리적으로 보아 철학적 글쓰기가 될 수도 없고 시적 글쓰기도 될 수 없는, 아직 존재하지 않는 글쓰기가 될 것이다. 그러나 그러한 글쓰기의 완전한 종합은 마치 사르트르의 철학에서 '완전한 존재'로서 신의 존재가 논리적으로 불가능하듯이 역시 논리적으로 불가능하다.

사르트르에 의하면 모든 존재는 즉자 존재L' etre en soi, 즉 사물적 존재와 대자 존재L' etre pour soi, 즉 의식적 존재로서의 인간으로 양분 대립된다. 따라서 그 어느 하나만으로는 불완전하다. 대자로서의 인간도 불완전한 존재라는 것이다. 그런데 인간은 그 존재 구조상 '결핍'적이므로 그러한 것을 극복하기 위해 완전한 존재가 되고자 한다. 완전한 존재는 '신'이라는 개념으로 상징된다. 완전한 존재로서 신은 즉자와 대자 존재의 종합으로만 가능하다. 그러나 그것은 그 두 가지 존재 사이의 관계 구조상 논리적으로 불가능하다. 사르트르가 '신은 불가능하다'라고 한 것은 바로 이런 이유에서이다. 이와 꼭 마찬가지로 철학적 글쓰기와 시적 글쓰기는 각각의 의도가 서로 모순 관계에 있으므로 종합될 수 없다. 요컨대 사르트르의 신의 존재가 불가능하듯이 완전히 글쓰기는 그 실현이 논리적으로 불가능하다.

시인 말라르메가 시작詩作의 궁극적 목적으로 삼은 것은 그가 그냥 '절대적 책Le Livre'이라 불렀던 완전한 글쓰기, 즉 완전한 텍스트의 창조였다. 단 하나의 이 텍스트 속에서 그는 모든 사물, 모든 현상 그리고 자신의 창작 행위를 포함한 모든 행위를 함께 총체적으로 지칭하는 우주 속에서 완전하고 영원한 질서를 발견 또는 창조하려 했다. 말라르메의 시적 글쓰기는 세계/존재의 완전히 총체적이며 투명한 파악이었다. 그러나 그의 시적 글쓰기의 목적은 실패로 돌아간다. 왜냐하면 그가 뜻하는 것은 논리적으로 불가능하기 때문이다.[3] 따라서 말라르메는 자신이 의도했던 텍스트를 쓰는 데 실패했고 그러한 텍스트는 아직 아무에게서도 쓰여지지 않았으며 앞으로도 쓰여지지 않을 것이다. 그러한 텍스트가 있다면 그것은 영원히 쓰여지기만 기다리는 채 남아 있을 수밖에 없다.

논리실증주의는 모든 언명 텍스트를 인지적인 것, 정서적인 것으로 명확히 구별했다. 이런 구별은 한 텍스트가 우리의 의식 밖에 존재하는 것으로 전제되는 객관적 세계/사실/현실에 대한 정보적 Informative 내용을 담고 있는가 아닌가에 근거를 두고 이러한 것을 결정할 수 있는 근거의 근거는 그 텍스트에 대해 진위를 발언할 수 있는가 없는가라는 사실에 있다는 것이다. 철학적 글쓰기/텍스트와 문학적 글쓰기/텍스트의 구별도 바로 위와 같은 사실에 바탕을 둔다. 철학/과학적 텍스트의 진위는 가려질 수 있는데 반해 문학/시적 텍스트는 결코 그렇지 않다는 것이다. 철학적 텍스트가 객관적 세계에 대해 어떤 정보를 제공하는 기능을 가지고 있는 반면 시적 텍스트는

---

3) Ynhui Park, "L' Idée" Chez Mallarme(Paris: Centre Documentation Universitaire, 1996).

화자의 주관적 감정, 정서를 밖으로 도출시키는 기능을 맡고 있을 뿐이라는 것이다. 그러나 이러한 구별은 엄격히 할 수 없다. 시인이 시를 쓰는 행위는 결코 감정의 폭발, 도출 행위와는 전혀 다르며, 어떤 시 작품은 반드시 어떤 의미를 전달하고 있지 그 자체가 환호 소리나 고함 소리나 웃음 혹은 울음소리가 아니다. 진지한 시인일수록 그가 의도하는 것은 그가 알고 있다고 전제되는 어떤 사실을 전달함에 있다. 그렇다면 시적 언어도 궁극적으로는 인지적/정보적 내용과 의미를 가지고 있다. 그렇다면 논리실증주의자들이 주장하듯이 철학적 텍스트와 시적 텍스트를 정확히 구별할 수 없다.

이렇듯 철학적 글쓰기/텍스트와 시적 글쓰기/텍스트에 대한 나의 철학적 성찰과 나 자신의 두 가지 글쓰기에 대한 반성도 논리실증주의적 두 가지 종류의 글쓰기/텍스트의 구별이 잘못된 것임을 전제로 하고 있다. 그러면서도 철학과 시, 철학적 담론과 시적 창작, 철학적 텍스트와 시적 텍스트는 일반적으로 구별되며 이 두 가지 글쓰기에 대한 나의 분석과 성찰도 그러한 구별을 이미 전제하고 있다. 그렇다면 그러한 구별은 반드시 설명을 필요로 한다. 두 가지 글쓰기가 논리실증주의적으로 구별할 수 없다는 것은 그러한 사실 자체로서 그것들 사이의 구별이 설명되지 않는다는 결론을 이끌지는 않는다.

그렇다면 어떤 구별이 가능한가? 철학적 텍스트와 시적 텍스트는 그것을 대하는 독자의 태도에 달려 있다. 이러한 태도는 언술판단의 양상Modality으로 나타난다. 어떤 언술/명제 판단 양상에는 단언적

Assertoric인 것과 개연적Problematic인 것이 있다. 이 두 양상의 차이는 전자의 경우 같은 어떤 명제가 '사실/실제'로서 서술된 데 반해서 후자의 경우 같은 명제가 '가정/가능성'으로 제안된 데 있다. 즉 과학, 철학적 글쓰기가 단언적인 데 비추어 문학/시적 글쓰기는 개연적이다.[4] 단언적 명제를 표상하는 과학/철학적 텍스트에 대해서만 진위를 가릴 수 있다. 개연적 명제를 표상하는 문학/시적 텍스트에 대해 진위를 말한다는 것은 논리적으로 맞지 않는다. 이런 점에서 논리실증주의적 주장은 옳다. 그러나 오직 전자의 텍스트만이 인지적 의미를 갖고 후자의 텍스트는 인지적 의도와 관계가 전혀 없다는 논리실증주의적 결론은 '인지Cognition'의 개념을 지나치게 좁게 풀이한 데 근거한다. 넓은 의미에서 시적 의도와 그러한 의도의 구체적 표상인 시적 텍스트도 인지적 내용을 지닌다.

앞서 거듭 강조했듯이 어떤 객관적 존재도 그것이 언어로 기술되기 이전에는 인식될 수 없다. 언어, 더 정확히 말해서 텍스트로 전환됐을 때 비로소 객관적 세계는 인식된다. 그러나 인식의 구체적 내용은 비관념적 존재의 관념화, 존재적 질서의 의미적 질서화에 지나지 않는다. 바로 이러한 인식의 구조는 인식된 세계와 인식 이전의 세계가 결코 동일할 수 없음을 말해준다. 그러나 인식의 궁극적 목적은 인식 이전에 독립하여 객관적으로 존재하는 대상을 있는 그대로 파악하자는 데 있다.

---

4) 박이문, 「철학적 허구와 문학적 진실」, 『철학전후』(서울: 문학과지성, 1983).

글쓰기의 끝이 있을 수 없는 안타까운 기다림 속에서 똑같은 작업을 영원히 반복해야 한다. 이것이 바로 글쓰기의 안타까운 운명이다. 바라는 마지막 텍스트는 결코 쓰여지지 않는다. 언제나 지속적으로 시도될 뿐이다.

'진리'라는 말의 궁극적 의미는 다름아니라 바로 이러한 존재 파악에 지나지 않는다. 그러므로 모든 인식은 만족될 수 없는 인식이며 모든 진리는 필연적으로 진리가 아니다. 시적 글쓰기는 바로 이러한 인식의 역설적 구조의 자의식에서 비롯된다.

시적 텍스트는 철학적 텍스트로 표상/인식될 수 없었던 객관적 존재/세계를 좀더 만족스럽게 표상/인식하기 위해서 고안된 새로운 언어/세계의 구성의 시도를 나타낸다. 그러나 세계/존재를 파악하기 위한 글쓰기가 '철학적'에서 '시적'으로 바뀌어가면 그럴수록 그렇게 쓰여진 텍스트의 의미는 그만큼 애매모호, 즉 '시적'이 되며 인식이 추구하는 투명성, 체계성에서 멀어진다. 따라서 글쓰기는 시적, 즉 애매모호한 비개념성을 탈피, 그곳에서 멀어져 철학적, 즉 좀 더 개념적으로 될 필요성을 느낀다. 이렇게 볼 때 이상적 글쓰기의 작업은 철학적인 것도 아니며 시적인 것도 아니다.

그것은 두 가지 글쓰기를 무한히 번갈아 반복하는 작업이 된다. 이와 같이 볼 때 궁극적인 글쓰기는 페넬로페의 끝없이 되풀이되는 옷짜기와 같다. 페넬로페는 남편 오디세우스가 없는 동안 자신을 아내로 삼으려는 청혼자들로부터 시간을 벌며 남편이 살아 돌아올 때까지 기다리기 위해서 한낮에 실로 짠 옷을 밤이면 다시 푸는 작업을 한없이 반복했다. 철학적 글쓰기를 페넬로페의 옷짜기에 비유할 수 있다면 시적 글쓰기는 자신이 짠 옷의 실을 풀고 있는 페넬로페의 작업과 같다.

그러나 불행히도 인간의 글쓰기 작업은 페넬로페의 옷짜기 작업과 다르다. 남편 오디세우스가 페넬로페 앞에 나타났을 때 그녀의 옷짜기는 끝이 났다. 그러나 글쓰기 작업장에 나타나는 오디세우스는 존재하지 않으며 따라서 글쓰기의 끝이 있을 수 없는 안타까운 기다림 속에서 똑같은 작업을 영원히 반복해야 한다. 이것이 바로 글쓰기의 안타까운 운명이다. 바라는 마지막 텍스트는 결코 쓰여지지 않는, 언제나 지속적으로 시도될 뿐이라는 것이다.

나는 글쓰기로 무엇을 이룩하려 하는가? 나는 아직 쓰여지지 않은 텍스트를 추구하고 있는 것이다. 내가 시적 글쓰기를 하다가 철학적 글쓰기를 하고 그러면서도 아직 시적 글쓰기에 대한 깊은 향수와 의욕에 잠겨 있다면 그것은 무엇을 말해주는가?

그것은 말라르메가 말하는 '책', 즉 내가 추구하는 그 텍스트가 어떠한 글쓰기로도 만족스럽게 쓰여지기가 어려움을 말해준다. 그러나 세계/존재에 대한 완전한 인식을 추구하는 인간의 지적 욕망은 파우스트적이어서 그것이 불가능한 꿈인 줄 알면서도 완전히 억제할 수 없다. 그러므로 글쓰기의 운명은 이카로스의 운명과 같다.

높은 하늘에 뜬 태양의 열은 가까이 갈수록 더 강렬하다. 초로 만든 이카로스의 날개는 그 태양열에 녹고 그는 마침내 땅에 떨어지게 마련이다. 그래도 이카로스는 그 태양을 향해 날지 않을 수 없는 무모한 내적 욕구를 억제하지 못한다.

글쓰기에 대한 욕망을 억제하지 못하는 우리는 이카로스와 같고 우리의 운명도 이카로스의 운명과 마찬가지로 실패할 수밖에 없다. 그러나 우리의 욕망은 이카로스의 욕망과 다를 바 없다. 글쓰기라는 이카로스는 완전한 텍스트의 태양에 도달하게 되면 될수록 날개는 녹아 땅에 떨어질 수밖에 없지만 글쓰기/이카로스는 불가능한 텍스트/태양을 향해 다시 날아간다. 아직 쓰여지지 않은 완전한 텍스트의 유혹은 글쓰기가 사라지지 않는 한 인간에게 영원한 유혹으로 남아 있을 것이다.

《외국문학》, 1994, 가을호

08
철학 전후

1. 철학 이전

시골은 나의 고향이다. 작은 시골 마을에서 태어나 시골에서 자랐기 때문만은 아니다. 나에게 시골은 생물학적 의미로만의 고향이 아니라 마음의 고향이다. 내가 시골에서 태어나 그곳에서 자라지 않았더라도 시골은 언제나 나의 고향일 것이다.

중학생이 되고서부터 시골을 떠나 회갑이 넘어선 지금까지 나는 줄곧 큰 도시에서만 살아왔다. 육체적으로 쓰러질 듯 괴롭기도 했고 정신적으로 뼈를 깎는 고독에 울어본 때도 있었지만 내가 50여 년을 두루 돌아다니며 살던 대도시, 서울 · 파리 · 로스앤젤레스 그리고 보스턴에서 나는 육체적으로, 지적으로 그리고 또 도덕적으로 성장할 수 있었다. 나는 누구 못지않게 도시 생활의 혜택을 받고 즐겼다. 그럼에도 불구하고 나는 궁극적으로 시골을 찾고 있었다. 그러기에 1년 전까지만 해도 보스턴의 가르치던 대학에서 조기 은퇴하고 겨울이면 눈이 무릎까지 쌓이는 뉴잉글랜드의 깊은 산속 시골에서 여생을 보낼 생각을 구체적으로 했던 것이다. 계획을 바꾸어 반년 전 선뜻 포항공대에 온 결정적 이유의 하나는 이 대학이 아름다운 시골의 산천을 배경으로 하고 있다는 데 있다.

시골, 아니 옛날 시골은 자연과 인간의 가장 가까운 만남을 상징한다. 파스칼이 말했듯이 인간은 다른 존재와는 달리 아무리 해도 쉽게 풀리지 않는 이중적 동물이긴 하지만, 역시 자연의 일부임에는 틀림없다. 시골의 삶은 땅과 섞여 인간이 자연의 일부임을 확인해준다. 손과 발에 흙을 묻히며 논과 밭을 갈아 씨를 뿌려서, 야채와 곡식을 계절에 따라 가꾸고 거둔다. 새들의 노래를 들으며 동물들과도 접하기도 하고, 벌레들과 함께 산다. 산에 올라가 나무를 마련해서 군불을 때고 개천에서 빨래를 하다가도 고기를 잡아 밥상을 조금은 풍요롭게도 한다. 서울에서 자라난 애들을 퍽 부러워하기도 했었고 사춘기를 파리 한복판에서 보내고 평생 그곳에 살 수 있었던 사르트르를 멀리 선망의 눈으로 상상해본 적이 없었던 것도 아니지만 내가 초라한 시골에서 태어나 시골에서 유년 시절을 보낼 수 있었던 것을 머리가 희어질수록 더욱 복 받은 것으로 생각한다.

시골에서 살아본 적이 없었더라면 나는 지금 나의 삶에 대해 걷잡을 수 없는 삭막한 느낌을 벗어나지 못했을 것이다. 시골에서 삶에 어찌 불편함이 없었겠는가. 물질적으로 빈곤했고 문화적으로 원시적이었다. 오늘날은 사정이 많이 다르지만 30년대 한국의 농촌은 말할 수 없이 궁핍했다. 머슴이며 극빈한 소작인들은 말할 것도 없지만 농사만을 짓고 살 수밖에 없는 시골 사람들의 삶은 즐거움보다는 고통에 시달릴 수밖에 없었다. 해만 뜨면 논이나 밭에 붙어살아야 했고 겨울이면 추위에 떨고 여름이면 더위나 모기와 싸워야 했다. 공부를 해야 하는 동네 아이들은 20리 논과 들길을 걸어 다녀야 했다. 시골은 낭만적으로 미화되는 경우와는 달리 파라다이스가 결코 아니었다. 외부에서 객관적으로 볼 때 그것은 오히려 지옥에 가까운 곳이라고도 말할 수 있으리라.

그러나 나는 가난하면서도 가난하지 않고 고통스러우면서 고통스럽지 않았다. 가난이든 고통이든 삶은 그냥 자연 그대로였기 때문이다. 나는 자연 속에서 자연과 섞여 자연과 함께 존재하고 있었다. 자연과 인간의 괴리가 생기지 않았다. 삶은 그 자체로 충만해 있었다. 존재를 잠식하는 '의식'이라는 버러지가 아직 생기지 않았다.

나는 심성이 순하고 약해서 주먹 센 애들한테 괴로움도 받곤 했지만 공부 잘한다는 칭찬을 선생님들한테서 받는 재미가 있었다. 새를 좋아했던 나는 틈만 있으면 보리밭 고랑이나 야산을 누비며 새 새끼가 크고 있는 새둥우리를 뒤지고 다녔다. 개천에서는 그물로 고기잡

자연은 그냥 인간의 인식 대상으로서 인간과 떨어져 있기는커녕, 인간은 자연과 '하나'이다. 자연은 인간의 정복 대상도 아니며, 인간의 소유물도 아니다. 자연은 오히려 처음부터 끝까지 인간의 어머니이며, 인간의 시골이며, 인간의 고향이며 인간의 집이다.

이를 즐겼고 논바닥에서 우렁이 캐기도 좋아했다. 거미줄로 만든 잠자리채로 고추잠자리를 쫓기도 했다. 언제나 탕건을 쓰고 계신 할아버지 앞에서 귀에 못이 박이도록 알지도 못하고 재미도 없는 족보 · 양반 · 한시漢詩 얘기를 듣는 척하느라 무릎을 꿇고 앉았다가도 기회만 있으면 도망쳐 나와 동네 아이들과 뛰어다니며 놀곤 했다. 개를 무척 좋아했던 나는 강아지를 데리고 증조부 큰 산소가 있는 집 바로 뒷동산 잔디언덕에서 함께 뒹굴며 놀곤 했다. 초가을이면 연못가나 강변에서 낚시하기를 즐겼다. 나는 자연과 더불어 존재하고 있었다. 시골학교를 졸업하면 형들이 뒤를 따라 서울의 높은 학교에 가서 무엇인지 모르지만 저절로 훌륭한 사람 되리라고 믿고 있었는데 그것도 그냥 자연스럽게만 생각되었다.

당시는 전혀 의식하지 못했지만 지금 뒤돌아 생각해보면 소학교 당시부터 내게 미의식美意識이 싹트고 있었던 것 같다. 별이 함빡 뿌려진 겨울 하늘, 잠을 깨고 나면 지난밤 사이 눈에 덮인 온 세상의 풍경, 뒤뜰 감나무에 매달린 몇 개의 빨간 감, 동네 뒤에 우뚝 솟은 전나무, 달빛이 환한 밤 잠자리에서 듣던 뻐꾸기 소리, 언젠가 다른 동네에 갔다가 어느 부잣집의 꾸며놓은 정원과 같은 모습에서 수없이 느낀 강렬한 감동들이 잊혀지지 않는다. 미에 대한 나의 이러한 감수성도 내가 자연에서 느끼는 편안함과 깊은 관련이 있었던 것 같다.

물론 그 당시의 어린 나를 통해서도 자연과 인간 사이, 아니 자연과 인간의 의식 사이에 이미 금이 가 있지 않을 수 없었다. 그러나 그

때 나는 그러한 금, 자연과 인간의 갈등을 확실히 의식하지는 못하고 있었다. 인간의 고통과 기쁨의 원천이 될 자연과 인간 간에 생겨난 상처와 같은 균열은 아직도 눈에 보이지 않게 덮여 있었다. 인간은 아직도 자연의 그냥 일부, 그냥 한 측면에 불과한 것으로 보였을 뿐이다. 아직도 자연은 하나로서 인간을 포함한 존재 일반이 내재적 갈등을 드러내지 않고 있었다.

그러나 어느덧 자연과 인간 사이에 금이 드러나고 있었다. 조화롭고 평화로운 나의 시골이 흔들리기 시작했다. 내가 살고 있던 시골과 내가 알고 있던 세계가 세계의 전부가 아니었다. 내가 믿고 있던 우주의 질서가 흔들리기 시작했다. 이렇게 엄청난 사건은 내가 소학교 상급반 무렵이던 때부터 조용히 일어나고 있었다. 그것은 처음에는 잘 의식되지 않게 조용히 시작되었던 것이다. 그러나 중학교에 들어와서부터는 그것이 나의 세계를 근본적으로 위험스럽게 흔들어놓은 삶의 지진으로 발전했다.

이러한 정신적 격동은 내가 시골 건넌방에 많이 쌓여 있던 책을 우연히 접함에서 비롯되었고 그 후 서울에 있는 중학교에 들어와서 문학과 예술을 처음으로 접촉함으로써 더욱 커졌다. 시골집 건넌방에는 큰 형이 동경에서 귀국할 때 갖고 온 그림책과 문학 서적 등이 많이 있었는데 항상 호기심이 많은 나는 그것들을 들쳐보다가 내가 시골에서 상상도 해보지 못한 세계가 있음을 발견했다. 나는 무슨 뜻인지도 모르면서 적지 않은 책들을 뒤적이며 막연하나마 무한한 황홀감에 젖기도 했다. 중학교에 들어가서부터는 일본 작가들의 소설, 일어로 된 세계 문학 전집을 뒤적이며 문학과 예술의 세계에 어쩔 수 없는 마력을 느꼈다. 해방 후 한국 작가들의 문학 작품을 읽고 이해하려 애썼고 시집들을 되는 대로 읽으며 마치 내가 남들은 알 수 없게 새롭고, 깊고, 아름답고, 고귀한 세계로 들어가는 것 같았다. 사실, 지금은 이 동안에 읽었던 책들의 내용이 구체적으로 기억에 남는 것은 거의 하나도 없다. 그 까닭은 그 당시 뜻을 잘 알지도 못하고 그런 책들을 훑어보고 막연히 어떤 분위기만 느끼는 것으로 만족하고 있었기 때문이다.

책의 세계가 펴지면 펴질수록 내가 살고 있던 시골 세계가 깨어져 가고 있었다. 책은 사춘기에 접어들면서 막연하나마 의식하게 된 삶의 고통과 부조리에 대한 나의 의식을 예민하게 하고 이러한 의식은 다시 나의 지적 호기심을 자극해서 가속도로 책에 대한 관심을 더욱 자극했다. 지적 호기심이 커지면서 나의 정신적 평온은 깨져가고 있었다. 개인적으로는 사춘기의 어려운 심리적 격동, 가정적으로는 경제적 빈곤, 사회적으로는 끊임없이 밀려오는 정치적 격동 속에서 나는 자신도 모르는 사이에 삶의 아픔, 고독감 그리고 허무감에 빠져 구할 길 없이 허덕이는 소년으로 변해가고 있었고 마침내는 모든 것을 비웃어버리는 냉소주의자가 되어 있었다.

이 무렵 나는 예술에 눈을 떴다. 문학에 끌리고 있었다. 특히 시에 한없이 매력을 느꼈다. 재주가 있고 환경이 허락했더라면 나는 화가畵家가 되기를 결심했을지 모른다. 지적으로 가라앉고 성숙했더라면 나는 소설이나 희곡을 쓰고 싶어 했을 것이다. 그러나 정신적으로 격동해 있어서 숨이 짧은 나에게는 시가 가장 적절한 감상의 대상이요 표현의 수단으로 보였다. 시 속에서만 내가 냉소주의로부터 구원될 수 있을 것만 같이 믿어졌다.

시詩 그리고 예술 일반이 나에게 이처럼 보인 이유는 그것이 '아름다움'을 의미하기 때문이다. 예술이 아름답게 보인 이유는 그것이 보다 바람직한 새로운 질서와 조화의 창조를 의미한 데 있다. 새로운 질서의 창조를 통해서 예술은 깨어진 자연과 인간 간의 조화를 다시 극복해준다고 보였다. 오직 시적 창조만이 잃어버린 시골, 추방되었던 인간의 고향을 다시 찾아줄 수 있고, 오직 시만이 말로 전달할 수 없는 깊은 진실을 표현해줄 수 있을 것만 같았다. 해방 후 몇 년 심한 정치적 혼란, 빈곤 그리고 부패의 혼탁 속에서 감수성이 비교적 예민했다고 자처했던 사춘기의 시골 소년은 차근히 지적知的인 길을 닦아갈 수 있을 여유 없이 항상 격동된 감정 속에서 이해도 못하면서 예술이니 문학이니 하면서 의지할 수 없는 마음을 달래려 하고 있었다.

대학에서 불문학을 전공으로 선택한 것은 우연한 결정이 아니었다. 남들이 위대한 과학자가 되어 애국자가 되려고 할 때, 친구들이 정치학과나 법과를 선택해서 국가의 지도자가 되거나 외교관으로서 화려한 국제무대에서 활약하고자 할 때 혹은 동급생들이 의학을 공부해서 생활이 안전한 길을 택했을 때 나는 실질적으로 무슨 쓸모가 있을지도 전혀 모르면서 문학을 공부하겠다는 것이었다. 문과 가운데서도 프랑스 문학을 택하게 된 것은 프랑스 문학뿐만 아니라 프랑스 문화가 가장 아름답고 화려한 것으로 막연하게 생각하고 있었기 때문이었다.

6·25 전쟁의 와중에서 아슬아슬한 죽음의 위협을 피하여 시골에 숨어 있다가 서울 수복 후 육군에 입대했다. 그 후 육군병원의 고름내가 코를 찌르는 병동에 눕게 되었다. 제대를 한 후에는 부산의 부두에서 통역이라는 명목으로 노동자들과 밤을 새우기를 몇 달. 휴전 후 폐허가 된 서울에서 정신적으로는 물론 육체적으로 안정은커녕 휴식도 없이 흘러 보내야 했던 몇 년. 이런 가운데서 문학 공부를 한답시고 대학과 대학원을 합쳐 6년을 보냈다. 지금 생각하면 정말 어리석게만 보낸 시간이었다.

그때의 모든 객관적 상황과 분위기를 생각하면 어쩔 수 없었던 대학에는 정말 교수다운 교수가 별로 없었다. 특히 문과에서 그랬고 더욱이 외국 문학과에서 사정은 열악했다. 교수를 원망하기 전에 학생들 자신, 아니 나 자신을 꾸지람해야 한다. 책도 없고 조용히 마음 놓고 공부할 장소도 없었다. 그러나 나는 보다 시간을 적절히 사용할 수도 있었고 보다 착실히 공부할 수도 있었다. 그러나 나는 대부분의 대학 생활을 시를 쓴답시고 이 다방 저 선술집에 몰려다니며 보냈다. 지금 생각하면 제대로 읽은 책은 거의 없다. 제대로 이해했다고 기억되는 책은 단 한 권도 없다. 문학을 공부하는 것이 무엇인지 알 수 없었고 불문학을 공부한다는 것이 무엇하는 것인지는 더욱 몰랐다. 단편적으로 읽은 소설과 시에 매혹되기도 하고 흥분되기도 했지만 그와 동시에 그러한 경험들은 사실상 나를 더욱 정신적으로 혼란에 빠지게 했다.

보들레르의 시에서 무서운 충격과 더불어 마력을 느끼고, 더욱 난해한 엘뤼아르의 시에서 잡히지 않은 이미지의 아름다움을 느꼈지만 그러한 시들, 그러한 시들에서 얻는 경험이 나에게 구체적으로 무엇을 의미하며, 그러한 것들이 나의 시작詩作에 어떻게 거름이 되는지도 알 수 없었다. 시랍시고 많은 원고지를 찢고 또 메웠지만 내 스스로 읽어보아도 '시 같지' 않았고, 그것이 무엇을 의미하는지, 어째서 중요한지도 알 수 없었다. 그럴수록 좋은 시를 써보겠다는 의욕만은 많았지만 또한 그럴수록 나는 더욱 알 수 없게 되어가고 있었다. 자연과 인간, 나와 세계가 걷잡을 수 없는 소용돌이 속에 어지럽도록 돌아가고 있었다.

이런 상황에서 나는 정신을 차려야 했다. 모든 것에 대해서 좀더 분명해야 했다. 그러려면 모든 것을 알아야 했다. 시를 쓰기에 앞서, 불문학을 공부하기에 앞서 내게 보다 절실했던 문제는 사는 것이 도대체 무엇이며, 내가 어떻게 살아야 할 것인가를 알아야 하는 일이다. 나는 예술 혹은 시에 관심을 갖기에 앞서 철학적인, 아니 종교적인 관심을 갖고 있었던 것이다.

나의 문제는 모든 것을 통일된 하나의 관점에서 파악하고자 함에 있었다. 그것은 인식과 그 대상, 의식과 그 대상과의 관계를 새로운 각도에서 파악함으로써 흔히 양립된다고 믿어지는 두 가지의 존재 혹은 현상을 보다 포괄적인 개념으로서 파악하고자 함이었다. 이러한 의도의 밑바닥에는 자연과 인간, 사물과 인간의 인식, 육체와 심리현상이 궁극적으로는 서로 연속된 하나의 존재라는 확신이 있었다. 지금도 나는 그것을 믿는다.

이 무렵 세계적으로 화제가 되어 있던 실존주의에 대해 그리고 특히 대표적 실존주의자인 사르트르에 대해 단편적으로 주워듣고 극히 단편적으로나마 사르트르에 대한 책을 접하게 됐다. 사르트르가 프랑스의 대표적 철학자인 동시에 작가이며 평론가라는 사실 때문에 불문학과에 있었던 나에게는 극히 자연스러운 일이었을 것이다.

그러나 나에게 있어 사르트르는 불문과에 속했기 때문에 알아 두어야 할 이름만은 아니었다. 그 당시는 잘 이해도 못했으면서도 사르트르와의 접촉은 나에게 있어 크나큰 충격이요, 계시이며, 구원의 빛과도 같이 막연히 느껴졌다. 오직 사르트르만이 인간으로서의 삶이 어떤 것이며, 세계가 무엇인가를 설명해주는 것 같았다. 사르트르만이 그 당시 내가 깊이 빠져 헤어나지 못하고 있던 절망과 '허무주의' 무력감으로부터 나를 구원해줄 수 있는 것같이 보였다. 그는 나에게 운명을 개척할 용기를 돋워주었다.

사르트르의 작품은 물론 다른 평론 혹은 철학적 서적을 프랑스어로 읽으면서 그런 저서의 작가들의 경탄스럽게만 보이는 지식의 양과 사고의 정연함, 그리고 표현의 논리적 수려성에 한없이 머리가 숙여지고 그와 비례해서 내 자신이, 아니 그 당시 한국의 학자들이나 지식인들이 얼마큼 무식했던가를 느끼지 않을 수 없었다. 그리고 시를 쓴다, 문학을 한답시고 술이나 마시고 떠들썩하게 흥분해 지내오고 있던 내 자신, 그리고 그 당시의 내 주변에서 볼 수 있는 대학의 분위기가 얼마나 유치했던가를 남몰래 의식하지 않을 수 없었다.

내 자신이 무척 불편스럽게 느껴졌다. 내 주위, 한국의 학문적 그리고 더 일반적으로 말해서 지적 환경이 숨이 막히게 답답하게만 느껴졌다.

나는 책을 통해서 어렴풋이나마 알게 된 외국의 지식인, 더 정확히 말해서 프랑스의 지식인들로부터 직접 배우고 싶었다. 적어도 지적으로 그들과 대화라도 할 수 있는 수준에 올라가고 싶었다. 그들만큼 지식이 많다면 세상은 얼마나 밝을 수 있겠는가 하고 생각하게 되었다. 단 한번만이라도 그들이 경험하고 있을 지적 환희를 스스로 체험하고 싶었다. 넓은 세계를 알고 싶었다.

이러한 내적 요청을 충족시키려면 나는 떠나야 했었다. 문화의 중심지라는 파리로, 사르트르가 진을 치고 있는 라틴가로, 800년이 넘은 소르본대학으로 가야 했다. 잘은 모르지만 무엇인가 멋있고 진리를 담은 듯한 얘기를 하는 프랑스의 지식인들, 세계적 학자들을 이해하고 싶었다. 배우고 또 배워서, 알고 또 안 다음 나의 혼돈된 세계를 정리하고 무너져가는 나의 내적 세계에 질서를 찾지 않으면 안 되었다.

알고 나면 그렇듯이 배우고 또 배워도 다 배울 수 없는 것이 너무나 많다. 알고 알아도 또 알아야 할 문제가 너무나 방대하다. 서울에서 문학이네, 인생이네, 사르트르네, 카뮈네를 잘난체하고 떠돌며 다니던 때도 있었고, 내 딴에는 남들이 도달하지 못한 정신적 깊이에 도달했다고 문학 소년다운 환상에 잡힌 때도 더러 있었지만, 그곳 소르본에 가보니 서른이 넘은 나는 그곳 어린 학생들에 비해서도 너무나 지적으로 무식하고 정서적으로 너무나 유치함을 깨닫게 되었다. 읽어야 할 책이 너무 많았다. 불문학을 한답시고 정신을 차리고 열심히 강의도 듣고 책도 읽었지만 그것을 소화시키기는 쉽지 않았다. 그것을 둘러싼 문제가 걷잡을 수 없을 만큼 다방면으로 퍼져가서 다른 분야의 책도 한없이 읽어야 함을 깨닫게 되었다.

그런 것들을 모두 소화했더라도 내가 공부하고 있는 분야가 방대한 학문 분야에 비추어볼 때 극히 일부에 불과함을 알게 되었고 그럴수록 내가 하고 있는 공부에 신명이 덜 났다. 문학 공부가 무엇을 하는 것인지조차 분명치 않았다. 내가 정말 하고자 하는 문제는 보다 보편적이며 근본적인 문제가 아니었던가.

열심히 살아가고 있었지만 나는 아직도 인생의 의미가 무엇인지 알 수 없었다. 근본적으로는 아직도 형이상학적 차원에서 냉소주의를 극복하지 못하고 있는 상태였다. 아직도 모든 것은 근본적으로 혼탁해 있었다. 파리에 와서도 시에 대한 향수, 시를 쓰고 싶은 욕구는 순간순간 치솟고 있었지만 이른바 '공부'를 하다보니, 모든 것을 설명하고 이해하고 배우려는 데 열중해 있는 나머지 단 한 줄의 시구詩句도 쓸 정서적 여유가 없었고 마음의 틀이 마련되지 않았었다. 나의 관심이 보다 근본적이고 보편적인 문제, 따라서 그만큼 추상적인 문제로 더욱 쏠리게 되니 시를 쓰지 못하고 있을 뿐만 아니고, 불문학 공부, 아니 문학 공부 그 자체에서 차츰 멀어지고 그것과는 좀 다른 지적 문제를 풀어야 했다. 어느덧 나는 자신도 모르게 본격적으로 철학의 영토에 발을 디디고 있었다. 지금 반성해보면 나는 시에, 아니 '시'란 말에 중학 시절부터 매혹되어 있었지만 시 자체에 그냥 도취되어 빠지기 쉬운 문학 소년만은 아니었다. 기질이 철학적이었다고 생각된다. 내가 시를, 문학을, 그리고 예술을 좋아하게 된 것도 이러한 것들이 가질 수밖에 없는 철학적 성격이 중요한 이유였던가 싶다.

서울대에서 쓴 나의 발레리에 관한 석사 논문은 문학 논문으로서는 비교적 철학적이었다고 보며, 소르본대학에서 박사학위를 위해 쓴 말라르메에 관한 논문을 두고도 논문 지도교수와 논문 심사위원들이 문학 논문치고는 퍽 철학적이라고 평했었다.

2. 철학 학습

학문의 세계, 보다 광범위하게 말해서 지적 세계를 단편적으로나마 접촉하게 되면서 모든 학문, 모든 문제를 모두 알고 싶었다. 여러 가지 분야에서의 다양한 학문적 혹은 그냥 지적 이론을 희미하게나마 발견하면서 그것들의 효용성과는 아무 상관도 없이 지적 놀라움과 기쁨을 자주 느끼곤 했었다. 심리학 · 사회학 · 과학 · 종교 등 모든 것을 다 터득하고 싶었다. 정말 지식인, 정말 학자가 되고 어떤 문제에 대해 발언하려면 이런 것들을 모두 알아야 하겠다는 생각이 들었다. 그럴수록 내게는 나의 길이 너무나도 아득해보였고 여러 가지 여건으로 보아 처음부터 좌절감을 느끼고 나의 뜻을 단념해야 한다는 안타까움에 시달렸다.

과거와 현재에 걸쳐서 적지 않은 사람들, 아니 정말 많은 사람들이 그같이 방대하고 깊은 지식을 갖추고 있다는 사실을 부정할 수 없는 나로서는 그들과 같은 지적 경지에 결코 이를 수 없다는 사실에 내 자신의 '운명'을 탓하고 싶은 때도 있었다.

그러나 늦었지만 그리고 만족스럽지는 못하지만 구체적으로 어떤 것부터, 아니 어떤 한 가지만이라도 시작해야 하지 않겠는가. 나의 지적 관심이 시 그리고 문학에서 다른 어느 분야보다도 철학적인 것으로 바뀌어가면서 철학책을 읽어보고 철학 강의를 듣기 시작했다. 그러나 나는 단 한번도 그리고 단 한순간도 장래에 직업적 철학 교수가 되겠다는 생각을 해본 적이 없다.

나는 철학적이라는 것에 대해 그냥 끌려가고 있었으며, 그것이 그냥 재미있게 생각되었을 뿐이었다. 철학이라는 '빛'에 기쁨을 느끼고 있었을 뿐이었다. 그렇지만 나는 그냥 청강하는 것으로는 만족하지 않았다. 내 자신에게 규율을 스스로 주고 단단한 지적 훈련을 하기 위해서 대충 미국의 석사에 해당하는 '리상스'를 따보기로 마음먹었다. 나는 식지 않는 지적 정열을 갖고 가중하는 재미를 느끼며 열심히 여러 가지 철학 강의를 듣고 책을 읽고 그 내용들을 이해하려고 몇 년 동안 애썼고 마침내 소정의 과정을 통과해서 리상스를 따냈다. 이것을 따내려면 네 가지 분야에서 그 당시 나에게는 퍽 어려운 필기시험과 구두시험에 통과해야 했는데 그 시험에 통과될 때마다 내 자신의 지적 능력에 약간의 자신을 얻게 되는 위안도 느꼈고, 어려운 난관을 극복했다는 약간의 승리감도 혼자 경험했다. 그때로부터 반 세기 가까이 지난 지금 나의 삶을 회고해볼 때, 육체적으로나 경제적으로 극히 빈곤했던 그 당시의 몇 년 동안에 가장 신명나는 삶의 경험을 했던 것 같다.

칸트, 데카르트, 스피노자, 흄, 헤겔, 플라톤, 하이데거 같은 이름들에 좀 익숙할 수 있게 되고 그들의 철학이 각기 독특한 것임을 알게 된 것도 이즈음이었다. 철학하면 파스칼, 사르트르와 같이 낭만적인 것으로만 막연히 생각하고 있었지만 이런 철학과는 퍽 다른 냉랭하고도 메마른 그러나 어쩌면 더 철저한 논리와 체계를 추구하는 철학이 있음을 발견했다. 그들의 철학을 이해했다고는 전혀 말할 수 없다. 그들이 던진 문제와 그들이 제시하는 대답, 그리고 그들의 논지에 신선함을 느꼈다. 특히 칸트의 철학을 발견한 경이와 기쁨은 아직도 생생하게 기억된다.

형식 논리 논증의 구조 그리고 과학적 사고와 가장 새로운 과학적 이론을 극히 개요적이나마 알게 된 것도 이 무렵이다. '상대성 원리', 보어의 '양자 역학', 리만의 '비유클리드 기하학' 등의 존재를 알면서부터 철학 아닌 순수 과학 이론에 대한 매력도 크게 느꼈다. 마르크스, 스펜서, 프루동 등의 정치사회 철학, 베버나 뒤르켐, 모스 등의 사회학이 존재함도 이때 알게 되었다. 프로이트의 정신분석학, 레비-스트로스의 구조주의 인류학, 바르트의 기호학, 바슐라르의 과학 철학과 시학詩學을 접한 것도 이 무렵이다.

해석학 · 현상학 그리고 언어철학의 분야에서 세계적으로 알려진 리쾨르의 '기호'에 대한 강의가 그의 많은 저서처럼 가장 조리 있는 강의라는 인상이 아직도 생생하다. 철학사에서는 알키에의 칸트, 그리고 헤겔에 관한 강의가 기억에 남고 사회철학에서는 르포르의 마르크시즘에 관한 강의와 사회학에서는 아롱의 '산업 사회'에 관한 유창한 강의, 그리고 소련말 사투리가 강하게 남아있던 '사회학 방법론'에 관한 귀르비치라는 노교수의 모습도 잊혀지지 않는다. 윤리학에서는 양켈로비치의 색다른 강의, 옷을 잘 입고 나타나던 포랭의 '가치'에 관한 강좌도 가끔 생각난다. 이밖에도 '조교'라는 딱지를 떼지 못하고 있던 여러 젊은 교수들이 있었다. 이 가운데 '사회학 연습'을 맡고 있던 가르디로부터 논문 쓰는 방법을 많이 배웠다고 기억된다.

지금은 이른바 포스트모더니즘의 대표적 한 사람으로 꼽히는 들뢰즈가 가끔 나타나서 흄에 관한 강의를 했다. 80년대에는 전 세계에 걸쳐 거의 모든 지식인들의 입에 오르내리게 된 이른바 '해체주의'를 창조했다고 볼 수 있는 데리다와 철학 연습 시간을 2년간 함께 보냈다. 그가 철학적 교양이 백지에 가까웠던 나에게 다른 학생들을 빨리 좇아갈 수 있다고 격려해주던 생각이 난다. 그는 또한 내가 얼마 후 미국의 한 대학으로 유학가기 위해서 장학금을 신청해야 했을 때 극도의 칭찬이 담긴 추천서를 써주기도 했다.

이런 수학을 통해서 '관념', '존재', '실존', '본질', '실체', '진리', '인식', '도덕성', '선험적', '초월과 내재', '타당성', '연역적 논리', '귀납적 논리', '선', '영원', '신', '영혼', '이론', '실천', '합리성' 따위의 알쏭달쏭한 개념들, 아니 그저 '낱말'들에 귀를 익히게 되었다. 이런 낱말을 사용할 줄 아는 것이 학문하는 작업이요 철학하는 증거인 듯싶었다. 이런 낱말들을 익혀가면서 그 수가 많으면 많을수록 그만큼 깊은 사고와 진리에 근접해간다는 막연한 느낌도 갖고 또 나의 지적 지평이 한없이 확대해가는 듯도 했다. 그만큼 나의 가슴은 뿌듯해지고 나 혼자서나마 은근히 자존심이 생기는 듯도 했다.

그러나 나는 그로부터 무엇을 할 수 있는지 전혀 알 수 없었다. 정말 이것이 철학이라면 철학은 도대체 무엇이며, 내가 정말 철학을 배웠는지도 알 수 없었다. 사실 나는 그때까지 내가 배웠던 것으로는 아무것도 할 수 없었다. 큼직한 그리고 추상적 개념에 현혹되어 있었을 뿐, 유명한 사람들의 이름이나 유명한 책들의 이름만 좀더 알게 되었을 뿐, 나의 머리는 사실상 더욱 혼탁해지고 있었다. 아무것도 확실한 게 없고, 무엇 하나 내 스스로가 설명하고 해석해낼 수 있는 것이 보이지 않았다. 하물며 나의 근본적인 문제, 즉 '인생의 의미,' '이 모든 현상과 사건의 의미'는 조금도 더 밝혀지지 않았고 내가 어떻게 살아가야 할지에 대해서조차도 나는 깜깜했다.

나는 더 배워야 하고 더 알아야 했다. 나는 보다 확실한 철학공부를 하겠다고 미국으로 떠났다. 적어도 물질적 측면에서 볼 때 미국만큼 공부하기에 좋은 곳은 없었다. 과거 내가 갖고 있는 선입관과는 달리 학문 일반, 그리고 철학적 차원에서 볼 때도 미국이 가장 활발했고 미국에서 배울 수 있는 철학은 프랑스, 그리고 유럽 어느 곳에서도 공부할 수 없는 종류의 것임을 차츰 얻어 듣게 되었다.

장학금을 얻어 찾아간 미국 땅 서던캘리포니아대학에 가서야 나는 처음으로 분석철학이라는 말을 들었고 이른바 분석철학자라는 비트겐슈타인, 러셀, 라일, 포퍼, 카르납, 오스틴, 에이어, 콰인 등의 이름과 철학을 접하게 됐다. 거기서 분석철학을 피상적이나마 읽고 어학력 때문에 잘 알아듣지 못하면서도 애써 세미나에 참석하면서 나는 이러한 영미 철학에 처음에는 크게 부정적 반발을 느꼈고 그곳 교수들의 강의에 심한 실망을 느꼈다. 소르본에서 배운 철학이 내가 찾고 있는 문제를 풀어주지 않아 적잖이 허탈감을 느낀 바 있던 나는 분석철학에서 더욱 큰 실망을 느꼈다.

알고 보면 볼수록 철학은 내가 찾고 있는 물음을 대답할 수도 없고 대답하려 하지도 않는다고 생각되었다. 철학이 막연하게나마 언어학과 별로 다를 바가 없고, 약삭빠른 재주꾼들이 말장난, 아니면 재주자랑의 유희 같다는 인상까지도 받았다. 내가 믿고 있던 바와는 아무 상관없이 철학은 깊은 사상을 제공해주지도 않았고 철학자란 모든 문제를 심각하게 생각하는 사람 같지도 않았다. 철학은 인간의 고통이나 고민, 기쁨이나 감격과는 아무상관 없는 냉정한 논리의 훈련장 같기만 했다. 어쩌면 나는 철학을 잘못 시작했는지도 모른다는 회의가 들기도 했다. 내가 소년기부터 생각하고 있던 것과는 전혀 달리 나는 철학적인 사람이 아닌 것 같기도 했다.

차츰 책을 좀 더 읽고 좀 더 잘 이해하게 되고, 강의 내용을 좀 더 잘 알아듣게 되면서 분석철학은 소르본에서 읽고 배운 철학들과는 전혀 다른, 그러면서도 보다 정확한 지식과 논리를 가르쳐줌을 발견하게 됐다. 수많은 분석철학자들의 해박한 지식과 사고의 섬세성과 깊이를 차츰 깨닫게 되고 그들의 지적 능력에 적지 않은 감탄을 속으로 던지며 분석철학의 엄격성에 매력까지 느꼈다. 이런 철학을 공부하면서는 오히려 소르본에서 얻어들은 철학이 어쩐지 엉성하게 보이기도 했다. 은근히 미국적인 것을 덮어놓고 깔보고 있었던 나는 미국의 학문적 수준의 높이를 뒤늦게나마 깨닫게 되었다.

아무리 애써보아도 나는 그곳 철학 교수들의 수준에까지 도달할 수 없겠다고 지레 주눅도 들었다. 읽고 소화할 책이 너무나 많았다. 그것들은 사르트르의 저서나 그 밖의 프랑스 철학자들의 책들처럼 쉽사리 읽고 대충 이해될 수 있는 것 같지 않았다. 현대 분석철학자들의 저서뿐만 아니라 플라톤에서 시작하여 데카르트, 흄, 칸트와 같은 철학은 기초로서 철저히 다 읽어야 하고 이해한 후에야 정말 철학다운 철학을 논할 수 있음을 절실히 깨달았다. 그러나 나에게는 그렇게 할 수 있는 능력도 없었고 시간도 없었다. 스스로 머리가 좋은 편이라고 믿고 있었던 나는 나 자신의 선천적 능력에 대해서도 의심을 갖게 되었다.

그러면서도 나는 이른바 학위를 포기하지 않았다. 한때는 남들이 깜짝 놀랄 논문을 쓸 수 있을 것 같은 엉뚱한 생각도 해보았다. 분석철학을 공부하면서 나는 파리에서부터 막연히 관심을 갖고 있던 철학가 메를로 퐁티에 관한 학위 논문을 쓰게 되었다.

메를로 퐁티는 분석철학에서 전혀 언급되지 않는다. 그럼에도 불구하고 내가 그의 철학에 관심을 갖게 된 이유는 그의 철학이 내가 소르본대학에 있을 때 사르트르나 하이데거 등의 철학 강의를 들으면서 알아보고 싶었던 문제를 가장 확실히 그리고 내가 막연하나마 믿고 있었던 관점과 비슷한 입장을 취하고 있다고 생각했기 때문이었다.

나의 문제는 모든 것을 통일된 하나의 관점에서 파악하고자 함에 있었다. 그것은 인식과 그 대상, 의식과 그 대상과의 관계를 새로운 각도에서 파악함으로써 흔히 양립된다고 믿어지는 두 가지의 존재 혹은 현상을 보다 포괄적인 개념으로서 파악하고자 함이었다. 이러한 의도의 밑바닥에는 자연과 인간, 사물과 인간의 인식, 육체와 심리 현상이 궁극적으로는 서로 연속된 하나의 존재라는 확신이 있었다. 지금도 나는 그것을 믿는다. 나는 모든 것을 하나의 전체로서 포괄적으로 접근하려 했으며, 이러한 나의 태도는 분석적이기는커녕 종합적이었다. 이와 같은 점에서 볼 때 나의 철학적 기질은 분명히 전통적이었으며, 구라파적이어서 분석적인 영미 철학과는 대조가 됐다. 사실 내가 철학에 관심을 갖게 된 이유는 모든 것을 전체적으로 파악하고자 하는 형이상학적 충동 때문이었다.

그러나 내가 보기에 분석철학, 즉 내가 알게 된 영미 철학은 너무나도 단편적이며 논리적 차원에 치중되어 있었다. 분석철학자들은 깊은 지혜를 가진 '사색가'는커녕 극히 영리한 개념의 '기술자'로만 보였다. 내가 철학을 시작한 것은 내 자신이 겪은 구체적 삶의 고민에서 시작됐다. 나는 삶의 의미를 알고 싶었던 것이다. 언어의 의미의 정의, 과학적 지식의 특수성, 귀납법의 근거, 분석적 명제와 종합적 명제와의 관계, 필연성의 규정 등등에 관한 문제는 내가 부딪치고 있던 '실존적 문제'와는 너무도 거리가 멀다고 생각됐다.

분석철학이 지배하는 미국의 대학에서 어울리지 않은 철학가와 철학적 문제, 내 딴에는 근본적이며 내 자신에게는 지적으로 중요하다고 생각되는 문제에 관한 논문을 마치고 나서도 그러한 작업이 사회에는 물론 나 자신의 삶, 그 삶의 의미를 충족시켜주는 데 대해서 중요한가에 대한 회의가 떠나지 않았다. 철학이란 가장 고상하고 가장 고차적인 지적 훈련에 불과하지 않는가 하는 의문이 남아 있었다. 나는 한동안 저버리고 있었던 문학 공부, 특히 시작詩作에 다시 향수를 느끼고 철학 공부하느라 메말라 가는 듯한 나 자신의 정서에 아쉬움을 느끼게 되었다.

이런 상황 속에서 5학기간의 미국 대학에서의 학생 생활을 마무리하고 미국에 온지 약 2년 반 만에 뉴욕 주에 있는 렌슬레어공과대학에서 철학을 가르치는 입장에 서게 됐다. 대학의 교수, 특히 철학 교수들은 대단한 학식과 학문적 견해와 입장을 갖고 있는 것으로 생각했다. 그때까지 한국에서는 물론 미국에 와서도 적지 않은 수의 이른바 대학 교수들에게 실망을 겪은 바 없지 않았지만, 정말 교수다운 교수는 적어도 자기가 가르치는 분야에 대해서는 박식하고 분명한 체계를 갖고 있어야만 한다고 믿어왔었다.

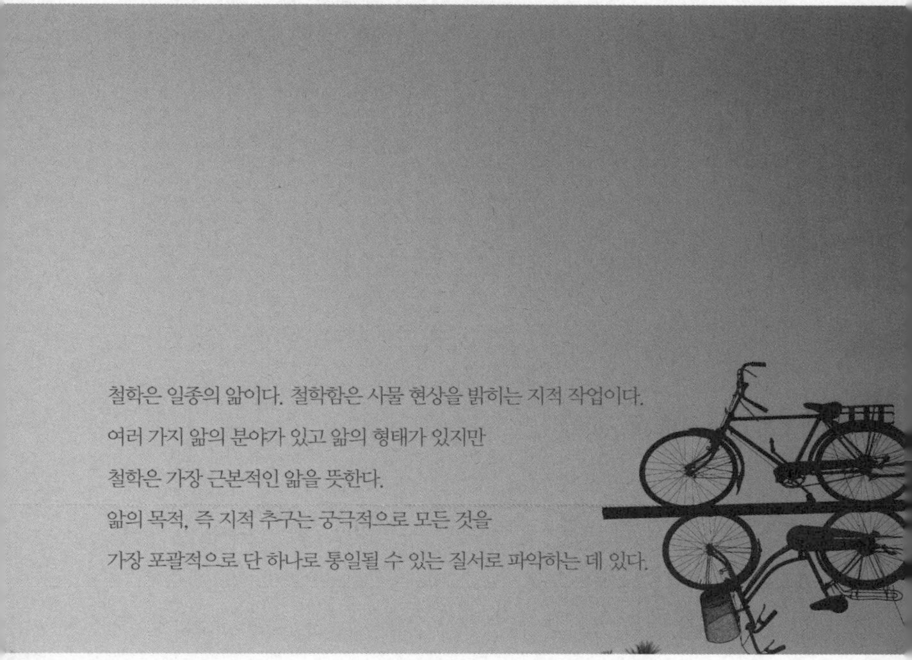

철학은 일종의 앎이다. 철학함은 사물 현상을 밝히는 지적 작업이다.
여러 가지 앎의 분야가 있고 앎의 형태가 있지만
철학은 가장 근본적인 앎을 뜻한다.
앎의 목적, 즉 지적 추구는 궁극적으로 모든 것을
가장 포괄적으로 단 하나로 통일될 수 있는 질서로 파악하는 데 있다.

그러나 막상 나 자신이 교수라는 입장에 서게 되자마자 그만큼의 자격을 갖추기가 얼마나 어려운가를 대뜸 느꼈고 나 자신이야말로 그러한 자격이 없는 가장 좋은 예가 됨을 의식하고 말할 수 없는 마음의 불편을 느끼지 않을 수 없었다.

무엇보다도 언어의 장애가 컸다. 막상 학생들 앞에 서니 서툴기만 했던 영어가 나오지 않았다. 그러나 어학력이 핑계일 순 없다. 말을 잘 못해서 그렇지 남달리 가진 생각과 교양이 얼만큼 빈약한가를 깨닫게 되었다. 나에게는 아직도 갖추어야 할 철학적 교양이 너무나도 막막할 만큼 많았고, 나는 철학을 가르치면서도 철학하는 것이 무엇인지 잘 알 수 없었다. 만약 철학을 계속한다면 다시 시작해야 했다. 그때부터 오늘날까지 만 24년의 철학 수업이 계속되었다.

3. 철학 수업

보스턴으로 자리를 옮겨서도 1년에 여섯 과목, 적어도 다섯 과목을 가르치려면 그 준비를 위해서 정신이 없었다. 적어도 처음 몇 년간은 그랬다. 어학력이 딸리고 철학적 훈련이 남들보다 짧았던 나로서는 그러했다. "퍼블리시 오어 페리시Publish or Perish", 즉 "논문 발표를 하지 않고는 소멸한다"는 미국 대학의 분위기에 나도 논문을 써서 발표해야 했고 허영심을 위해서도 그렇게 하고 싶었지만 시간적으로나 정신적으로 그럴 여유도 없고 그럴 능력도 없었다. 내가 재직하고 있었던 대학에서는 그런 압력이 적어 나로서는 다행이었다. 그렇게 논문을 쓰는 작업이 철학자로서는 중요하지 않다고 나는 강력히 느꼈다. 그렇게 많이 발표되는 논문들이 무서운 노력의 결실임에는 틀림없지만 과연 그런 것들이 사회적으로는 물론 순전히 철학적 견지에서 봐도 얼마나 중요한지 의심스러웠고 지금도 그렇게 생각한다.

대부분의 경우 그런 논문을 발표하는 데 의의가 있다면 그런 활동을 통해서 철학 교수가 지적 훈련을 할 수 있다는 데 있다고 본다. 그런 작업에 정말로 철학적 의의를 별로 발견할 수 없는 이유는 그런 종류의 논문들이나 저서가 다루는 문제가 나의 지적 기질 그리고 철학적 관심으로 봐서 너무나 단편적이거나 아니면 너무나 기술적인 것에 머물러 있다고 생각한 데에도 있다. 그들의 논문의 논리적 엄격성, 사고의 통찰력에 감탄하지 않은 것은 아니나 이른바 많은 분석철학자들은 극히 뛰어난 지적 세공 기능자들로만 생각됐다. 그러면서도 나는 그들과 같은 능력을 갖추고 있지 못함을 뼈아프게 의식하고 있었다. 언젠가는, 아니 아주 가까운 시일에 나도 그들 못지않게, 아니 그들보다 월등하게 독창적이고 포괄적이며 깊이 있는 철학을 발표하겠다고 은근히 스스로를 격려해가면서 우선 더 많이, 정말 많은 공부를 시작해야 했다. 나는 철학하는 것이 무엇하는 작업인지, 철학을 한다면 어떤 종류의 철학을 하는지도 확실치 않았다. 왜냐하면 철학한다고는 하지만 거기에는 너무나 많은 분야가 있었고 서로 너무나 다른 작업이 있었기 때문이다.

그 전이나 지금이나 "무슨 철학을 하느냐?"는 물음을 자주 받게 되는데 그럴 때마다 나는 무어라 꼭 집어 대답할 수 없어 당황하게 된다. 나에게는 너무나도 많은 문제가 철학적 관심을 끈다. 나는 어떤 한 가지 철학적 문제, 특히 분석적 문제에만 머물고 그 분야, 그 문제의 전문가, 아니, 철학적 기술자가 되고 싶지는 않았다. 우선 알아야 할 철학적 문제가 너무나 많았다. 잘 이해해야 하면서도 이해하기 어려운 철학자들, 철학적 고전들이 너무나 많았다.

명실공히 철학 교수라면 철학에 공헌한 수많은 철학가들을 다 알 수는 없다 해도 철학사의 큰 기둥이 되는 플라톤, 아리스토텔레스, 데카르트, 흄, 칸트, 헤겔, 니체, 후설, 하이데거, 러셀, 비트겐슈타인, 사르트르 그리고 노자老子와 공자孔子만이라도 어느 정도 알아야 하지 않겠는가. 과학철학 · 언어철학 · 예술철학 · 심리철학 · 정치철학 · 역사철학 따위의 철학이란 도대체 무엇인가, 현상학 · 실존주의 · 분석철학 · 해석학 · 구조주의 등이 의미하는 것도 알아야 했다. 존재론 · 인식론 · 윤리학 · 형이상학 등의 문제를 모르고 철학을 얘기할 수 없지 않겠는가.

일선에서 활동하는 철학가의 논문을 이해하려면 '심연성', '인과', '귀납성', '해석', '번역', '선험성', '지각知覺', '개념과 대상의 관계', '미', '진리', '지칭의 문제', '규범성과 자연성의 관계', '가치와 사실과의 관계' 등등 무수한 개별적 개념에 대한 극히 전문적인 이해가 필요하다. 극히 전문적인 지식과 이해가 없으면 활발하게 전개되는 철학적 논쟁에 참여할 수 없다. 그렇지 않고는 철학적 '발전' 에 이바지할 가능성은 없다.

철학계에서 이름을 내고 철학에 공헌하려면 철학적인 모든 문제를 이해하고 그런 문제마다 자기 자신의 소신 있는 입장을 세우려는 무모한 야심을 버리고 극히 개별적인 한 문제에만 매달려 그 분야에서 전문가가 되어야 한다. 그럼에도 불구하고 수없이 발표되는 논문들, 매년 쏟아져 나오는 수많은 철학적 전문 서적들이 나의 호기심을 끈다. 나는 그러한 것들을 모두 이해하고 싶은 지적 욕망을 버릴 수 없다. 그런 논문, 그런 책들의 문제와 내용과 논지를 어느 정도까지는 파악하지 않으면 어쩐지 마음이 불편하다.

나는 이래서는 안 된다 하면서도 미국에서 철학 교편을 잡고 있던 20여 년 동안 나의 철학적, 아니 그냥 지적 호기심을 조금이라도 더 채우려는 어쩔 수 없는 충동에 따라 수많은 분야에 걸친 과목을 고의적으로 가르치면서 다양한 분야에 관심을 갖고 책을 읽고 이해하려고 꾸준히 애써왔고 가능하면 모든 문제에 대해서 내 나름대로의 견해를 가져보려고 노력해왔다.

정도의 차이는 있지만 재미없는 논문이나 책이 많다. 시시한 것들도 적지 않지만 생각의 깊이에 있어서나 지식의 폭에 있어서나 그리고 설명이나 주장에 깔려 있는 논리성에 있어서 수많은 철학가들이 나보다는 훨씬 높은 수준에 있음을 깨달으면서 내 자신에 대한 부끄러움과 그들에 대한 선망을 동시에 느끼곤 한다. 지적으로 그만한 경지에 이르는 데 그들이 마땅히 바쳐야 했을 노력에 존경심이 간다. 무엇보다도 칸트의 혁명적 사고의 방대하고 총괄적인 철학에 경탄한다. 후설의 현상학에서 철저하게 차근하고 조심스러운 '추구'의 정신을 배운다. 사르트르에게서는 그의 설득력 있는 삶에 대한 포괄적 조명을 발견하고 가슴을 조이며 읽고, 감탄하고 박수를 보내며 그의 '재주'에 매혹된다. 비트겐슈타인에게서 철학이 박식한 교양을 의미하지 않고 엄격한 논리적 비판 정신임을 발견한다. 그는 극도로 건조하면서도 극한적으로 압축된 사고의 아름다움을 보여준다.

대체로 말해서 분석 철학에서 사고 · 논리 · 표현의 명확성을 배웠다. 분석철학은 철학이 문학과는 전혀 혼돈될 수 없는 사고임을 깨닫게 한다. 내 자신을 완전히 분석철학적이라고도 할 수 없고 나의 기질이 철저한 분석철학적 정신과는 어떤 측면에서 퍽 멀기는 하지만 나는 이 같은 철학에서 많은 것을 배웠다. 만일 내가 지금 어느 정도 철학적 문제를 이해하고 다루며 말할 수 있게 되었다면 결정적으로 그것은 분석철학과의 만남 때문이라고 생각된다.

이처럼 쉬지 않고 오랫동안 철학 수업을 꾸준히 하면서 나는 수적으로는 꽤 많은 양의 책을 썼고 꽤 많은 수의 논문을 세 가지 언어로 발표했다. 지금 봐서 신통한 것은 하나도 없어 보이지만 내가 읽고 배운 것을 정리하려는 의도에서 혹은 내 딴에는 어떤 문제들에 대해서 나름대로의 새롭고 중요한 철학적 해결을 찾았다는 것을 보이기 위해서, 아니면 무엇인가를 써서 발표해야겠다는 직업적이고도 심리적인 압박감이 있었기 때문이다.

그렇다면 철학은 무엇인가? 철학이 뭐길래 인류의 역사가 시작해서부터 적지 않은 철학가들이 있었고 아직도 수적으로 적지 않은 사람들이 철학을 직업으로 택하고 실용성이나 상품성 없는 철학에 일생을 바치는가? 철학이 뭐길래 때로는 웃음거리의 대상이 되기도 하지만 철학자들은 막연하나마 존경심을 받기도 하는가? 철학은 일종의 앎이다. 철학함은 사물 현상을 밝히는 지적 작업이다. 여러 가지 앎의 분야가 있고 앎의 형태가 있지만 철학은 가장 근본적인 앎을 뜻한다.

앎의 목적, 즉 지적 추구는 궁극적으로 모든 것을 가장 포괄적으로 단 하나로 통일될 수 있는 질서로 파악하는 데 있다. 지성은 모든 것을 포괄적으로 파악하는 데 그치지 않고 모든 것을 가장 분명하게, 즉 가장 투명하게 보고자 하는 욕망을 내재적으로 갖고 있다. 그래서 지성, 즉 인간의 앎의 욕망은 모든 사물 현상을 종합적인 동시에 분석적으로 파악하려 한다. 철학은 다름아니라 위와 같은 인간의 앎에 대한 의욕의 절정을 대표함에 지나지 않는다. 철학을 '학문의 여왕'이라 불러왔던 사실은 우연이 아니다.

그러나 과연 철학가는 자기 자신들뿐만 아니라 남들이 모두 생각하고 있는 대로의 기능을 하고 있는가? 지금까지의 오랜 철학적 작업을 통해서 모든 사물 현상이 총괄적으로 만족스럽게 설명되었는가? 철학적 인식이 가장 명확하고 투명한 성질의 것이라면서 어째서 아직도 모든 근원적인 그리고 원칙적인 문제에 대해서 결정적인 합의가 이루어지지 않고 그치지도 않고 끝나지도 않는 논쟁만이 지속되고 있는가?

철학적 앎, 가장 근본적이고 총괄적이고 명확한 앎으로서의 철학적 앎은 다른 종류의 특히 과학적 앎과 어떻게 다른가? 과학이 미치지 못하는 어떤 사물 현상을 철학이 밝혀준다는 말인가? 몇십 년간 해온 철학 학습과 철학 수업을 거친 후 내가 일상생활 경험이나 다양한 과학적 지식의 습득을 통해서 얻을 수 있었고 또 얻을 수 있게 될 지식과는 전혀 다른 어떤 지식을 나는 배울 수 있었던가? 도대체 철학이란 무엇인가? 도대체 철학적 지식이란 무엇인가? 아직도 철학적 지식이 필요하고 정말 중요하다면 그 이유를 어디서 찾을 수 있겠는가? 그동안, 그 긴 세월과 끈질긴 노력으로 해온 철학을 통해서 무엇을 더 알게 되었던가?

철학은 사실 자체에 대한 앎이 아니다. 철학을 통해서 아무런 사실도 나는 새롭게 발견하지 않았다. 철학하기 위해서 나는 사물 현상에 대한 새로운 사실을 알아내려고 어디로 떠나지도 않았고, 어떤 사실을 조사하는 작업도 하지 않았고 그렇다고 실험실에서 어떤 조사를 한 적도 없다. 철학함에 있어서 나는 그런 필요를 느끼지 않았다. 그럼에도 불구하고 철학을 통해서 내가 무엇을 배우고 나의 인식의 세계가 조금이라도 깊고 넓어졌다면 그것은 오로지 개념적 차원에서 그렇다. 내가 배운 것은 수많은 개념의 뜻에 관한 것이다. 이런 의미에서 철학이란 언어에 관한 학문이다. 언어의 문제가 의미의 문제인 이상 그리고 의미는 발견이 아니라 오로지 이해의 대상일 수밖에 없는 이상 철학의 기능은 사물 현상에 관한 수많은 생각과 신념과 주장을 나타내는 언어의 개념, 명제의 뜻을 분석하고 밝히며 이해하는 데 그친다.

이와 같은 '이해'와 구체적인 사물 현상에 관한 사실적 발견과 인식은 분명히 다르다. 이런 점에서 사물 현상을 구체적으로 앎의 대상으로 하는 과학과 이해를 목적으로 하는 철학은 동일하지 않다. 이와 같이 볼 때 철학은 아무리 재미있다 해도 모든 사물현상, 사회 · 인간을 보다 잘 파악하려는 인식, 진리에 대한 욕구의 관점에서 볼 때 공허한 노력같이 보인다. 그러나 좀 더 한 발자국 깊이 생각해볼 때 위에서 만든 이해와 개념적으로 가능하지만 실질적으로 서로 뗄 수 없는 관계를 갖고 있다. 하나를 떠나서는 다른 또 하나가 이해되지 않는다. 한편으로는 어떤 대상의 인식은 물론 그 대상의 지각, 나아가서는 모든 생각이나 의식까지도 구체적 언어로서 표현될 수밖에 없는 그래서 개념을 떠나서는 존재할 수 없다. 거꾸로 말하면 어떤 개념, 즉 어떤 언어적 의미의 이해는 언어 이전 내지 언어 아닌 것, 다시 말해서 사물 현상에 관한 우리들의 기존하는 지각과 경험을 떠나서는, 즉 그런 것들과 비추어보지 않고는 불가능하다. 바꿔 말해서 언어적 의미의 이해는 사물 현상에 대한 우리들의 직접적 혹은 간접적 경험과 신념을 전제로 한다. 그러므로 철학과 과학, 이해와 인식에 절대적 구별이 불가능하다. 철학적 해명을 통해서 사물현상은 보다 포괄적이며, 보다 확실하고 체계적으로 인식될 수 있다. 만일 이해와 인식이 절대적으로 구별된다면 이해를 목적으로 하는 철학은 언어의, 다시 말해서 개념의 유희에 끝난다는 규탄을 받게 되어도 마땅하다. 그러나 철학의 근본적인 종착점은 지적 유희의 쾌락에 있지 않고 사물 현상에 대한 진리로서 가능한 한 총괄적이고 통일된 궁극적 진리이다.

그렇다면 철학은 어떤 진리를 나에게 보여주었는가? 철학은 과연 그가 도착해서 쉬고자 하는 종착점에 도달할 수 있는가? 삼라만상은 어디서 왜 시작되었는가? 그 존재 자체의 의미는 무엇인가? 나는 어떻게 살아야 하는가? 그 존재 자체의 의미는 무엇인가? 나는 어떻게 살아야 하는가? 진정 내 삶에 궁극적 의미가 있는가? 안다는 게 무엇이며, 진리란 도대체 무엇인가? 자아는 어떻게 규정될 수 있으며, 영혼은 있는가? 육체적 죽음 다음에 새로운 삶이 있는가? 신은 존재하는가? 선과 악은 어떻게 결정할 수 있는가? 우주 안에서 인간의 존재는 어떻게 파악되어야 하는가? 인간만이 갖고 있다는 이성이나 자유는 도대체 정확히 어떤 것인가? 자연과 인간의 관계는 어떻게 설명되어야만 하는가? 2천 년 동안, 아니 3천 년 이상 인류가 이런 물음을 던지고 철학적 사고를 해왔음에도 불구하고 확실한 대답은 없다. 궁극적 문제에 대해 철학은 아직까지도 무능했고 앞으로도 무능한 채 남아 있을 것만 같다. 물론 그동안 인류가 해온 철학적 사색의 결과로 수많은 문제들이 분명해졌고, 수많은 진리가 발견됐으며, 인류의 인식은 그만큼은 양적으로나 질적으로 발전했음에 틀림없다. 그러나 좀 더 따지고 보면, 이 같은 인식, 이렇게 축적된 인식은 그것이 어떤 종류의 것이건 상관없이 인식 대상 그 자체에 직접 뿌리박고 있지 않고 따질 수 없는 어떤 전제, 아니 어떤 테두리 속에 이미 묶여 있다.

어떤 인식이건 간에, 무슨 주장이건 간에 그것은 어떤 객관적 대상을 직접 보여준다기보다는 그런 것에 대한 한 가지 이야기에 지나지 않는 것 같다. 이러한 사실은 진리론이건, 논리적 명제에 관한 것이건, 그리고 종교적 혹은 형이상학적인 것이건 상관없이 모든 신념, 모든 인식, 모든 주장에 해당된다. 이런 관점에서 볼 때 최근 어떤 철학가들이 주장하고 있듯이 궁극적으로는 문학에 철학, 즉 허상적 세계와 이른바 서술적 세계의 경계가 희미해진다. 문학이 표상하는 세계의 객관적 사실성이 의심스럽다면 철학적 주장도 완전한 객관적 근거가 없다는 결론이 나온다.

철학은 모든 학문의 가짜 여왕이었음이 드러났다. 철학은 다른 학문보다는 보다 반성적이고 비판적임에 틀림없다. 이런 과정에서 철학은 다른 학문이 그냥 전제하고 사용하는 기본 개념들의 의미를 보다 정확하게 밝히려는 경향을 띠게 된다. 이런 작업을 통해서 모든 신념의 기초를 제공하고 그것들을 가능하면 종합적으로 하나의 전체라는 틀에서 파악하고자 한다. 그러나 그러한 꿈은 원칙적으로 실현될 수 없는 꿈에 그치고 만다는 사실이 드러났다.

철학이 다른 학문, 다른 종류의 인식보다는 보다 근본적이고 보다 종합적이며 보다 확고한 진리를 발견할 수 있다는 전제의 근거를 잃는다. 철학은 내가 근본적으로 추구하고 있던 문제들, 예컨대 인생의 궁극적 의미, 인간과 자연의 관계, 선과 악을 가려내는 일, 우주의 기원 등은 물론 그 밖의 허다한 작은 문제들에 대해서 결정적 대답을 주지 못한다. 철학은 종교나 과학보다 어느 점에서 확실히 우월하다고 말할 수 있는 인생관, 세계관 혹은 우주관을 제공하는 데 미흡하다. 철학은 궁극적으로 무엇을 위해서 살아가야 하는가에 대한 물음의 대답을 찾으려는 결정적 순간에 완전히 침묵을 지킨다.

철학적 의도가 마침내는 좌절되고 그 노력이 궁극적 차원에서 볼 때 허사로 돌아간다고 해도 철학은 역시 가장 높고 철저한 지적 작업으로 여전히 남아 있으며, 인간이 경험할 수 있는 가장 고귀한 가치임에는 변함이 없다. 인간이 추구한 지적 이상理想에는 결코 미흡하다 하더라도 철학은 역시 인간으로서의 의지할 수 있는 빛 가운데에 가장 신뢰할 수 있는 길잡이임에는 틀림없다. 그렇다면 철학이라는 빛으로 나는 무엇을 얼마만큼이나 어떻게 보게 되었던가? 기나긴 밤의 '지적 불면증知的不眠症'을 극복할 수 있는 길이 뚫렸던가?

인간이 추구한 지적 이상에는 결코 미흡하다 하더라도 철학은 역시 인간으로서의 의지할 수 있는 빛 가운데에 가장 신뢰할 수 있는 길잡이임에는 틀림없다.

4. 철학 이후

시골을 떠난 지 50년 만에 나는 다시 지금 시골로 돌아와 살게 되었다. 내가 떠난 고향의 시골과는 똑같지 않고 정말 시골 같은 시골은 아니지만 나는 산과 들과 강과 땅과 바다와 다시금 조금은 가까이 살게 되었다. 내가 태어나고 자란 벽촌의 옛 시골은 아니지만 고향의 시골보다는 높고 아름다운 산들이 두루 보이는 이곳은 어쩌면 그만큼 더 옛 시골보다 더 시골의 풍취에 젖게 한다.

나는 이곳에서 어느 때보다도 가라앉고 평온한 느낌을 갖고 소리 없이 하루하루를 지낸다. 그러면서도 나는 어느 때보다 나 자신의 삶의 짙은 맥박을 느낀다. 어떤 큰 목적을 달성했기 때문도 아니며 그렇다고 젊음의 의욕을 포기한 노년의 체념 때문도 아니다. 지금 내 평온한 심경의 가장 중요한 원인의 하나는 한편으로는 문명의 혜택을 즐길 수 있으면서도 그렇게도 오래 떠났던 시골에 살게 되었기 때문이다.

이곳에서 나는 다시 땅을 피부로 직접 접촉하고 24시간 산과 나무와 가까이할 수 있으며 가끔 새소리도 들을 수 있게 된 것을 퍽 다행으로 생각한다. 나는 자연을 다시 발견하고 자연과 조금 더 다시 가까워졌고 자연의 일부로서의 내 자신을 조금은 더 느끼게 되었다. 자연과의 재회를 통해서 나는 자연에 조금 더 화해를 청하고 그런 화해를 통해서 자연으로부터의, 그리고 내 자신으로부터의 소외감을 그만큼 풀어진다.

의식, 특히 인간의 의식이 없는 세계, 그런 것이 존재하기 이전의 우주의 어둠과 다름없고, '무無'와 구별되지 않으며, 무엇인가 '존재'한다 해도 그것은 벙어리와 같아서 알 수 없다. 인간의 의식이 있음으로써 비로소 무엇인가 보이고, 무엇인가 나타난다. 그러므로 인간의 의식은 '빛'에 비유될 수 있다. 인간의 의식 활동이 철학적 사고에서 가장 철저하고 최고도의 상태를 나타낸다는 데 이의가 없다면 철학은 우주를 밝히는 태양에 비유된다.

그러나 달리 생각해보면 인간의 의식은 우주라는 하나의 청자青磁 그릇에 난 상처 같은 금이며, 시인 발레리의 비유를 빌어 말하자면, 우주라는 사과의 흰 살 속에 생겨서 그 살을 파먹는 버러지와 같다고 할 수 있다. 왜냐하면 자연 속에, 아니 자연으로부터 생긴 인간의 의식이 발달됨에 따라 단 하나로서의 우주의 조용한 질서가 그 내부로부터 깨어지고 무너지기 시작했다고 볼 수 있기 때문이다.

의식 활동의 고도한 결과로서의 과학적 지식과 과학 기술의 발달을 이룩한 인간은 자연을 정복하면서 자연을 나날이 가속적으로 파괴하는 상황을 만들어내고 마침내는 그런 것을 만들어낸 의식하는 동물, 생각할 수 있는 동물, 철학할 수 있는 동물인 인간은 다른 생물체만이 아니고 자기 자신들까지 멸종시킬지도 모른다는 위기를 조성하기에 이르렀다. 자연, 아니 우주 전체와 의식의 위와 같은 관계를 두고 볼 때 의식을 대표하는 인간이라는 동물은 자연, 아니 우주 속에 생긴 암癌이며, 최고의 의식 활동을 상징하는 인간의 철학적 사고는 그 암의 성장을 나타내는 징조라고 볼 수 있다.

태고로부터 이름도 없는 수많은 종교적 또는 형이상학적 사색가들 그리고 가까이는 헤겔, 니체, 화이트헤드 그리고 특히 하이데거 등의 노력에도 불구하고 '존재 일반'의 궁극적 의미는 물론 이상이라고 부르는 고도로 발달된 인간의 출현과 그 역사의 궁극적 의미는 영원한 수수께끼로 남아 있게 될 것이다.

그 궁극적 원인이나 아니면 이유야 어쨌든 간에 인간의 의식 발생은 하나로서의 자연이 비유적으로 말해서 의식과 그 대상, 주체와 객체, 우주 안에서의 인간과 자연의 대립으로 이분화되어서 시작됨을 의미했고, 철학적 사고를 정점으로 하는 의식의 발달은 그런 대립을 심화시키는 현상으로 나타났음에 틀림없다. 인간은 자연을 자신과 대립시키고 그것을 자신의 의식 대상으로 설정하게 되었으며, 자연을 자신의 편리한 사고의 틀에 맞추어 갈기갈기 찢고 갈라놓은 다음 자신의 의지를 무기로 삼아 자신의 욕망을 위해서 정복하고 소유해 왔다. 이와 같이 볼 때 인간의 역사란 인간이라는 동물에 의한 자연 약탈의 비극적 이야기로 풀이된다.

인간의 절제 없는 허영심은 스스로를 자연과 절대적으로 구별하고 그래서 자연 밖에 존재하는 특수하고 아주 유일한 존재라고 믿게 되었다. 이런 생각은 유대교 · 기독교 그리고 이슬람교로 대표되는 서양적 종교의 가장 밑바닥에 깔려 있는 전제가 된다. 그동안의 성공적인 자연 정복과 약탈의 인간 역사, 특히 과학 기술에 의존된 지난 몇 백년간의 인간 역사는 인간의 특수성을 더욱 확인시키는 것으로 믿게 했다. 죽음을 두려워하는 동물적 본능은 위로를 찾고 자신의 특권과 자신의 자연 약탈 행위를 정당화해왔다. 이와 같이 하여 인간 중심적 사상은 우리의 태도와 행동을 지배해왔다.

그러나 우리는 지금 알게 되었다. 아무리 우리 자신을 속이려 해도 소용없다. 아무리 싫어도 인정해야 한다. 우리의 흔들릴 수 없는 직관 그리고 우리가 스스로 이룩한 과학적 지식은 인간은 누가 무엇이라 해도 자연의 일부임을 알고 있다. 우주와 자연, 아니 존재 일반은 서로 완전히 고립된 라이프니츠적 '모나드'의 집합이 아니라 그냥 '하나'이다.

모든 사물 현상의 차이, 자연과 인간, 육체와 의식, 산과 바다, 돌과 식물, 동물과 인간은 단 하나로서의 '존재'의 다양한 측면 다시 말해서 인간에게 비쳐진 측면에 불과하다. 아무리 비상한 힘으로 손오공이 먼 거리를 날듯 뛰어봤자 그는 여전히 '부처님'의 손바닥 속에 머물러 있을 수밖에 없었다. 그와 꼭 마찬가지로 인간이 그의 철학적 사고로 우주를 넘어 자연 밖으로 비약해서 영 딴 곳이라고 믿어지는 천당으로 도약해도 그는 여전히 우주 속에서 갇혀 있다. 그는 자연의 중심도 아니며 자연의 주인도 아니다. 자연은 그냥 인간의 인식 대상으로서 인간과 떨어져 있기는커녕, 인간은 자연과 '하나'이다. 자연은 인간의 정복 대상도 아니며, 인간의 소유물도 아니다. 그것은 인간의 욕망 충족을 위한 단순한 도구가 아니다. 오히려 인간이 자연의 도구일지도 모른다. 자연은 오히려 처음부터 끝까지 인간의 어머니이며, 인간의 시골이며, 인간의 고향이며 인간의 집이다.

자신의 원초적 근원이며 자리를 찾아 인간은 자기의 집, 자신의 고향인 자연으로 돌아가야 한다. 그럼으로써 인간은 본래의 자신을 발견한다. 나는 오랫동안 나의 고향, 시골의 자연을 떠나 긴 세월을 철학의 길에서 흥분하고 즐겁기도 했지만 자연으로부터, 그래서 본래적인 내 존재 방식으로부터 소외되어 방황해야 했다.

고향에 돌아온 지금 나는 자연과의 길지만 늘 생소했던 철학적 논쟁을 포기하고 태도를 바꿔 시적 대화와 명상적 화해로 맺어져야 할 것이다. 나는 철학 논문 대신 그동안 잊지는 않았지만 아주 버렸거나 아니면 뒤로 소홀히 미루어두었던 시작詩作을 다시금 시작해야 할 것 같다. 내게 있어서 시는 아무래도 내가 추구하는 언어의 고향이기 때문이다. 그러나 궁극적으로 나는 시골에서 혼자 살면서 결코 고독하지 않고 충만된 순간을 살면서 언어를 포기하고 산속의 짐승들같이 그리고 사방에 풍부한 들풀과 같이 침묵을 지키며 자연 속에서 자연과 하나로 융화되어 그냥 존재하고 싶다.

그러나 그때가 올 때까지, 아니 그러한 때가 올 수 있게 하기 위해 아직도 계속 언어를 구사해야만 한다. 자연의 소식을 전달하기 위해서 그리고 자연과 인간이 '하나'임을 확인하기 위해서 나는 아직도 철학을 계속해야 한다. 나는 이제부터 '철학적 인간학'을 통해서 자연과 인간의 참다운 관계를 밝힐 필요를 느낀다. 나는 이제부터 인간의 참다운 모습을 파악하기 위해서 '이성理性의 본질'에 대한 철학 분석과 사색을 전개해야 할 의무감을 느낀다.

21세기의 키에르케고르는 그가 '목숨을 바칠 수 있는 가치'를 찾기 시작했다. 그의 가장 중요한 실존적 문제는 나의 문제와 꼭 같았다. 그는 하느님이라는 가치를 찾았다. 그러나 나는 아직도 그것이 무엇인지 알 수 없다. 그런 가치를 위해서 나는 계속 철학을 해야 한다. 8세인가 9세 때의 비트겐슈타인은 "사람이 왜 자신에게 불리할 것임을 알면서도 거짓말 대신 진실을 말해야 하는가"의 문제에 부딪혔다고 한다. 그는 이론적인 대답을 끝끝내 못 찾았지만 자신의 삶에 대한 구체적인 태도와 행동을 통해서 그 이유를 발견했다.

내가 문학을 공부한다 했고 시인이 되고 싶었으며 철학을 하게 된 결정적 이유의 하나는 바로 비트겐슈타인의 물음에 대한 대답을 얻는 데 있었다고 내 스스로 분석한다. 비트겐슈타인은 자기 나름대로의 대답을 찾았다. 그러나 나는 아직도 그 대답이 무엇인지 알 수 없다. 그러한 대답을 탐구하기 위해서 나는 아직도 시를 떠날 수 없다. 나의 궁극적 문제는 내 삶의 궁극적 의미를 알아내는 데 아니 적어도 피부로 느낄 수 있는 데 있었다. 나에게 그 의미는 아직도 모호하고 냉랭하다. 나는 그 의미를 조금이라도 더 밝히고 그 의미를 조금이라도 더 피부로 느끼기 위해서 끝없는 사색과 언어의 작업을 계속해야 한다.

바위를 올리는 일이 허사인 줄 알면서 그 일을 포기하지 않았던 시시포스와 같이, 비록 내 작업이 헛된 노력으로 끝난다 해도 나는 그 일을 지속하리라. 내가 살아 있다는 것을, 내가 존재한다는 것을, 나의 삶의 의미를 파편적으로나마 느끼기 위해서만이라도 책을 읽고 생각하고 또 쓰리라. 그리하여 자연의 고향에 아직 완전히 돌아오지 못했더라도 그리고 영원히 시골 고향에 돌아갈 수 없다함을 미리 알고 있다 해도, 그 자연, 그 고향, 그 시골에 조금이나마 가까워지기 위해서 시를 구상하고 철학적 사색을 계속하리라. 아니 바로 그러한 작업이야말로 나의 삶의 의미일지도 모른다.

일요일이면 이곳 학교 동료들과 더불어 한국의 고향, 경주 주변의 산, 숲 속 길을 오르내리면서 나는 한없이 흐뭇함을 느낀다. 그 이유를 모른다. 내내 알 수 없을지도 모르지만 그렇다고 꼭 알 필요도 없다. 그저 자연이 좋다.

《철학과 사회》, 1992, 여름호

09
마지막 시작

꼭 30년 전이었다. 나는 이미 몇 년 전에 1년간 공부했던 파리를 향해 한국을 떠났었다. 명색은 '유학'한다는 것이었으나 사실인즉 인생을 새로 시작하고자 하는 것이었다. 나의 결단은 퍽 무모했다. 지금 돌이켜보면 더욱 그렇다고 생각된다. 나는 이미 만 31세의 나이였다. 이미 이화여대에서 4년간의 교편을 잡고 조교수의 자리에 있었다. 이 점에서 당시 나는 '행운아'일 수 있었다. 그런데 인생을 처음부터 다시 시작하기로 결단을 내렸던 것이다.

여건이 좋아서가 아니다. 외국에서 공부할 수 있는 경제적 뒷받침도 막막했다. 게다가 건강마저 무척 나빴다. 공부하겠다고 떠나기로 했지만 정확히 무슨 공부를 한다든가 아니면 어떤 학위를 따보겠다는 구체적 계획이나 목적을 세우고 있었던 것도 아니었다.

언제 돌아와서 자리를 굳히고 출세를 하겠다는 생각은 꿈에도 해보지 않았다. 나는 말하자면 덮어놓고 떠났다. 기약도 없이 막막한 객지 모험의 길로 나섰다.

당시 나는 막연히 모든 것을 '알고' 싶었다. 허황스럽게도 근본적인 문제들에 대해서 '투명'하고 싶었다. 그러나 그 당시까지만 해도 한국은 정치적 · 경제적 그리고 사회적으로 질식할 만큼 각박하고 아팠을 뿐 아니라 지적知的으로도 한없이 침침하고 정신적으로도 믿을 수 없을 혼탁한 상황이었다. 나는 사회적 · 정신적 억압과 지적 · 정신적 어둠으로부터 해방되고자 하는 절실한 욕망에 사로잡혀 있었다.

뼈아픈 사실이긴 하지만 적어도 그 당시만 해도 이러한 해방은 이른바 선진국이라는 외국에서밖에 찾을 수 없었다. 내가 하필이면 프랑스로 가게 된 것은 나의 대학에서의 전공이 불문학이었던 사실에도 있었지만 더 직접적으로는 그 몇 년 전 소르본대학에서 1년간 불문학 강좌를 들었을 때, 특히 네세르라는 한 교수의 강좌에 반했었고 압도되었던 경험이 있었기 때문이었다. 엉성하기만 하고 무슨 뜻인지를 알 수 없을 것만 같은 난해한 시작품까지도 황홀할 만큼 투명하고 시원스러운 설명이 갈 수 있음을 깨달았던 것이다. 나도 무슨 문학 작품, 무슨 문제라도 그 교수처럼 해낼 수 있는 투명한 이해력을 배우고 싶은 욕망을 억제할 수 없었기 때문이었던 것이다.

나는 앎을 추구하고 있었다. 나는 앎의 투명성을 더듬고 있었다. 그러나 지금 돌이켜보면 내가 진심으로 저 깊은 속에서부터 갈구하고 있었던 것은 앎 자체, 앎의 투명성 자체가 아니었던 것 같다. 나는 영원히 해답이 없는 삶의, 그리고 모든 존재의 궁극적 의미에 목말라 있었다.

나의 근본적 문제는 지적인 것을 넘어서, 아니 그 이전에 종교적인 것이었다. 만약 앎 자체, 앎의 투명성 자체만이 나의 실존적 문제였다면 나는 문학 대신에 수학에, 철학 대신에 자연과학에 관심을 쏟았을 것이다. 물론 지적인 문제와 실존적 문제는 동일하지 않다. 그러나 깊이 따지고 보면 구체적인 한 인간에게 있어서 지적 가치와 실존적 의미는 서로 뗄 수 없는 역동적 관계를 맺고 있다. 한편으로 지적으로 투명해지지 않는 실존적 가치는 착각이거나 맹목적일 수 있고, 실존적으로 그 가치가 체험되지 않은 지적 투명성은 공허함을 극복할 수 없기 때문이다.

지적이고 실존적이라는 양면성을 띤 어쩔 수 없는 거의 본능적 욕구 때문에 나는 문학도 건드려보았고 철학도 뒤적거려보았다. 무슨 학문을 하든 무슨 작업을 하든지 가능하면 전문화를 요구하고 또 전문화의 전문성의 필요를 절실히 요청하는 오늘날 사회적 또는 문화적, 아니 직업적 상황에도 불구하고, 내가 어쩌다가 철학교수가 되었어도 나는 나의 내적 요청 때문에 어떤 특수한 철학적 문제에만 매어 있기를 스스로 거부했고 다양한 문제를 다양한 각도에서 접근하게 되고 말았다. 자기의 전공을 극도로 전문화하지 않으면 직업상으로 불리하고 철학이라는 학문 자체에도 획기적인 공헌을 하기 어려움을

나는 영원히 해답이 없는 삶의, 그리고 모든 존재의 궁극적 의미에 목말라 있었다.
나의 근본적 문제는 지적인 것을 넘어서, 아니 그 이전에 종교적인 것이었다.

알면서도 오늘날까지 다른 길로 철학을 하고 있는 이유도 바로 나의 궁극적 관심의 성격에 찾을 수 있을 것이다.

지적이며 실존적 요청에 따라 나는 한국을 떠나 만 30년 동안 프랑스의 골목길에서 또는 미국의 허허벌판에서 자주 좌절감을 느끼면서 쓰러지지 않고 끝없는 추구와 방랑과 방황의 길을 헤맸었다.

이제 30년의 긴 외국 생활의 청산하고 나는 지금 막 고국에 다시 돌아왔다. 30년 전 모든 것을 버리고 찾아갔던 나의 꿈은 이뤄지지 않았다. 나는 아직도 지적 혼란을 완전히 벗어날 수 없고 솔직히 말해 실존적 허탈감을 극복할 수 없다. 30년의 삶을 새롭게 시작하려 한다. 30년 만에 돌아온 고국의 변화는 상상을 넘어설 만큼 크다. 30년 전 내가 알던 한국이 아니다. 우선 시각적으로 한국의 산천 그리고 도시와 마을의 모습이 크게 변했다. 그 내막이 어떻든 간에 오늘날 한국인의 경제적 생활은 30년 전에 비해서 풍요하다는 정도를 넘어서 너무나 사치스럽다. 한국의 변화는 물리적인 것, 물질적인 것에 그치지 않는다. 한국의 지적 · 교육적 · 문화적 그리고 학문적 수준은 특히 지난 약 15년간 놀라운 도약을 성취했다. 앞으로는 더욱 나날이 달라지리라고 확신한다.

내가 피상적으로나마 느낄 수 있는 한도에서 말해도 나의 분야인 철학계도 예외는 아니다. 10년 전만 해도 외국에서 학위를 따고 돌아온 사람들을 여러 대학에서 서로 끌어 모셔가려고 했었다. 그러나 현재는 외국에서 돌아온 몇십 명의 이른바 일류 대학 철학박사들이 시간 강사 자리만이라도 얻으려고 경쟁적으로 여러 대학의 좁은 문을 두드린다. 이러한 사실만으로도 한국의 철학계가 눈부시게 발전하고 있음을 구체적으로 입증한다. 앞으로도 적어도 양적으로 더 많은 철학 박사들이 쏟아져 나올 것임에 틀림없다.

바로 엊그제 한 철학자들의 모임에 몇 사람의 논문 발표를 들으면서 그 논문의 높은 학술적 수준에 크게 감명을 받았었다. 30년 전은 물론 15년 전, 아니 10년 전만 해도 한국에서 그와 같은 논문을 접하기는 어려웠을 것이라고 짐작된다. 철학에 관한 수많은 책들이 쏟아져 나오듯 출판되고 있다. 다른 모든 분야와 다름없이 한국의 철학계도 급속도로 발전했음에 틀림없고 앞으로 더욱 성숙해질 것이다.

그러나 불행하게도 거의 모든 분야에서 '발전'이라는 개념은 우리에게 '서양으로부터의 수입'과 거의 동의어로 쓰여 왔다. 현대적 의미로서 우리가 학문적으로 연구한다는 것은 서양에서 이뤄진 학설을 습득하는 일과 거의 다를 바가 없었다. 이러한 사실은 30년 전에는 두말할 필요도 없거니와 놀라운 도약을 성취한 오늘날에도 근본적으로는 크게 달라지지 않았다고 판단됨이 정직한 나의 고백이다.

동양적 학문과 대조해서 서양적 학문을 말하고 동양 철학과 서양 철학을 구별함이 타당하지만 사실상 오늘날 일반적으로, 아니 세계적으로 사용되는 '학문' 일반, '철학'의 개념은 대체로 서양적인 '학문' '서양 철학'의 뜻을 갖게 되었다. 동양철학과 서양철학 간의, 동양적 학문과 서양적 학문의 우열을 가리기 이전에 이미 위와 같은 사실은 역사적 · 세계 문화사적 사실이 되고 말았다. 싫든 좋든 우리들의 일상적 사고나 의식도 이미 여러 차원에서 서양화되어가고 있다. 우리 민족 고유의 사고와 가치관을 찾아야 함은 마땅하다. 그러나 우리의 고유한 사상적 전통도 위와 같은 사실에 비추어 이해되고 평가되어야 하며, 앞으로 우리 민족의 고유한 사상의 창조도 위와 같은 우리의 사상사적 사실을 냉정히 의식하고 그런 의식에 뿌리를 박을 수밖에 없다.

서양적 사고의 지배적 압력 때문에 우리는 완전히 자주적으로 생각하고 독창적인 사고를 펴나갈 수 없었고 우선 과거의 서양 사상은 물론 오늘의 서양 사상에 대한 정보를 흡수하는 작업부터 시작해야만 하는 사정에 놓여 있다. 이러한 사정은 철학에서도 예외는 아니다.

'한국학'을 제외하고는 한국인이 한국에서 학문을 한다는 것은 우선 서양에서 이미 존재하는 학문들을 습득하는 작업일 수밖에 없다. 이러한 일을 시작하기 위해서는 우선, 영어 · 불어 · 독어와 같은 외국어를 습득하는 데 엄청난 시간과 정력을 소비해야 한다. 이와 같은 상황에서 서양인들보다 서양의 학문을 옳게 소화하고 그것을 뛰어넘는 학설을 창조적으로 세워나간다는 것은 너무나도 큰 부담이 된다. 독창적인 학설을 세우려는 의욕을 갖기보다는 이미 존재하는 서양적 학문을 옳게 이해하고 해석하는 작업에 만족할 수밖에 없게 되는 것 같다. 그러나 문화적, 그리고 어학적 이질성 때문에 그러한 작업에

서조차 자신의 문화 전통 속에서 자신의 언어로 학문을 하는 서양 학자들과 경쟁하기가 어렵고 벅찬 과제가 아닐 수 없다. 이러한 괴로운 상황은 인문 · 사회과학에서 더욱 두드러지게 의식된다.

그렇기 때문에 예를 들어 누가 한 철학자에 관해서나 또는 한 철학적 문제를 깊이 연구한다 할 때도 그 철학자의 철학사적 맥락 그 철학 문제의 정신 문화사적 맥락이 분명히 파악되지 않는 경우가 대부분의 경우가 될 것 같다. 바꿔 말해서 그 철학자 혹은 그 철학적 문제의 깊은 '의미'가 파악되지 않고 따라서 학문이 '단편적'이고 허공에 떠 있게 되는 성격을 띠게 된다. 서양에서 문제되는 새로운 사상이 한국의 역사 · 문화사 · 사상사적 맥락은 말할 것도 없고 서양에서의 사상사 · 사회사 등과의 맥락과도 상관없이, 지나가는 유행처럼 바람과 같이 스쳐가는 우리의 학문 일반, 특히 인문 · 사회과학의 아직까지의 풍토도 위와 같은 우리의 역사적 상황에서 이해된다.

그러므로 최근 '국적' 없는 학문이 의식되기 시작한 것은 충분히 설명될 수 있으며, 우리의 구체적인 역사와 삶과 관련이 있는 자주적 학문의 필요성과, 급변하는 정치 사회에서 의미를 가질 수 있는 학문의 필요성이 일부에서 주장되고 있음 또한 마땅한 움직임이다.

그러나 때로는 이러한 주장이 너무 성급하고 단순해서 철학뿐만 아니라 학문 일반이 지나치게 그리고 사리에 맞지 않게 정치화 아니면 사회화되는 위험성을 다분히 내포하고 있다고 본다. 사회적 요청이나 경제적 압력 또는 권력이나 허영심 때문도 있겠지만, 경우에 따라 학자와 정치가, 철학자와 목사나 사회운동가 또 저널리스트가 분명히 구별되지 않는다. 사회 전체가 그러하지만 학계도 어쩐지 들떠 있다는 느낌을 준다.

모든 학문, 고고하기를 자처하는 철학도 궁극적으로는 사회 · 경제 · 정치 등의 구체적 삶과 뗄 수 없는 관계를 갖고 있다. 그러나 학문, 특히 철학이 곧 정치적 활동이 아니며 철학자가 곧 도덕적 사회운동가가 아니다. 만일 정치가와 사회운동가와 학자가 그리고 목사와 철학자가 혼돈되는 한에서는 한국의 학문적 발전과 철학적 성취는 전혀 기대할 수 없다. 그럼에도 불구하고 현재 전반적으로 급변하는 한국의 풍토에서 한 학자가 자신의 학문적 탐구에만 열중하고 한 철학자가 고독한 자신의 철학적 사색에만 몰두하기는 어렵다는 것을 잘 알고 있다. 그러나 학문을 위해서는 설교적인 것과 철학적인 것을 분명히 가려야 한다.

한국을 떠나 30년을 객지에서 헤매다가 나는 다시 조국의 땅에 발을 디디고 또 한번 돌아와 다시 삶을 시작하고자 한다. 그렇다면 나는 무엇을 할 것인가? 오늘의 한국에서, 오늘의 한국 철학의 상황 속에서 어떤 삶을 다시 시작하려는가?

무엇보다도 먼저 내가 맡은 강의에 충실하고 싶다. 내가 알고 있는 것을 내가 대할 수 있는 학생들에게 도대체 철학이 무엇인가를 전달하고자 한다. 그래서 그들이 비록 철학을 전공하지 않더라도 가능

한 사고를 정리하고 넓히고 세계와 자신을 비판적으로 볼 수 있도록 도와주고 싶다. 외국 대학에서 은퇴하고 돌아온 나에게 좋은 물리적 환경 속에서 우수한 학생들을 가르칠 수 있는 기회가 주어진 것은 퍽 고마운 행운이다. 또한 가급적이면 많고 다양하게 한국에서 철학하는 젊은 동료들과 접촉을 갖고 그들로부터 여러 가지를 배우고자 한다. 비록 나이는 많은 편이지만 마음만은 누구보다도 젊다고 스스로 자부한다.

시간이나 능력이 허락하는 대로 많은 학회에 참여하고 싶다. 미국 생활을 청산했지만 미국을 비롯한 여러 곳에서의 국제적 학회와도 능력이 미치는 한 계속 유대를 갖고 논문을 발표할 계획도 세워본다.

나는 그동안 한국에서도 적지 않은 책을 냈다. 물론 계속해서 저서에 집중할 것이다 우선 오래 전부터 생각해오던 '합리성'에 관한 책과 또한 '철학'도 내 나름대로 정리하고 싶다. 이 밖에도 허다한 철학적 문제들이 나의 흥미를 끈다.

철학적 저서 외에도 나는 가능하면 자주 시작詩作에도 계속 손을 댈 욕심이다. 시인들은 시인들대로 철학자들은 철학자들대로 다같이 나의 지적 체험을 외도로만 간주할 것임에 틀림없다. 그러나 나의 지적 · 정신적 생활은 철학만으로는 또는 시작만으로는 채워지지 않는다. 사실 그 두 가지 작업은 궁극적으로 단 하나의 인간으로서의 똑같은 의욕의 두 가지 표현이라고 믿는다.

철학을 하든 시를 쓰든, 뜻대로 이루어지든 그렇지 못하든 간에 나는 그동안의 미약한 경험과 독서와 사색을 바탕으로 정말 나의 목소리를 찾아보고자 애써보겠다. 나의 지적 그리고 실존적 삶을 정리해보고 싶은 것이다.

지금 시작하는 새로운 출발이 마지막 시작임을 의식할 때 내 목소리를 찾아보겠다는 욕망, 내 자신에 정말 정직하고 충실해보겠다는 내면적 요청은 더욱 절실히 느껴진다.

《출판저널》, 1992. 2. 20.

10
마음의 둥지 짓기
–철학적 시와, 시적 철학의 사이

1. 칠십이유혹七十而有惑–일흔이 되었어도 흔들린다

이럴 수가 있나! 정말 이럴 수가 있는가! 내게 시간이 얼마 남지 않았다. 아직도 마음은 꿈 많은 20대인데 내가 죽음이 언제고 닥쳐올지 모르는 나이가 되었다는 사실은 아무도 바꾸어 놓을 수 없는 아주 객관적인 자명한 일이다. 나는 백발이 된지 이미 오래이고, 시력, 청력 그리고 특히 기억력이 나빠지고 있다. 걸음걸이가 늦어짐도 의식한다. 그럴수록 나는 언제 죽어도 좋다는 각오로, 나머지 삶의 하루하루를 좀 덜 부끄럽게 그리고 좀 더 뜻있게 살아야 하겠다는 생각을 다짐해본다. 이런 생각은 최근 불과 한 달 사이에 몇 달 전, 아니 몇

주 전까지도 함께 이야기를 나누었던 가까운 선후배 친구들 몇 명의 조문을 다녀온 후로 더욱 절실하다.

앞서 살았던 시인, 작가들이 현재의 나보다 훨씬 젊은 나이에 세상을 떠났지만 이미 그들이 중요한 작품을 썼고, 앞서간 철학자들이 지금 나의 나이보다 훨씬 팔팔한 나이에 그 자신들의 중요한 저서를 냈다는 것을 새삼 의식할수록 내게 남은 시간이 촉박하다는 것을 인정하지 않을 수 없고 그만큼 나에게 초조한 생각이 덮쳐옴을 느낀다. 꼭 부르고 싶은 내 노래와 이야기가 있고, 꼭 저서로 써서 세상에 남기고 싶은 내 생각이 있는 것 같았는데 그것들이 잘 정리되지 않아서 아직도 갈 길은 멀고 험악한데 발걸음이 빨리 떨어지지 않음을 의식한다. 그럴수록 마음은 더욱 안타깝다. 분명한 것은 이제부터 나는 그동안 살아온 삶을 되돌아 반성함으로써 내 자신의 삶을 정리해야 할 인생의 종착 지점에 가까워 오고 있다는 것이다.

내 경탄과 존경, 찬양과 선망의 대상이 되었던 시인, 작가, 철학가들의 삶에 비추어 볼 때, 10대와 20대에 품었던 엉뚱한 꿈, 30대와 40대까지 지켜왔던 열정 그리고 50대와 60대까지도 버티면서 완전히 포기할 수 없었던 집착으로 점철된 지적 여정의 자취를 뒤돌아보면서 나는 종종 좌절감과 허탈감에 빠지곤 한다. 그리고 이런 맥락에서 나는 "그동안 나는 무엇을 어떻게 하면서 살아왔던가?"라는 물음을 내 스스로에게 던지지 않을 수 없게 되었다. 나는 무엇을 하려고 했고, 무엇을 하며, 어떻게 살아왔으며, 나는 지금 어떠한가? 앞으로 내 인생을 어떻게 살아야 하는가? 나는 내가 살아온 삶에 어떤 평가를 할 수 있을까? 내 인생은 지적으로나 도덕적으로 걸레 같고, 인격적으로나 실존적으로 날라리가 아니었던가?

나는 이미 짧지 않은 시간에 걸쳐서 나름대로 열심히 그리고 보람 있게 살고자 애써왔다고 자처한다. 내가 택한 길은 지적 삶이다. 시인, 작가로서 인간의 영혼을 흔들 수 있는 예술작품을 열정적으로 창조하는 강렬한 삶을 살고 싶었고, 사상가, 철학자로서 여태까지 아무도 보지 못한 세계와 인간에 대한 궁극적 진리를 밝힘으로써 투명한 지적 삶을 살고 싶었다. 나는 넓은 의미에서 사상가인 동시에 시인, 철학자인 동시에 문필가를 줄곧 꿈꾸어왔다.

이렇게 살면서 내가 정말 하고자 했던 것은 무엇이었던가? 지금 뒤돌아보면 이러한 삶을 통해서 내가 궁극적으로 추구했던 것은 나 자신을 비롯해서 모든 존재와 현상에 대한 궁극적 의미의 발견, 즉 일종의 종교적 진리의 발견과 체험이 아니었던가 한다. 22세의 키에르케고르가 자신의 일기에 적어 놓았듯이, 나는 '목숨을 걸 수 있는 가치The idea for which I can live and die'를 찾아 그런 가치에 따라 디오게네스나 마르크스, 안티고네나 사르트르처럼 투명하고도 강렬한 삶을 철저하게 살고 싶었다.

그런데 어느덧 나는 금년이, 아니 이 달이, 아니 오늘이 내 인생의 마지막 해, 마지막 달, 마지막 날일 수도 있다는 것이 객관적 사실임을 냉정하게 받아들이고 살아야 하는 나이에 벌써부터 들어서 있지만 나는 나의 소원대로, 신조대로 살지 못한 채 허탈한 심정으로 지금 나의 과거를 돌아보고 있다.

나는 아직 석가모니처럼 영원한 진리를 깨닫지도 못하고, 다마스쿠스로 가는 길에서의 성 바오로처럼 초월적 진리를 계시받지도 못하고 있음은 물론 오십이지천명五十而知天命, 즉 쉰에 하늘의 뜻을 알았던 공자와는 달리 칠십七十이 넘도록 아무것도 확실해 보이지 않고, '망치로 철학'을 했던 '초인'의 주창자 니체, 이념가 마르크스, 실존 철학자 키에르케고르, 센 강에 몸을 던져 자살한 시인 파울 체란 등과 같은 열정적 삶의 체험을 아직껏 한번도 해본 적이 없다. 나는 무엇인지도 모르고 흐리멍텅하고도 흐지부지, 어쩌면 잘못된 가치에 현혹되어 길을 잃고 멍청하게 먹고 싸고, 자고 깨고, 헷갈리고 헤매고, 안된 소리 헛소리하면서 살아왔던 것은 아닌가?

내가 이런 것을 추구했던 것은 다른 사람이나 사회나 국가와 같은 다른 누구를 위해서가 아니라 오직 나 자신을 위해서였다. 부끄럽지만 그것이 내게는 가장 절실한 실존적 문제이기 때문이었다. 그것은 이미 중학교 때부터 강한 허무주의에 빠져 내 자신의 삶은 물론 모든 인생 그리고 모든 존재와 현상과 사건들의 궁극적 무의미성에 대한 믿음에서 빠져 나오지 못하고 허우적거리고 있었던 것과 무관하지 않다. 현재 나는 육체적으로나 정신적으로 행복한 편이지만, 관념상으로는 아직도 허무주의적 세계관에서 완전히 해방되지 못하고 있고, 10대부터의 나의 문제는 오늘날까지도 나로부터 완전히 떠나지

않은 채 여전히 나를 괴롭히고 있다

공자는 삼십이립三十而立, 즉 서른에 목표가 뚜렸했고, 사십이불혹四十而不惑, 즉 마흔에는 마음의 흔들림이 없었고, 칠십이종심소욕불유구七十而從心所欲不踰矩, 즉 일흔이 되어서는 하고픈 대로 해도 어긋남이 없었다. 나는 공자보다도 먼저 십이립十而立, 즉 십 대에 목표가 뚜렷했지만, 칠십이유혹七十而有惑, 즉 현재 나는 이미 일흔이 훌쩍 넘었는데도 마음이 아직도 자꾸 흔들리고 생각이 헷갈리는 상태에 있다. 20대의 내가 '우울한 허무주의자'였고, 30~40대의 내가 '철학적 허무주의자'였다면 오늘의 나를 나 스스로 '행복한 허무주의자'라고 자처하게 되었다. 나는 일상생활을 해가는 과정에서 그 자체로서 무한한 즐거움과 보람을 느끼지만, 내 인생 자체를 비롯해서 모든 사람 그리고 모든 존재와 현상들이 그 자체를 초월한 어떤 우주적 목적, 즉 의미, 더 나아가서 우주 자체를 떠난 우주의 목적, 즉 의미의 존재를 믿을 수 없기 때문이다. 궁극적으로는 구약의 전도서가 되풀어 말해주듯이 모든 것이 허망하다는 생각을 벗어날 수 없기 때문이다.

나는 직업으로부터, 철학으로부터, 모든 물질적, 사회적, 관념적 속박과 구속으로부터는 물론 애착으로부터도 해방되어 자유분방하면서 충만한 생명체로서 흰 구름처럼, 끊임없이 떠도는 바람처럼 존재하고 싶다. 철학적 사유처럼 투명하고, 예술작품처럼 아름답고, 종교적 삶처럼 열정적으로 살고 싶다.

하지만 우울과 절망 속에서 헤어나지 못하고 육체적 및 정신적 고통의 늪에서 헤어나지 못하고 뒹굴던 10대에서 20대에 걸친 시기와는 달리 지금 나는 그러한 고통을 경험했으면서도 태어나서 운이 좋다고 생각하고, 아직도 살아남아 있는 것을 큰 축복으로 여긴다. 많은 중학교 친구들이 20대 전후의 나이에 전쟁 통에 전사하거나 실종되고, 전쟁에 살아남은 대학 친구들이나 그 밖의 친구들이 하나 둘 타계한 수가 적지 않은데 내가 이렇게까지 살아남아 있다는 것이 한편으로는 어쩐지 부끄럽기도 하고 송구스럽다는 느낌을 감출 수 없다. 하지만 살아 있어 좋고 앞으로 더 오래 살고 싶다. 살아 있어 느끼고, 생각하고, 활동하고 싶다. 사랑하고 싶은 여인들, 아직도 읽고 싶은 책과 쓰고 싶은 책, 듣고 싶은 음악, 보고 싶은 것, 해보고 싶은 경험, 만나고 싶은 사람들이 너무나 많기 때문이다.

그렇다면 나의 이와 같은 마음의 변신은 옳은 것이었으며, 그 변신을 어떻게 설명할 수 있는가? 내가 내 마음 깊은 곳에서 정말 궁극적으로 찾았던 것이 있었다면, 그것은 구체적으로 무엇을 의미하며, 이러한 나의 삶은 객관적으로 어떤 삶이었으며, 20~30대의 '절망적 허무주의자'였던 내가 현재 '행복한 허무주의자'로 변신했다면, 그러한 변신을 어떻게 설명할 수 있는가? 한 인간의 정체는 그가 살아간 구체적 삶의 행적에 지나지 않는다면, 과연 나는 무엇을 어떻게 하면서 살아 왔는가? 이러한 물음에 대한 회고적 대답은 내가 내 자신의 삶을 정리하고 그 의미를 생각해보는 데 필수적이다.

나는 사춘기를 지나면서부터 문학 소년으로 변해갔고, 그 후부터 꽤 오랫동안 세상을 냉소적으로 보는 허무주의에 빠져 그곳에서 벗어날 수가 없었다. 원래 근본적인 성정이 어두운 편이 아니었다고 생각되지만 나는 적어도 나와 관련된 모든 것을 비관적 색안경으로만 보게 되었고, 세상의 만사가 궁극적으로 무의미하다는 결론을 떨칠 수가 없었다.

이러한 심리적 상태에서 나는 남들과의 관계는 물론 삶 자체에 대해서, 수년 전에 작고한 프랑스의 한 철학적 에세이스트의 매력적 책의 제목대로 『태어났음의 불편함』을 늘 느껴왔고, 오늘날에도 약간은 그렇다. 만일 사르트르의 실존주의적 인간학이 주장하는 대로 인간의 궁극적 욕망이 논리적으로 성립 불가능한 모순된 존재론적 구조를 갖고 있다면, '태어나서 계속 존재함의 불편함'은 나 자신만이 아니라, 말은 대놓고 하지는 않지만 모든 이들이 조금씩은 치러야 할 생존의 불가피한 대가가 아닌가 추측된다.

어쨌든 나는 살아 있는 자체의 거북스러움과 불편함을 항상 느껴왔다. 나는 마치 내 자신의 옷이나 신이 아니라 내게 맞지도 않는 남의 옷을 입거나 신을 신고 있는 것 같은 거북함을 느끼고, 내 자신의 생각이나 말이 아니라 남의 생각을 따라 하고, 남의 말을 흉내내며, 내 자신의 나라에 있는 내 자신의 집이 아니라 외국에서 남의 집에 살고 있는 것 같은 불편과 어색한 느낌에서 한번도 완전히 자유로울 수 없이 살아왔다. 나 자신의 삶에 대해서 내가 가졌던 위와 같은 의식은, 만약 사르트르의 인간으로서의 존재방식에 대한 분석이 사실과 맞는 이론이라면, 내가 전형적인 감상적 문학 청소년으로 머물러 있었기 때문이 아니라 인간의 존재론적 구조에 기인하는 이유일 것이고, 따라서 모든 인간은 알게 모르게 자신, 타인 그리고 세계 일반에 대해서도 나와 동일한 불편스러운 느낌을 갖고 살아왔을 것이며, 앞으로도 그렇게 살 수 밖에 없을 것이다. 지금 되돌아볼 때, 그동안 내가 무의식의 심층적 차원에서 추구했던 것은 '태어나고 살아 있음의 불편함'으로부터 해방되어 정신적으로나 육체적으로 언제나 나 자신에 대해 편안하고, 나 아닌 모든 존재와의 자연스러운 관계로서만 가능한 마음의 편안한 거처, 즉 관념적 둥지를 지으려는 것이 아니었던가 싶다.

이런 사실을 아직은 분명히 의식하지 못한 상태였지만, 나는 50대 중반 이전까지의 나의 삶의 행적을 1988년에 민음사民音社에서 낸 『사물事物의 언어言語』란 자서전적 책에서 이미 부분적으로 더듬어본 적이 있다. 그동안 16년의 세월이 흘렀고, 세계는 상상할 수 없는 속도로 변했고, 나의 삶에도 적지 않은 변화가 있었다. 그중 가장 중요한 변화는 내가 그동안 추구했던 것들의 의미가 바로 위와 같은 동기로 설명될 수 있지 않을까라는 느낌일 수 있다. 그러므로 여기서 나는 이 큰 변화 이후의 삶의 단락을 그 이전의 삶의 연장선상에서 봄으로써 지금까지의 내 삶을 전체적으로 뒤돌아보고 앞으로의 여생을 보다 냉철하게 조망하고 현명하게 설계할 수 있을 것 같다.

2. 마지막 기회 : 조기은퇴와 귀국

독일 마인츠대학에서 안식년 휴가를 1년 지내고 내가 적을 두고 있는 보스턴 소재 시몬스대학에 돌아온 지 2년이 되고, 미국에서 철학을 가르치기 시작한지 만 21년째로 접어들었던 1988년 학교에서 교수들에게 경제적으로 좋은 조건으로 조기은퇴할 수 있는 제도가 도입되었다. 나는 별로 주저하지 않고 학교당국의 제안을 받아들이기로 마음먹었다.

이 제도에 의하면 나는 1992년 봄 학기 말에 조기은퇴의 자격을 갖는다. 하지만 1993년 다시 얻게 될 안식년의 봉급을 덧붙여 얻어 나는 1992년보다 1년 후인 1993년 봄학기까지 근무하기로 학교당국과 계약을 맺추었다. 대부분의 경우 미국 대학의 교수는 몇 번의 잠정계약직 교수를 거쳐 '테뉴어Tenure'라고 말하는 영구계약 교수가 되면, 연령의 제한 없이 원하는 대로 계속 남아 교단에 설 수 있다. 하지만 내가 알기로 특별히 뛰어난 명성을 갖고 활동하거나, 경제적으로 궁색해서 할 수 없거나 아니면 학교를 그만두면 다른 할 일이 전혀 없지 않는 한, 일찍 은퇴하여 그동안 하지 못한 취미 생활을 해가면서 여생을 편하게 보내기로 결정하는 이들이 대부분이다.

이러한 사정은 내가 있던 대학에서의 원로 교수들의 경우도 마찬가지였다. 이러한 태도는 30년 때로는 40년까지 교수직을 갖고 있다 보면, 누구나 지치거나 거의 반복된 생활에 권태감을 느끼지 않을 수 없어서이기도 하다. 젊어서는 학문에 열광적 정열과 자신의 재능을 믿고 또한 학계에서 활발한 활동을 하는 학자들조차도 아주 특수한 사람을 제외하고는 사정은 마찬가지다. 젊었을 때의 열정이 식을 수도 있고, 자신만만했던 자신의 학문적 능력에 한계를 뒤늦게 발견할 수도 있고, 또한 자신이 하고 있는 학문이 인간의 삶에서 차지하고 있는 가치의 비중에 대해서 회의를 갖게 될 수 있기 때문이다.

내가 이 계획에 동참한 이유는 위와 같은 일반적 이유와는 좀 달랐다. 나는 나이 들어감을 해가 갈수록 더욱 절박하게 의식하면서, 시간이 많이 남지 않았다는 것을 절감하기 시작한 지 이미 오래되었다. 뒤늦게 시작한 철학을 나름대로 열심히 해보았다고 자부하고 있었음에도 그 성과에 대해서 나는 너무나 실망하지 않을 수 없었다. 이런 생활을 더 계속한다는 것은 단순히 경제적 이유 때문이라고밖에 달리 볼 수 없었다. 이런 생각은 내가 철학을 공부한 것이 직업적 수단으로서가 아니었고, 내가 교수는 물론 학자라는 직업을 경멸했고 그러한 직업 대신 니체처럼 자유분방한 사유가로서 철학을 하며 사는 것을 인생의 꿈으로 간직하고 있었기 때문이다. 적지 않은 동료들과 함께 나는 이 프로그램에 대뜸 참여하기로 학교와 계약했다. 나는 오늘날까지 약 반 세기 동안 선생이라는 직업을 갖고 살았음에도 항상 가능하면 학교를 떠나 직업 없이 자유로운 철학자, 시인, 사상가로 살고 싶어 했었기에 내가 조기은퇴를 주저하지 않고 일종의 해방감을 느끼면서 결정했던 것은 당연하다.

내가 나의 학문적, 직업적 그리고 그냥 한 인간으로서의 내 삶을 이처럼 부정적으로 판단하지 않을 수 없었던 것은 내가 이미 사춘기에 추구했던 문학적 및 철학적 문제들에 대한 대답으로 적지 않은 수의 논문들, 다섯 권의 시집 그리고 50권에 가까운 책을 냈는데도 불구하고 자신 있는 것은 아직 하나도 없었기 때문이다. 내 마음 속에는 시정신이 제대로 익어있지 않았고, 철학사 및 철학적 문제들에 대한 대답이 잘 정리되어 있지 않았기 때문이다. 나는 경제적 어려움을 각오하고서라도 하루라도 빨리 은퇴해서 연금으로 최저의 생활을 하면서 보스턴에서 멀지 않은 뉴햄프셔 주의 숲속에 파묻혀 되건 안되건, 출판되건 안되건, 인정받건 못 받건 목숨을 걸고 내 생각을 쏟아내보려는 각오를 했다. 이 무렵 나는 세상에 이야기하고 싶은 무엇인가의 철학적 생각을 아직 내가 갖고 있는 것 같았고, 그 생각을 찾아 2천 몇백 년 동안 갇혀 있던 철학적 사유의 미궁에서 빠져 나올 수 있는 방법의 실마리를 잡은 것 같은 느낌도 갖게 되었다 설사 그것이 정확히 무엇인지는 나 자신도 모르고 있었지만 말이다. 이러한 당시 나의 결단에 반대하지 않고 호응해주었던 나의 아내에게 새삼 고마움을 전하고 싶다.

그 전에 나는 1989~1990학년도의 1년간 내가 재직하고 있던 보스턴 소재 시몬스대학Simmons College으로부터 휴직했다. 1989년 가을학기를 동경에 있는 일명 ICU로 알려진 국제기독교대학International Christian University에서 그리고 그 다음해인 1999년 봄 학기를 개교한 지 3년밖에 되지 않는 포항공과대학Pohang University of Science and

Technology에서 초빙교수로서 지내기 위해서였다. 같은 나라에서 거의 20년 동안 지루하게 같은 대학에서 같은 사람들 만나다가 다른 곳, 다른 사람들과 다른 문화를 접하며 새 바람을 쏘이고 새 공기를 마셔보고 싶어서였다.

국제기독교대학에서 단 한 강좌와 한 달에 4번의 특별 강연을 하면서 지낸 7개월 동안 아내와 나는 주말이면 기차를 타고 동경주변의 명소들을 두루 다니며 구경했고, 조금 더 시간을 내어 북해도와 일본 알프스 산맥 지역을 관광하며 즐겼다. 어디를 가나 깔끔하고, 누구를 대하나 예의 바르고 친절한 일본인들을 많이 만날 수도 있었다. 동경에 있는 동안 나는 10여 명의 일본 철학교수 들과 만나기도 하고 며칠동안의 심포지엄에 참석하기도 했고 몇 번의 특강도 했다. 동유럽의 사회주의국가가 붕괴하는 순간을 TV 스크린을 통해서 보며 그렇게도 무서웠던 전체주의 독재적 사회주의 국가권력의 무상함을 느끼는 한편 그 나라 국민들과 세계평화를 위해 기쁘면서도 쓸쓸함을 느꼈던 것도 1989년이 다 저물어 가던 국제기독교대학 객원교수 아파트에서였다.

1990년 1월 초 포항공대에 도착한 나는 고故 김호길 총장의 각별한 배려를 받고, 우리 내외를 따듯하게 맞아주는 총장을 비롯한 모두가 모여 포항주변의 높고 낮은 산들을 찾아 몸을 풀고 기분을 전환하곤 했다. 학생들은 공과대학이어서 철학에 관한 지속적인 관심을 갖지 못했지만, 그들이 써낸 보고서를 보면서 인문적 사고에도 뛰어난 학생들이 종종 눈에 띄어 놀랍고도 기뻤다.

1990년은 내가 회갑을 맞던 해다. 나는 틈틈이 시간을 내서 『자비慈悲의 윤리학倫理學』의 집필을 끝내고 서둘러 출판을 했다. 내가 이 책을 쓴 것은 회갑을 맞이하면서 나는 내가 정말 도덕적으로 잘 살아 왔으며, 앞으로 어떻게 하면 도덕적으로 옳게 살 수 있는가를 반성해보는 계기로 삼기 위해서였다. 아내와 내가 다시 보스턴으로 돌아가기 며칠 전 이명현 서울대 교수의 주선으로 김태길 선생님을 비롯한 20여 명의 젊은 철학교수님들과 식사를 나누면서 출판기념 겸 회갑잔치를 호암회관에서 마련할 수 있었다. 그곳에 참석한 젊은 교수님들은 거의 다 나로서는 처음 만나는 분들이었다. 이런 나와의 관계를 생각할 때 그 자리에 참석함으로서 출판기념 겸 회갑 파티를 빛나게 해준 데 대해서 나는 지금도 그들에 대해서 깊은 감사의 마음을 느낀다.

포항공대에서 한 학기를 보냈을 때 김 총장은 당장 짐을 싸고 아주 돌아와달라고 요청했다. 나의 즉각적 반응은 부정적이었다. 나는 이미 내가 재직중인 대학과 1993년에 조기은퇴하기로 계약했었고, 은퇴 후에는 그 근방 산속에 집을 구해 마지막 찬스라는 각오로 저술생활에 파묻히려고 결심을 굳힌 참이었던 것이 그 첫째 이유였다. 보스턴을 떠나면 저술을 하더라도 영어로 쓰기가 거의 불가능하게 될 것 같고, 그렇게 되면 나는 세계의 독자를 향한 저술을 포기해야 한다는 것이 그때까지도 허영이 많았던 나에게는 심리적으로 퍽 괴로웠다.

20년 이상을 내가 학문적으로 성장해 왔던 보스턴, 내가 16년 이상을 살았던 케임브리지의 하버드대학 주변이 풍기는 젊고도 학문적인 분위기가 물씬 나는 지적, 문화적 공간을 버리고 떠나 철강의 도시 포항이라는 벽지에 있는 새로 생긴 공과대학에 간다는 것이 말이 되지 않는다는 생각이 둘째 이유였다.

그러나 다른 한편으로는 한 학기를 지내고 직접 알게 된 것이지만, 포항시 주변의 산과 바다의 아름다운 자연 풍경, 특히 포항공대의 연구시설을 비롯한 여러 시설들, 그리고 대학이 제공하는 물리적 조건들에 마음이 당기기도 했다. 결정을 짓지 못하고 미국으로 돌아간 뒤 여러 가지로 생각한 끝에, 보스턴에 있는 대학과 협상한 끝에 나는 꼭 1년 후인 1991년 가을에 포항공대로 돌아와 만 70세가 되는 2000년 봄 학기까지 8년 반 동안 그곳에 특별 초빙교수로 적을 두게 된다.

세계에서 1, 2등을 다투는 제철소, 포항제철의 소재지로 유명하지만 포항공대에 오기 전 나는 포항이라는 곳이 동해의 한 해수욕장이라는 것과 6 · 25 전쟁 당시 치열한 전투가 있었던 곳이라는 것 이외는 구체적으로 어느 곳에 위치해 있는지 전혀 모르는 채 울산시와 혼동하고 있었던 형편이었다. 그러나 나는 그곳에 있을수록, 대학의 시설, 우수한 학생들 그리고 다른 분야이기는 하지만 교수들의 학구적 분위기를 높이 평가하게 되었다. 그리고 주변의 자연환경 및 바로 옆에 있는 경주의 불국사를 비롯한 남산의 많은 유적과 사찰과 같은 문화유산을 가까이 접하고 살면서 그곳에 사는 것이 만족스러웠다.

그곳에 있는 동안 나는 소정의 수업을 하는 이외에도 외부의 요청에 따라 많은 칼럼, 잡문들을 썼고, 그에 못지않게 여러 곳에서 대중적, 교양적 및 학술적 강연도 했고, 새로 쓴 여러 가지 원고와 과거에 발표했던 논문을 모아 매년 평균 2권 이상의 책을 냈다. 한편으로 그 동안 나는 국내외의 철학적이거나 그 밖의 주제에 대한 학술대회에 초청을 받고, 일본, 미국, 프랑스, 독일, 스페인, 핀란드, 대만 등을 방문하여 국제적 모임에 동참하기도 했다.

이 기간 중 잊을 수 없는 좋고 나쁜 경험과 사람들과의 만남이 있었지만 그 가운데 특히 개인적 이유로 잊혀지지 않는 이는 아무래도 고 김호길 포항공대 초대 총장과 전 동경대학 하스미 시게히코 총장을 들어야 할 것 같다. 김 총장을 알면 알수록 나는 그가 큰 재목임을 알 수 있었고 나중에는 존경심과 애정까지를 갖게 되었다.

미국에 있던 그는 국가 미래의 번영이라는 큰 안목의 틀에서 과학교육의 중요성을 확신하고 무엇인가를 하려는 포부를 갖고 귀국하여 그러한 포부를 펼 기회를 모색하고 있었다. 포철 창건자인 박태준 씨의 전폭적인 경제적 지원을 받기는 했지만, 그는 모든 것을 혼자서 계획하고, 교사를 짓고, 최첨단 실험기구를 구입하며, 우수한 교수들과 학생들을 모음으로써 개교 불과 18년도 안 되는 짧은 기간 동안에 한국에서만이 아니라 동아시아 전체에서도 높은 명성을 갖게 포항공과대학을 이루어 놓은 인물이다.

그가 이같이 뛰어난 행정 능력을 발휘할 수 있었던 밑바닥에는 국가, 사회, 타인의 복지에 대한 각별한 봉사정신, 옳다고 믿는 것에 대해서는 무엇에 대해서도 굽히지 않고 당당하게 맞서 싸우는 의로운 기질, 부모에 대한 공경심, 자매와 친구에 대한 의리 등의 존경스러운 행보로 나타난 그의 유교적 선비정신이 깔려 있음을 발견하면서 그에 대한 나의 친밀감과 존경심은 더 커져가고 있었다. 그러나 야속하고 안타깝게도 내가 그곳에 간 지 2년 반 만에 뜻하지 않은 사고로 그가 내 눈앞에서 순직하는 것을 목격하고 나는 하늘이 한없이 야속하고, 인간의 무력함에 새삼 안타까움을 느꼈다. 지금도 나는 인간적으로 더 존중하는 마음으로 그를 자주 생각한다.

또 한 사람 하스미, 당시 동경대 총장은 다음과 같은 경위로 만나게 되었다. 1997년 초여름 어느날 연구실에서 당시의 장수영 총장으로부터 전화를 받았다. 동경대 총장이 현재 포항공대에서 열리고 있는 동아시아연구중심대학협회Association of East Asian Research Universities 소속 총장회의에 참석하고 있는데 나를 만나보고 싶다는 것이었다. 장 총장의 설명에 의하면 그들이 1년 전 동경대학에서 모임을 가졌을 때 그는 내 이름을 듣고는 30여 년 전부터 일방적으로 내 이름을 알고 나를 만나보고 싶어했다는 것이다.

그 연유는 대개 이러했다. 1964년 내가 소르본대학에서 받은 나의 학위 논문, 「말라르메가 말하는 "이데아"의 개념L' "Idée" chez Mallrmé」이 내가 그곳에서 미국으로 가고 나서 1년 후인 1966년 소르본대학 프라자에 있었던 한 출판사에서 한 권의 책으로 출판되어 있었다. 그 책이 소르본대학에서 나와 같은 불문학 분야에서 학위를 준비하고 있었던 오늘의 동경대 총장의 눈에 띄었던 것이다. 그 후 그가 내게 직접 말한 바에 의하면 그는 그 책을 곧바로 구입해서 읽고 강한 인상을 받아 자신의 논문 준비에도 큰 자극과 격려가 되었던 것이다. 그때부터 그는 나에 대해서 관심을 갖게 되어 그 후 30년이 지났는데도 내 이름과 내 학위 논문을 기억하고 있었던 것이다.

포항공대 장 총장의 전화를 받고 곧바로 가서 회의 휴식시간에 잠깐 만나본 그는 하스미 시게히코蓮實重彥라는 이름으로 일본인으로서는 키가 늘씬하고 얼굴 모습이 전형적 일본인보다는 한국인에 가까워 보여서 쉽게 친밀감을 느꼈다. 겸손하고 검소한 사람이라는 인상을 주었다. 우리들은 회의장 복도에서 커피브레이크 시간을 즐기고 있는 다른 참가자들의 틈에 끼어 커피 한 잔씩을 들고 서서 간단한 인사와 대화를 나눈 뒤 헤어졌다. 다음날 이른 아침 그는 동경으로 떠나기 전 자신의 숙소에서 가까운 날에 다시 만나기를 바란다는 인사전화를 했다.

그 후 한 달쯤 지나서 나는 동경대 총장실로부터의 전화를 받았다. 그 해가 동경대학 창립 120주년이 되어 그것을 기념하는 행사의 하나로 초청하는 외국인 3인 강사 중 하나로서 나를 사이버 강연 연사로 초대하고 싶다는 얘기였다. 나는 며칠 후 그 초대에 응한다는 팩스를 보냈고, 예정대로 12월 7일 '생태학적 합리성과 아시아적 대응 Ecological Rationality and Asian Response'이라는 제목으로 동경대 운동장 한 곳에 특별히 마련된 텐트 안에서 특별강연을 했다. 그리고 1999년에는 그가 회장직을 맡고 있던 앞서 말한 동아시아연구중심 대학협회의 테두리 안에서 자연과학만이 아니라 인문학에도 관심을 갖아야 한다는 그의 신념을 관철시켜 제1회 문화 워크숍Cultural Workshop을 구성하고 대만대학과 협력하여 '아시아의 문화와 합리성의 문제Asian Culture and the Problems of Rationality'라는 주제를 내걸고 대만대학에서 개최하면서 그것을 특별히 나의 '70세와 포항공대로부터의 은퇴'를 기념하는 뜻에서 '박이문 교수를 위해서A tribute in honor of Professor Park'라는 기념행사로 짜서, 나는 포항공대를 대표하여 기조발제자로서 「기술문명의 위기와 아시아적 대응The Crisis of Technological Civilization and the Asian Response」이라는 제목의 논문을 발표했고, 하스미 총장은 동경대학을 대표하여 하스미 총장 본인과 대만의 국립대 치아오퉁대학을 대표하여 주영웅周英雄 교수가 각기 다른 논문을 발표했다.

하스미 총장의 나에 대한 호의와 우리들 간의 지적 및 인간적 관계는 그가 총장직을 그만두고 은퇴한 2001년 이후에도 지금까지 계속되어 오고 있다. 나는 다시 하스미 전 총장의 추천으로 2004년 11월 파리 8대학, 제네바대학에 이어 세 번째로 동경대학에서 '작품의 타자L' autre de l' oeuvre'라는 테마로 3일간의 콜로키엄Colloquium에 특별 참가자로 초대 받았으며, 「세계의 타자냐 작품의 타자냐L' autre du monde ou l' autre du mot」라는 제목의 논문을 발표했다. 이 콜로키엄은 위의 3대학이 2년 마다 각 대학의 인문계 특히 불문학을 전공하는 교수 10명씩으로 구성된 총 30명의 교수들이 갖는 학술적 연구발표 모임이었다. 그 후 그가 한국을 방문했을 때 KBS 2TV에서 나는 두 시간 동안 '문화의 보편성과 개별성의 문제'를 놓고 그와 불어로 대담했고, 또 문명의 흐름에 관한 우리들 각자의 소견에 관한 대화가 동아일보에 실리기도 했다. 그는 또한 2005년 대산문화재단에서 주최하는 '제2회 서울국제문학포럼'에 일본을 대표하는 한 사람으로 참석하기로 되어있다. 우리는 그 자리에서 다시 만날 것이고, 벌써부터 그 날이 기다려진다.

그는 불문학 교수로서 소설가 플로베르의 전문가일 뿐만 아니라 70년대 일본에 푸코, 바르트, 들뢰즈 등으로 대표되는 이른바 포스트모더니즘을 소개하고 그러한 사상가들과 유사한 코드를 갖고 있다. 이런 학술적 배경을 바탕으로 그는 문학비평가, 문명비평가, 영화비평가로 맹활약을 했으며 일본의 대표적 지식인으로서 난해하지만 고급스러운 멋이 나는 새로운 스타일의 글쓰기를 발명한 문장가로 알려지고 있다. 동경대학 총장의 임기를 마치고 은퇴한 후 그는 여러 가지 종류의 중요한 공직제안을 마다하고 자유롭게 집필과 강연을 섞어가면서 일본의 지성계에서 왕성하게 활동하고 있다.

3. 두 번째 은퇴와 일산 정착

포항공대에서 8년 반의 교편생활을 2000년 2월 29일부로 끝을 내고 미국의 시몬스대학에서 했던 은퇴에 이어 두 번째의 은퇴를 마치고 같은 날로 신도시 일산으로 거처를 옮겼다. 1차 은퇴는 실제로는 명목상의 은퇴가 되고 말았지만 두 번째의 은퇴는 진짜 은퇴로 믿었다. 아는 이가 없는 아파트에 오니 주변의 물리적 환경은 비교적 괜찮게 느껴졌으나 막막하고 허전하다는 느낌을 떨칠 수가 없었다. 컴퓨터를 쓰는 일이며 또는 일상적인 일에서 포항공대에 있을 때처럼 도움을 청할만한 이가 아무도 옆에 없어서 하나에서 열까지 혼자 돌아다녀야 하는 현실에 부딪쳤기에 더욱 그런 느낌이 들었다. 그럴수록 이제부터 정신을 바짝 차리고 닥쳐온 새로운 생존적 현실을 냉정한 태도로 침착하게 앞을 계획하면서 하루하루를 살 수밖에 없음을 자각했다.

아직도 읽지 못한 많은 책들을 읽고, 그동안 나의 철학적 및 실존적 사유를 다시금 회고하면서 하나의 확고한 나의 철학, 나의 인생관을 세우고 그것을 철학이론으로, 시나 그 밖의 문학적 형식의 창조를 통해서 실천해보겠다는 생각을 속으로 굳혀보려고 애썼다. 은퇴를 한 첫해 동안은 이사를 와서 이것저것으로 어수선한 상황이었고 고정적으로 특정한 직무는 없지만 내 자신의 사유의 지평을 넓히고 정리하는 차원에서 서투른 컴퓨터와 씨름하였으며 이와 함께 여전히 그 전의 습성에 따라 신문잡지 혹은 학술강연을 위한 글들을 적지 않게 써냈다. 이런 데는 내가 적어도 정신적으로 아직 젊게 살아 있음을 내 스스로에게 확인하려는 의미도 있었다.

프랑스와 미국에 오래 살다보니 이런 일 저런 연유로 나는 적지 않은 서구유럽의 여러 나라, 이집트, 모로코 등 아프리카 북부 일부, 일본, 대만, 미국 등을 가보기도 하고 살아보기도 했고, 월남의 사이공, 홍콩, 싱가포르, 뭄바이 등에도 잠깐 발을 밟아본 적이 있었지만, 특별히 관광으로 다닌 일은 거의 없었다. 한국에 돌아오니 수많은 사람들이 떼를 지어 세계 전역을 구석구석 마치 자기집 드나들 듯이 관광하고 다니는 것을 보고 한편으로는 한국이 그만큼 잘살게 된 데 대해 자랑스러움을 느끼고 부럽기도 했으며 다른 한편으로는 과소비가 지나치다는 생각이 들기도 했었다.

은퇴한 첫해 가을 우연히 《대한교원신문》에 나온 관광안내광고를 보고 아내와 나는 1주일 동안의 중국 단체관광 프로그램에 참여했다. 그렇게 듣기만 하던 중국의 몇 군데 명승지를 우리도 찾아볼 수 있게 된 것이다. 우리 일행은 북경의 자금성, 만리장성, 이화원, 서안, 계림, 항주, 소주, 상해 등 수많은 명소들을 주마간산식으로 돌아보았다. 모든 것에 있어서 그 규모의 크기와 유적의 풍부함에 새삼 경탄했지만, 내 개인적 생각으로는 모든 것에 있어서 깔끔함과 청결함이 부족하고 색깔도 중국인들은 전통적으로 지나치게 빨간색을 좋아하고, 기와 지붕의 강한 곡선의 모양에 비추어볼 때 미적으로 약간 요사스럽지 않은가 하는 평을 할 수 있을 것 같다. 특히 한국의 기와집들의 우아하고 세련된 곡선에 비해 볼 때 더욱 그렇다. 이런 점에서 중국은 놀라운 속도로 산업화가 추진되고 앞으로 세계에서 결정적인 힘을 발휘하게 될 것이 거의 확실하지만 세련되려면 좀 더 세월이 필요할 것 같은 생각도 들었다.

2001년 초 외국어대학에서 열린 학술강연에 참석한 자리에서 그 대학의 유재원 교수를 만나고 그가 아테네대학에서 오래 공부한 언어학자이자 그리스문화전문가라는 것을 알게 되었다. 그 자리에서 내가 아주 오래 전부터 그리스를 구경하고 싶어 했다고 하자, 성천문화재단星泉文化財團 회원들이 조직한 그리스, 터키 관광여행에 자신이 안내자로 참가할 것이며 몇 주 후에 떠날 것인데 그 여행에 참석하도록 주선해주겠다고 했다. 나는 터키에 대해서는 이스탄불 시의 이름 다음, 그곳에 꽃피었던 비잔틴 및 이슬람문명의 위대함 그리고 소피아 대성당의 건축미에 대해서 약간은 얻어 들은 바는 있었지만 그 외에 대해서는 전혀 무지상태였다. 이에 반해 그리스의 이름, 그리스라는 나라의 이름, 그리스문명에 대한 이야기를 얼마나 많이 들어 왔으며, 고대 도시국가인 아테네, 아테네의 아크로폴리스 언덕에 서 있는 파르테논 신전 그리고 소크라테스가 당시 잘난 척 하던 젊은 현학자들과 논쟁을 벌이던 아고라 광장의 장면을 어떻게 잊을 수가 있겠는가? 그곳을 직접 본다는 것을 생각만 해도 가슴이 뛰었다

12박 13일에 걸쳐 터키에서는 이스탄불 및 에페소스를 중심으로 한 고대 그리스의 식민지인 이오니아 서해안을 구경하고, 그리스에서는 아테네, 델포이, 미케네, 크레타 섬 등 주요 역사적 관광지를 돌아 본 후 나는 그리스는 물론 터키에 대해서도 완전히 새로운 생각을 하게되었으며 이 두 나라의 문화를 사랑하지 않을 수 없게 되었고 내

가 무식한 탓에 갖고 있던 터키에 대한 편견을 떠올리면 정말 부끄럽다는 생각이 들었다. 정말 뿌듯하고 보람있는 여행이었다. 이 관광여행은 그리스의 문화는 물론 이슬람 특히 터키문화에도 정통한 유재원 교수의 놀라운 박식과 재치에 찬 안내와 설명이 없었더라면 우리들의 관광은 그렇게 풍성하지 못했을 것이다. 그렇기에 함께 오고 싶어 했던 아내가 이곳으로 떠나오기 직전에 병이 나서 함께 여행을 나서지 못했던 것이 못내 아쉽고 안타까웠다.

4. 마지막 철학교수직

그리스 여행 후 고려대대학원 비교문학과와 성천문화재단星泉文化財團의 초청을 받아들여서 그해 가을 학기에는 고려대학에서 문학비평의 제문제를 주제로 세미나를 했고, 뒤의 재단에서는 몇 년 전부터 구상하고 있었던 저서를 염두에 두고 「둥지의 철학」이라는 강의명을 걸고 그곳 회원들을 위해 강의했다. 2002년도 봄학기에는 같은 재단에서는 「철학적 개념 정리」라는 강의명을 걸고 주요한 철학 개념들을 해설했고, 다른 한편으로는 계간 《철학과 현실》에서 운영하는 사랑방 철학에서 둥지의 철학을 다른 형태로 다시 한번 강의했다.

이러한 활동으로 내가 아직도 사회에서 필요한 존재임을 확인할 수 있었고, 학계 및 젊은 학생들과의 관계도 계속 유지할 수 있었으며, 게다가 약간의 용돈도 마련할 수 있어서 즐거웠다. 하지만 첫째, 출강하는 곳이 나의 집에서 너무 거리가 멀어 시간이 많이 낭비되고 신체적으로 그만큼 제일 소모된다는 사실, 둘째, 위의 마지막 두 곳의 청강생들이 정규학생이 아니라는 점, 그리고 마지막으로 더 중요한 것은 운이 좋아야 10년밖에는 더 활동할 수 없는 현실에서 학문적으로나 실존적으로 정리할 것이 많다는 것을 의식하게 됐다는 점 등 때문에 마음 한구석이 늘 불편했고 불안을 느끼면서 어정쩡하게 지내왔다.

이러던 차에 같은 해 가을학기부터 연세대학에서 특별초빙교수라는 직책으로 '인간의 이해'라는 교양과목을 맡아달라는 제안을 받았다. 나는 이 제의를 별로 주저 없이 받아들였다. 우선 연세대학의 명성 그리고 그 대학이 나의 집에서 갈 수 있는 큰 대학 중 가장 가깝고 비교적 교통이 편한 곳에 위치해 있기 때문이기도 했지만, 이 과목에서 다루게 될 철학적 성찰의 문제들이 나의 최종적 철학 저술이 될 『둥지의 철학』과 직접적인 관계가 있어서 교양강좌이기는 하지만 나에게 큰 도움이 된다고 판단되었기 때문이다.

첫 1년간 이 강의를 하다가 2003년 가을 학기부터는 이 강좌의 이름을 '인간이란 무엇인가'라고 바꾸어 계속 강의하고 있으며, 아울러 '자연이란 무엇인가'라는 이름을 붙인 교양 철학강좌를 하나 더 개설해서 모두 두 강좌를 맡고 있는 중이다. 이 두 강좌를 위해서 나는 철학사를 다시 읽고 자연과학에 관한 책들을 새로 재미있게 읽고 배우는 데 적지 않은 시간을 할애하고 있다. 완전히 은퇴하여 스님들이 출가하듯이 세상과 단절하고 수도승처럼 집필에만 집중하지 못하는 자신에 대해서 조금 어정쩡한 느낌에서 벗어날 수 없으나 2004년 가을 현재 나의 이런 생활은 앞으로도 얼마 동안은 더 계속될 것으로 예상된다.

5. 나의 철학사관과 둥지의 철학관

중학시절부터 내가 가졌던 꿈은 시인, 작가가 되는 것이었다. 이런 꿈의 연장선상에서 대학에서의 전공은 불문학이었다. 불문학에 대한 전문적 학자나 문학 평론가가 되고자 해서가 아니었다. 불문학 공부가 시인이나 작가가 되는 지름길이라 생각했기 때문이다. 남의 작품을 해석하고 연구하고 따지는 문학교수가 아니라 자신의 상상력을 동원하여 모든 이들이 감동할 수 있는 내 자신의 생각과 느낌을 표현하는 작품을 생산하는 예술가가 되는 것이 꿈이었기 때문이다. 나의 주된 관심은 자연이 아니라 인간이었으며, 인간의 생물학이 아니라 인간의 의식이었기 때문이다. 당시 나는 시, 소설, 문학, 미술 등 예술을 대부분의 사람들이 그러했듯이 '아름다움'의 개념으로 이해하고 싶었고, 무엇이든 아름다움의 관점에서 관찰하고, 감동의 잣대로 평가하고자 했다.

대학에 다니면서 나는 이런 꿈에서 차츰 깨어남을 의식했다. 세상에 가치 있고 탐구해볼 만한 것은 인문사회학적 대상만이 아니라 자연과학적 대상이 있고, 인문학적 대상 가운데도 상상과 감동에 의존하는 작품의 생산만이 아니라 평론, 언어학, 역사학, 인류학 그리고 철학과 같이 방대한 여러 가지 학문적 영역이 있다는 것을 차츰 놀라운 눈으로 알게 되었으며 그런 것에 차츰 끌려가고 있었다. 바로 이런 과정에서 나는 불문학을 걷어치우고 철학의 길로 들어섰다. 위대한 시나 소설을 쓰기 위해서 우선 모든 것을 가장 포괄적이고 논리적인 세계인식의 장에 대한 초점의 전환, 아니 더 정확히 말하자면 철학으로의 외도는 아주 자연스러운 것이었다. 그리고 오늘날까지 나는 약 반세기 동안 아직도 철학이라는 외도에서 문학적 창작이라는 본래의 내 길에 완전히 되돌아오지 못하고 그것들 사이의 경계선에 서성거리고 있다.

그 긴 세월 동안 헤맸던 철학 속에서 나는 무엇을 배우고 무엇을 얻었던 것인가? 내가 알고 있는 지금까지의 철학은 내게 무엇을 의미했던가? 인류의 역사를 통해서 위대하고, 존경받고 경탄할만한 사람들이 많다. 서로 다른 여러 분야에서 그렇다. 궁극적이고 총괄적인 진리를 추구한다는 철학이라는 영역에서는 더욱 그렇다. 노자의 삼라만상을 보는 혜안, 공자의 허황하지 않은 인간사회의 본질에 대한 통찰의 깊이는 만고의 진리로 남을 것이다. 플라톤의 이데아 이론, 데카르트가 제기한 방법론적 회의, 칸트가 발견한 선험적 범주, 헤겔의 우주정신의 변증법적 자기 전개에 대한 서술, 니체가 휘두른 철학적 망치, 하이데거가 주장하는 근본 존재론, 비트겐슈타인이 말하는 철학적 병, 데리다가 주장한 논리중심주의의 해체 등이 그렇다.

위와 같은 철학적 이론들을 접했을 때는 물론이고 그 밖의 다른 철학 교수들이 그동안 써낸 수백, 수천, 수만 권의 책들에 담긴 사상의 기발함, 깊이, 정교함, 그리고 신선함을 접할 때마다 나는 감탄하곤 했다. 철학적 진리는 모두 발견되고 더 이상 발명할 것이 남아 있을 것 같지 않다. 그렇게 많은 철학자들이 그만큼 많은 저서를 썼고 현재도 계속 생산하고 있는데, 내가 독창적 철학을 발명하고 그것을 저서로 담아내려고 한다는 것이 자신의 분수를 너무나도 몰라서 하는 망상이라는 생각을 하지 않을 수 없었다. 위대한 철학자, 사상가가 되겠다는 허황한 그리고 유치한 꿈을 벌써 버렸어야 했다.

그런데 바로 이런 지적, 철학적 수업을 하고 난 맥락에서 나는 70년 초 어느 날 아무도 움직일 수 없게 끄떡하지도 않는 무거운 철학적 바윗돌을 간단히 움직일 수 있는 아르키메데스Archimedes의 지렛대 혹은 철학적 미노스Minos 궁전의 미궁에서 자신의 애인이 빠져나올 수 있도록 준비해준 철학적 아리아드네Ariadne 실마리에 비교할 수 있는 무엇을 발견했다는 생각을 하기 시작하게 되었다. 지금까지의 철학적 논쟁과 주장들은 '존재차원Ontological Dimension'과 '의미론적 차원Semantical Dimension'과의 관계에 대한 착각에 연유된다고 믿게 되었다. 모든 철학자들이 다같이 착각을 했다고 하더라도 착각은 역시 착각을 면할 수 없다. 이 두 차원들은 두 개의 다른 존재가 아니라 서로 분리할 수 없는 단 하나의 존재 전체의 양면에 지나지 않는다. 나는 모든 철학적 사유의 기초가 되는 이러한 사실을 '존재-의미론적 매트릭스Onto-semantical Matrix'라는 이름을 붙인다. 존재와 인식의 관계에 관한 가장 기본적인 철학적 문제들을 이런 매트릭스, 즉 사유의 틀에 넣어 설명하고 이해해야 한다는 것이다.

그 위대한 철학사를 아무리 뒤져보아도 고정된 철학적 진리는 없다. 그 위대한 철학자들이 주장한 진리들 가운데에 참된 진리, 즉 영원불변한 객관적 사실로서의 진리는 하나도 존재하지 않는다. 그들이 진리라고 주장한 것들은 하나의 상상력이 꾸며낸 이론적 실체일 뿐이었다.

철학자들이 주장한 진리는 우리가 느끼고, 보고, 듣고, 부딪치고 배워서 이미 알고 있는 사실들을 개념화하여 논리적으로 정리한 것에 지나지 않는다는 생각을 하게 되었다. 한마디로 말해서 철학이 추구하는 진리란 우리를 지적으로 편하게 하고, 우리에게 실천적으로 쓸모 있는 기능을 하기 위해서 인간이 언어로 재구성한 관념적 세계에 지나지 않는다는 것이다.

지금까지의 철학이 주장한 진리의 이러한 위상은 지금까지의 철학자의 사유에 어떤 지적 문제가 있어서가 아니라, 철학이란 바로 그런 진리를 발견하는 활동이고, 진리란 필연적으로 객관적 사실의 발견이 아니라 세계의 관념적 재구성물에 지나지 않기 때문이다. 철학적 진리, 철학적 체계는 겉보기와는 달리 소설, 즉 허구와 근본적으로 다르지 않다. 다른 점이 있다면 그것은 소설의 그 내용에 있어서가 아니라 소설의 내용을 대하는 우리들의 태도에 있을 뿐이다. 여기서 나는 철학의 위상과 기능 및 철학적 진리 그리고 그 의미에 대해 근본적으로 새로운 규정과 이해가 요구된다고 믿는다. 이러한 요구에 부응하는 철학적 작업에 나는 '둥지의 철학'이라는 이름을 붙이고자 한다.

6. 나는 진짜인가

나는 시인, 작가, 사상가가 되고 싶었고, 오직 지적 호기심에 끌려 다녔고, 오랫동안 교수라는 직업을 갖고 살았다. 감성적 희열, 지적 충족이 나의 지상의 가치였던 것이다. 그러나 이러한 가치만이 있는 것이 아니며, 예술적, 철학적, 즉 인문적 가치가 반드시 최고의 가치라는 근거는 아무데도 없다. 많은 이들에게 과학계, 기술계, 경제계, 산업계, 상업계, 농업계, 정치계, 종교계, 연예계, 스포츠계에서 이룩한 가치는 대부분의 사람들에게 인문학적 영역에서 이룩한 가치보다 훨씬 더 우선적이고 근본적이다. 그러한 영역에서 이룩한 업적들은 인류에 더 직접적으로 그리고 구체적으로 공헌한다. 이러한 가치를 창출하는 수많은 이들의 뛰어난 능력에 찬사를 아낄 수 없고, 그들의 공로 앞에서 내 머리는 저절로 숙여진다. 위와 같은 영역에서 활동하는 사람들의 삶보다 철학계, 인문학계, 대학에 종사하는 사람들의 삶이 더 가치 있다는 근거는 아무 데도 없다. 내 머리를 더 숙여지게 하

살아 있다는 자체가 아직은 이유 없이 그냥 무척 좋다. 누구나 한 번밖에 못 산다.
그러기에 삶을 더 잘 살아야 하겠다. 정당당당한 인간답게 살아야 하겠다.

는 가치는 자발적으로 약자의 고통을 덜어주기 위해서 자기희생이라는 이타적 행위에서 나타나는 도덕적 가치이다.

도덕적 가치를 말이 아니라 행동으로 실천하는 사람들이 적지 않다. 그러한 사람들을 나는 우러러보며 성녀가 된 테레사 수녀를 비롯해서 정박아, 장애인, 병자, 배고픈 자를 헌신적으로 도우며, 목숨을 걸고 부당한 억압과 폭력에 맞서 싸우는 사람들 앞에서 내 삶의 의미를 새삼 반성하게 되고, 할 말을 잃어버리곤 한다. 나는 내 존재 자체에 어색함을 느끼고, 삶 자체가 일종의 억압으로 느끼면서 살아왔다. 나는 자유롭게 마음껏 살고 싶었다. 마치 피카소가 자신의 예술을 주제와 스타일 면에서 끊임없이 그것으로부터 이탈하여 변신해가면서 살았던 것처럼, 나는 항상 내가 있는 곳으로부터가 아니라 나 자신의 생각으로부터, 아니 나 자신으로부터 이탈하고 해방되고 싶었다. 그러나 그러한 이탈, 그러한 해방이 반드시 자유와 마음의 해방을 의미하지는 않는다. 아무래도 산다는 것, 존재한다는 것 자체가 불편스럽고, 거북하고 어색하다.

이러한 점에서 누구나 자신만의 마음의 둥지가 꼭 필요하다. 내가 지금까지 문학을 혹은 철학을 한다면서 알게 모르게 궁극적으로 찾고 있었던 바로 그러한 마음의 둥지가 아니면 무엇일 수 있었겠는가? 서양종교가 말하는 천당, 불교가 이야기하는 서방정토 그리고 니체가 큰소리로 떠들어댄 '초인'이란 바로 그러한 둥지를 의미하지 않았다면 다른 무슨 의미가 있겠는가?

니체는 자신의 마음의 둥지를 알프스 산맥, 실즈-마리아 산장에서 발견했을 것인가? 하이데거는 자신의 마음의 둥지를 존재의 집으로서의 철학적 언어에서 찾았던 것일까? 마케도니아의 알렉산더 대왕이 자신의 마음의 둥지를 그가 정복한 인도 서부까지 펼쳐진 그리스 문명 속에 텄다고 생각했다면, 디오게네스는 자신이 살던 큰 나무통에서 자신의 마음의 둥지를 지었던 것인가? 여기서 나의 물음은 종교적 물음이 된다. 나는 그동안 도대체 무엇을 위해 살았던가? 내가 정말 찾고 있었던 것은 무엇이었던가? 나는 한 인간으로서 큰 부끄러움 없이 살았던가? 어쩌면 무슨 변명을 다 대도 결국 나는 이기적인 삶을 살았던 것이 아닌가? 살아가면서 나는 무엇을 어쩌자는 것이었던가? 나는 가짜가 아닌 진짜로 살았는가? 나는 어쩌면 가짜가 아니었던가? 나는 정말 진짜인가? 대답은 한결같이 불확실하다.

궁극적으로 의미가 없는데도 삶에 악착같이 매달려있는 자신이 치사스럽게 느껴지는 때가 종종 있다. 그러나 나는 살아 있고 싶다. 살아 있다는 자체가 아직은 이유 없이 그냥 무척 좋다. 누구나 한번밖에 못 산다. 그러기에 삶을 더 잘 살아야 하겠다. 정정당당한 인간답게 살아야 하겠다. 그렇다면 어떻게 살아야 하나? 나는 직업으로부터, 철학으로부터, 모든 물질적, 사회적, 관념적 속박과 구속으로부터는 물론 애착으로부터도 해방되어 자유분방하면서 충만한 생명체로서 흰 구름처럼, 끊임없이 떠도는 바람처럼 존재하고 싶다. 철학적 사유처럼 투명하고, 예술작품처럼 아름답고, 종교적 삶처럼 열정적으로 살고 싶다. 한 가지 확실한 것은 내가 하고자 했던 것이 위와 같은 모든 물음들에 대해서 마음 편히 당당하게 대답할 수 있는 삶이 바로 '마음의 둥지'를 트는 작업을 하는 것과 관련되어 있다는 것이다.

그러나 그러한 둥지가 아직은 어디에서도 보이지 않는다. 그 이유는 간단하다. 그러한 둥지는 어디에 이미 존재하는 것이 아니라 인간 각자가 스스로 자기나름대로 지어야만 하는 각자의 창작물이기 때문이다. 나의 경우 그러한 작품은 '둥지의 철학'이며, 나의 작업은 '둥지로서의 철학'을 짓는 데 있다. 그러한 둥지가 어떻게 지어지든 간에 완전히 마음 편한 곳이 될 수 없을 것임이 틀림 없기는 하지만, 지금 내게 남은 일이 바로 그러한 작업이다. 내 마음이 가장 편할 수 있는 나의 것인 동시에 남의 것일 수 있는 철학적 둥지를 짓는 일이다. 그것은 존재일반을 주제로 한 '철학적 시詩'로 볼 수도 있고 역으로 '시적 철학哲學'으로도 볼 수 있는 작품이 될 것이다.

『행복한 허무주의자의 열정』(2005)

11
둥지의 철학

1. 철학의 위기와 철학관의 재정립

철학이 해체의 위기를 맞고 있다. 외부에서 "철학이 도대체 무슨 쓸모가 있는가?"라고 정치가들, 사업가들, 군인들, 경영학 교수들, 엔지니어들, 농민들, 공장 노동자들, 그리고 최근에는 인문계, 아니 철학과 학생들까지도 그 가치가 의문스럽거나, 아니면 아주 그들의 관심 밖에 있는 학문이 되어가고 있는 것처럼 보인다.

철학은 심오한 학문으로 막연하게 존중되어 왔었지만, '쉬운 말을 어려운 말로 쓰는' 현학적 말장난을 일삼는 지적 사기로서 경멸의 대상이 되기도 하고, 철학자는 지적 환상에 빠져 헛것과 심각하게 싸우는 돈키호테처럼 웃음거리가 되기도 해왔다.

철학의 해체는 외부에서만이 아니라 내부에서도 이미 그리스적 철학의 태동과 더불어 이루어져 왔다. 소크라테스가 아테네의 시장 아고라에서 소피스트들에 맞서서 토론을 벌였을 때, 플라톤이 아테네의 아카데미에서 소피스트들의 비판에 맞서 자신의 이데아론을 옹호하느라 땀을 빼야 했을 때부터 철학의 자기해체는 이미 시작되었던 것이다. 이후 철학에 대한 이 같은 도전은 약 3세기 전 "철학이란 무엇인가? 가장 유명한 철학자들의 저서는 어떤 내용이 담겨 있는가? 이 사기꾼들의 지혜에서 무슨 교훈을 얻을 수 있는가?"라는 물음을 던진 루소, 같은 시기에 "경험과 논리 두 가지 가운데 어느 방법으로도 입증할 수 없는 형이상학적 담론을 늘어 놓은 철학 서적은 난로불에 태워 없애버려라."라고 일러준 흄으로 이어졌다. 그리고 그것은 다시 19세기 말 "모든 진리는 거짓이다."라는 말로 '철학적 망치'를 휘둘렀던 니체로 계승되고, 20세기 초 철학을 '언어적 병'에 걸려 지적으로 혼란을 겪고 있는 철학자들에게서만 볼 수 있는 '사이비의 문제'로 진단한 비트겐슈타인, 그리고 끝으로 20세기 중반 기존의 모든 철학적 담론에 대한 해체를 시작한 데리다에 의해서 완결된 듯 싶어 보인다.

철학의 이와 같은 처지는 21세기에 접어들면서 철학이 설 자리가 자꾸 좁아지고 있는 절박한 여러 가지 구체적인 사실로도 입증이 된 듯싶다. 철학책이 차츰 잘 팔리지 않고, 팔려도 별로 읽히지 않는다. 대학에서 철학강좌 수강신청자 수가 급격히 줄어들고, 철학과가 아주 없어지고 있는 경향이고, 직업을 못 찾아 우왕좌왕하는 철학 박사들의 수가 늘어가고 있다. 문제는 철학에 대한 위와 같은 부정적, 아니 파괴적 진단과 평가가 역시 철학자들에 의한 철학적 명제라는 점에서 '철학'은 아직도 완전히 해체되지 않았음을 입증하고 있다는 데 있다. 그렇다면 '철학이란 어떤 종류의 학문이며 철학자는 어떤 종류의 사람인가?'

철학은 '철학적' 텍스트를 공부하는 것이고, 철학적 텍스트는 '철학자'가 저술한 책이라고 대답할 수 있다. 이런 대답은 순환적 논리의 오류에 빠져 있다. 그렇다고 일반인들은 물론, 일반 학자, 인문사회과학자 그리고 직업적 철학자를 포함한 모든 이들이 납득할 수 있는 시원스러운 철학의 개념규정을 찾아볼 수 있는 곳은 아직 아무 데도 없다.

사실 철학자들이 하는 일이 무엇인지 분명하지 않고, 철학자들이 사회에 어떤 공헌을 하고 있는지도 분명치 않다. 어떤 근거에서 어떤 학자를 철학자라 부르고, 다른 학자를 과학자라 부르며, 어떤 텍스트를 철학으로 분류하고 다른 텍스트를 문학 혹은 사회학으로 분류하는 이유가 분명치 않다. 노자의 『도덕경』은 시詩인가 아니면 형이상학 텍스트인가? 플라톤은 극작가인가 아니면 철학자인가? 푸코의 『말과 사물』은 철학책인가 아니면 사회과학 책인가? 헤겔의 『정신현상학』은 우주의 서사시인가 아니면 우주사의 객관적 설명인가? 하이데거의 「들길」은 서정시인가 아니면 나름대로의 존재론인가? 『고도를 기다리며』를 쓴 베케트는 극작가인가 아니면 종교철학자인가? 『비극의 탄생』과 『도덕적 계보』의 저자 니체는 심층 사회심리학자인가 아니면 철학자인가? 이런 물음들에 대한 어느 대답도 석연치 않다. 소크라테스에서부터 프레게 그리고 데리다에 이르는 긴 서양철학사를 통해서 이후 '철학'이라는 특별한 학문의 전통이 줄곧 이어져왔고, '학문의 여왕'이라고 불리어왔을 만큼 그 중요성이 부각되어 왔으며, 아직도 그렇게 생각하는 '철학교수'라는 직업인과 그들이 생산해내는 '철학서적'이 존재하고 있음에도 불구하고 사정은 달라지지 않는다. '철학'이라는 범주 안에 분류되는 고유한 학문의 영역, '철학자'라고 구별되는 특정한 부류의 사람들이 하는 고유한 사회적 역할이 오늘날 어느 때보다도 더 의심스러워졌을 뿐만 아니라 분명하지도 않기 때문이다.

그럼에도 '철학'이라는 이름으로 통용되는 여러 가지 담론들이 존재하고 있으며, 그 모든 것들이 다같이 철학 아닌 특정한 어느 하나의 학문적 영역으로 흡수될 수 없는 것이 현실인 이상, 철학은 위기에 있다고는 하지만 아직 완전히 해체되었거나 죽은 것은 아니다. 그렇다면 '철학이란 무엇인가?'라는 철학의 정체성에 관한 물음은 아무도 피할 수 없으며, 그에 대한 대답이 그 어느 때보다도 절실하다.

도대체 철학이란 무엇인가? 로티는 철학사의 영역을 플라톤, 후설, 카르납 등이 대표하는 '과학으로서의 철학', 하이데거가 상징하는 '시학으로서의 철학' 및 듀이가 대표하는 '정치 · 사회적 엔지니어링으로서의 철학' 세 가지로 분류하고, 마지막 철학관을 선호한다. 그러나 나는 지금까지의 지배적 철학관을 크게 첫째, 세계관으로서의 철학, 둘째, 개념의 명료화로서의 철학, 셋째, 이데올로기로서의 철학 세 가지 철학관으로 묶어 각기 그것들을 검토 및 비판하고, 둥지짓기로서의 철학관을 제안하고자 한다.

2. 세계관으로서의 철학과 그 문제

a) 세계관으로의 철학과 플라톤

진리는 어떤 구체적 현상에 대한 경험에 근거한 사실적인 것과 그러한 구체적 경험의 대상과는 상관없이 우리가 사용하는 언어분석을 근거로 그 언어적 의미를 분명히 함으로써 도출하는 논리적인 것으로 양분된다. 전자는 진리가 인간의 의식과 인식활동과 독립해서 존재하는 대상과의 직접적 접촉의 산물이며, 그 언어가 일차적 언어라고 말할 수 있다면, 후자는 그러한 진리 서술 목적을 비롯해서 다른 수많은 목적을 위해서 사용되는 모든 종류의 언어들의 정확한 의미를 반성적으로 밝히는데 동원되는 이차적 언어, 즉 메타-언어라고 말할 수 있다. 전자의 진/위는 어떤 구체적 현상에 대한 경험에 비추어서 결정되고, 따라서 우연적인 데 반해서 후자의 진/위는 경험과는 상관없이 언어적 의미의 논리에 비추어서만 결정되고, 따라서 필연적이다.

동서를 가릴 것 없이 전통적으로 철학이 전자에 속하는 진리, 즉 객관적으로 존재하는 어떤 대상에 대한 참된 명제를 찾는 학문이라는 생각이 아주 자명한 것으로 여겨져왔다. 논리학이나 수학을 제외한 모든 학문은 어떤 현상에 대한 참된 진술을 시도하고 진리를 추구하지만 그것이 구체적 경험에 의존하고 있는 한 그것들이 주장하는 진리는 예외 없이 우연적이고 잠정적이다.

노자나 플라톤 이래 그리고 동서고금을 막론하고 전통적으로 철학은 어떤 객관적 현상에 대한 진리를 추구한다는 점에서 다른 학문들과 마찬가지지만, 실체라는 대상에 대한 명제를 추구하면서도 그 진술이 투명하고, 따라서 그 명제의 진리가 필연적임을 주장한다는 점, 즉 자신의 명제가 경험적이면서도 그것의 진리가 절대적이라는 주장 그리고 그 명제가 종합적이면서도 필연적이라고 주장하는 점에서 철학은 스스로를 다른 여느 학문과는 구별해왔고, 일반인들도 그러한 철학자들의 주장을 믿어 왔다. 이런 철학관에 의하면 철학은 가장 포괄적인 세계관으로서, 그것의 궁극적 목적은 우주 전체에 일어나는 모든 것을 가장 체계적이고 객관적이고 일관성 있는 인식, 즉 투명한 언어로 재현하는 데 있다. 모든 것을 물로 환원시켜 설명하려 했던 탈레스가 최초의 철학자가 될 수 있는 것은 바로 위와 같은 세계관으로서의 철학관의 틀에서만 가능하다.

앞서 지적한 대로 바로 이러한 뿌리깊은 철학관의 문제는 이미 오래 전부터 여러 철학자들에 의해서 문제시되었지만, 이러한 문제의식에서 출발하여 전통적 철학관과는 전혀 다른 철학관이 비트겐슈타인과 논리실증주의자들에 의해서 규정되었다. 한 세기가 거의 지난 후에도 이 새로운 철학관은 그동안 적지 않은 변화를 겪어왔지만 이른바 '분석철학', 즉 '개념의 명료화'라는 구호를 내걸고 영미계열의 문화권에서 아직도 거의 절대적인 그 권위를 유지하면서 철학계를 지배하고 있다.

이러한 철학관의 문제는 쉽게 지적될 수 있을 것 같다. 모든 학문은 각기 그 경계가 비교적 분명한 자신만의 특정한 대상을 규정하고 있다. 물리학은 물리현상, 여성학은 여성과 관련된 모든 대상, 문학은 문학작품을 각기 자신의 인식대상으로 갖고 있다. 하지만 철학의 연구대상은 사정이 전혀 다르다. 철학은 자신만의 특정한 분야를 갖고 있지 않다.

그렇다면 철학은 학문이 아닌가? 전혀 그렇지 않다. 철학도 자신 고유의 인식 대상이 있으며, 그 대상은 우주의 어떤 특정한 한 부분이 아니라 모든 분야의 총체이다. 철학은 궁극적으로는 모든 현상, 모든 사실, 모든 경험을 총체적으로 단 하나의 총체적 대상으로 삼고, 그러한 대상에 대한 총체적 명제를 도출하는 학문이라고 대답할 수 있다. 이러한 철학관은 헤겔의 다음과 같은 말로 대표된다. 그에 의하면 철학의 궁극 목적은 "한 세계 안에 있는 특정인의 (주관적) 관점과 인식의 한 주체와 그의 관점을 포함한 바로 그 동일한 세계에 대한 객관적 관점을 체계적으로 종합적으로 조합하는 데 있다."

철학이라는 학문이 다른 학문들과 구별되는 점은 그 대상 폭의 크기에서 찾을 수 있다는 것이다. 다른 학문들이 각기 우주의 특정한 부분 혹은 특정한 측면만을 대상으로 삼는 데 반해서 철학의 궁극적 대상은 모든 것의 전체로서의 우주라는 것이다. 우주를 하나의 전체로서 인식대상으로 삼는다는 점에서 우주의 특정한 부분만을 인식대상으로 다루는 다른 학문들과 달리 철학은 가장 일반적인 의미에서 '세계관'으로 규정될 수 있다. 인간이 외부 세계에 대해서 지적 혹은 실용적 호기심을 갖기 시작한 원시시대부터 그는 어디에서나 여러 형태의 신화적 세계관을 꾸며왔다. 하지만 이성에 비추어 보다 합리적이고 실증적인, 즉 보다 더 믿을만한 세계관은 '철학적'이라고 말하는 사고의 탄생에서부터 구성되었다.

서양에서는 플라톤, 칸트, 헤겔, 니체, 마르크스, 화이트헤드 등이나 동양에서는 노자, 주자, 석가모니 등이 대표적인 철학자이며, 이 가운데에서도 모든 현상을 가장 포괄적이면서도 분석적으로, 이성에 비추어 합리적으로 설명하려 했던 헤겔의 철학은 가장 야심적인 세계관이었다. 일반인들이나 사상사 저술가들에 의해서 위와 같은 철학자들을 프레게나 카르납, 비트겐슈타인, 사르트르, 콰인 그리고 그 밖의 숱한 철학자들보다 더 대표적인 위대한 사람들로 취급해온 관례는 우연의 산물이 아니다.

논리학이나 수학을 제외한 모든 학문은 어떤 현상에 대한 참된 진술을 시도하고 진리를 추구하지만 그것이 구체적 경험에 의존하고 있는 한 그것들이 주장하는 진리는 예외 없이 우연적이고 잠정적이다. 노자나 플라톤 이래 그리고 동서고금을 막론하고 전통적으로 철학이 어떤 객관적 현상에 대한 진리를 추구한다는 점에서 다른 학

진리가 재현이 아니라 구성이라는 사실과 철학이 객관적으로 존재하는 세계의 발견이 아니라 세계의 관념적 건축이라는 것을 인정해야 한다. 철학으로서 이에 대한 학문의 가치의 궁극적 평가는 그것이 가져오는 삶에 있어서의 실천적 가치에 비추어서만 도구적 관점에서만 평가될 수 있다.

문들과 마찬가지지만, 실체라는 대상에 대한 명제를 추구하면서도 그 진술이 투명하고, 따라서 그 명제의 진리가 필연적임을 주장하는 점, 자신의 명제가 경험적이면서도 그것의 진리가 절대적이라는 주장, 그 명제가 종합적이면서도 필연적이라고 주장하는 점에서 철학은 스스로를 다른 여느 학문과는 구별해왔고, 일반인들도 그러한 철학자들의 주장을 수긍해왔다.

이런 철학관에 의하면 철학은 가장 포괄적인 세계관으로서, 그것의 궁극적 목적은 우주 전체에 일어나는 모든 것을 가장 체계적으로 객관적이고도 일관성 있게 인식하고 투명한 언어로 재현하는 데 있다. 그뿐만이 아니라 세계관으로서의 철학관은 철학이 인식대상으로서의 세계를 있는 그대로 아주 객관적으로 재현할 수 있으며, 그렇게 해야 한다고 전제한다. 이러한 철학관은 앞서 언급한 바 있는 로티가 말하는 '과학으로서의 철학관'과 일치한다.

b) 세계관으로서의 철학관 비판

하지만 철학을 일종의 세계관으로 보는 것은 두 가지 이유에서 옳지 않다.

첫째, 위와 같은 뜻에서의 세계관, 즉 우주를 하나의 전체로 인식하고 그 작동을 체계적으로 설명하려는 작업은 철학이라는 규정된 영역에 제한된 것이 아니라 종교 그리고 과학의 영역에서도 똑같이 수행되고 있기 때문이다. 우주를 대상으로 하는 학문 가운데는 천문학, 거시물리학이 있으며, 또한 물리적 우주를 초월한 세계까지 인식 대상으로 전제하고 그런 것에 관한 진리를 언급하는 종교나 일종의 신화적 세계관이 또한 철학적 및 과학적 세계관에 앞서 존재해왔다. 바로 위와 같은 이유들로 분석철학을 대표하는 콰인까지도 철학과 과학을 구별할 수 없다고 주장했으며, 종교인 자신들은 물론 일반인들이나 사상사를 저술하는 학자들도 종교적 교리를 일종의 철학으로 간주해왔다.

하지만 만일 위와 같은 철학관이 옳다면, 철학은 종교, 천문학, 거시물리학 등과 구별되지 않으며, 종교는 지각과 이성이 미칠 수 없는 초월적 세계까지 포함하고 있는 대상을 인식대상으로 삼는다는 점에서 철학적 세계관보다 더 포괄적이며 철학보다 더 철학적이라는 주장이 나올 수 있다는 이상스러운 결론이 나온다. 콰인의 과학철학은 과학과는 다르며, 그의 철학적 세계관은 실증적이면서도 논리적 근거로 이성에 비추어 뒷받침되고 있다는 점에서 더 믿음직하지만, 종교적 세계관은 계시나 교리에 근거하고 있다는 점에서 예측불가능하고 불확실하다. 철학과 그 이외의 학문들의 구별은 인식 대상의 내용이나 그 폭의 크기에 의해서만 구별할 수 없다.

세계관으로서의 철학의 둘째 문제는 철학적 세계관이 신화적, 종교적 세계관보다는 비교적 투명하나 과학적 세계관보다는 불투명하고 그 주장의 근거가 엉성하다는 점이다. 이미 흄이 지적하고, 가깝게는 니체, 더 가까운 곳에서 논리실증주의자들이나 이른바 분석철학자들이 강력하게 지적해주었듯이 세계관으로서의 철학은 플라톤, 헤겔, 칸트, 화이트헤드, 하이데거 등의 형이상학에서 드러나고 있듯이 일종의 '소설'로서밖에는 달리 볼 수 없을 만큼 그 근거가 불명확하다.

3. 개념의 명료화로서의 철학과 그 문제

a) 개념의 명료화로서의 철학과 비트겐슈타인

여기서 세계관으로서의 철학관과 대비되는 또 다른 철학관, 즉 세계관을 구축하는 언어들의 의미분석, '개념의 명료화'라는 철학관을 검토해봐야 할 필요성에 부딪힌다. 이 철학관은 철학적 앎이 대상에 대한 정보로서의 지식이 아니라 그러한 지식을 언급하는 데 동원되는 언어의 의미에 대한 앎임을 전제하고, 또한 그와 병행해서 철학적 진리가 사실적 · 경험적 · 종합적 · 우연적 진리가 아니라 개념적 · 논리적 · 분석적 · 필연적임을 전제한다.

앎에는 두 가지 종류가 있다. 앎은 객관적 존재 · 대상에 대한 지각적 관념을 뜻할 때와 객관적 존재나 대상 자체와는 직접적인 관계없이 그러한 것에 대한 관념을 기술하는 언어의 논리적 의미와 이해를 뜻하는 경우가 있다. 그리고 앎의 긍정적 값으로서의 진리는 명제와 그것이 진술하는 대상과의 수직적 일치를 뜻하는 경우가 있는가 하면, 한 명제가 전제하는 대상과는 상관없이 한 명제의 언어적 의미와 다른 명제의 언어적 의미 간에 수평적으로 존재하는 논리적 관계의 타당성을 지칭하는 경우가 있다.

앎과 진리의 두 개념들을 각기 위와 같이 분석할 때 우리는 비로소 '철학'의 정확한 위상이나 개념을 규정할 수 있을지 모른다. 어쩌면 철학은 자신만의 고유한 인식대상을 갖고 있지 않으며, 그것이 찾는 앎은 언어 이전에 언어 밖에서 객관적으로 존재하는 대상에 관한 것과는 전혀 다른 것에 대한 앎일지도 모르며, 철학적 진리는 객관적 현상, 즉 존재에 관한 어떤 사실의 인식과 서술과는 상관없는 논리적 타당성을 지칭하는 말에 지나지 않을지 모른다. 이와 같이 하여 철학이 추구하는 앎이 후자에 속하는 앎일지 모르는 것이 아니라 실제로 그러하고, 철학적 진리가 후자에 속하는 진리일지 모르는 것이 아니라, 실제로 그렇다고 확신할 때, 세계관으로서의 전통적 철학관은 더 이상 존재하지 않게 되고, 오로지 '개념의 명료화', 즉 '개념의 논리적 분석과 이해'로서의 철학관이 새롭게 생기게 되는 것이다.

이 철학관은 오늘날 영미철학을 완전히 지배하게 된 분석철학의 모체가 되었으며 비엔나의 논리실증주의라는 이름으로 영미에 대중화된 것과는 별도로 영미철학에 혁명을 일으킨 비트겐슈타인의 철학관에서 분명한 형태로 그 형식을 갖추게 되었다. 철학은 다른 학문과는 달리 세계관, 즉 객관적으로 존재하는 세계에 관한 정보 · 지식이 아니라 세계와 인간에 대한 모든 담론들에 동원되는 개념들, 명제들 및 그 밖의 모든 낱말과 문장들에 대한 담론을 인식대상으로 삼는 '담론에 대한 상위적 담론', 즉 메타–담론이라는 것이다.

철학이라는 메타–담론이 추구하는 앎은 일차적 담론에 사용된 낱말들의 개념, 문장들의 논리적 의미의 투명한 분석이다. 철학 이외의 모든 담론들에 사용되는 것들과 똑같은 낱말, 똑같은 문장, 똑같은 명제들이 있더라도, 그것들이 철학의 맥락, 즉 메타-담론에 동원되었을 때에는 그것들의 의미가 일차적 담론에 사용되었을 때와는 전혀 다른 논리적 위치에 서 있게 된다. 이러한 철학관의 틀에서 볼 때 탈레스는 물의 철학자가 아닐 뿐만 아니라 철학자에 속하지도 않는다. '앎', '덕목', '정의' 등의 의미를 캐어 묻고 끝없이 반성적으로 따진 소크라테스만이 최초의 명실상부한 철학자가 될 수 있을 것이다.

b) 개념의 명료화로서의 철학관의 문제

과연 철학을 '개념의 명료화 작업'으로 규정할 수 있는가? 철학이 '개념의 명료화 작업'이라는 철학관은 첫째, 철학을 논리학으로 환원시키는 결과에 봉착하게 되며, 둘째, 개념의 명료화 안에서는 미처 생각할 수 없을 만큼의 크고 높은 장애물들이 겹겹이 놓여져 있다.

'개념의 명료화'로서의 철학의 기능은 어떤 대상을 서술하거나 그 밖의 다른 목적을 위해 사용되는 모든 종류의 텍스트, 문장, 문구, 낱말들의 언어적 의미를 그것들이 재현하는 대상이나 언어사용자가 의도하는 내용과 그것들의 진/위와는 직접적으로 아무 상관도 없이 오로지 언어적 관점에서만 결정된 정확한 의미 규정 및 수평적 차원에서 본 그러한 의미들 간의 논리적 관계를 분석하고 밝혀내는 작업이다. 이때 언어적 의미는 그것의 지시하는 대상, 가령 '도깨비'라는 낱말이 지칭하는 존재의 실재Reality 혹은 '서산대사는 축지법으로 몇 백 리를 단숨에 날아 다녔다.'라는 문장의 사실성Factuality을 서술하는 것이 아니라 그와 같은 낱말 혹은 그와 같은 문장이 언어적 약속에 따라 정해진 '도깨비'라는 관념적이고 개연적인 존재 혹은 '서산대사는 축지법으로 몇 백 리를 단숨에 날아 다녔다.'라는 관념적, 즉 개연적인 사실에 지나지 않는다.

따라서 '도깨비'라는 존재나 '서산대사는 축지법으로 몇백 리를 단숨에 날아 다녔다.'라는 사실은 객관적으로 지각되거나 혹은 그 진/위를 객관적으로 판단할 수 있는 명제Statement가 아니라 오로지 그 낱말이나 문장의 언어적 의미의 이해만이 가능할 뿐 그 사실성/허구성이나 진/위에 대한 판단은 개연적으로만 가능한 일종의 가상적이고 허구적인 존재와 사실로 남아 있다.

이러한 분석철학적 철학관은 두 가지 문제를 안고 있다. 첫째, 만약 이러한 철학관이 옳다면 철학이 순수논리학과 다른 점은 철학이 언어적 의미 분석에의 논리학의 적용이라는 사실뿐이고 근본적으로 일종의 논리학이며, 철학자는 주어진 담론에서 그 담론을 구성하는 낱말, 문장들 및 그것들 간의 관계에서 논리적 오류를 집어내는 논리학자에 지나지 않고, 철학이 추구하는 것은 세계 · 존재에 관한 진리가 아니라 오로지 사유의 논리적 타당성만을 검증하는 지적 활동에 지나지 않는다. 그렇다면 철학은 논리학과 구별될 수 없으며, 철학자는 논리학자와 다를 바가 없다. 철학이 곧 논리학이 아니며, 철학자가 곧 논리학자가 아니라면, 철학의 지적 기능은 '주어진 언어의 개념분석' 혹은 '개념적 명료화'로 규정될 수 없다.

둘째, 설사 철학의 목적을 오로지 '개념의 명료화'로 규정할 수 있다 하더라도, 그러한 철학적 목적은 처음부터 불가능하다는 데 문제가 크다. 언어의 개념적 의미를 해명하자면, 필연적으로 다른 언어를 사용해야 하는데, 그렇게 사용된 언어는 무한 역행적으로 다시금 반드시 또 다른 언어에 의해서 해명되어야 하는 문제가 있다. 또한 한 권의 텍스트만이 아니라 한 문단, 한 문장 그리고 궁극적으로는 단 하나의 낱말이 어떤 대상과 연관되어서만 언어로서의 의미를 가질 수 있으며 그것과 연관되는 대상은 무한히 확대되어 다양하고 복잡해지기 때문이다. 그렇다고 언어가 지칭하는 어떤 대상을 전제하지 않는다면 그러한 대상으로부터 완전히 독립된 순수한 언어적 의미는 이해할 수 없고 존재할 수도 없게 되어버린다.

4. 이데올로기로서의 철학관과 그 문제점

a) 이데올로기로서의 철학관과 마르크스

여기서 언뜻 그리고 쉽게 생각할 수 있는 대안적 철학의 정의는 마르크스적 철학관에서 찾을 수 있을 것 같다. 마르크스에 의하면 철학의 기능은 '세계의 해석이 아니라 개혁'하는 데 있다. 그의 이러한 철학관이 과거의 철학이 이론적이고 사념적인 것으로 끝나고 그것이 실천적으로 아무 기여도 하지 못한 말장난, 한가한 이들의 '관념놀이'에만 그쳤다는 비판의 의미를 갖고는 있지만, 그 이상의 의미는 없다.

철학은 우리가 보고 느끼고 접하고 있는 모든 현상만이 아니라 그러한 현상들을 지각하고, 인식하고 경험하는 우리들 자신까지를 포함하여 하나의 지적으로 일관성 있고 통일된 체계로서 인식하고, 설명하고, 파악하고자 하는 궁극적인 동시에 전일적인 유일한 학문이다.

b) 이데올로기로서의 철학관의 문제점

세계를 보다 바람직한 방향으로 바꾸어야 하고, 그러한 세계 개혁은 세계의 해석, 세계의 이론적 인식, 세계에 관한 진리발견이 전제된다는 점에서 이론과 행동은 뗄 수 없는 관계를 갖고 있지만, 이 두 영역은 논리적으로 혼동할 수 없다. 진리탐구로서의 철학은 행동으로서의 개혁과는 뒤섞일 수 없으며, 이론과 실천은 다르다. 철학이라는 개념은 진리, 이론 등의 인식적이고 서술적인 의미를 가질 뿐이지 개혁, 행동 등의 실천적 의미는 전혀 갖지 않는다.

아는 것과 행동하는 것 사이에는 논리적으로 필연적인 관계가 없다. 정치적 실천을 염두에 두고 그러한 혁명적 행동을 자극하는 이론으로서의 마르크스주의는 어디까지나 하나의 '주의Ism', 즉 세계해석이며, 세계에 대한 이론이지 그 자체가 곧 실천이거나 혁명은 아니다. 이런 점에서 마르크스의 철학관은 적절하지 못하다. 철학이 세계의 해석에 그치지 않고 세계의 개혁에 동참해야 한다는 마르크스의 주장은 오늘날에도 유효하지만, 모든 것을 정치적인 구호만으로 바꾸어서는 안되며, 그런 구호가 갖고 있는 이데올로기의 선동을 주의깊게 경계해야 한다.

세계관으로서의 철학관이나 그 밖의 여러 가지 학문으로서의 담론들의 언어적 의미를 분명하게 하기 위한 메타-담론으로서의 분석철학적 철학관이나 이데올로기로서의 철학관에 따른 철학적 의도는 실천적으로 실현불가능하며 논리적으로 성립되지 않는다. 이러한 사실은 지금까지 '철학'이라는 이름으로 추구되었던 지적 탐구, 담론, 텍스트들이 지적 착각이 만들어낸 헛된 지적 활동이며 관념적 환상임을 함축하는가?

지금까지 '철학'이라고 이름 붙은 글쓰기의 고유한 영역과 기능은 실재로 존재하지 않았던 헛것이었단 말인가? 데리다가 시도하고 입증했다고 주장하듯이 철학은 특정한 여러 학문의 영역으로 해체되든가 아니면 그러한 학문들에 흡수되고, 그것의 글쓰기는 다른 과학적 글쓰기와는 물론 문학과도 구별될 수 없는 것인가?

실제로 그런 것 같다. 세계관으로서의 철학관을 전제하고 쓰인 이른바 철학 텍스트에서 언어의 의미는, 플라톤이나 후설, 카르납의 경우처럼 아주 정확하게 재현하려 하더라도 애매모호하고 그것이 주장하는 진리를 뒷받침하기에는 너무나 엉성하다. 이런 류의 텍스트는 또한 대표적으로 헤겔이나 하이데거의 경우처럼, 이성에 의존하여 생각하는 철학자의 냉정하고 엄격한 논리에 뒷받침된 이론을 담았다고 하기보다는 주로 감성에 의존하여 느끼는 소설가나 시인이 뜨겁고 약동적 감정에 의존하면서 창작해낸 소설이나 시와 구별하기 어려울 만큼 매혹적이다. 물론 그러한 창조적 상상력에 감탄하지 않을 수는 없지만, 그것이 그려낸 세계는 진리의 빛이 아니라 요란스러운 슬로건이나 화려한 감탄 같아서 조금 정신을 차리고 나면 공허하기 짝이 없다.

그런가 하면 '언어와 개념의 명료화'로서 분석철학적 철학관을 전제하고 쓰인 철학적 텍스트는 분명하고 또한 그 논리가 놀랍게 정교하지만 아주 사소한 말장난 같고, 그러한 텍스트를 써내는 이들은 세계를 밝혀주는 철학자라고 하기보다는 두터운 현미경을 들여다 보면서 아주 미세하고 정교한 장식품을 만드는 세금은조형공細金銀彫型工이나 복잡한 논리적 꼬투리를 잘 찾아내는 논리의 아주 전문화된 좁은 영역에 있어서의 기술자와 같다. 물론 그들의 이러한 재능에 경탄하지 않을 수 없지만 그러한 세계에 들어가면 숨이 막히고 변비가 생길 것 같다고 할 만큼 답답하다.

그렇다면 '세계관', '언어적 의미의 명석화', '세계개혁', 즉 전통적, 분석철학적 그리고 마르크스적 철학관 가운데 어느 것 하나도 만족할 수 없음에도 불구하고, 무엇인가 '철학적'이라고 불리는 그것만의 고유한 학문, 텍스트, 영역, 기능 그리고 사람이 있음을 인정하지 않을 수 없다. 그렇다면 그 고요한 것에 무슨 이름을 붙일 수 있을까? 과연 만족할만한 철학관이 있는가? 여기서 나는 위의 세 가지 철학관을 통합할 수 있는 철학관으로서 '둥지의 철학관'을 제안하고자 한다.

5. 언어적 둥지로서의 철학

a) 철학은 세계의 전일적 인식 양식으로서의 세계관을 지향한다

철학은 순수논리적 사유가 아니라 하나의 인식양식이다. 인식으로서의 철학은 필연적으로 어떤 대상을 전제하며, 체계적 인식을 구성하기 위해서 논리적 사유를 필요로 하지만, 철학에서 진리는 논리에 선행한다. 철학의 인식대상은 우주전체로서의 세계이다. 학문으로서의 존재론, 형이상학, 인식론, 도덕철학, 정치철학, 사회철학, 과학철학, 종교철학, 교육철학, 언어철학, 논리철학, 예술철학, 기술철학 등등의 개념으로 알 수 있듯이 모든 현상, 학문 혹은 활동의 개별적으로 독립된 분야가 철학적 인식대상이 된다. 그러나 학문으로서의 철학의 궁극적 인식대상은 위와 같은 개별적 대상들이 아니라 모든 대상들을 통합적으로 총칭하는 개념으로서의 우주전체, 즉 존재전체이며, 철학이 그것을 인식하는 양식은 개별적이 아니라 전일적이다.

철학은 그냥 하나의 학문 하나의 인식양식이 아니라, 앎에 대한 욕망이 필연적으로 다다르게 되는 지성의 필연적이고 자연스러운 표현이다. 철학은 우리가 보고 느끼고 접하고 있는 모든 현상만이 아니라 그러한 현상들을 지각하고, 인식하고 경험하는 우리들 자신까지를 포함하여 하나의 지적으로 일관성 있고 통일된 체계로서 인식하고, 설명하고, 파악하고자 하는 궁극적인 동시에 전일적인 유일한 학문이다. 이런 점에서 철학의 궁극적 목적은 세계의 전일적이며 참된 인식으로서의 세계관을 발견하는 데 있으며, 또한 이런 점에서 철학의 궁극적 목적을 세계관으로 보았던 전통적 철학관은 맞다.

b) 철학은 논리적 타당성을 갖춘 체계적 인식으로서의 세계관이다.

전일적 세계관으로서의 철학은 물리적, 현상적 우주만이 아니라 초월적 세계까지를 포함한 존재일반을 인식대상으로 삼고 있는 종교에 비추어볼 때 덜 포괄적인 인식양식이며, 물리적 우주만을 인정하고 그것을 포괄적으로 설명하는 물리학과 전문학에 비추어 볼 때 선명성과 객관성도 열악하다. 하지만 철학은 인식대상의 폭과 크기에 의해서만 다른 학문, 다른 세계 인식양식과 구별될 수 없다. 철학을 다른 학문과 구별할 수 있는 하나의 잣대는 '언어적 개념의 명료화'라는 철학관에서 분명해졌듯이 인식의 '명석성'이다. 철학은 그냥 신념, 신념의 제시, 신념의 선언이 아니라 그러한 신념의 투명한 의미와 주장의 철저한 근거를 제시할 수 있는 신념이어야 한다. 철학적 사유가 한없이 분석적으로 흐르는 것은 이 때문이며 철학적 진리가 스스로를 '궁극적'이라고 자처하는 것도 위와 같은 이유에서이다. 이런 점에서 철학을 '개념의 명료화'로 규정하는 분석철학적 철학관도 일면 타당하다.

한마디로 철학은 가장 근본적인 우주전체에 대한 총체적이고 전일적인 인식양식, 즉 세계관의 발견과 동시에 '개념의 궁극적 명료화'를 지향한다. 이런 철학관의 관점에서 볼 때, 개별적으로 서로 다른 존재, 활동, 경험들을 인식 대상으로 삼는 수많은 x, y, z 등의 특정한 분야의 철학들은 모든 대상, 현상, 사건, 경험들을 총체적인 하나의 전일적 인식양식으로서의 세계관을 위한 부분적인 작업으로, 즉 '세계관'이라는 거대한 건축물을 짓는 데 동원된 전문적 분야에서의 부분적 활동으로 볼 수 있고, '개념의 명료화'로서의 철학적 활동은 그러한 건물을 견고하게 만드는 데 불가피한 설계상, 공학성의 정밀성과 건축 자재들의 품질적 고급성으로 볼 수 있다.

그러나 이 두 철학관이 갖고 있는 문제들은, 앞서 이미 지적한 대로 '인식 일반'의 본질과 '철학적 인식'의 특성에 대한 착각의 형태로 나타난다. 세계관으로서의 철학관이나 개념분석으로서의 철학관 중 어느 것을 보더라도 인식은 인식활동 자체와 그것의 서술활동과 독립되어 규정할 수 있는 어떤 객관적 존재들과 그것들 간의 관계를 있는 그대로 재현하거나 주장하는 데 동원되는 언어나 언어를 사용하는 그 철학자의 배경과 완전히 독립되어 있어야 하며 따라서 진리는 절대적이고 보편적이어야 한다는 전통적 인식론이 전제되어 있다. 하지만 오늘날 그러한 전제의 소박함을 더 이상 감출 수는 없다.

c) 관념 · 언어적 건축으로서의 인식

인식은 어떤 대상의 관념적 재현이 아니라 재구성이며, 모든 재현과 재구성은 언어적 재구성이며, 언어적 재구성은 칸트의 인식론이 판단의 선험적 범주를 전제하고 있는 것과 마찬가지로, 인식자가 완전히 자유로울 수 없는 어떤 인식의 틀에 의존해서만 가능하다.

지각은 대상과의 감각적 접촉이 아니라 이미 하나의 해석이며, 인식은 일종의 사진이라는 영상기계적 촬영이 아니라 건축이라는 상상적 창작이며, '진리'라고 믿는 세계전체는, 물론 그것을 구성하는 요소들로서의 인식 대상들은 이미 결정되어 있는 발견과 구매대상물이 아니라, 우리자신이 창의적으로 설계해서 세운 예술작품 같은 건축물이다.

인식이 이미 인식의 틀을 전제한다고 주장하는 점에서 위와 같은 인식론은 칸트의 인식론과 같으나, 그 인식의 틀은 칸트의 인식론에 존재하는 인식의 틀로서의 '선험적 범주'와는 사뭇 다르다. 그 틀은 칸트가 생각했던 것과는 달리 선천적으로 주어진 것이 아니라 후천적으로 구성된 구조물이며, 그 구조물의 형태는 인류에게 보편적이어서 불변하는 것이 아니라 각기 인식주체의 교육적, 문화적, 역사적 배경에 상대적이어서 항상 가변적이며, 그 구조물의 자재 · 자료는 의식이 아니라 언어이다. 언어를 떠난 학문, 이론, 사유, 인식, 관념, 세계관은 있을 수 없다. 철학이 세계관이라는 점에서 그것은 일종의 학문이며, 그것이 일종의 학문이라는 점에서 일종의 인식양식이며, 그것이 일종의 인식양식이라는 점에서 철학도 그 밖의 다른 학문들과 마찬가지로 일종의 언어적 건축이고, 철학적 텍스트는 다른 텍스트들과 마찬가지로 언어로 세워진 건축물이다.

모든 건축물이 그러하듯이 언어적 건축물도 반드시 특정한 목적으로 설계되고 세워진다. 물건을 제조하기 위한 공간으로서의 공장과 같은 건축이 있는가 하면, 사무적 일을 하기 위해서 고안된 수많은 공공 관청이나 상업 혹은 그 밖의 단체활동을 위해 세워진 기업적, 상업적, 교육적, 사회활동적 등등의 사무소 빌딩이 있고, 독립문, 에펠탑, 개선문, 광화문 네거리의 이순신 장군동상 등과 같이 민족독립, 국제적 산업행사, 승리, 위대한 애국자를 기념하기 위한 건물이 있는가 하면, 또한 초가집, 판자집, 기와집, 이층벽돌집, 궁전과 같은 인간 거주를 위한 건축물이 있다. 위와 같이 수많은, 서로 다른 특정한 목적을 위한 다양한 건축들이 있지만, 모든 건축물들은 그것들이 다같이 인간의 '거처'의 기능을 한다는 점에서 동일하다. 위와 같은 건축물 가운데서 어떤 것은 인간들의 일상생활의 거치이며, 어떤 것들은 특수한 활동을 위해서 머물러야 할 거처며, 어떤 것들은 인간의 마음, 기억이 머물고 있는 거처이다.

물리학, 화학, 생물학, 사회학, 역사학과 같은 학문들은 물리현상, 화학분자현상, 생물현상, 사회현상을 각기 지적으로 만족스럽게 설명하고 그것들이 관념적으로 편안히 들어설 수 있기 위해 고안된 언어적 건축물이다. 하나의 학문으로서의 철학도 마찬가지다. 하지만 학문의 여왕, 메타-학문으로의 철학적 건축물은 다른 건축물과 다음과 같은 두 가지 점에서 다르다.

첫째, 다른 학문들과 철학이라는 학문과의 관계는 전체와 그것을 구성하는 부분들 간에 존재하는 관계의 관점에서 찾을 수 있다. 물리학, 사회학, 역사학, 인류학 등등 여러 학문들이 한 성채 안에 들어 있는 성주가 사는 중심적 건물을 비롯한 여러 개의 특수한 목적으로 지은 건축물들이라면, 철학이라는 학문은 성채 전체라는 총제적 구조물이며, 다른 수많은 종류의 학문들이 한 도시 안에 있는 허다한 건물들이라면 철학이라는 학문은 그 도시전체의 총체적 구조에 해당

철학은 가장 근본적인 우주전체에 대한 총체적이고 전일적인 인식양식, 즉 세계관의 발견과 동시에 '개념의 궁극적 명료화'를 지향한다.

된다. 이러한 사실은 총체적 세계의 관념적 성채가 견고하게 서있기 위해서는 그 속에 세워진 모든 건축물들 하나하나가 견고하고 그것들 간의 배치가 성채 전체에 비추어 건축학적으로, 미학적으로, 기능적으로, 사회적으로 적절해야 하듯이, 세계의 관념적 구조로서의 철학적 세계관은 그것들이 전제하는 수많은 개별적 학문들, 즉 전일적 세계를 구성하는 개별적 사실에 대한 전문적 지식으로서의 수많은 학문들에 대한 확고한 이해와 지식을 갖추어야 한다.

그렇지 않은 상황에서 구축한 세계관은 아무리 내적으로 정연한 논리를 갖추고 있더라도 사상누각과 다름이 없다. 특히 작금 급속도로 발달하는 정밀자연과학의 연구결과를 모르고서는 자유의지, 의식, 진리, 실체 등의 철학적 기본개념의 본질에 대해서 원시적인 주장만을 고집하게 될 것이다. 생명물리학, 생명공학, 양자역학 등 첨단과학이 보여주는 사실들은 몇천년 동안 우리가 절대 불변의 진리로 믿어왔던 생명, 의식, 자유, 논리적 진리 등의 형이상학적 신념을 근본적으로 재고할 것을 요구한다.

둘째, 철학 외의 학문들이 인간이 살아가는 데 필요한 어떤 활동을 하기 위한 기능을 목적으로 세워진 도구적 건축물인 데 반해서 철학이라는 학문적 건축물은 인간의 마음과 몸이 가장 편안할 수 있는 궁극적 거처, 즉 그의 삶의 객관적 조건으로서 자연과 문화적 조건과 물리적으로나 지적으로나 정서적으로 완전히 만족되어 조화를 갖추어 가장 인간의 마음과 몸이 함께 행복할 수 있는 거처, 따라서 그 자체가 건축의 궁극적 목적일 수 있는 거처이며 세계로서의 건축물이다.

철학이라는 건축물이 도구적이 아니라 내재적 가치를 목적으로 한다면 그러한 건축의 양식은 어떤 원칙에 의해서 설계되어야 하는가? 어떤 발상으로 가장 이상적인 철학의 건축 모델을 발견할 수 있는가? 발견할 수 있다면 그것은 자연에서인가 아니면 지금까지 인류가 고안한 건축물들 가운데서 발견될 수 있는가? 이런 물음에 대한 대답은 인간을 포함한 모든 생명체들에게 가장 이상적인 거처, 즉 존재 조건에 대한 결정을 전제한다. 가장 이상적인 조건은 각자 생명체가 행복할 수 있는 조건이며, 가장 행복하게 할 수 있는 일반적 조건은 몸과 마음의 편안함이며, 몸과 마음의 편안한 조건은 몸과 마음이 요구하는 모든 욕망을 가장 이상적으로 충족하는 것이며, 이러한 충족감의 가장 근본적인 조건은 모든 종류의 갈등으로부터의 해방, 즉 모든 것들과의 총체적 조화이다.

철학은 언어를 재료로 한 우주의 관념적 건축학이며, 하나의 철학적 체계는 제각기 그러한 건축학의 이 우주에 단 하나밖에 없다고 주장하는 언어적 건축물이며, 그러한 건축물의 건축가에게는 제각기 자신의 건축물이 곧 우주자체가 된다.

d) 철학적 건축 모델로서의 둥지

이러한 조건을 가장 만족시킬 수 있는 거처로서의 이상적 건축 모델은 어디에서 찾을 수 있는가? 그 모델은 인간이 지은 문화적 건축물이 아니라 동물이 지은 자연적 건축물, 동물들의 보금자리, 특히 새들의 둥지이다. 그 이유로 둥지의 건축학이 보여주는 생물학적, 공학적, 미학적 및 생태학적 수월성을 들 수 있다.

첫째, 대부분의 동물들은 모두가 잠시나마 고정된 거처로서의 보금자리를 꾸미고, 모든 새들이 거처로서의 둥지를 튼다. 그 둥지들은 제각기 주인의 생존방식에 적절하게 그의 생명을 위협하는 다른 동물들, 추위, 비나 눈 등 자연적 재해로부터 자신을 보호하고, 휴식을 취하고, 자신의 종을 이어가기 위해서 짝짓기를 하고, 알이나 새끼를 낳아 품고, 그 새끼를 키우기 위한 먹이를 구하거나 젖을 먹여 키우기 위한 거처의 기능을 한다. 그것은 생물학적으로 귀중하고 엄숙하고 숙연한 공간이다. 들짐승들의 보금자리, 날짐승들의 둥지는 생명, 안전, 휴식, 꿈, 사랑, 행복, 그리고 바로 생명 자체의 감각적, 구체적 그리고 생생한 은유이다.

둘째, 짐승들의 보금자리 특히 새들의 둥지는 건축공학적으로 절묘하다. 땅 속, 바위틈이나 해변, 혹은 나무 가지 사이나 풀숲, 초가집 지붕 추녀 속 등에 튼 둥지는 건축학의 백미白眉이다. 짐승들의 '건축'이라고 보기 어려울 만큼 거의 손이 가지 않은 엉성한 보금자리는 아주 소박하지만 주어진 자연을 파괴하지 않고서 자연의 모든 여건과 조화를 갖추었다는 점에서 정교하고 자연과의 이상적 조화를 이룬다. 대부분의 새들이 그렇지만 특히 어떤 종류의 새들의 둥지는 그것에 종합적으로 사용된 다양한 재료의 활용의 기묘함, 그것이 의도

한 생물학적, 약탈자들로부터의 보호를 위한 전략적 고려가 계산된 설계와 건축학적으로 정교한 기술 등에 놀라지 않을 수 없다. 둥지의 건축학적 설계와 기술의 절묘성은 개념적으로 설명할 수 없고, 기계적으로 배울 수 있는 것이 아니다. 세상은 양자 역학이 보여주고 있듯이 궁극적으로는 개념적으로 파악할 수 없으며 기계적으로 조작할 수도 없는 무한히 복잡하고 정교한 하나의 실체이다. 둥지 특히 어떤 산새의 둥지의 경이로운 공학은 뉴턴적 역학과 유클리드의 기하학을 초월한 아인슈타인의 상대성원리나 보어와 하이젠베르크의 양자 역학이나 비유클리드 기하학으로서만 설명될 수 있는 자연의 원리에 따른 것으로밖엔 달리 설명할 수 없을 만큼 기묘하게 뛰어나다.

셋째, 둥지는 색조나 재료, 수많은 재료들의 비상한 조합과 디자인의 조형성에 있어서 미학적으로 가장 소박한 구수함과 동시에 가장 세련된 신선미를 갖추고 있으며, 가장 원초적이면서도 가장 첨단적이다.

넷째, 둥지의 건축학은 가장 환경·생태 친화적이다. 이러한 덕목은 문명이라는 거대한 인류거처의 개발과 건축에 따른 환경파괴가 제기하는 생태학적 문제점들과 자연과 인간의 위태로운 관계를 생각해볼 때, 둥지의 건축학이 자연과 인간과의 조화로운 관계 정립의 가능성을 가지고 있음을 입증한다. 둥지는 자연과 대립되는 일종의 기술적의 산물이면서도 자연과 완전한 조화를 이루면서 하나의 더 큰 자연을 형상한다. 둥지라는 건축물은 자연이 아닌 자연이며, 문화가 아닌 문화이다. 그것은 구조물이 아닌 구조물이며, 자연물 아닌 자연물이다. 그곳에서 자연과 문화, 자연성과 인위성은 구별되지 않는다. 둥지는 자연과 인간의 궁극적 차별과 조화의 상징이다.

조화는 일관성, 즉 모순이나 갈등이 없는 관계를 의미한다. 철학의 궁극적 의도는 '세계'라고 부를 수 있는 우주적, 형이상학적 전체, 모든 현상, 모든 사건, 모든 경험들을 하나도 빠짐없이 그려내면서도 철저하고 일관성 있게, 즉 논리적으로 투명하게 인식하는 데 있다. 그렇다면 둥지의 건축학은 곧 세계 전체의 관념적 건축학, 즉 총체적 세계관으로서의 철학의 건축학적 모델이다. 달리 말해서 모든 철학이 지금까지 알게 모르게 궁극적으로 추구한 것은 세계의 관념적 둥지 짓기에 지나지 않았던 만큼, 철학의 관념적 건축학 모델은 짐승들의 보금자리, 새들의 둥지에서 찾아져야 한다.

진리는 인식과 독립된 객관적으로 존재하는 대상의 언어에 의한 관념적 복사로 생각되어 왔고, 철학은 그러한 의미로서의 가장 포괄적 진리의 추구활동으로 인식되어 왔다. 그러나 앞서 본 대로 그러한 진리는 존재하지 않으며 철학은 그러한 있지도 않은 진리의 재현이 아니라 세계의 총체적 재구성, 즉 언어에 의한 세계의 관념적 재건축 활동이다. 이런 관점에서 볼 때 철학은 과학적 이론이나 서술처럼 세계의 객관적 재현이 아니라 상상적 산물인 소설, 즉 픽션에 더 가깝다. 유대교나 기독교와 같은 고대 중동의 서양적 종교의 세계관들이나, 힌두교와 불교 같은 고대인도의 비종교적 세계관이나, 『주역』, 『도덕경』, 『중용』과 같은 중국고전의 저자들의 세계관이나, 플라톤, 아리스토텔레스, 칸트, 헤겔, 니체, 화이트헤드, 콰인, 사르트르, 메

플로퐁티 등과 같은 서양철학사를 빛낸 철학자들의 철학적 세계관들도 따지고 보면 그냥 세계의 · 자연의 거울이 아니라 앞뒤가 서로 맞아 떨어지는 방대한 소설로 달리 꾸며질 수밖에 없는 수많은 '세계'라는 픽션들 가운데의 몇 가지 대표적 예들이다.

서로 다른 픽션으로서의 세계관들은 각기 그것들이 얼만큼 우리가 경험하거나 알고 있는 모든 것들을 일관성있게 하나의 크나큰 전체로서 보여줄 수 있느냐에 따라서 상대적으로 그것의 권위를 진리의 형태로 보이게 한다. 그 경우와 마찬가지로 모든 것들을 전혀 무리 없이 하나의 일관성 있고 따라서 어떤 의미를 가질 수 있는 무늬로 엮고 짜내려면 새들이 나무 가지, 풀, 이끼, 조개껍질 등 수많은 종류의 재료를 종합적으로 써서 주변의 자연과 조화를 이루면서도 정교하고 아름답고 아주 효율적인 둥지를 구축하는 작업만큼이나 복잡하고 어려우며 그만큼 정교하고 세련된 건축술을 요청한다. 이런 면에서 철학자들의 둥지건축술은 새들의 건축술에 비해서 아직까지 한없이 열등하다. 이러한 사실에도 불구하고 철학적 체계, 철학적 세계관이 일종의 관념적 둥지 짓기라는 사실에는 변함이 없다.

맺는 말

진리가 재현이 아니라 구성이라는 사실과 철학이 객관적으로 존재하는 세계의 발견이 아니라 세계의 관념적 건축이라는 것을 인정해야 한다. 이에 대한 학문의 가치의 궁극적 평가는 그것이 가져오는 삶에 있어서의 실천적 가치에 비추어서만 도구적 관점에서만 평가될 수 있다. 하지만 이 시점에서 강조되어야 할 것은 세계에 대한 탈도구적이고, 즉 순수한 지적 탐구가 선행되지 않는 소망과 이상적 꿈 역시도 충족할 수 있는 거처를 마련해야 한다는 것이다. 지적 탐구로서의 철학의 원초적인 동시에 궁극적 의미와 가치는 그것의 사념성이 아니라 실천성에 있다.

세계를 제대로 인식하지 못하고는 한 세계를 제대로 바꿀 수 없다. 이러한 경고는 모든 철학자들에게 다같이 적용되지만 특히 작금 우리나라의 철학계, 더 일반적으로 학계에 각별히 적용된다. 중요한 것은 자주적으로 철학하는 것이며, 자주적으로 철학한다는 것은 어떤 특정 명목을 내걸고 그 목적 달성을 위한 도구로 세계관을 짜는 것과는 상관없이 가장 옳은, 정합성을 갖는 세계의 그림을 그리는 작업과 진리를 추구하는 일이다. 세계에 대한 전일적 인식양식으로서의 철학적 둥지를 짓는 것이 중요한 것은 모든 종류의 어둡고 폐쇄된 동굴의 문을 발로 차고 밖에 나와 태양의 빛으로 환한 세상의 한복판에서 눈을 크게 뜨고, 남자나 여자에 앞서, 동양인이나 서양인에 앞서, 문화권이나 민족에 앞서, 한 실존적 인간으로서 당당하게 사유하고 그 사유에 따라 행동함을 의미하기 때문이다.

《비평》, 2008, 봄호

2부

감성의 흔적

01
시와 철학 사이

아무것도 말이 되지 않았다

문학 소년이었기 때문에 철저한 허무주의자가 되었는지, 허무주의자였기 때문에 문학 소년이었는지는 알 수 없어도 나는 중학교 때부터 허무주의적 문학 소년이었다. 시골에서는 생활이 비교적 윤택했고 당시로서는 행복할 수 있는 가정에서 자랐고, 실제로 육체적 고통 없이 지냈었지만, 조숙해서였을까? 머리가 좋아서였을까? 세상을 정직하게 볼 수 있었기 때문이었을까? 어찌된 일인지는 모르겠지만 모든 것이 헛것이고, 모든 행위가 부질없는 것이라는 생각에서 빠져나올 수 없었다. 그래서 이태준의 호號 상허尙虛가 마음에 꼭 들었다.

나는 이 무렵 나의 필명에는 반드시 허虛 자가 들어가야 한다고 생각해서 그 글자가 섞인 여러 가지 이름을 생각해보았을 만큼 나의 허무주의는 뿌리깊은 것이었다. 이런 상태에서 나는 잘 이해도 못하면서 닥치는 대로 주로 일역본 문학책과 철학책 등에 손을 대보았다.

나는 시인, 사상가의 꿈을 간직하고 있다. 내가 필명을 허虛라는 글자가 아쉬운 채로 1952년부터 이문異汶이라고 사용하기 시작한 것도 그 시절 나의 꿈과 밀접히 관계된다. 평범하지 않고 이색적인, 즉 독창적 문필가가 되겠다는 자신에 던진 선언이었다. 주옥같은 문필 생활을 통해서 인생의 허무함을 채워보자는 것이었다.

그때부터 반세기가 지난 지금 나는 내 자신의 철학관과 세계관을 정리해보려는 생각에서 『둥지의 철학』이라는 제목의 책을 구상하고 준비중에 있다. 이 책의 이름은 우연한 것 같지만 칠순을 훌쩍 넘도록 살고 나서 반세기 이상의 나의 지적 역정을 뒤돌아볼 때, 놀랍게도 우연이 아니라는 사실을 알게 되었다.

의도적으로 그랬던 것은 전혀 아니었지만 나의 만년의 철학적 책이 될 이 저서에서 나타나게 될 나의 문제는 1960년대 말 내가 미국에서 「메를로 퐁티에 있어서의 '표현' 개념의 존재론적 해석」이라는 제목의 철학박사학위 논문에서 다룬 문제와 상통하고, 그에 몇 년 앞서 파리의 소르본대학에서 「말라르메가 말하는 "이데아"의 개념: 논리정연성에 대한 꿈」이라는 제목의 불문학박사학위 논문에서 취급한 문제와도 상통하며, 그리고 1950년대 중반 당시 동숭동 서울대 문리과대학에서 「폴 발레리에 있어서의 지성과 현실과의 변증법으로서의 시」라는 제목의 불문학 석사학위 논문에서 보인 관심과도 거의 일치한다는 것을 최근에 와서야 의식하게 되었다. 나의 정서적 및 지적 관심과 문제가 평생을 통해서 일관성 있게 변하지 않았다는 말이다.

"시는 어떠한 실재의 인간보다도 더욱 순수하고 그의 사상에 있어서 더욱 강하고 깊으며, 그의 생에 있어서 더욱 밀도 있고, 그의 말에 있어서 더욱 우아하고 적절한 화술이다."

– 폴 발레리

나의 지적 관심사와 문제는 존재와 그것의 인식, 객관적 대상과 그것의 재현, 현상과 그것의 관념화, 지성과 감성, 진리와 의미, 철학적 투명성과 시적 감동, 객체와 주체 그리고 앎과 삶 간의 피할 수 없는 긴장과 갈등을 풀고 조화시키는 문제였다.

나는 '발레리'론에서 이러한 갈등을 푸는 열쇠를 시에서 찾으려 했던 시적 흔적을 보았고, '말라르메'론에서는 모든 것을 추상적으로 투명하게 재현하려 하면서도 그와 동시에 그러한 과정에서 상실되는 모든 것의 짙은 구체성을 보존하려고 하는 두 가지 모순된 욕망 간의 갈등과 긴장을 읽어낼 수 있었으며, '메를로 퐁티'론에서 존재와 그 표현, 존재론적 일원론과 인식론적 이원론 간의 영원한 갈등을 보았고, 그러한 갈등을 풀 수 있는 이론을 제시하려 했다. 이제 앞으로의 저서 『둥지의 철학』에서 철학이 포근한 둥지라는 제품인 동시에 그러한 제품으로서의 시가 세계의 투명한 비전으로서의 철학적 이론일 수 있는 것을 만들어보려고 할 것이다.

이런 점에서 나의 오랜 독일 친구 프리베가 토마스 만의 『파우스트 박사』라는 프랑스 번역책을 선물로 주며 지적했듯이 나는 한편으로 파우스트적 시인이며, 많은 이들이 종종 말하듯이 나 역시 낭만적 철학자라고 스스로 자처한다. 나는 철학자로서 강단철학을 경멸하고, 니체처럼 대학 밖에서 그리고 하이데거처럼 전통 밖에서 시적인 철학 이론을 창조하기를 원하고, 철학자로서는 문단 밖에서 시적인 철학 이론을 창조하기를 원할 뿐더러 문단 밖에서 아무 단체에도 소속되지 않고 말라르메나 파울 첼란과 같이 철학적인 시를 쓰고 싶었고 지금도 그런 생각에는 변함이 없다. 나는 영원히 시와 철학의 중간에서 그러한 상황이 동반하는 고통이나 쾌감을 동시에 즐길 것이다.

내게 예술, 문학, 시에 대한 꿈을 가져다준 것은 내가 태어난 시골의 계절마다 변하는 자연과 농촌의 풍경에 대한 관찰과 경험, 1년에 한두 번 시골 농부들이 벌이는 신명나는 두레이기도 했던 것 같았지만, 초등학교 때 우연히 읽은 시인 이시카와 다쿠보쿠와 소설가 나쓰메 소세키 등 일본 문인들의 사진이 많이 든 작가전기, 그리고 그 후는 잘 알지는 못했으면서도 많이 뒤적거렸던 일본 및 유럽 작가들의 일본 번역책들이었고, 제2차 세계대전 중 그리고 해방 이후, 6 · 25 전쟁을 거치면서 겪은 사회, 정치 및 경제적 혼란과 충격, 삶의 고통에 대한 경험, 인간의 동물적인 어둡고 저속한 면에 대한 비관적 관찰이었다.

내게 철학자의 꿈을 키워준 것은 위와 같은 모든 경험과 관찰만이 아니라 읽으면 읽을수록, 배우면 배울수록 분명해지기는커녕 더욱 더 혼탁해지는 수많은 신념들이나 주장을 좀 정리해보자는 욕망이었고, 또 한편으론 갑자기 밤중에 비치는 등불처럼 세상과 인생을 비추어주는 듯한 어떤 철학자들의 단편적 말이나 주장들이었다고 기억된다. 많은 철학자들과 그보다 더 많은 명문구들이 있기는 하지만 그 가운데 가장 가슴에 와닿았던 철학자들로서는 먼저 사르트르가 생각나며, 기억에 남는 여러 명언들 가운데에서 그들의 말들이 가장 뚜렷하다. 니체의 '과학을 예술의 렌즈로, 예술을 삶의 렌즈로 보아야 한다.'라는 말이나 현세를 부정하고 존재하지도 않는 내세를 위해서 이 세상에서의 삶을 평가절하하는 불교적 및 기독교적 이념에 지배된 '문명은 병들었다.'라는 말들이 내게는 너무나 신선하고도 핵심을 찌르는 진리라고 믿어졌다. '인생은 아무 보상도 돌아오지 않는 십자가의 수난이다.', '인간은 세상의 가치를 분비한다.', '인간은 모든 것의 존재근거이지만 그 자체는 아무 근거도 없는 존재이다.', '운명이란 자신이 선택한 것에 지나지 않는다.' 등의 말들이 사실적으로 뿐만 아니라 논리적으로도 불가능하다는 것을 알면서도, '모든 인간은 신, 즉 완전한 존재가 되고자 애쓴다.' 등의 인간의 존재 양식에 대한 사르트르의 여러 재치 있는 명제들은 마치 깜깜한 밤 복잡한 네거리의 교통을 정리해주는 신호등처럼 어둠 속에 묻힌 나의 인생과 세상의 복잡한 교차로를 분명히 밝혀주는 신호등같이 느껴졌다.

니체, 특히 사르트르만큼 인간으로 산다는 것이 무엇을 의미하는 것인지를, 그리고 어떻게 살아가는 것이 가장 아름다운 삶인가를 가장 조리 있고 체계적으로 비추어준 이는 아직 아무도 없었다고 한때 확고히 믿었다. 니체나 사르트르보다 뛰어난 철학으로 사람들을 어둠에서 깨워주고 세계를 밝혀 보이겠다는 나의 결심이 이렇게 굳어갔다.

생각하면 할수록 인생만이 아니라 우주를 포함한 모든 것이 한결같이 무의미한 것 같다. 의미라는 것은 객관적으로 존재하지 않는다. 이러한 결론이 괴롭다. 그러나 이러한 괴로움은 생각하는 인간에게만 존재할 뿐, 생각이 없는 동물에게는 존재하지 않는다. 그래서 나는 지금도 이러한 것을 나와 똑같이 공감했다고 추측되는 지성의 시인 폴 발레리가 의식을 사과벌레에 비유한 '사과의 살을 갉아먹는 벌레와 같은 의식La conscience comme un ver qui ronge la chair de la pomme'이라는 시의 한 구절을 가끔 원어로 혼자서 암송한다.

철학은 삶의 살로서의 시를 갉아먹는 벌레일지도 모르지만 삶의 시는 철학 없이는 무의미하며, 시는 철학의 빛을 가로막는 그늘일지 모르지만, 철학의 빛은 시의 그늘 없이는 무의미하다. 시와 철학이 만나는 곳에 존재, 마음, 언어와 더불어 사는 아름다운 둥지가 지어진다. 그와 같이 해서 지어진 시와 같은 철학인 동시에 철학과 같은 시로서의 존재, 마음, 언어의 둥지 안에서 우리는 처음으로 진정한 의미의 휴식을 얻고 행복을 체험할 수 있게 될 것이다.

궁극적으로는 아직 아무것도 말이 되지 않는다. 그러나 시와 철학의 동거리 지점에서 나는 말이 되지 않는 모든 것을 말이 되게 만들어보려 한다.

『문학과 언어의 꿈』(2003)

02
삶에의 태도

파스칼은 우리의 존재 상황을 승선에 비유했다. 우리가 태어난 것은 우리의 자의적 선택에 의한 것이 아니지만, 싫건 좋건 우리는 이미 삶이라는 '배'에 타고 있게 된 것이라는 사실이다. 삶 자체뿐 아니라 남자로 태어났느냐 혹은 어떠한 특수한 사회적 · 역사적 · 생리적 · 경제적 조건을 갖고 태어났느냐 하는 것도 우리의 자의적 선택에 의해서 결정된 것은 아니다.

이처럼 각자 다른 조건에서 태어난 우리는 이미 타고 있는 배를 저어 삶이라는 항해를 시작하고 계속해야 하는 운명에 던져져 있다. 이러한 상황에 대한 의식은 곧 삶에 대한 의식 혹은 반성의 성격을 띤다. 이러한 삶에의 의식은 사람에 따라서 일찍은 10대에, 늦게는 30

대 혹은 40대에 시작될 수 있다. 그러나 정도와 때는 다를지라도 사람이라면 누구나 이러한 의식을 하지 않을 수 없을 것이다. 막막한 바다에서 험악한 파도에 흔들리며 위험하게 뜬 배 안에 들어앉아 있는 스스로를 처음으로 발견할 때 누구나 두 가지 의문을 갖게 된다.

첫째 '나는 무엇 때문에 이 배에 타고 있는가?'라는 의문을 가질 수 있고, 둘째, '만약 배를 타고 바다에 떠 있다면 어디로 어떻게 배를 저어 갈 것인가?'라는 문제를 생각해야 한다. 우리가 던지는 이 두 가지 질문은 '인생의 의미'의 문제로 바꾸어볼 수 있다.

인생의 의미의 문제는 도대체 삶 자체가 보람있는가의 문제이며 어떻게 보람있는 삶을 살아갈 수 있는가의 문제이다. '나는 계속 삶이라는 배를 타고 항해를 할 것인가?' '만약 배를 타고 항해를 계속한다면 어떻게, 어떠한 곳을 향해서 배를 저어갈 것인가?' 이와 같은 두 가지 물음에 대한 대답은 다같이 각 개인의 선택에 달려 있다. 내가 세상에 태어난 것, 즉 바다에 떠 있는 배에 타고 있음이 나의 선택에 의한 것은 아니었지만 나는 삶을 거부하고 내가 타고 있는 배에서 바닷속으로 뛰어내려 자살할 것이냐 아니면 그 배에 머물러 항해를 계속할 것이냐 하는 것은 나 자신의 선택에 달려 있다. 재수없이 남자로, 가난한 집에서, 혼란한 시대에 태어난 것은 내가 어찌할 수 없는 운명적 사실이지만 그러한 상황에서 열심히 일하여 아내와 자녀를 위하여 스스로를 희생하면서 열심히 배를 젓고 보람을 찾을 것인가 아닌가는 역시 나의 선택에 달려 있다.

그렇다면 '인생의 의미는 무엇인가?' '삶과 죽음을 놓고 무엇을 선택할 것인가?' 우리의 생물학적 본능은 이러한 물음을 던질 여유를 주지 않는다. 우리는 다만 맹목적으로 삶에 매달린다. 그러나 인간은 동물과는 달리 비록 감상적 문학 소녀가 아니더라도 삶의 고통을 느낄 때 인생의 의미에 대한 의문을 갖게 된다. 이러한 의문이 생기는 것은 삶이 고통스럽기 때문만은 아니다. 아무리 행복한 일생을 살아가는 사람에게도 그러한 의문은 생기게 되며, 아무리 나이가 많은 사람에게도 그러한 의문은 때때로 튀어나온다. 아무리 부귀와 영화를 누리는 사람이라도 멀지 않아 다같이 흙으로 돌아간다. 로마의 폐허를 서성거릴 때, 박물관에서 고대 이집트 파라오 왕들의 미이라를 볼 때, 인생의 허무함을, 인간의 모든 노력과 고통의 궁극적 무의미함을 잠깐이나마 느끼지 않는 사람은 없을 것이다. 그러기에 사랑을 하다가도 '이게 다 무엇인가?'라는 물음이 스쳐가고 분명히 자기 집에 있는 것을 알면서도 '나는 어디로 가는 것인가?'라는 의문을 갖기도 한다.

'인생의 의미는 무엇인가?'

불행히도 이 물음에 대한 대답은 없다. 비록 인생의 의미 없음이 사실이라 해도 반드시 죽음을 택해야 한다는 결론은 나오지 않는다. 왜냐하면 '죽음'의 의미도 역시 없기 때문이다. 인생에 의미가 있건 없건 다행히 우리들의 본능은 우리들을 삶에 대한 애착에서 해방시켜주지 않는다. 우리는 거의 모든 경우 엄청난 대가를 치르면서도 삶에 끝까지 매달린다. 사실 인생의 의미가 있는가 없는가는 우리의 문제가 되지 않는다. 인생의 의미가 있다 해도 그러한 의미는 우리들에 의해서 결정될 수 없고, 인생의 의미가 없다는 결론에서 자살한다면 그 본인에게는 아무것도 문제가 되지 않기 때문이다. 따라서 우리의 문제는 오로지 인생에 있어서의 의미를 찾는 데 있다. 비록 인생의 의미가 없다 해도 인생에 있어서의 의미는 충분히 있을 수 있다. 그것은 마치 꽃이 지면 그만이긴 하지만 그 꽃은 역시 아름다울 수 있는 것과 마찬가지이다. 따라서 삶에의 태도는 어떻게 우리의 삶을 아름다운 것, 보람있는 것으로 만들 수 있는가의 과제에 대한 우리의 태도에 지나지 않는다.

삶에 대한 태도는 크게 적극적인 태도와 소극적인 태도로 나누어 생각할 수 있다. 사람은 물론 모든 생명은 본능적으로 각기 자신의 욕망을 충족시키기 위하여 거의 맹목적으로, 적극적으로 살게 마련이다. 인간은 동물처럼 생존에의 본능을 충족시키기 위하여 항상 최선을 다할 뿐 아니라, 동물과는 달리 그 밖의 수없는 욕망, 채워도 채워도 채워질 수 없이 확대되는 욕망을 직접 혹은 간접적으로 추구한다. 그와 같은 욕망이 어느 정도 충족되면 그만큼 우리는 만족감을 느끼고 삶에 보람을 느끼게 된다. 그러나 우리의 욕망은 결코 언제나 충족되지 않는다는 사실이 또한 삶의 현실이다. 욕망이 좌절될 때, 따라서 살아가는 하루하루가 즐거움이라기보다 고통이라고 느껴질 때 우리는 삶에 대해 소극적인 태도를 취하고자 하는 유혹을 항상 느

삶 일반, 특히 인간의 삶을 떠나서 모든 존재는 그 뜻을 잃는다. 삶이라는 관점에서만 모든 사물들은 비로소 그 질서, 그것들의 관계를 맺을 수 있다. 그러므로 삶이야말로 가치 중의 가치, 즉 절대적 가치가 된다.

끼게 된다. 부귀와 영화가 많은 사람들이 추구하는 것이라 해도 다같이 언젠가는 죽어간다는 것이 사실이라면 무슨 의미가 있겠는가? 삶을 연장시키고자 하는 것이 누구나의 가장 근본적인 본능이라고 해도 다같이 언제고 흙이 되고 재가 된다는 것이 사실이라면 삶에 무슨 뜻이 있겠는가? 라는 생각을 하게 된다. 큰 병에 걸려 고통을 받았을 때, 가까운 이가 죽어가는 것을 지켜보았을 때 혹은 눈이 오거나 비가 내리는 밤잠을 이루지 못했을 때 가끔 위와 같은 생각을 하지 않았던 사람이 어디 있겠는가?

때로 이러한 생각에 당황할 뿐 아니라 삶이 가져오는 끊임없는 어려움에서 해방되기 위하여 죽음에의 유혹을 순간적으로나마 느껴보지 않은 사람도 거의 없을 것이다. 무엇을 하든, 어떠한 삶을 살든 궁극적으로 삶은 허무하고 고통스러울 뿐이라는 것이 철학적 혹은 종교적 결론이라면 우리가 취할 태도는 당연히 삶을 부정하는 죽음이어야 할 것이다. 그러나 이러한 논리적 결론이 나오더라도 극히 소수의 사람을 제외하고는 동물적 삶에의 본능에 의하여 계속 살아가기 마련이다.

이때에 우리는 삶을 살아간다기보다는 삶에 끌려가는 소극적 삶을 살게 된다. 그러나 어차피 살아갈 바에야 이와 같은 소극적 삶의 형태가 바람직하지 않다는 것은 두말할 필요도 없다. 어차피 다같이 죽는다 해도, 어차피 고통스럽게 산다 해도 죽는 순간까지, 살아 있는 한 씩씩하고 명랑하게 적극적으로 살아가는 것이 그와 반대의 소극적 삶의 형태에 비하여 미학적으로라도 바람직함은 누구나 알 수 있을 것이다. 그러므로 삶에 대해 소극적이 아니라 적극적인 태도를 가져야 함은 자명하다고 생각된다.

삶에 대한 적극적인 태도, 긍정적인 자세는 삶 자체의 존엄성을 전제로 한다. 가을이 되면 시들어 땅에 떨어지는 한 포기의 꽃이 귀하다 한다면 4, 50년이라는 세월을 고생만 하다 죽어간다 해도 인간의 삶 자체는 모든 이유를 초월하여 귀중하다. 어떻게 해서, 무엇 때문에 한 포기의 꽃나무, 한 인간의 삶이 태어났느냐는 문제는 영원히 신비에 가려져 있다. 그러기에 그 꽃나무, 그 인간의 삶은 그만큼 귀하고 숭고한 의미를 갖는다. 삶 일반, 특히 인간의 삶을 떠나서 무엇이 의미가 있으며, 무엇이 아름다울 수 있겠는가? 삶 일반, 특히 인간의 삶을 떠나서 모든 존재는 그 뜻을 잃는다. 삶이라는 관점에서만 모든 사물들은 비로소 그 질서, 그것들의 관계를 맺을 수 있다. 그러므로 삶이야말로 가치 중의 가치, 즉 절대적 가치가 된다. 이와 같은 삶의 성격, 이와 같은 삶과 그 밖의 사물 현상들과의 관계를 의식할 때 우리는 새삼 삶의 존엄성, 궁극적 존엄성을 의식한다.

삶은 우리가 무어라고 표현할 수 없는 신성한 것을 지니고 있다. 삶의 신성한 존엄성을 의식할 때 삶을 아끼고, 가다듬고, 충만한 것으로 만들어봐야 하겠다는 생각이 드는 것은 논리적 필연성을 갖고 있다. 일주일밖에 피어 있지 못하더라도 한 포기 꽃의 아름다움이 의식될 때 그 꽃을 보다 잘 간직하고 감상하고자 하게 됨이 당연한 이치와 같다. 살아 있다는 사실보다 더 귀한 것은 없고, 살아간다는 것보다 더 기쁜 일은 생각할 수 없다. 왜냐하면 우리들에게 있어서 삶은 모든 가치의 근원, 모든 가치의 기준이 되기 때문이다.

삶에 대한 이러한 관점은 언뜻 보아서 우리들 모두가 동시에 갖고 있는 또 다른 모순된 태도와 일치하지 않는 것 같다. 인생을 고해로 보는 입장은 동서고금을 막론하고 역사적 뿌리가 깊다. 그것은 기독교 · 힌두교 · 불교의 밑바닥에 깔려 있는 생각이며 고대 그리스의 이른바 금욕주의자들의 확신이기도 했다. 이러한 입장에서 보면 삶은 절대적 가치는커녕, 아무 가치도 없는 것, 우리가 극복해야 할 것으로 나타난다. 그러나 이론적으로 볼 때 그러한 입장에 있는 사람들은 하루 빨리 자살을 해야 함에도 불구하고 역시 고해라고 보는 삶에 끝까지 애착을 갖고 하루라도 더 살려고 애쓴다. 이러한 사실은 그들의 이론에도 불구하고 그들의 주장과는 달리 그들 역시 죽음보다는 삶이 귀중하다는 사실을 인정하고 있음을 반증해준다.

삶이 지속적인 걱정 · 긴장 · 고통임은 사실이기도 하다. 그러나 이러한 고통을 고통으로 보는 것은 불교가 가르쳐준 것처럼 우리들이 지나친 욕심을 갖고 있기 때문이다. 삶에서 느끼는 고통은 관점을 바꿔보면 고통이 아니라 삶의 즐거움, 삶의 환희의 한 요소, 삶의 기쁨의 한 측면으로도 생각할 수 있다. 고통이 없는 즐거움은 생각할 수 없다. 이른바 삶의 고통은 힘이 들고 몸에서 땀이 나지 않고는 테니스를 치는 즐거움을 생각할 수 없는 사실에 비유될 수 있다.

삶이라는 경기를 뛰는 우리는 땀을 흘리고 있으며, 몸이 힘들고 숨이 가쁠 때가 많다. 어떤 이유에서이든 간에 객지에서 이민생활을 하고 있는 우리들은 문화적으로나 인종적으로나 소외감이라는 심리적 고통을 받지 않을 수 없는 현실에 부딪친다. 공을 열심히 쳐서 백발백중 목표지점에 명중시킨다 할지라도 도대체 무엇 때문에 치는지가 의심스럽게 여겨지기도 하고, 열심히 삶이라는 배를 저어 끝없는 바다에 침몰하지 않고 떠가다가도 어디로 향하여 가는지를 의심하게 되는 괴로움을 면하기 어렵다.

젊어서 어려운 공부를 마치고 직장을 얻어 버젓한 집을 짓고 생활의 기반을 잡고, 아이들의 교육을 시키고 난 후 어느덧 5, 60대에 가까워질 때까지도 우리는 어쩐지 이 사회에서 마치 물 위에 떠 있는 기름방울 같다는 소외감에서 완전히 벗어날 수는 없는 것 같다. 사회의 한복판에 참여하여 발언하고 사는 게 아니라 그 주변 그늘에서 안일한 그날그날을 보내왔다는 느낌을 완전히 청산할 수 없다.

나이가 들어 가까워오는 죽음을 의식하면서 누구나, 어디서나, 어떻게 살거나를 막론하고 삶에의 공허감을 느끼는 것이 상례이긴 하지만, 위와 같은 상황에서 백인 사회에서 살고 있는 우리 같은 아시아의 소수 민족은 그러한 공허함을 더욱 절실하게 느끼게 된다. 그러나 무슨 이유에서이든 간에 우리는 이곳에서 살기를 선택한 것이다. 그리고 우리는 삶의 귀중함을 인식하고 있다. 우리는 싫든 좋든 우리의 삶과 사회의 객관적 현실을 냉정히 인정하고 그런 바탕에서 우리들의 삶의 방향을 찾아야 하고 삶의 보람을 창조해야 한다. 우리의 상황이 남들보다 불리하면 할수록 그만큼 더 적극적으로 살아가도록 애쓸 수밖에 없다.

그러나 적극적으로 산다고 해도 문제는 구체적으로 어떻게 살 것인가, 어떤 가치를 추구해야 할 것인가, 구체적으로 무엇을 위해 애써야 할 것인가를 알아내는 데 있다. 아름다운 꽃은 적절한 조건에서는 저절로 아름다운 꽃을 피우게 마련이지만, 불행히도 인간은 꽃과는 다르다. 나의 인성이 아름다운 한 포기의 꽃처럼 되기를 원한다 해서 나는 저절로 그런 꽃으로 피어나지 않는다. 나의 삶이 한 포기의 꽃으로 피기 위해서는 나의 부단한 노력과 지혜를 필요로 한다.

나는 무엇을 할 것인가? 나는 무엇을 바라는가? 인생의 꽃이란 도대체 어떤 것인가? 대답은 간단한 것 같다. 우리는 다같이 행복을 바란다는 것이다. 행복이야말로 인생의 활짝 핀 꽃이라 말할 수 있다. 이러한 대답이 고금을 막론한 상투적인 진리라고 해도 그 대답은 우리에게 별로 도움이 되지 않는다. 행복이라는 꽃의 이름은 그것이 구체적인 의미를 갖기에는 너무나 막연한 낱말에 지나지 않기 때문이다. 문제는 어떻게 살면, 어떠한 구체적인 삶이 행복을 가져올 수 있는가에 있으며, 과연 그러한 행복이 어떻게 이루어질 수 있는가에 있다. '사람은 빵으로만 살 수 없다'는 말이 있다. 그러나 거꾸로 '사람은 정신으로만 살 수 없다'는 말도 위의 말에 못지않은 진리이다. 사실 우리는 모두 물질적인 안정, 나아가서는 풍요를 추구한다. 더욱이 자본주의 사회에서, 특히 오늘날의 모든 사회에서는 물질적 풍요가 대부분의 사람들이 추구하는 가치인 듯하다. 인간답게 살려면 어느 정도 의식주의 문제에서 해방되어야 함은 틀림이 없다. 정든 고향을 버리고 이곳 미국에 이주해온 대부분의 사람들의 근본적 동기는 물질적인 안정이라고 추측된다. 이곳에 사는 대부분의 한국인들이 모든 악조건을 극복하고 경제적으로 다소의 안정을 찾을 수 있기까지 성공한 사실에 우리는 다같이 긍지를 갖지 않을 수 없다. 깨끗한 집에서 값비싼 차를 굴리고 다니며, 자녀들을 일류 학교에 보내고, 때로는 캐리비언 베이가 있는 바하마스로, 유럽으로 여행을 하는 데서 삶의 보람을 느낄 수도 있다. 그 이상의 다른 것을 바라지 않을 수도 있다. 그러나 좀 더 삶을 생각하는 사람은 일단 이러한 물질적 만족이 어느 정도 채워졌을 때 그러한 삶에 만족을 하지 못한다고 여겨진다.

만약 그러한 삶에 만족한다고 끝까지 우기는 사람이 있다면 그것은 그가 정말 만족해서가 아니라 그 이상의 어떤 이상, 그와는 다른 삶에 대한 가능성을 찾지 못하고 일종의 단념에서 생기는 자위적 태도가 아닐까 하는 의구심이 먼저 든다. 이러한 나의 추측이 옳다면 '사람은 빵만으로 살 수 없다'는 옛말이 옳다는 사실을 인정해야 한다. 인간은 물질적 풍요만 가지고 행복할 수 없다는 말이다.

인간은 단순한 동물이 아니라 정신적 동물이기 때문이다. 물질적 충족 외에, 아니 물질적 충족 이상으로 정신적으로 충족됐을 때 비로소 인간은 행복, 자기만족, 삶의 보람을 얻게 되는 것이 아닌가 생각된다. 그렇다면 우리는 물질적 충족을 채우며 사는 이외에도 정신적 충족을 위해서 살아야 하며, 물질적 가치를 추구하는 외에도 정신적 가치를 추구해야 한다.

정신적 가치는 지적 가치와 도덕적 가치로 나누어 생각할 수 있다. 지적 가치는 앎의 가치다. 앎은 힘이라는 말이 있다. 과학이 일종의 앎이고 그것이 귀중하다면 그것이 중요한 이유의 하나는 과학적 지식이 우리에게 힘이 된다는 것 때문이다. 우리가 원시인들과 달리 물질적으로 풍요할 수 있는 까닭은 우리들이 원시인들보다 사물 현상에 대해 풍부하고 정확한 지식을 갖고 있기 때문이다. 그러나 앎이 오로지 그 실용성 때문에만 귀중한 것은 아니다. 앎 자체가 귀중한 것이다. 앎 자체가 인간에게는 가치라는 말이다. 앎 자체가 빛이요, 기쁨이다. 인간이 동물과 다른 근본적인 면의 하나는 인간이 앎을 추구하고 앎 자체에 기쁨을 느낄 수 있다는 데서 찾아볼 수 있다. 인간의 인간적 행복, 인간의 인간적 보람은 앎을 떠나서는 불가능하다. 바꿔 말해서 인간이 인간적으로 살아간다는 것은 가능한 한 그의 앎의 영역을 넓히고 깊게 하면서 살아간다는 말이 된다. 인간은 무엇인가를 알기 위해서 태어났으며, 앎을 깊게 하려고 살고 있는 것이라고 말할 수 있다.

학자로서 어떤 한 영역에서나마 인류에 크게 공헌할 수 있는 삶이 바람직함은 물론이다. 하나의 공자, 하나의 아인슈타인이 될 수 있다면 우리의 삶은 그만큼 보람있는 것이 될 것이며, 가능하면 그러한 사람이 되도록 애써야 할 것이다. 그러나 모든 사람이 공자가 되고 아인슈타인이 될 수는 없다. 공자나 아인슈타인 같은 지적 업적을 남기는 것도 중요하고, 그만큼 유명하게 되는 것도 삶의 보람이 되겠지만 더 중요한 것은 어떤 업적을 남기고 사회로부터 인정을 받고 유명하게 되는 것보다, 그런 목적 이전에 오로지 앎 자체, 진리 자체에 정열을 갖고 자신의 지적 세계를 가능한 한 넓혀가는 것이 더욱 중요하다. 이처럼 각자 자신의 능력 · 분수 · 처지에 따라 자신의 지적 세계를 넓혀간다면 그만큼 그의 세계는 확대되고 그만큼 그의 삶은 깊고, 그만큼 그의 삶은 풍부하게 된다. 설사 내일 눈을 감고 의식을 잃은 송장이 되더라도 그 순간까지 하나라도 더 보고, 느끼고, 알아지는 기쁨, 그 보람을 의식해야 한다고 생각된다.

지적 가치와 더불어 또 하나의 정신적 가치는 도덕적 가치이다. 진리가 중요하지만 그 이상으로 선도 귀중하다. 진리는 앎, 즉 이념이다. 아무리 물질적으로 풍요롭고, 지적으로 뛰어나다 해도 도덕적으로 선하지 않은 인간의 삶은 보람 있는 것일 수 없다. 왜냐하면 사람이 사람다운 가장 근본적 이유는 인간이 다른 동물들과는 달리 도덕적 의식을 갖고 있기 때문이다. 도덕적 차원을 벗어날 때 인간은 근본적으로 동물과 다를 바가 없다. 도덕적 문제는 선악, 즉 사람으로서의 옳고 그른 행위를 가려내는 데 있다. 어느 사회, 어느 시대를 막론하고 이미 일정한 도덕적 규범이 있다. '남녀칠세부동석' 혹은 '삼강오륜' 같은 것은 그러한 예가 된다. 일반적으로 도덕적으로 산다는 것

꽃이 진다고 해서 그 꽃이 아름답지 않을 수 없는 것과 마찬가지로 우리가 조만간 죽어 흙이 되고 벌레의 밥이 되게 마련이라고 해도 삶 일반, 특히 인간의 삶은 아름답고 귀하다. 아니 우리가 머지않아 사라지기 때문에 그만큼 더 우리들의 삶은 보람을 갖는다.

은 기계적으로 이러한 규범에 맞추어 행위함을 의미한다. 그러나 여기서 내가 말하는 도덕적 행위는 그러한 규범만을 가리키지 않는다. 참답게 도덕적이기 위해서는 때로는 이미 존재하는 규범을 따르기는 커녕 그것을 깨뜨릴 필요가 있기 때문이다. 한 사회의 법을 지키고, 무죄한 사람들을 희생시키지 않는 것이 도덕적이기는 하지만 때로는 그러한 법을 깨뜨리고 비록 무죄한 사람들을 희생하면서라도 혁명적인 일에 뛰어드는 행위에서 보다 참다운 도덕성을 찾을 수 있다.

모든 구체적인 상황은 결코 완전히 동일할 수 없으므로 구체적으로 어떤 행위가 도덕적인가를 일률적으로 긍정할 수는 없다. 문제는 각자가 언제나 도덕적으로 살아야 한다는 의식을 갖고 궁극적으로는 자신의 도덕적인 판단에 따라 살아야 한다는 것이다. 이상적으로 도덕적 차원에서 우리는 다같이 성인이 되도록 노력해야 한다. 그러나 모든 사람이 공자나 아인슈타인 혹은 괴테 같은 지적인 인간이 될 수 없는 것과 마찬가지로 누구나 성 테레사가 될 수 없고 혹은 자신의 목숨을 바치면서 혁명에 참가할 수는 없다. 사람마다 각자 그의 도덕적 한계가 있는 것이다. 그러나 남이 알든 모르든 위대하든 아니든 우리는 가능하면 도덕적으로 살려고 노력함으로써 참다운 삶의 내적 의미, 내적 만족을 찾을 수 있다.

삶의 의미는 삶의 성공을 의미한다. 삶의 성공은 각자 갖고 있는 자신의 본래의 가능성을 최대한도로 실현하는 데 있다. 다시 꽃의 예로 돌아간다면 한 포기의 꽃의 보람이 그 꽃의 가능성을 최대한으로 발휘하여 활짝 피게 하는 데 있고, 그러한 꽃은 금방 시들어 없어진다 해도 성공한 꽃이라고 말할 수 있다. 왜냐하면 우리는 그러한 꽃을 하나의 완성된 성취라고 볼 수 있기 때문이다. 인간의 잠재성은 물론 생물학적 욕망을 채우는 데 있다. 그러므로 우리는 물질적으로 성공해야 한다. 그러나 그 외에, 그리고 그 이상으로 중요한 것은 우리가 갖고 태어난 지적 · 도덕적 꽃을 활짝 피게 함으로써만 참다운 삶의 성취감을 찾을 수 있다고 할 것이다.

모든 사람이 생물학적 · 지적 · 도덕적 가치를 추구해야 하겠지만, 우리가 각자 갖고 있는 가능성은 선천적으로, 사회경제적으로 다를 수밖에 없다. 그러므로 어떤 사람은 물질적인 성공을 크게 이룰 수 있는 반면, 정신적인 성취는 크게 이룰 수 없으며, 반대로 어떤 사람은 정신적으로 큰 성공을 이룰 수 있지만 물질적 성공을 희생할 수밖에 없다. 그러므로 문제는 물질적인 성취를 이루는 것이 더 중요하냐 아니면 정신적인 성취가 더 중요하느냐에 있지 않다. 더 근본적인 문제는 어떤 가치를 추구하든 간에 그것을 가능한 한 충분히 이루는 데 있으며, 얼마만큼 열심히 이루느냐에 있다. 바꾸어 말해서 삶에서 가장 중요한 것은 열심히 한순간 한순간을 살아가는 일이다. 우리는 이것을 삶의 밀도 혹은 삶의 긴장감이라고 부를 수 있다. 이와 같이 볼 때 삶의 참다운 성공, 삶의 참다운 보람은 구체적으로 성취한 결과가 남들이 볼 수 있는 외형적인 것에 있지 않고, 살아가는 과정 그 자체, 오로지 각기 자신이 내적으로만 경험할 수 있는 그 삶의 과정의 밀도, 긴장, 인텐시티Intensity에 있다고 보아야 할 것이다. 이와 같이 볼 때 장미꽃이 할미꽃보다 더 아름답다든가, 호랑이의 삶이 고슴도치의 것보다 더 늠름하고 보람 있는 삶이라는 판단은 나올 수 없다.

꽃이 진다고 해서 그 꽃이 아름답지 않을 수 없는 것과 마찬가지로 우리가 조만간 죽어 흙이 되고 벌레의 밥이 되게 마련이라고 해도 삶 일반, 특히 인간의 삶은 아름답고 귀하다. 아니 우리가 머지않아 사라지기 때문에 그만큼 더 우리들의 삶은 보람을 갖는다. 그러므로 우리는 어떤 경우에도 삶의 존엄성, 절대적 가치를 의식하고 삶에 대한 경외, 삶의 성스러움을 새삼 깨달을 필요가 있다. 시들시들한 꽃보다 생생한 꽃이 더 아름다운 것과 마찬가지로 적극적 삶, 인텐스한 삶은 그만큼 더 귀중하다. 삶의 귀중함, 삶의 존엄성을 의식하면 할수록 우리는 그만큼 더 삶을 아끼고, 보다 보람있는 삶을 살아가고자 하는 의욕과 에너지를 얻게 될 것이며, 스스로의 삶에 극치를 갖게 될 것이다. 또한 이러한 긍지를 가지면 가질수록 우리는 보다 더 보람있는 삶을 창조하려는 노력을 하게 될 것이다. 죽는 날까지 우리는 작은 것에 만족할 것이 아니라 항상 생각하고 노력하여 경제적으로, 지적으로 그리고 도덕적으로 아름다운 한 포기의 꽃이 되도록 애써야 할 것이다. 결과가 어떻게 되든 이러한 목적, 이러한 가치를 위해 살아가는 끊임없는 긴장의 과정 자체 속에 삶의 희열이 있을 것이며, 보람을 찾을 수 있을 것이다.

『삶에의 태도』(1988)

03
인간다운 삶이란 무엇인가

1

죽음은 모든 생명체의 궁극적 종착점이다. 죽음 앞에서 모든 생명체는 동등하다. 권력으로 천하를 지배한 진시황 혹은 그의 지혜로 인류를 감동시킨 석가모니, 이름도 성도 없이 태어나서 억압과 고통 속에 살다 사라진 농부나 노예도 죽음 앞에서는 완전히 평등하다.

죽음은 죽는 당사자에게 모든 것의 마지막이다. 풀이나 나무의 거름으로 변하거나 버러지나 동물들의 밥이 되고, 그냥 흙으로 돌아가 아무 자취도 없이 사라진다. 그물에 걸린 물고기들이 살아남으려고 파닥거리지만 그림자도 남기지 못하고 인간의 뱃속에서 녹아 사라진다. 아프리카 초원에서 뛰어놀던 우아한 톰슨가젤들이 눈 깜짝하는 사이에 하이에나의 이빨에 찢기고 뜯겨 약간의 뼈와 핏자국을 남긴 채 없어진다. 3천 년 전 절대권력을 누리던 고대 이집트의 파라오는 운이 좋아야 말라붙은 미이라가 되어 박물관 진열장에서 구경거리로 남는다.

죽음으로 모든 것은 허무해진다. 살아 있는 동안의 모든 고통과 기쁨, 모든 노력과 성과, 삶이라는 싸움에서의 승리와 패배가 죽는 순간부터 죽는 당사자에겐 아무 의미도 없다. 아버지가 임종하자마자 그를 물건처럼 밧줄로 묶어 염을 하고 관에 넣어 못을 박고 땅에 묻거나, 화장하여 재로 만들었을 때 어찌 인생의 허무함을 실감하지 않을 수 있겠는가?

자라와 같이 백 년, 아니 천 년 이상을 장수하든, 하루살이와 같이 단 하루만을 살든 죽음 앞에서 느끼는 삶의 궁극적 허무감은 전혀 다를 바 없다.

아무리 오래 살아도 결국 유한한 이상, 한 생명체가 살아 있는 시간은 불교적 영겁, 기독교적 영원, 우주적 역사의 잣대에 비추어 볼 때 다같이 찰나 속에 스쳐 지나가는 하나의 꿈에 지나지 않는다. 모든 생명은 자신의 의도와 상관없이 태어나 무엇으로서 어떻게 살든 상관없이, 특별한 이유도 없이 살다가 흔적도 없이 사라진다.

그러나 아무리 허무한 운명이라도 모든 생명은 태어나는 순간부터 살아남기 위해 애를 쓰며, 죽는 순간까지 악을 쓰고 견딘다. 모든 생명의 목적은 생존 자체 이외의 다른 것에 있어 보이지 않는다. 한 마리 까치는 눈만 뜨면 먹이를 찾고, 족제비나 매한테 잡혀 먹히지 않으려고 고달프고 불안한 하루를 보낸다. 모이를 주워 먹는 사이사이에도 누군가에 잡혀 죽을까봐 끊임없이 사방을 둘러보는 참새나 다람쥐의 초조한 모습을 보라. 한시도 쉬지 않고 먹을 것을 주워 오고, 알을 까고 죽어가는 개미나 벌떼의 삶을 생각해보라. 그들에게 생명의 궁극적 목적과 의미란 개체의 차원에서는 생명의 연장 자체에만 있고, 종족의 차원에서는 종족의 번식 자체뿐이다. 하이에나 무리의 밥이 되는 새끼를 안타깝고 허탈한 모습으로 바라보면서도 톰슨가젤은 풀을 뜯거나 짝짓기를 하며, 한편으로는 달려오는 하이에나 떼를 피해 도망치기에 정신이 없다.

화장한 아버지의 유골을 들고 집으로 돌아오면서 나는 내일 직장에 가서 볼 업무에 대해 생각하고, 어머니의 관을 땅에 묻고 난 후 나는 손과 옷에 묻은 흙을 털며 산을 내려오면서 돈 벌 궁리를 한다. 친구의 장례식에 다녀온 직후에도 나는 나의 건강, 직장에서의 승진, 내가 읽다 만 책, 애인과의 밀회를 궁리하고, 남과의 경쟁과 싸움에서 이기기 위해 묘한 전략을 짜내는 데 몰두해야 한다. 입버릇처럼 오래 살고 싶지 않다고 말하는 할아버지는 자식과 손자들이 자신을 소홀히 한다는 생각에 속으로는 언제나 섭섭하다. 한 마리의 하루살이, 한 마리의 바퀴벌레, 한 마리의 까치, 한 마리의 쥐새끼, 한 마리의 호랑이는 죽는 순간까지 조금이라도 더 살아남으려고 애쓴다.

2

인간은 다른 동물과 다르다. 문명을 누리는 인간은 참새나 다람쥐 같이 불안한 한순간 한순간을 보내지 않는다. 과학자는 깨끗한 실험실 속에서 자신의 연구에 열중할 수 있고, 철학자는 편안한 안락의자에 앉아 사색을 즐기며 살아가고, 예술가는 쓸모도 없어 보이는 작품을 창작하면서 즐거운 땀을 흘리기도 한다. 인류는 천 년, 만 년, 아니 수만 년 동안 지속적으로 주변 환경에 관한 지식과 기술을 축적하면서 자연의 여러 위협으로부터 벗어나게 되었고, 찬란한 문명과 문화의 세계를 구축함으로써 많은 질병들도 정복하고, 보다 편안하고 풍요한 삶을 누리며 보다 편안하게 오래 살 수 있게 되었다. 하지만 언젠가는 누구라도 예외 없이 죽어야 하고, 허무하게 사라져버린다는 점에서는 한 마리의 지렁이나 한 마리의 새나, 한 마리의 호랑이나 한 인간이나 다를 바가 없다.

하지만 모든 삶이 죽음으로 허무하게 끝난다는 점에서 동물과 사람의 운명이 똑같다 하더라도 살아가는 방식에 있어서는 동물과 사람은 전혀 다르다. 동물에는 동물다운 삶이 있고 사람에게는 사람다운 삶이 있다. 동물은 사람처럼 살 수 없고 사람은 동물처럼 살 수 없다.

동물은 자연에 따라 사는 것이다. 사고하는 능력이 없는 동물에게는 '어떻게 살아야 하는가'의 문제가 제기되지 않는다. 그가 어떻게 그리고 얼마만큼 살다 어떻게 죽어가든 그것은 전적으로 자연의 법칙에 따른 것이다. 톰슨가젤이 하이에나의 밥이 되는 새끼를 뒤에 두고 도망을 치든, 코끼리가 죽은 새끼를 콧등에 얹고 애태워하면서 얼마 동안 돌아다니든, 호랑이가 목을 물어 죽인 누를 다른 호랑이와 나누어 발기발기 찢어 먹든, 수컷 늑대가 짝짓기를 위해서 목숨을 걸고 다른 수놈과 싸우든, 그것은 다같이 자연의 질서에 따른 것이다. 동물이라는 존재에게 그들의 현재의 삶은 곧 그들이 살아야 하는 삶과 일치한다. 그들에게는 다른 삶의 가능성이 존재하지 않는다. 싫건 좋건 동물은 살아지는 대로 그냥 살며 그럴 수밖에 없다. 동물다운 삶과 그렇지 않은 삶이 있을 수 없다. 모든 동물의 삶은 동일하며, 그들의 삶의 의미는 곧 그들의 삶 자체일 뿐 그 이상도 그 이하도 아니다.

그러나 인간의 경우는 사정이 다르다. 밖에서 보기에, 지하철 입구를 꽉 채운 사람들의 틈에 끼어 출근길을 서두르는 나는 세렝게티의 험악한 강을 떼를 지어 건너가는 누의 무리 가운데 한 마리와 다를 바 없고, 사람들로 발 디딜 틈 없이 가득 찬 백화점에서 그들의 틈에 끼어 밀고 밀리는 나는 끔찍하게 많은 개미 떼들 속의 한 마리 개미와 다를 바 없다. 그러나 누나 개미와 달리 나는 그렇게 출근하거나 그렇게 백화점에 와 있는 나의 이유를 생각하고 나의 결정에 따라 출근을 하지 않거나 쇼핑을 포기할 수 있다.

동물의 경우와는 달리 인간은 싫든 좋든, 불행하건 행복하건 다양

아름다운 삶은 인간다운 삶이다. 도덕적, 심미적으로 어떻게든 인간다운 가치를 최대한 실현하려고 노력한 사람은, 그가 당장 죽어 곧 흙으로 돌아간다 해도 무한히 귀중하고 아름답다.

한 삶의 양식 가운데서 어떤 하나의 선택을 할 수 있고, 그것을 인정하든 않든 한 인간의 삶은 자연적으로 결정된 것이 아니라 그 자신이 자유롭게 선택한 것에 지나지 않는다. 인간은 무엇을 하든 선택을 피할 수 없고, 따라서 그가 어떤 삶을 사느냐는 것은 전적으로 그 자신의 선택에 달려 있다. 모든 인간의 삶이 죽음 앞에서 다같이 허무하지만 그렇다고 아무렇게나 살아도 되는 것은 아니다. 어떻게 사느냐에 따라 한 사람의 삶의 의미는 다른 사람의 삶의 의미와 전혀 달라진다. 아무렇게나 살 수는 없으며 그래서도 안 된다.

3

그렇다면 어떤 삶을 선택할 것인가? 우리는 수많은 종교와 수많은 철학자들의 언뜻 보아 엇갈린 수많은 대답들을 들어왔다. 그러나 그것들은 '보람 있는 삶'이라는 말로 간단히 요약된다.

어떤 삶이 정말 보람 있는 삶일 수 있는가? 허무하지 않은 삶이다. 어떤 삶이 허무하지 않은가? 인간다운 삶이다. 누구한테서 그 예를 찾을 수 있는가? 부처, 예수? 공자, 소크라테스? 코페르니쿠스, 아인슈타인? 이태백, 셰익스피어? 베토벤, 피카소? 진시황, 나폴레옹? 모어, 마르크스? 안중근, 만델라? 정주영, 빌 게이츠? 카사노바?

그러나 반드시 그렇지는 않다. 그렇다면 인간다운 삶을 무엇으로 규정할 수 있는가? 지식? 권력? 부귀? 사회적 명성? 인류에의 공헌? 쾌락? 꼭 그런 것도 아니다. 자신의 지조를 지키기 위해 죽은 이름 없는 많은 사람들, 무명으로 살다 사라진 일자무식의 농부, 가난한 노동자, 돈벌이에 바쁜 동대문 시장의 상인들, 평범한 직장인 등에서도 인간다운 인간을 얼마든지 찾을 수 있다. 무식, 나약, 가난, 무능, 고통도 '인간다움'과 배치되지 않는다. '인간다움'은 어떠한 상황에서도 자신의 존엄성을 포기하지 않고 인간으로서의 품위를 지키려는 심성, '개' 같이 되기를 거부하는 의지이며, '인간다운 삶'이란 '동물'이 아님을 스스로에게 확인해줄 수 있는 삶을 살기 위해 부단히 노력하는 삶이다.

인간다운 삶을 살기란 쉽지 않다. 우리는 인간으로서보다는 개처럼 살고자 하는 본능의 유혹에 항상 노출되어 있기 때문이다. 하지만 이러한 유혹을 극복하고 인간답게 살 때 우리의 죽음은 꽃으로 피어나고, 그 꽃의 향기로 허무한 인생은 충만한 존재로 승화될 수 있는 것이다.

《라 쁠륨》, 1999, 가을호

04
자기기만

한 개인이나 한 사회가 객관적 현상에 대해 갖고 있는 믿음의 진위는 객관적으로 지적될 수 있고 비판될 수 있다. 보다 정확한 관찰과 보다 짜임새 있는 논리를 근거로 창조설의 오류가 지적될 수 있다. 그렇다면 한 개인이나 한 사회가 갖고 있는 가치관이나 이념의 오류를 지적하고 그것을 비판할 수 있는가?

이런 비판에 확실한 근거가 있건 한 사람의 인생관이 다른 사람의 그것에 의해, 한 사회의 이념이 다른 사회의 그것에 의해서 항상 비교되고 평가되거나 규탄되어 왔다. 이러한 비판의 근거는 무엇인가? 그것은 자기기만이라는 개념이다.

자기기만이라는 인간의 특수한 의식 현상을 전제하지 않고는 내가 남의 인생관을 비판하고 한 사회가 다른 사회를 규탄할 논리적 근거를 찾지 못할 뿐 아니라 나 자신이나 사회가 스스로의 가치나 이념을 반성하거나 비판을 가할 수 없다.

자기기만은 한 개인이 자기 자신을 속임을 뜻한다. 더 정확히 말해서 자기기만은 한 개인이 자기기만의 의식 상태를 자기 자신에게 감추거나 속이는 현상을 뜻한다. 내가 현재 불행하게 느끼고 있는데 내 스스로 나는 불행하지 않다고 느낄 수 있다는 것이다. 인간이 막연하나마 자기기만의 현상을 의식한 것은 퍽 오래됐음에 틀림없지만 그 현상을 어느 정도 과학적으로 설명해준 것은 프로이트의 정신분석학이 처음이다. 정신현상의 무의식과 의식의 구별은 프로이트의 정신분석학의 근본적 바탕이며, 또한 이러한 구별 없이는 자기기만이라는 정신현상이 설명되지 않는다.

프로이트에 의하면 어떤 욕망도 그 자체로서는 나쁘지 않다. 그러나 어떤 욕망은 이성적으로 따져볼 때 현실적으로 용납되지 않고 사회적으로 허용될 수 없다. 생물로서의 모든 인간의 근본적 욕망은 쾌락이다. 그러나 인간은 쾌락에만 빠져 있을 수 없다. 생존을 위해서 쾌락에 대한 욕망을 억제하고 고통을 참고 일을 해야 한다. 베짱이처럼 언제나 노래만 부를 수 없고 추운 겨울날을 대비해서 개미처럼 일해야 함을 의식한다.

인간의 근본적인 욕망은 성욕이다. 그러나 모든 개인에게 이러한 욕망 추구가 자유롭게 허용된다면 사회는 큰 혼란이 생길 것이다. 그리하여 이러한 욕망은 무의식이라는 심층 속에 억눌린 채 숨어 있다.

그러나 무의식 속에 눌려 있는 욕망은 나의 이성이나 내가 살고 있는 사회가 용납하는 형태로 위장되어 밖으로 나타난다. 무의식 욕망은 쾌락을 추구하는 것이지만 그러한 욕망은 사회봉사나 위대한 학문적 업적에의 의욕이라는 형태를 띠고 표현된다는 것이다. 본능적 욕망을 억제해서만 가능한 사회적 봉사나 학문적 업적에 대한 욕망은 사실인즉 본능적 욕망의 위장된 표현임에도 불구하고 사회는 물론 나 자신도 의식적으로 어느덧 사회적 봉사나 학문적 업적이 참된 욕망이라고 스스로 생각하고 주장한다. 즉 자신의 참된 욕망에 대해서 자신에게 거짓말하고 스스로를 기만하는 것이다.

자기기만의 현상은 개인을 떠나서 사회 현상을 설명하는 데도 똑같이 적용될 수 있다. 우리 사회는 정신적으로 병들었는데도 우리 스스로 건강하다고 믿기에 이를 수 있다. 이와 같이 해서 개인적인 자기기만이 있을 수 있는 것과 마찬가지로 인간은 사회적인 차원에서 집단적 자기기만의 현상을 나타낸다. 자기기만은 일종의 속임이다. 그러나 사르트르가 프로이트의 정신분석학을 비판하면서 지적한 바와 같이 자기기만은 논리적으로 불가능하다. 반면 속임이라는 행위는 속이는 자와 속임을 당하는 자가 별개의 것으로 구분이 되어야 하기 때문에 가능하다.

그러나 자기기만의 경우와 같이 속이는 자와 속임을 당하는 자가 동일할 때 위와 같은 속임의 조건은 성립되지 않는다. 그러므로 자기기만은 불가능하다고 사르트르는 주장한다. 그는 다음과 같은 예를 들어 설명한다. 유부녀가 어느 의사를 찾아와서 자신의 불감증에 대한 불평을 얘기하고 그것을 고쳐달라고 한다. 그러나 남편의 얘기를 들어보니 그 여자는 성적 쾌감을 분명히 표시했다는 것이다. 그럼에도 불구하고 당사자인 그 여자가 자신의 쾌감을 의식하지 못했다면 그러한 사실은 그 여자가 자기기만을 하고 있는 증거가 될 것이다. 그러나 사르트르는 이러한 현상을 부정한다. 그에 의하면 그 여자는 도덕적인 억압 때문에 자기가 의식한 성적 쾌감을 부정하려고 애쓰는 것에 불과하며, 아무리 그렇게 애써도 결과적으로 그 여자는 자기 자신의 쾌감을 의식하고 있었다는 것이다. 그래서 사르트르는 프로이트의 정신분석학에서 자기기만이라고 불리는 현상을 허위의식이라고 명명한다.

그렇다면 이해하기 어려운 개념이긴 하지만 '자기기만'이라는 개념이 지칭하는 현상이 개인적 차원에서나 사회적 차원에서 발생할 수 있음을 인정해야 한다. 그리고 자기기만이라는 현상은 한 개인의 가치관이나 한 사회의 이념을 평가하고 비판하며 규탄할 가능성을 마련할 수 있다.

한 사람의 가치관 비판이나 한 사회의 이념 비판은 참된 의식 혹은 가치관과 잘못된 의식 혹은 이념을 구별하고 진짜 이익과 가짜 이익, 적절한 욕망과 비적절한 욕망의 구별을 전제한다. 어떤 한 사람이 스스로를 행복하다고 생각하지만 사실인즉 그 사람은 불행하며, 한 사회가 어떤 가치를 추구함에 있어서 스스로 옳고 건전하다고 생각하지만 실제로 그 사회는 잘못된 가치를 추구하며 병들어 있을 수 있다. 우리가 좋아하는 것, 우리가 원하는 것은 우리가 꼭 좋아해야 할 것, 꼭 원해야 할 것과 구별된다.

불교나 기독교와 같은 종교를 이념으로 삼고 있는 한 사회가 그러한 종교적 이념이 내포한 가치를 추구하면서 행복하고 자유롭다고 스스로 믿고 있지만 그러한 가치를 분석해보면 니체의 말대로 병든 가치이거나 진정한 의미에서 자유롭지 못할지 모른다.

어떤 불행한 소녀가 언젠가는 왕자가 나타나서 자기를 데려가리라고 가망 없는 망상에 빠져 행복하다고 생각하는 경우가 있다. 한 기독교 사회는 단순히 심리적으로 만족감을 준다는 사실 때문에 있지도 않은 저승에서의 영생을 믿고 이승에서 금욕적으로 살면서도 행복하고 자유롭다고 스스로 믿을 수 있다. 니체는 기독교의 서구 사회가 껍데기로는 아무리 부유하고 건전하며 행복해 보이더라도 실제로는 노예적 삶의 태도 때문에 자유롭지도 않고 정신적으로 병들어 있다고 했다.

그리하여 니체는 건전한 삶을 되찾기 위하여 '권력에의 의지'라는 새로운 가치관을 제안한다. 참된 필요성과 피상적 필요성의 구별, 진실한 행복과 진실하지 않은 행복의 구별은 자기기만이라는 개념과 더불어 한 개인의 가치관이나 한 사회의 이념을 비판할 수 있는 논리적 전제가 된다.

따지고 반성해보면 우리는 많은 경우 필요하지 않은 것을 추구하고 그 대신 정말 필요한 것을 추구하지 않는 경우가 적지 않다. 나의, 아니 우리 모두의 행복을 위해서 그 많은 여러가지 소비품들은 필요하지 않을지도 모른다. 우리 사회 전체는 민주주의라고 해도 진정 마음의 자유나 행동의 자유가 없을지도 모르며, 우리 스스로가 그 풍부한 소비 물자에 둘러싸여서도 행복감을 느끼지 못할지도 모른다.

개인적으로나 사회적으로 참된 필요성과 피상적 필요성의 구별이 필요하고 참된 가치와 피상적 가치의 구별이 필요하다. 보다 보람있는 삶을 살기 위해서는 이미 갖고 있는 가치관이나 세계관을 부단히 반성하고 재평가해야 한다.

다른 사람의 가치관이나 다른 사회의 이념에 대한 비판은 비판을 내리는 자가 비판을 받는 자보다 그러한 가치나 이념의 의미, 그리고 그러한 가치나 이념과 비판을 받고 있는 사람의 사회적 · 심리적 · 생물학적인 객관적 조건과의 관계에 대해서 보다 많은 지식을 갖고 있음을 전제한다. 인생을 오래 살아온 아버지는 아직도 삶의 경험이 미숙한 자식보다 더 많이 위와 같은 상황에 대해서 알고 있고 따라서 비록 아들이 원한다고 생각하는 것이 예술가로서의 삶이지만, 아들 자신이 원하는 것에 대한 판단은 경험이 부족하기 때문일 수 있다. 따라서 아들이 택해야 할 삶이 의사가 되는 것이라는 아버지의 판단이 옳을 가능성이 있다. 또 한편 어떤 자가 스스로 행복하지 않다고 주장하는 것은 행복이나 고통과 같은 한 사람의 경험 내용도 그 경험

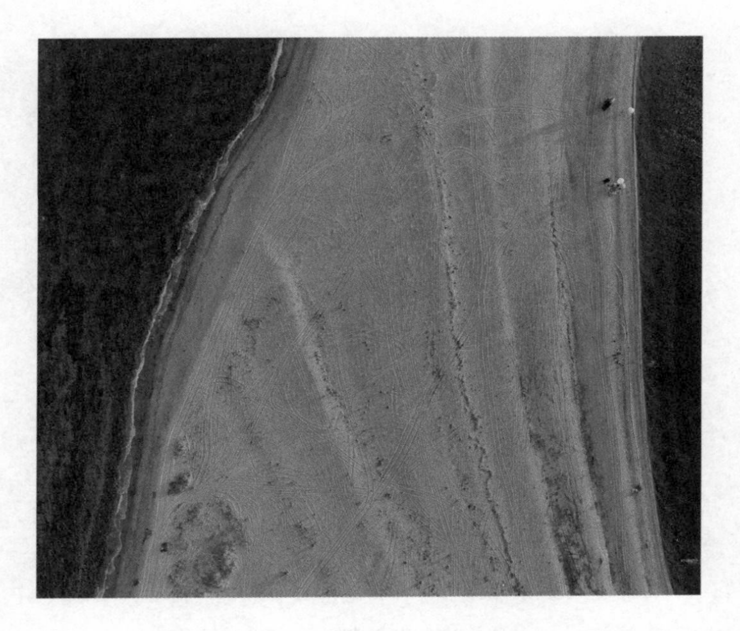

하나의 주관성에 지나지 않을지도 모르는 나의 객관성이라는 명목하에 일률적으로 남의 가치관이나 다른 사회를 비판하려 한다면 그것은 자칫하면 남의 자율성, 다른 사람들의 인격을 무시하는 독단주의적 독선의 길로 뻗어 가기 쉽다. 우리들 자신의 가치관 · 세계관에 대해서, 다른 사회의 이념에 대해서 항상 반성이 있어야 하며, 그것은 비판되고 개혁되어야 한다.

의 주체자와 독립해서 객관적임을 전제한다.

나나 내가 속한 사회가 어떤 가치를 추구하고 어떤 이념을 믿고 있을 경우 그러한 가치관이나 이념은 객관적인 인간의 삶의 조건인 사회적 · 심리적 · 생리학적인 여건을 잘못 알고 있기 때문일 수도 있다. 만약 나나 내가 속한 사회가 위와 같은 측면에서 보다 객관적이고 올바른 정보를 갖고 있었더라면 나나 사회는 다른 가치를 추구하고 다른 이념을 채택했을지도 모른다. 아버지의 충고와 권고를 고집하고 예술가의 삶을 택한 아들이 나이가 들면서 세상을 보다 잘 알게 되면서 자신이 옳다고 생각했던 가치관이 틀렸고 아버지의 말이 옳았다는 생각을 하게 되는 예는 허다하다.

미국의 노동자들이 스스로 자유롭고 행복하다고 하지만 객관적으로 볼 때 그들은 자유롭지도 않고 불행한데도 불구하고 행복하다는 착각에 빠져 있는지도 모른다.

의식의 주체가, 경험 주체자의 주체적 경험, 즉 주관성을 떠나서 어떤 것이 좋고 나쁘다는 가치 판단이 있을 수 없으며, 어떤 삶이 정말 객관적으로 보람 있는 삶이라고 판단할 수는 없다. 미국의 노동자의 경험은 어디까지나 그들의, 더 정확히 말해서 그들의 주관성을 떠나서는 의미가 없다 그들이 행복을 정말 느낀다면 그것은 그들의 행복함을 뜻한다. 그들의 행복을 남들이 대신해서 느낄 수는 없다. 만일 그렇다고 주장한다면 그것은 이미 그들의 행복이나 불행이 아니라 남들의 행복이나 불행에 지나지 않는다.

자기기만의 현상을 부정하자는 것이 아니다. 자기기만이라는 현상은 분명히 있다. 그러므로 남의 가치관, 다른 사회의 이념은 나의 이른바 객관적 관점에서 비판될 수 있고 개혁될 수 있다. 그러나 나의 객관성은 확실한 보장이 없다. 객관성이 또 하나의 주관성이 아니라는 확실성이 없기 때문이다.

그럼에도 불구하고 하나의 주관성에 지나지 않을지도 모르는 나의 객관성이라는 명목하에 일률적으로 남의 가치관이나 다른 사회를 비판하려 한다면 그것은 자칫하면 남의 자율성, 다른 사람들의 인격을 무시하는 독단주의적 독선의 길로 뻗어가기 쉽다. 우리들 자신의 가치관·세계관에 대해서, 다른 사회의 이념에 대해서 항상 반성이 있어야 하며, 그것은 비판되고 개혁되어야 한다. 그러나 독선적인 가치 비판이나 이념 비판은 내재적으로 큰 위험을 내포하고 있다.

문제는 자기기만의 현상이 비판될 수 있는 객관성을 보장하는 데 있다. 그렇게 하기 위해서는 어떤 비판에 앞서 객관적으로 복잡한 여러가지 가치 판단의 상황을 검토해야 한다. 이러한 작업은 한마디로 가치 판단의 근거, 이념 비평의 근거를 찾는 작업에 지나지 않는다. 그리고 그 작업은 한 개인의 가치나 한 사회의 이념을 비평하는 합리성의 문제로 돌아간다. 가치 판단의 합리성은 존재하는가? 존재한다면 그것은 어떤 것일 수 있는가? 자기기만의 문제는 합리성의 문제를 제기한다.

『철학전후』(1993)

05

어떤 글쓰기가 평화를 위한 것인가

—시인의 사회적 책임과시적 의무

서론 : 야만적 시대의 글쓰기

과학기술문명의 부메랑으로 인류는 파국의 위기에 직면하고 있다. 이념과 권력의 세계적 갈등을 상징했던 동유럽 사회주의 국가들이 쌓아 올렸던 철의 장벽이 하루아침에 붕괴되고, 반세기에 걸친 냉전의 철의 장막이 걷혀졌을 때 인류는 갈등과 전쟁 대신에 화합과 평화의 물결 속에서 공존하게 될 것이며, 지구는 야만인이 아니라 문명인의 거처가 되리라고 기대했다. 그러나 그 후 반세기가 지난 현재 첨단 과학문명을 자랑하는 오늘날의 전 세계는 어느 때보다도 심한 갈등, 자살 폭탄을 포함한 수많은 테러와 크고 작은 규모의 전쟁으로 정치적 및 사회적 폭력과 공포에 노출되어 있으며, 그 규모나 속도가 가속적으로 커지는 인류의 폭행에 의해 악화된 환경오염과 자연생태계 파괴로 세계는 쓰레기장으로 바뀌고, 지구는 아무도 생존할 수 없는 사막으로 변할 가능성에 직면하고 있다.

인류의 존속과 직결되는 이 위기를 극복하여 전쟁 대신 평화를, 갈등 대신 협력을, 폭력 대신 이성을, 야만 대신 문명을 되찾는 일이 무엇보다도 중요하다. 이러한 상황에 대한 대처가 오늘날 인류 모두에게 부과된 가장 시급하고 무거운 공동의 의무임은 말할 필요도 없다. 의무는 실천적 행동을 요구하며, 실천적 행동은 곧 현실참여이다. 우리 모두에게 부과된 사회참여는 '정언적 명령Categorical Imperative'의 성격을 띤다.

하지만 구체적으로 우리는 무엇을 어떤 방식으로 사회에 참여해야 하는가? 각자 자신의 능력과 직업에 따라 다를 것이다. 그렇다면 '창조적 글쓰기' 혹은 '예술작품 제작'에 종사하는 이들을 편의상 총괄해서 '시인'이라고 부를 수 있다면, 시인의 사회적 역할과 현실참여는 어떤 것이어야 하며, 오늘날 세계가 시인에게 요청하는 것이 '평화를 위한 글쓰기'라면, 시인은 무엇에 대해 어떤 글을 써야 하는가?

우리는 이에 대한 대답을 "지금까지의 철학은 세계를 해석하는 데 그쳤지만, 이제부터의 철학은 세계를 바꾸어야 한다."라는 칼 마르크스의 유명한 언명에서 간접적으로 찾을 수 있을 것 같다. 그의 위와 같은 선언문에는 철학의 기능이 이미 존재하는 세계의 객관적 진리의 발견이 아니라 우리가 바라는 형태로의 사회적 현실개혁에 있다는 철학관이 깔려있다. 우리는 이러한 철학관을 '참여철학관'이라고 부를 수 있다. 마르크스적 참여철학관의 논리를 시적 사유와 글쓰기의 기능에 대한 물음에도 똑같이 적용하여 '참여문학관'을 내놓고, 시적 글쓰기가 주어진 사회적 현실개혁을 보다 바람직한 인간의 세계를 구축하는 데 이바지할 책임과 의무가 있다고 주장할 수 있다.

하지만 과연 그럴까? 정말 '철학'과 '문학'의 기능이 세계를 바꾸는 데 있으며, 문학이 '참여문학'이어야만 한다면, 문학적 참여는 어떤 형태로 가능한가? 이 물음에 대한 대답으로, 여기서 나는 첫째, 문명과 언어의 관계, 둘째, 존재와 언어, 셋째, 시인의 사회적 책임과 시적 의무의 관계를 검토하고, 결론적으로 어떤 종류의 시, 문학, 글쓰기가 진정한 의미에서 평화를 위한 글쓰기일 수 있는가를 생각해보고자 한다.

1. 문명과 언어

1) 문명의 바탕으로서의 언어

문명은 인간이 자신의 삶의 질을 높이기 위해 고안해낸 전략이며 기술적 장치이며 관념적 구조물이다. 인류의 역사는 곧 문명의 개발과 발달의 역사와 일치하며, 인간의 삶의 양식이 침팬지의 삶의 양식과 거의 구별할 수 없었던 원시적 구석기시대부터, 거시적으로는 우주를 정복하고 미시적으로는 생명과 미시적 존재의 비밀을 알아내고 그것을 마음대로 조작할 수 있는 오늘날의 첨단기술시대에 이르기까지 인간은 문명을 줄곧 발전시켜왔다.

문명은 어떤 존재인가? 문명은 언어의 산물이다. 언어에 의해서 관념과 '의미'의 세계, 즉 문화가 존재하게 되고, 그러한 세계에서 여러 가지 존재와 사건들이 인간의 의식 속에 나타나서 인식되어 서술의 대상이 되고, 그러한 공간 속에서 인간은 자신이 놓여있는 객관적 상황을 통제하고, 미래를 계획하고 그러한 것들을 기초로 어떤 행위를 이성적으로 선택하면서 삶을 창조적으로 발전시킬 수 있으며 실제로 그렇게 해왔다. 인간이 지각하고, 소유하는 그 자신의 의식을 포함한 모든 것은 유일하게 인간이 자신의 종에게서만 발견할 수 있는 의사소통의 인위적 수단으로서의 언어, 즉 기호체계에서 시작되고, 그곳에서 끝난다. 언어에 의해서 물리적 자연은 문화로, 물리적 현상은 '의미'로 그 모습을 드러낸다. 인간의 경우 언어 밖에서는 그의 몸이나 마음, 그의 외적이나 내적 세계는 다같이 아무 의미, 아무 가치도 가질 수 없다.

2) 언어의 빛과 그늘

언어의 산물로서의 문명은 인간의 삶에 어떤 의미를 갖는가? 문명은 축복인가 아니면 재앙인가? 진보인가 퇴보인가? 이에 대한 대답은 너무나 자명한 것 같다. 고도의 문명, 즉 자연을 통제, 지배, 관리 그리고 조작할 수 있는 고도의 장치로서의 문명을 자랑하게 된 오늘날 인류는 번식하는 데 성공했고, 장수하며, 어느 때보다도 많은 사람들이 어느 때보다도 물질적으로 풍요롭고 육체적으로 건강하고 편안한 삶을 누리며 살게 되었다. 이런 측면에서 볼 때 문명이라는 개념 속에 진보라는 개념이 함축되어 있다는 사실에는 추호의 의심도 있을 수 없다.

하지만 '진보'가 문명의 단지 한 면에 불과하다는 것이 근래에 차츰 의식되기 시작했다. 문명의 양지에는 언제나 음지가 있었고, 오늘날 그 음지는 하루가 다르게 더 어두운 그늘로 변하고 있다. 이미 한 세기 전 프로이트Freud와 반세기 전 마르쿠제Marcuse가 지적한 대로 문명의 혜택은 그 대가를 요구해왔다. 그 대가는 본능과 감성적 차원에서 도출되는 육체와 생명의 근원적 그리고 자연적 요청의 억압이다. 이러한 억압과 그에 따른 고통을 감수하지 않았다면 문명은 존재하지 않았을 것이다. 삶의 근원적 동기인 '쾌락원칙Pleasure Principle'즉 '에로스Eros의 즉각적 충족'을 희생해서 '현실원칙Reality Principle'에 따르지 않았다면 문명은 존재하지 않았을 것이다.

그런데 오늘날 인류가 문명을 위해 지불해야 할 대가가 너무 막중하게 되었다는 사실에 문제가 있다. 첨단 과학기술문명이 발명되지 않았더라면, 오늘날 인류는 대량살상무기에 의한 전쟁, 자살 테러에 의한 폭력, 파괴, 한결 심해진 개인 간, 계층 간, 지역 간, 인종 간의 갈등, 환경오염 및 생태계 파괴로 인한 인류종말이라는 가능성은 발생하지 않았을 것이다. 이제 문명은 평화와 행복이 아니라 폭력이며 억압, 축복이 아니라 저주의 얼굴을 드러냈다. 문명은 오늘날 자신의 꼬리를 물어뜯어 죽음을 자초하는 화사한 뱀, 우로보로스Ouroboros의 모습을 드러내기 시작했다.

문명의 이같은 모순된 양면성이 문명의 필연적 속성이라면 그 이유는 어디에 있는가? 이 물음에 대한 대답의 실마리는 언어의 자기모순적 기능에 대한 검토에서 찾아야 한다.

2. 존재와 언어

1) 언어와 사유

언어에 의해서 인간은 자연을 객관적 대상으로 지각, 인식, 설명할 수 있고, 자신의 모습을 반성적으로 관찰하고, 사유를 보다 바람직한 방향으로 이성적으로 깊이 구성하고, 행동을 논리적으로 선택할 수 있게 되었다. 언어 이전의 사유는 존재하지 않으며, 사유 이전의 문명은 존재하지 않는다. 언어는 곧 사유와 문명의 바탕이며, 그 구조물 자체이다. 문명이 인간의 고유한 세계를 지칭한다면 언어는 문명의 원천이며 본질이다. 언어 이전의 인간, 언어 이전의 문명은 다 같이 서로 모순된 개념들이다. 언어에 의해서 비로소 존재가 인식되고, 자연과 인간의 관계가 맺어지고 인간의 세계가 만들어진다. 이런 점에서 하이데거Heidegger의 표현을 빌리자면, 언어는 '존재의 집das Hous des Seins'이다. 언어의 마술에 의해서 막연한 혼돈의 어둠 속에 파묻혀 있던 현상들이나 사물들은 '신', '하늘', '산', '바다', '사람', '개', '바람', '나무', '냉장고', '원자탄', '컴퓨터', '책' 등의 개념으로 분류되어 비로소 드러나기 시작하고, 지각할 수도 이해할 수도 없는 관념은 '착함', '악함', '진리', '허위', '아름다움', '추함' 등의 이름으로 분절되어 비로소 그 모습을 밝히기 시작한다. 문명은 바로 위와 같은 방식에 의한 객관적 존재 · 자연 · 세계의 개념적 전환이고, 언어적 분류와 명명에 의한 인간중심적 도구화의 산물이다.

언어가 존재를 인간의 의식에서 드러내어, 인식하고, 서술하여 설명하는 방법에는 과학적 언어에 의한 객관적 방법이 있고, 시적 언어에 의한 주관적 방법이 있으며, 그것들은 각기 과학적 서술과 이론으로서의 글쓰기와 시적 서술과 문학적 작품으로서의 글쓰기로 서로 다르게 나타난다. 그 둘 중 어느 경우이든 인식 밖에 존재하는 대상을 드러내지만 그와 동시에 존재를 은폐하게 마련이다. 왜냐하면 '신', '하늘', '땅', '사람', '개', '컴퓨터' 등등의 지각적 존재를 지칭하는 낱말들이나 '선/악', '미/추', '진/위' 등등의 관념적 존재를 지칭하는 낱말들은 그러한 낱말들이 지칭하는 구체적 대상들과는 달리 결코 지각적 실체實體가 아니라 오로지 관념적으로만 존재하는 개념들에 불과하기 때문이다.

이런 사실은 존재와의 접촉과 접근에 의한 관계맺음의 양식으로서의 세계의 인식이 존재로부터의 이탈과 거리유지, 즉 존재의 왜곡 혹은 은폐 없이는 불가능함을 함의한다. 이런 점에서 존재 접근으로서의 진리발견은 곧 존재 이탈로서의 존재의 왜곡이며, 어떤 언어적 표상이나 인식도 위와 같은 언어적 글쓰기의 내재적 모순과 갈등에서 완전히 자유로울 수 없다. 진리에는 이미 허위가 내포되어 있고, 허위에는 이미 진리가 내포되어 있으며, 존재에는 이미 언어에 의한 왜곡에 의해 생긴 허구가 내재해 있고, 언어의 허구 속에는 이미 언어적 표상 이전의 구체적 존재가 깔려 있다. 언어는 존재의 진리를 비추어주는 횃불이지만 그와 동시에 그것은 필연적으로 존재를 왜곡하는 폭력이다. 하지만 언어 없이 인간은 이미 인간으로 존재하지 않는다. 인간에 있어서, 언어는 황금에 대한 탐욕에 사로잡힌 미다스 왕 King Midas의 손과 같다.

황금에 눈이 먼 미다스 왕은 자신의 소원대로 자신이 손만 대면 모든 것이 황금으로 변하는 마술적 힘을 얻어 기뻐한다. 그러나 그는 곧 그러한 힘이 그의 죽음의 원인이 될 수 있다는 것을 발견한다. 살자면 우선 음식을 먹어야 하고, 음식을 먹자니 그것에 손을 대야 하는데, 그가 손을 대자마자 음식이 황금으로 변하기 때문이다. 바로 이런 맥락에서 세계에 관한 진리를 발견하지 않고는 생존할 수 없는 인간, 즉 객관적 진리에 굶주린 인간은 그러한 진리를 발견하기 위해서 미다스의 손과 같은 언어를 사용하지 않을 수는 없지만, 어떻게 하면 미다스와는 달리 보다 현명한 방법으로 존재를 왜곡하지 않고 존재의 진리를 발견할 수 있는가라는 문제가 제기된다.

이런 막다른 골목에서 인간은 같은 언어로 두 가지 서로 모순되는 것을 동시에 충족시키고자 각기 '과학적'인 것과 '시적'인 것으로 분류할 수 있고, 그것들은 각기 객관적인 것과 주관적인 서술방식으로 구별할 수 있는 서로 모순되는 두 가지 글쓰기로 동시에 나타난다. 이러한 현상은 특정한 언어권의 특수한 시대에 국한된 것이 아니라 어느 언어권에서나 어느 시대를 막론하고 보편적으로 존재한다. 이러한 현상은 우연이 아니라 필연의 산물이다. 그것은 언어에 내재해 있는 피할 수 없는 모순과 그 모순을 극복하기 위해 생긴 불가피한 언어의 몸부림이며, 그 몸부림은 육체적으로는 자연의 일부분으로 존재하면서도 자연을 의식 및 인식하는 존재라는 한에서 자연 밖에 존재하는 파스칼적Pascalian 인간 및, 완전한 존재로서의 하느님이 되고자 하는 불가능한 욕망에서 자유로울 수 없는 사르트르적Sartrean 인간의 몸부림이기도 하다.

2) 인간의 모순된 욕망과 사르트르Sartre의 인간존재론과 하이데거의 진단

인간이 언어를 사용하게 되면서부터 인간의 속성이 된 이러한 몸부림은 사르트르의 인간실존의 분석에 비추어, 한편으로는 자연과 존재론적으로 다른 하나의 자율적 주체, 즉 대자Etre-pour-soi로서 자연을 실용적 입장에서 정복 대상으로 삼아야 하는 요청과 다른 한편으로는 이러한 과정에서 불가피한 자연과의 거리두기와 그러한 거리두기가 논리적으로 함축하는 소외와 불안감으로부터 해방되기 위한 방법으로 스스로 그냥 하나의 단순한 대상, 즉 즉자Etre-en-soi로 존재하고자 하는 요청 간의 갈등으로 설명될 수 있다. 이러한 인간의 모순된 욕망이 사실이라면, 그러한 모순을 풀고자 하는 요청도 불가피하다. 그러한 요청들 간의 갈등은 두 가지 다른 세계관, 두 가지 다른 글쓰기로 구체화된다.

언어적 동물로서의 인간은 그의 존재론적 구조상 자연/세계와 언어를 매개로 해서만 존재할 수밖에 다른 도리가 없고, 모순된 욕망을 추구할 수밖에 없으며, 따라서 서술대상의 도구화를 겨냥하는 과학적 언어와 동시에 서술대상의 진리를 겨냥하는 시적 언어를 개발할 수밖에 없는 동물이다. 인간의 무한한 욕망 때문에 인간을 위한 도구적 장치로서 문명이 발전해왔고, 또한 문명의 발전은 인간의 욕망을 끊임없이 증폭시켜왔다. 이렇게 증폭하는 욕망을 충족시키는 과정에서 존재 · 자연 · 세계의 도구화는 가속화되어 과학적 언어, 즉 과학적 세계의 인식이 급속도로 발달하고, 이러한 사실과 반비례하여 시적 언어, 즉 시적 세계인식은 급속도로 위축되어 오늘에는 고사상태에 빠져가고 있다.

왜 이렇듯 오늘날 과학기술문명, 과학적 글쓰기의 상황이 문제가 되는가? 이러한 상황이 물신주의Fetishism 지배에 기인한다면, 물질적 욕망충족을 문제 삼는 이유는 무엇인가? 이 물음에 대한 대답은 두 가지 언어, 즉 과학과 시 사이의 갈등구조와 그 갈등을 풀 수 있는 실마리의 한 가닥을 하이데거의 서양철학사에 대한 비판적 분석에서 찾을 수 있다.

하이데거는 소크라테스Socrates 이후의 철학은 '존재Der Sein'의 본질적 진리가 망각되고, '존재자들Die Seienden'의 파편적 피상적 진리들에만 매달려왔다고 평가한다. 서양철학의 잘못은 과학적 글쓰기, 즉 과학적 세계관 때문도 아니며 시적 글쓰기, 즉 시적 세계관 때문도 아니다. 하이데거의 입장에 의하면 언어적 동물로 존재하는 한 인간은 그 두 가지 글쓰기 중 어느 하나만을 마음대로 선택할 수 없다. 인간의 존재론적 구조상 두 가지 글쓰기 중 어느 한 쪽도 버릴 수 없다. 문제의 핵심은 소크라테스 이후 과학적 세계관의 시적 세계관에 대한 지배가 점차적으로 확장, 강화되면서부터 오늘날 그러한 작업이 거의 완성되어 가고 있다는 사실에 있다. 소크라테스 이후 서양에서 말하는 진리는 존재의 현현Presence/Aletheia이 아니라 이성에 의한 추상화를 통해서 도구적으로 사용될 수 있도록 파편화된 개념들의 제품에 불과하다는 것이다. 과학기술문명을 급진적으로 발전시킨 근대 이후 서양의 마음 그리고 서양문명에 감염되어온 인류의 마음을 공허하게 하고, 그의 영혼을 파괴하고 생명력을 질식케 한 철학적 허무주의는 자연의 도구적 지배와 그러한 지배를 위해 시적 언어를 희생시키고 그 위에 우뚝 서 있는 과학적 언어가 만들어낸 불가피한 결과라는 것이다.

이러한 사태가 벌어지고 있는 21세기 문명사적 위기를 우리는 어떻게 풀고 극복할 수 있는가?

3) 과학적 상처傷處와 시적詩的 치유治癒

존재, 즉 우리의 마음과 몸 앞에 구체적으로 현존Anwesen하는 무엇인가를 이성의 틀에서 인간의 목적 달성을 위해 이용할 수 있는 도구로서 '하늘', '산', '동물', '사람', '개', '칫솔', '구두', '컴퓨터' 등의 인위적 개념적 틀에서 조직적으로 분류, 인식하고, 논리적으로 서술, 설명하여 지적으로 제압하고, 실천적으로 지배할 수 있게 하는 기호, 즉 언어가 동원될 때 과학적 사유와 기술이 탄생한다. 과학적 관점에서 보면 이러한 인식의 틀, 개념 구조의 틀에서 벗어난 것은 '존재'하지 않는다. 그러므로 소크라테스 이후의 위와 같은 전통적 존재론과 현대과학 기술의 틀이 전제하는 존재는 존재 자체가 아니라 인위적으로 조합된 개념의 합리적 그물망으로 걸러진 존재의 추상적 구조물에 지나지 않는다.

그러나 '존재 · 자연 · 세계'는 바로 앞에서 열거한 개별적 물건이나 여러 지각 대상 등은 서로 완전히 구별 · 분류될 수 없는 단 하나의 존재 · 자연 · 세계이다. 그러므로 과학적 언어가 서술하는 존재 · 자연 · 세계는 물론 그 속의 개별적 존재들은 진짜 존재들 자체가 아니라 언어적 폭력에 의해 관념적으로 조작된 개념들에 지나지 않는다.

그렇다면 시인이 지칭하고 서술하는 '존재 · 자연 · 세계'와 시인이 지칭하는 '하늘', '산', '사람', '동물', '구두', '컴퓨터' 등의 언어는 어떤가? 모든 언어는 어느 면에서 논리적으로 구체적인 것을 추상화하는 활동이다. 이런 점에서 언어의 개입이 폭력적일 수밖에 없다면 비록 그것이 시인에 의해 사용되더라도 폭력적이고 그 결과 그 언어가 지칭하는 대상의 왜곡일 수밖에 없으며, 정도는 다르지만 과학자가 사용할 때와 다를 것이 없다. 왜냐하면 존재에 대한 폭력성과 왜곡성은 언어에서 떼어낼 수 없는 불가피한 속성이기 때문이다.

과학자와 시인의 도구가 동일한 언어라는 점에서 과학과 다름이

하이데거에 의하면 왜곡되지 않은 원초적 존재자체를 표현할 수 있는 것은 과학이나 철학이 아니라 시이며, 참다운 사유는 이성에 호소하는 철학적 사유가 아니라 이성이 미치지 못하는 시적 사유이며, 가장 깊은 차원에서의 사상가는 과학자나 철학자가 아니라 시인이며. 가장 깊은 사유, 즉 존재에 대한 사유는 소크라테스 이후의 플라톤, 아리스토텔레스, 데카르트 같은 합리주의적 철학자가 아니라 그 이전의 아낙시만데로스, 헤라클레이토스, 파르메니데스 등과 같은 시적 사상가들이었다

없다고 인정하더라도 각기 그 언어가 의도하는 기능은 두 경우 정반대이다. 과학적 언어가 시적 언어의 희생의 산물이라면, 시적 언어는 과학적 언어만이 아니라 자기자신의 시적 언어를 포함한 모든 언어의 운명적 폭력과 왜곡성, 그로 인한 존재의 질병과 아픔을 치유하기 위해 동원된 언어이다. 시는 아름답고, 달콤하고 또는 간지러운 주관적 감성을 밖으로 내뱉는 언어가 아니고, 세계를 자극적 색깔로 알록달록하게 물들여 감각을 유혹하기 위해 꾸민 장식적 언어도 아니다. 시는 과학과 마찬가지로 인식대상의 진리를 추구한다. 그러나 과학과는 달리 그의 궁극적 목적이 그 표상대상을 사용가치가 있는 수단으로서가 아니라 그 표상대상을 그 자체, 즉 언어로 표현되기 이전의, 언어로 개념화할 수 없는 원초적 상태대로 포착하려는 데 있다.

이러한 시적 의도는 자기모순적이다. 왜냐하면 그러한 의도를 자신이 극복하려는 언어를 통해서 해야 하기 때문이다. 앞서 보았듯이 사르트르적 인간의 궁극적 목적은 논리적으로 양립할 수 없는 자율적 존재로서의 주체, 즉 대자인 동시에 자유가 없는 그냥 대상으로서의 객체, 즉 즉자로서 존재하고자 한다. 이런 점에서 시적 의도는 사르트르가 말하는 인간의 궁극적으로 모순된 의도와 똑같다. 그것이 근본적으로 모순된 것이기 때문에 실현 불가능한 것을 의식하면서도 시인은 자신의 시적 의도를 포기할 수 없다. 시인도 인간이기 때문이다. 그의 궁극적 꿈은 단 하나의 존재 · 자연 · 세계를 가장 원초적 상태, 즉 이성에 의해서 추상적으로 분절되고, 언어에 의해서 개념화되기 이전의 그냥 원초적 상태대로 만나는 데 있다. 그리고 시인은, 아니 궁극적으로는 어느 인간도 그러한 꿈에 완전히 자유로울 수 없다. 시인의 경우 더욱 그렇다. 그는 결국 자신이 땅으로 추락하는 것을 알면서도 이카로스Icaros처럼 태양을 향하여 하늘 높이 솟아 다시 언어의 날개를 펴고 열정적으로 날아간다. 그렇다면 시의 궁극적 기능은 자신이 재현하고자 하는 대상에 그가 가할 수밖에 없는 폭력에 의해 왜곡된 존재를 치유하기 위해서 동원된 언어적 장치이다. 시는 즉 언어의 결함을 언어로 치유하려는 언어적 시도이다.

시적 언어에 내재된 위와 같은 모순과 결함에도 불구하고, 하이데거에 의하면 왜곡되지 않은 원초적 존재자체를 표현할 수 있는 것은 과학이나 철학이 아니라 시이며, 참다운 사유는 이성에 호소하는 철학적 사유가 아니라 이성이 미치지 못하는 시적 사유이며, 가장 깊은 차원에서의 사상가는 과학자나 철학자가 아니라 시인이며. 가장 깊은 사유, 즉 존재Der Sein에 대한 사유는 소크라테스Socrates 이후의 플라톤Platon, 아리스토텔레스Aristoteles, 데카르트 같은 합리주의적 철학자가 아니라 그 이전의 아낙시만데로스Anaximander, 헤라클레이토스Heraclitus, 파르메니데스Parmenides 등과 같은 시적 사상가들이었다.

하이데거의 위와 같은 언어에 관한 사유에 비추어 볼 때, 존재의 청지기가 과학자나 철학자가 아니라 시인이며, 존재의 둥지는 과학적 이론이나 철학적 체계가 아니라 시라고 부르는 언어적 둥지이다. 시의 기능에 관한 이같은 고찰은 문학 그리고 한 걸음 더 확대해서 모든 예술의 기능에 관해서도 똑같이 적용된다. 오늘날의 시, 문학 그리고 예술이 날로 상업적 목적에 전염되는 바람에 자연적으로 대중에 아부하게 되고, 대중에의 취미에 아부하기 위해서는 대중의 취미, 특히 안이하거나 저속한 욕구에 부응해서 자신의 격을 낮추어 장식적 및 오락적 글쓰기로 타락하고 있는 것이 엄연한 현실이라 해도 시, 문학 그리고 예술의 근본적 기능이 위와 같은 점에 있다는 사실은 전혀 달라지지 않는다.

3. 시인의 사회적 책임과 시의 시적 의무

1) 마르크스의 참여 시 · 문학 · 예술관

정치적, 군사적, 사회적, 도덕적 및 생태학적 온갖 폭력이 확산되고 있는 오늘의 현실에 몸을 두고 있는 시인, 작가 및 예술가는 어떤 글을 써야 하며, 어떤 예술작품을 창조해야 하는가? 그들의 사회적, 도덕적 책임과 시적, 문학적 예술적 의무는 어떤 관계에 있는가? 한 사회의, 역사의 구성원으로서 어떤 시인, 어떤 작가, 어떤 예술가도 이러한 물음으로부터 자유로울 수 없다.

어떤 글쓰기가 그냥 하나의 사회구성원으로서가 아니라 시인으로서 혹은 소설가로서 자신의 시와 소설로 한 특정한 사회, 인류사회 전체의 평화를 위해서 공헌할 수 있을까? 이런 물음은 시인, 작가, 예술가, 철학자, 학자, 더 일반적으로 말해서 전문적 지식인이 사회참여에 대해서 언제나 고민해야 하는 물음이다. 그것은 시인, 더 일반적으로 전문적 지식인이 자신의 특정한 전문적 활동 영역을 넘어 자신이 살고 있는 사회의 문제를 풀어 보다 나은 사회로 개선하는 데 있어서 어느 정도 그리고 어떤 방식으로 관여할 수 있을 것인가와 그러한 것이 도덕적 의무와 책임인가에 대한 물음이다.

이 발제의 모두에서 언급한 마르크스의 기존 철학과 철학자에 대한 급진적 비판은 전통적 시적 글쓰기, 즉 문학 · 예술에도 똑같이 적용될 수 있고, 그의 철학관을 참여철학관이라고 한다면, 그의 문학관이나 예술관을 참여문학관, 참여예술관이라 말할 수 있을 것이다. 마르크스적 참여문학관은 서구에서는 사회주의 혁명정부 소련의 '사회주의 리얼리즘Socialist Realism'의 형태로 나타났고, 사르트르의 실존주의에서 '문학의 참여Engagement' 개념으로도 나타났으며, 일본과 한국에서는 30년대의 프롤레타리아 문학이론, 전후 한반도에서의 마르크스주의적 좌파문학, 6 · 25 전쟁 이후 남한에서 70~80년대의 참여문학, 민중문학, 민족문학, 통일문학 등의 문학운동으로 활발하게 전개되었다.

참여문학, 즉 시, 소설, 예술 일반이 참여한다는 것은 무엇을 말하는가? 아니 도대체 '참여'란 무엇을 뜻하는가? 그것은 어떤 집단과 관계를 맺고 그것에 동참하여 그것이 갖는 고통과 기쁨을 함께 나누면서 그 집단의 개혁작업에 적극적으로 동참함을 의미한다. 이런 점에서 참여문학은 한 국가 혹은 인류라는 사회 공동체의 크고 작은,

근본적이고 지엽적인 제 문제들의 해결과 개혁을 위한 사회적 작업에 직접적 그리고 적극적인 행동적 기능을 담당하기 위한 문학적 글쓰기를 의미한다. 행동은 어떤 선택한 가치 실현을 요청하는 가치로서의 이념이 전제된다. 참여가 필연적으로 이념적 참여, 즉 정치적 활동일 수밖에 없다면 시적, 문학적, 예술적 참여도 결국 이념적 활동이며, 이념적 활동인 한에서 필연적으로 일종의 정치적 활동이다.

이런 차원에서 소련의 '사회주의 리얼리즘'은 작가들이 자본주의 사회의 모순을 고발하고 그것을 민중에게 의식시키고, 궁극적으로는 기존의 비도덕적 사회를 혁명하며 인간에 의한 인간의 착취가 없는 정의로운 평등사회를 건설하는 데 공헌할 수 있는 실천적 작업을 담당하는 글쓰기를 해야 한다고 주장하며, 과학자, 철학자들은 물론 시인, 작가, 예술가들도 마땅히 공산당이 설정한 이념과 일치하는 가치관에 따라서 자신들의 과학적 연구, 철학적 진리탐구, 글쓰기, 예술작품 만들기를 해야 한다는 주장을 해왔다. 또한 사회주의 리얼리즘 문학은 70~80년대의 한국 문학 · 문화예술계에서는 민중, 민족, 통일 문학 · 문화 · 예술의 사회참여 운동으로서 폭발적으로 확산되었다.

소련과 북한에서 사회주의 리얼리즘은 마르크스 · 레닌의 이념적 노선에 반대 · 비판적이거나 이념에 들어맞지 않는 시인 · 작가 · 예술가, 철학가, 과학자들을 '반동분자'들로서 가차 없이 숙청하고, 한때 한국에서는 민중중심주의, 민족주의, 통일제일주의에 완전히 동조하지 않거나 그러한 이념들을 강조하지 않는 시인들, 작가들, 예술가들, 철학가들에게는 봉건주의자, 반민족주의자, 반통일주의자, 보수주의자, 반동분자, 우파 등의 딱지를 붙어서 경멸과 조소의 대상으로서 도덕적으로 부끄러워서 설 자리를 찾기가 어려운 분위기에 싸여 있기도 했었다.

문학의 고유한 가치를 부정하고 문학의 가치를 정치적 이념에 종속시켜야 한다는 점에서 사르트르의 '참여문학론'도 이론적으로 위와 같은 사회주의 리얼리즘과 근본적 크게 다르지 않다. 다른 점이 있다면 마르크스주의자가 요구하는 참여대상이 인간의 정의롭고 평등한 공산주의 사회 건설이라는 가치인데 반해서 사르트르가 요구하는 참여대상은 '인간의 실존성', 즉 '인간의 자유 확보와 확장'이라는 가치이다.

2) 참여시 · 문학 · 예술관의 문제

과연 이러한 참여, 즉 마르크스주의적 사회개혁 또는 사르트르적 실존의 계몽이 시, 문학, 예술의 고유한 기능인가? 문제는 그렇지 않다는데 있다. 하나의 철학이 밝혀낸 이론에 따라 세상을 바꿀 수도 있지만, 세계의 이해를 뜻하는 철학은 하나의 인식양식이지 그 자체로서는 어떠한 실천적 행동이나, 사회 · 세계를 바꾸는 데 사용되는 수단이 아니다. 칫솔이 이를 닦는 데에만 쓰이지 않고 가려운 등을 긁는다든가 구두를 닦을 때 얼마든지 사용될 수 있는 것과 마찬가지로, 철학이 진리의 발견과 인식을 위해서만이 아니라 경제적, 정치적, 사회적, 도덕적, 그리고 그 밖의 여러 가지 다른 목적 달성의 수단으로 얼마든지 이용될 수 있고 또한 그러한 경우가 허다하지만, 그렇다고 그러한 기능을 철학의 고유한 기능과 혼동할 수는 없다. 인식과 그 인식에 근거하거나 그것을 이용한 실천적 행동에는 논리적으로 엄격한 차이가 있다. 마찬가지로 시, 문학, 예술의 영역과 정치적, 사회적, 도덕적 영역은 전혀 서로 다른 논리적 범주에 속한다. 시, 소설, 그리고 예술작품 일반은 특정한 권력집단의 정치적 이념의 슬로건이나 기성 체제의 정당화를 위한 도구로서 사용될 수도 있고 실제로 그러한 경우가 적지 않지만, 그러한 기능이 곧 본연의 기능은 아니다. 낱말은 농산물이나 공산품, 불도저나 총알이 아니다. 그것은 어디까지나 아무 물리적 힘도 갖지 않은 낱말에 불과할 뿐이다.

시, 소설, 예술의 가치는 정치적, 경제적, 도덕적 가치에 종속되어 그런 가치에 봉사하는 도구적 유용성에 있기보다는 오히려 권력의 이념, 지배적 체제를 비판적으로 재조명, 때로는 전복함으로써 모든 것을 기존의 틀과는 다르고 새로우며, 가능하면 보다 본질적이며 참된 각도에서 인식하고 이해하려는 데 있다.

특정한 문학작품들이 위대한 고전이 된 이유는 그것들이 깔고 있는 특정한 정치적 이념 혹은 도덕적 가치관 때문이 아니며, 도덕적으로 숭고하고 이념적으로 진보적인 시인, 작가, 예술가들의 작품이 자동적으로 위대한 시인, 작가, 예술가가 되지 않는다. 이러한 증거로 들 수 있는 작품과 작가들은 허다하다. 시, 소설, 예술의 근원적 가치는 이념적으로나 정서적으로나 독자를 즐겁고 편안하게 해주는 데 있지 않고 세계, 사회, 인간, 인간의 경험을 지금까지의 언어로 포착할 수 없었던, 아니, 지금까지 언어에 의해서 은폐되어 있던 개념화 이전의 원초적 모습, 즉 있는 그대로의 실체의 어떤 측면이나 인생에 대한 깊고도 참신한 생각과 경험을 참신한 언어, 즉 글쓰기를 통해서 조명하거나 표현해주는 데 있다. 이미 앞에서 길게 언급한 대로 이러한 조명과 표현이야말로 시적, 문학적, 예술적 언어의 본연의 기능이다. 문학은 특정한 이념에 따른 사회개혁에 봉사할 수 있지만 그것이 문학의 충분조건이 아님은 물론 필요조건도 아니다.

문학이 사회에 참여해야 하는가 아닌가의 문제를 둘러싸고 지금까지 참여문학과 순수문학, 마르크스주의적 리얼리즘문학과 부르주아적 도피문학 등으로 대립되거나, 한국에서는 민족주의적 민중문학과 순수문학이라는 이념들이 서로 대립되어 논쟁을 벌여왔다. 이러한 논쟁의 시비를 가리자면 먼저 다음의 두 가지 차이점을 분명히 구별할 필요가 있다.

첫째, 참여해야 할 영역의 차원에서 사회적 영역에서의 정치적 참여와 개인적 영역에서의 지적 혹은 영적 참여의 구별이다. '참여주의'가 주장하는 바와 같이 문학이 정치 · 사회적 참여만을 고집하는 것은 독선이다.

둘째, 문학의 기능을 이미 정해진 정치적 이념에 따른 사회개혁의 한 실천방식 혹은 대중의 요구에 부합하는 오락적 수단으로 보아야 하는지 아니면 실증과학이 미칠 수 없고 이성이 도달할 수 없는 근원적 차원에서 존재 · 자연 · 세계의 전일적이면서도 원초적 인식을 통한 근원적 진리발견을 궁극적 목표로 삼아야 할지를 결정해야 한다. 다른 모든 것이 그러하듯이 문학은 위와 같은 것들을 모두 할 수 있다.

그러나 문학만이 할 수 있는 고유한 그리고 궁극적 기능은 전자가 아니라 오히려 후자에서만 찾을 수 있다. 그것은 문학 아닌 여러 분야에서 여러 가지 활동이 전자의 기능을 할 수 있는 데 반해서, 오로지 문학만이 후자의 기능을 담당할 수 있기 때문이다. 그렇지 않다면 '문학'이라는 특정한 글쓰기의 영역이 존재할 이유와 필요가 없다. 그런데도 문학이라는 영역이 존재한다는 것은 다른 글쓰기가 담당할 수 없는 특수한 글쓰기의 요청이 있기 때문일 것이며, 이러한 특수한 글쓰기가 모든 문명 사회에 있는 것은 인간에게는 정치적, 사회적 개혁 이외에 그보다도 더 원초적이고 근본적이며 내밀하고 절실한 실존적 문제가 항상 존재하며 그런 문제해결에 대한 요청이 있기 때문이다. 시인이나 작가에게 있어서 위와 같은 사적, 내면적 실존적 깊은 드라마와 무관한 공적, 사회적, 정치적 문제는 시인, 작가, 예술가로서의 문제 밖에 있다.

따라서 시적, 문학적, 예술적 참여는 위와 같은 시인, 작가, 예술가가 그들의 고유의 문제를 시인으로서, 작가로서, 예술가로서 철저하게 천착하고 진실하게 대응함을 의미한다. 참여문학, 사회주의 리얼리즘, 민중 · 민족문학, 마르크스주의적 문학의 주창자들이 생각하는 바와는 달리 진정한 참여문학은 이미 정해진 어느 특정한 정치적 이념에 종속되어 그것에 봉사하는 데 있지 않다. 그것은 오히려 그러한 정치적, 이념적 압력에 저항하여 그것을 비판적으로 파악하고 특정한 관념에 의한 추상화로 왜곡된 존재, 세계 그리고 인간의 진실을 비판적으로 적나라하게 드러낼 때에만 존재할 수 있다. 이러한 문학, 이러한 글쓰기야말로 문학 고유의 영역에 속하며, 진정한 의미에서 '참여문학'이 될 수 있다. 그러한 기능이야말로 문학의 근본적, 원초적, 따라서 진정한 기능이며, 인간이 인간으로서, 즉 언어적 동물로서 좀 더 인간답게 존재할 수 있게 해주기 때문이다.

그 대상의 측면에서 볼 때 자신의 표상인 구체적 대상을 추상화하고 인위적인 개념의 틀에 관념을 묶는 작업이라는 점에서 모든 글쓰기는 필연적으로 폭력적이고 억압적 행위이다. 그럼에도 불구하고 언어적 동물로서의 인간은 이러한 삶의 조건에서 자유로울 수 없다. 그러나 위와 같은 존재조건의 틀 안에서도 언어적 동물로서의 인간은 폭력적이고 억압적일 수밖에 없는 언어를 사용함으로써 언어의 구속으로부터 해방되어 언어적 한계를 넘어 조금이나마 직접적으로 존재 · 자연 · 세계를 원초적 상태로서 접하고 인식하고자 하는 내면의 지적 탐구와 가성적 표현에의 요청에서 해방될 수 없다. 시, 문학, 예술은 그러한 요청에 부응한 활동이다.

이런 점에서 시, 문학, 예술 만큼 근본적인 차원에서 폭력에 대항하여 인간과 자연 및 언어와 언어 간의 갈등을 평화로 전환하려는 의도를 가진 활동은 존재하지 않으며, 시적 글쓰기야말로 그리고 오직 시적 글쓰기만이 바로 그러한 활동을 대표한다.

4. 결론 : 시인으로서의 시민이냐 시민으로서의 시인이냐

1) 시민과 시인의 갈등

우리에게는 자신이 속한 특정한 사회가 처한 것이든, 인류전체가 처한 것이든 어떤 공동체적 문제들의 해결을 위해 공헌해야 할 시민으로서의 의무와 도덕적 책임이 있다. 특정한 종류의 글쓰기를 직업적으로 하는 시인, 소설가, 예술가들의 구체적인 의무는 무엇이며, 구체적으로 져야 할 책임은 무엇인가?

두 가지 서로 다른 대답이 가능하다. 첫 번째 대답은 이렇다. 나는 시인 · 소설가 · 예술가로서 위와 같은 의무를 규정하고 책임을 질 수 있고, 그와는 달리 그러한 직업인 이전의 단순한 시민 혹은 국민으로서의 의무와 책임에 대처할 수 있다. 폭동이 일어나든 전쟁이 발발하든 나는 오로지 가령 시인으로서 각별한 종류의 시라는 글쓰기를 해야 할 의무가 있고 그러한 의무를 준수할 책임이 있다고 주장할 수 있다. 시적 글쓰기야말로 폭력과 억압에 대한 근원적 차원에서의 저항과 극복 방식이기 때문이다.

또 다른 하나의 방식은 어떤가? 사회가 폭동이나 전쟁에 휘말려있다면 내가 개인적으로는 아무리 귀중하게 생각하더라도 나는 그 잘

진정한 의미에서의 평화를 위한 글쓰기는 순수문학, 즉 철저하게 문학적인, 철저하게 시적인 문학작품을 쓰고 시작을 하는 데 있을 것이다. 시인, 작가, 예술가로서 가장 중요하고 진실할 수 있는 글쓰기는 자기 자신의 본연의 임무에 가능한 투철하고 진실한 글쓰기, 즉 가장 시적, 문학적 글쓰기를 해야할 의무와 책임이 있다.

난 시 쓰기를 접어두고 거리의 대열에 끼어 들든가, 총을 들고 전선에 나가야 할 의무와 책임이 있다는 주장을 할 수 있다. 마르크스주의자 혹은 민족문학, 민중문학, 통일문학을 주장하는 70~80년대 한국의 시인, 소설가, 예술가들은 전자의 입장을 잘못된 '순수문학관', 도덕적으로 비겁한 '도피문학관'의 발상이라고 규탄할 것이다. 반면 '순수문학', '문학의 완전한 독립'을 주장하는 시인, 소설가, 예술가들은 이른바 '참여문학'을 문학을 정치에 종속시키는 반시적, 반문학적 사이비 문학이라고 반발하며 비난할 것이다.

어떤 주장이 옳은가? 후자가 전자의 입장보다 옳다. 전자의 입장은 시 · 소설 · 문학 · 예술이라는 글쓰기의 이념적, 정치적, 도구적 기능과 구별되는 고유한 기능의 부정을 전제한다. 하지만 이러한 부정은 '문학 · 예술'이라는 특수한 글쓰기 · 기호 짜기가 존재해왔고 독특한 기준에 의해서 그러한 글쓰기가 평가되어 온 엄연한 사실의 부정에 바탕을 두기 때문에 옳지 않다.

2) 선택의 고민과 실존적 결단

자신이 사는 사회에 어떤 폭력, 억압, 부정, 불의가 있더라도 시인은 오로지 그러한 구체적인 그러면서도 절박한 문제들과는 상관없이 시만을 써야 하는가? 반드시 그렇지 않다. 시인은 자신이 쓰는 시가 여러 관점에서, 즉 근시안적으로나 원시안적으로나 혹은 미시적으로나 거시적으로 가질 수 있는 가치와 시 쓰기를 버리고 몸이나 총으로 시와는 직접적 관계가 없는 사회의 정치, 사회 및 도덕적 질서와 관련된 현실적 문제의 해결의 가치를 냉정하게 비교하여, 자신의 태도를 정할 수 있을 것이다.

후자의 관점에서 '시'를 쓸 때 엄격히 말해서 그는 이미 '시'라는 글쓰기를 포기하고, 정치적, 이념적 가치를 위해 '시'라는 형식을 빌리고 있는 것이다. 그렇다면 언뜻 보기에 역설적인 것 같지만, 참다운 참여시, 참여문학, 참여하는 글쓰기는 마르크스적이 아니라 오히려 탈, 아니 반마르크스적인 문학으로서 시적 · 문학적 글쓰기의 본연의 기능을 담당하여 철저하게 이념적, 개념적, 이론적, 과학적 언어의 폭력에 대항하여 그러한 언어들을 해체하는 언어로서의 글쓰기에 참여하는 데 있을 것이다. 이러한 글쓰기를 '순수'라는 말로 차별화할 수 있다면, 진정한 참여문학, 진정한 의미에서의 평화를 위한 글쓰기는 순수문학, 즉 철저하게 문학적인, 철저하게 시적인 문학작품을 쓰고 시작詩作을 하는 데 있을 것이다. 시인, 작가, 예술가로서 가장 중요하고 진실할 수 있는 글쓰기는 자기 자신의 본연의 임무에 가능한 투철하고 진실한 글쓰기, 즉 가장 시적, 문학적 글쓰기를 해야할 의무와 책임이 있다.

이러한 주장은 시인, 작가, 예술가가 모두 그리고 언제나 그렇게 시인, 작가, 예술가로서의 자신에 충실해야 한다는 말은 결코 아니다. 앞서도 말했지만 그는 자신의 세계관, 가치관에 따라 어떤 경우에는 시적, 문학적, 예술적 글쓰기를 포기하고 정치적, 이념적, 경제적, 군사적 차원에서 정치판에서, 이념적 마당에서, 시장에서 그리고 총알이 날아오는 최전선에서 몸으로 참여할 것이다. 이런 상황에서 어떤 쪽을 택해야 하느냐? 이런 물음에 하나하나의 시인, 작가, 예술가를 대신해서 결정적인 대답을 제공할 수 있는 이는 아무도 없다. 그것은 각자 시인, 작가, 예술가가 자신의 결단에 책임을 지고 어렵게 내려야 할 실존적 결단에 달려 있다. 그러나 이러한 두 가지 종류의 참여는 모순이 없다. 그는 그때그때의 결단에 따라 어떤 때는 시민으로서 어떤 때는 시인으로서 참여를 선택할 수 있기 때문이다.

06
나의 불교적 세계관

불교가 하나의 세계관이라는 것은 분명하다.

불교는 인간을 포함한 존재하는 모든 것에 대한 총체적인 그림인 동시에 가장 바람직한 인간의 삶에 대한 가르침이다. 그러나 불교적 세계관을 꼭 집어 정의하기는 쉽지 않다. 서로 양립할 수 없는 다양한 가르침이 불교라는 이름으로 주장되기 때문이다.

불교의 핵심이 힌두교에서 말하는 윤회설, 즉 내가 죽으면 다음 세상에 다른 형태로 태어남을 주장한다면 나는 그런 윤회설을 믿을 수 없고 따라서 나는 불교신자가 아니다. 불교가 이승과는 다른 저승의 존재, 서방정토설, 미륵보살, 약사여래를 주장하는 측면에서 보자면 나의 세계관은 불교적이 아니다. 부처님 상 앞에서 진심으로 불공을 올리고 어떤 소원 성취를 바랄 수 없는 나는 불교인이 아니다.

그런데도 나의 세계관을 불교적이라고 규정할 수 있다면, 그것은 내가 불교를 기독교의 경우처럼 초월자의 계시에 의존하는 종교로서가 아니라 구체적 관찰과 논리에 근거를 둔 철학으로 규정하는 한에서만 가능하다. 나는 종교적 불교와 철학적 불교를 구별하고 후자만이 납득이 가는 세계관이라고 믿고 그것을 따라간다. 나의 세계관이 불교적이라면 철학적 불교의 관점에서만 그러하다.

불교에서는 인간의 궁극적 문제와 그 문제의 궁극적 해결방법을 어떻게 보고 있는가?

이에 대한 대답은 사성제와 팔정도이다. 사성제는 고苦, 집集, 멸滅, 도道라는 네 가지 진리를 뜻하고, 팔정도는 네 가지 진리 가운데의 마지막 진리인 도의 구체적 내용이다. 첫째의 진리는 삶의 근본적 조건이 고통이라는 사실을, 둘째의 진리는 그 고통에는 원인이 있다는 사실을, 셋째의 진리는 그 고통의 원인을 제거할 수 있는 방법이 있다는 사실을, 넷째의 진리는 그 방법의 구체적 내용들이다.

불교적 세계관, 다시 말해 불교가 주장하는 위의 네 가지 명제가 정말 진리인가 아닌가의 결정은 그것들에 전제된 형이상학적 존재론의 옳고그름에 달려 있다. 사성제에 전제된 형이상학적 존재론을 인정하느냐 아니냐에 따라서 한 사람의 세계관은 불교적일 수도 있고 아닐 수도 있다. 불교적 형이상학의 특징은 무엇이며 어떻게 서술할 수 있는가?

불교적 형이상학은 무엇보다도 일원론적이다. 일원론적 형이상학은 현상적으로는 서로 달리 보이는 모든 존재들이 실제로는 서로 다르지 않은, 즉 서로 구별할 수 없는 단 하나의 전체라는 믿음이다. 일원론적 형이상학은 한편으로 속세와 천당, 감각적 현상과 불가시적 실체, 몸과 마음, 물질과 정신을 양분하는 기독교적, 플라톤적, 데카르트적인 서양을 지배해온 이원론적 형이상학과 대조되며, 다른 한편으로는 힌두교나 노장사상과 상통한다. 나는 이러한 일원론은 누구나 사물현상을 객관적으로 냉철하게 관찰한다면 부정할 수 없고, 최근의 첨단과학에 의해서 과학적으로도 뒷받침된다고 믿는다. 이런 점에서 나의 세계관은 불교적이다.

무아無我, 무존無存, 공空, 색즉시공色卽是空 공즉시색空卽是色 등과 같은 불교의 핵심적 개념들은 일원론적 형이상학의 다른 표현들에 지나지 않는다. 모든 것이 근본적으로는 서로 차별화될 수 없는 단 하나의 전체라면, '나'라는 개체는 물론 아무 개체도 독립적으로 존재한다고 할 수 없고, 그런 점에서 모든 개별적인 것은 공空/무無라고밖에 부를 수 없다. 더 궁극적으로는 현상, 즉 색色과 존재의 본질, 즉 공空은 서로 구별할 수 없는 존재, 즉 동일한 것으로 볼 수밖에 없다.

물론 여기서 강조해야 할 점은 불교에서 말하는 공/무가 존재의 부정을 뜻하지는 않는다는 사실이다. 이 낱말들이 의도하는 것은 일원론적 존재론의 틀에서는 존재 전체는 물론 그것의 한 측면인 그 어떤 것도 언어의 개념적 틀 속에 분류할 수 없다는 점을 강조하는 데 있다. 이렇게 해석할 때 무아·무존·공·색즉시공 공즉시색 등의 의미는 분명하며, 그러한 낱말들이 전달하려는 명제가 옳다고 나는 확신하며, 존재에 대한 위와 같은 불교적 서술은 일원론적 존재론의 틀 안에서는 논리적으로 불가피하다. 이런 점에서 나의 세계관이 불교적이라는 것을 다시 확인할 수 있다.

불교적 존재론의 특징은 일원론적이라는 사실 이외에도 순환적이라는 데서 찾을 수 있다. 순환적 존재론은 모든 것을 역동적으로 파악한다. 이런 점에서 모든 현상들은 사실 영원히 고정된 것이며 사물현상의 운동과 변화를 환상으로 본 파르메니데스의 경우와 구분될 수 있다. 불교의 경우 모든 것이 영원히 정체된 것이 아니라 역동하며, 우주는 기독교나 헤겔의 세계관에서와는 달리 어떤 시점에서 시작하여 어떤 방향을 향한 목적론적 직선적 진행이 아니라, 니체의 '영원회귀'의 형이상학의 경우처럼, 시작도 끝도 없이 영원히 서로의 고리를 무는 순환적 반복이다. 물질과 정신, 삶과 죽음, 동물과 인간, 개와 뱀, 한 신분과 다른 신분의 인과적 관계에 의해서 순환적으로 작동한다는 것이다. 나는 이러한 순환적 세계관이 옳다고 믿는다.

이러한 순환적 세계관은 불교에서 윤회설輪回說로 설명된다. 그렇다면 나는 윤회설을 믿는가? 윤회설이 불교의 형이상학의 뺄 수 없는 한 기둥을 차지하는 만큼, 그것을 인정하느냐 아니냐에 따라서 나의 세계관은 불교적일 수도 있고 아닐 수도 있다.

그렇다면 윤회설의 구체적 내용은 무엇인가? 문제는 불교에서 윤회설이 핵심적인데도 불구하고 정작 내용이 애매하다는 데 있다.

원래 힌두교에서 사용되는 윤회설은 인간의 삶과 죽음의 관계 및 인간을 비롯한 모든 동물들 간의 관계를 설명할 목적으로 고안된 것으로 볼 수 있다.

힌두교나 불교에서 일반적으로 믿고 있는 윤회설에 의하면 사회적 신분상 하층 계급에 속하는, 가령 '나'라는 인간의 이 세상에서의 죽음은 육체적 죽음일 뿐 나 자체의 죽음을 의미하지 않는다. 나는 내가 이 세상에서 행한 업적에 따라서 다음 세상에서 바람직하지 못한 소나 돼지로 다시 태어나거나, 아니면 인간사회의 상류계급의 가족으로 태어난다.

불교적 세계관이 이런 윤회설을 전제한다면 나의 세계관은 불교적이 아니다. 첫째는 이런 윤회설은 아무 객관적 근거도 없는 이야기로서, 현재에 대비되는 보다 바람직한 삶에 대한 절실한 인간적 갈망을 상상적으로 채우고자 고안한 허구이거나, 사회적 무질서를 막기 위해서 사회가 집단적으로 꾸며낸 거짓말, 혹은 지배계급이 자신들의 권력 유지를 위해서 짜낸 이야기로 볼 수 있기 때문이다.

둘째는 이러한 윤회설은 불교의 근본적 바탕인 일원론적 존재론과 논리적으로 양립할 수 없기 때문이다. 그러나 윤회설이 자아自我를 포함해서 어떠한 것도 고정된 것이 없이 무한히 다른 형태로 영원함

불교적 세계관은 내가 알기로 가장 지적이며 넓은 의미에서 이성적이다. 불교에서 말하는 진리가 세계관을 지칭하고, 깨달음은 그러한 진리를 터득함을 뜻하며, 열반涅槃이 이러한 깨달음이 동반하는 완전한 심리적 해방감을 의미한다면, 나의 실천적 삶이 나의 세계관과 일치하기에는 아직도 한없이 멀고 따라서 불교적이 아니지만, 적어도 나의 세계관만은 불교적이다.

을 뜻한다면 나는 윤회설은 옳다고 믿고 이런 점에서 나의 세계관은 불교적이다. 죽으면 나는 흙으로, 버러지의 양식으로 변하고, 그것은 다시 풀의 거름이 되다가 어떤 상황에서 현재의 나와 같은 모습이 우주에서 생겨날 수 있기 때문이다.

불교적 세계관은 내가 알기로 가장 지적이며 넓은 의미에서 이성적이다. 불교에서 말하는 진리가 위와 같은 세계관을 지칭하고, 깨달음은 그러한 진리를 터득함을 뜻하며, 열반涅槃이 이러한 깨달음이 동반하는 완전한 심리적 해방감을 의미한다면, 나의 실천적 삶이 나의 세계관과 일치하기에는 아직도 한없이 멀고 따라서 불교적이 아니지만, 적어도 나의 세계관만은 불교적이다.

07
디오게네스와 알렉산더 대왕

사업을 잘 해서 큰 돈을 번 옛 초등학교 동창이나 혹은 어떤 경로로 새 정권이 들어서면서 시퍼런 권력의 자리에 오른 후 친구들을 위해 마련한 파티를 즐기고 늦어진 밤, 그 친구는 기사가 있는 신형 외제 차를 타고 훌렁 떠났다. 나는 그 자리에서 찬바람을 마시며 얼른 오지 않는 버스를 기다리면서 한편으로는 그 친구가 새삼 대견해 보이고 다른 한편으로는 내 모습이 상대적으로 초라하게 느껴지면서 어쩐지 허전하다는 생각을 순간적으로 가졌던 적이 있다.

기원전 약 3세기 겨울 어느 날 당시 인도의 일부와 북아프리카까지를 정복한 젊은 알렉산더 대왕이 고대 그리스 환락의 항구도시 코린토스의 한 거리에 말을 타고 찾아왔다. 디오게네스를 만나기 위해서였다. 철학자이자 대단한 기인奇人으로 이미 유명했던 디오게네스는 거리의 한 모퉁이에서 나무로 만든 통 속에 '개같이' 살고 있었다. 알렉산더 대왕이 말을 타고 통 속에 살고 있는 철학자에게 다가가서 소원을 말하라고 물었다. 그러자 개 같아 보이는 철학자는 "햇볕을 가리지 말고 물러가시오!"라고 대답했다. 뜻밖의 이런 대답을 듣고 디오게네스의 눈앞에서 약간 물러선 대왕은 "내가 알렉산더 대왕으로 태어나지 않았다면 나는 디오게네스같이 태어나서 그와 같이 살았을 것이다!"라고 말했다.

이 드라마틱한 이야기는 사실일 수도 있고 사실과 상관없는 하나의 설화에 지나지 않을 수도 있다. 그런데도 고대 그리스에서 일어난 작은 사건에 관한 이 이야기가 2천 4백 년이 지나도록 오늘날까지 동서를 가리지 않고 많은 지식인들에게 재미있게 다가왔다면 그 이야기의 진/위를 떠나서 그것이 시간과 공간을 초월한 어떤 깊은 보편적 문제를 제기하고 우리의 사유를 자극하기 때문일 것이다.

위의 이야기는 한 인간의 삶에 있어서 무엇이 가장 중요하며, 만약 그런 것이 존재한다면 과연 그런 것을 확신을 갖고 결정할 수 있는가라는 문제, 즉 삶에 대한 궁극적 태도를 선택하는 문제를 새삼 생각하게 한다. 문제는 만일 한 인간에게 가장 중요한 것이 '행복'이라면, 그 행복을 어떻게 규정하느냐이다. 이러한 물음들에서 아무도 자유로울 수 없다. 남녀노소, 교육의 유무, 지위의 상하, 빈부의 차, 그런 것에 대한 우리의 의식 무의식과는 상관없이 삶은 곧바로 그러한 물음들의 제기와 그러한 물음들에 대한 나름대로의 실천적 대답의 과정이기 때문이다.

모든 인간은 가능한 물질적 풍요와 정치적 권력을 통해서 자유롭게 마음대로 살고자 한다. 일반적으로 알렉산더 대왕이 대부분의 사람들의 선망과 존경의 대상이 되어왔던 것은 당연하다. 그는 젊은 나이에 세계를 정복하여 그리스의 찬란한 문화를 지구상에 크게 퍼지게 하는데 성공한 권력자로서 물리적으로는 자신의 마음대로 일생을 보낸 대왕이었기 때문이다. 이런 점에서 당시의 대부분 사람들은 황제가 되고 싶어 했고, 오늘날에는 물질적 부를 상징하는 재벌이 되거나 아니면 권력을 상징하는 국가의 수장이나 그 이외의 여러 기관의 권력가들이 선망과 존경의 대상이 된다.

코린토스 시의 시민들 특히 부유한 상인들의 눈에는 '개'로 보였을 만큼 단 한 벌의 옷과 지팡이 하나만 갖고 구걸하면서 살았던 디오게네스의 삶에 비추어 볼 때 알렉산더 대왕의 삶은 한없이 풍요롭고 행복하고 자유로와 보였을 것이며, 알렉산더 대왕의 삶에 비추어 디오게네스의 삶은 한결 더 비참하고 부자유스럽게 인식되었을 것이다.

그러나 디오게네스의 관점에서 볼 때 사정은 정반대로 역전될 수 있다. 정말 자유로운 사람, 정말 행복한 사람은 알렉산더 대왕이 아니라 자기 자신이었으며, 냉소의 대상은 자신이 아니라 알렉산더 대왕이었다. 이러한 사실은 세계를 정복한 알렉산더 대왕이 자신을 방문했다는 사실과 자신이 알렉산더 대왕에게 "햇볕을 가리지 말고 내 앞에서 비켜서시오!"라고 소리칠 수 있었다는 사실과 또한 그런 모욕적 반응을 받고난 알렉산더가 "내가 알렉산더 대왕이 아니었더라면 자신은 디오게네스가 되었을 것이다!"라는 말로 응했던 사실로 드러난다.

디오게네스는 냉소주의冷笑主義라는 인생관의 발명자인 동시에 대표적 냉소주의자Cynic이기도 하며 자신의 인생관을 철저하게 실천에 옮긴 철학자이다. 냉소주의Cynicism라는 말은 원래 '개'를 뜻하는 그리스어 쿠노Kuno에 어원을 둔 시닉Cynic이라는 영어, 불어에 뿌리를 둔 '개 같은 삶을 권장하는 인생관'이라고 의역할 수 있는데 그것은 디오게네스가 주장한 삶에 대한 우리의 바람직한 태도가 개와 같은 동물의 삶처럼 물질적으로 가장 자연에 가까운 생존조건만으로 만족함과 자연적 욕망이라면 그것이 어떤 것이건 상관없이 모든 욕망이나 행동에 부끄러움을 느낄 필요가 없음에 대한 확신이 있었기 때문이다. 이러한 그의 인생관은 일종의 금욕주의에 근거하고 있다. 금욕주의는 인간이 인위적 노력으로 무엇인가를 바꾸려 한다는 것이 허황스러운 소모적 허사임을 강조하는 인생에 대한 허무주의적 태도의 일면을 나타낸다.

이런 점에서 냉소주의는 놀랍게도 불교적 금욕주의와 통하고, 문화주의나, 인위적인 모든 활동을 허세, 부질없음으로 강조하고, 그리고 행위 속에 숨은 위선적 음모로 파악하여 그것을 경멸하는 노장적인 자연주의적 인생관과 상통한다.

나에게는 나의 길이 있고 그들에게는 나와는 다른 그들의 길이 있는 것이다. 나는 나의 길에 그들이 자랑하는 어떠한 자유나 행복과도 바꿀 수 없는 자유와 행복이 있다고 확신한다.

알렉산더 대왕과 디오게네스 두 사람의 삶 가운데에 어느 삶이 더 바람직한 것인가? 어느 시대, 어느 사회에서이고 사람들은 부귀 권력을 누릴 수 있는 삶을 선망하고, 지향하며, 존중하고, 디오게네스와 같이 경제적으로나 사회적으로 아주 밑바닥에서 아무 힘도 없이 살아가는 인생의 역정을 피하고 싶어 한다. 알렉산더가 물리적으로나 정치적으로 디오게네스보다 자유롭고 안락하며 따라서 그만큼 상대적으로 행복했을 것으로 생각하기 쉽기 때문이다.

그러나 과연 그랬을까? 어쩌면 디오게네스가 더 자유롭고 더 행복했을런지도 모른다. 알렉산더 대왕은 자신의 왕권을 지키기 위해서, 혹은 대왕으로서의 사회적 기능을 수행하기 위해서 늘 다른 사람들을 관리하고, 다른 사람들의 눈치를 봐야 했었을 것이며, 국가의 다양한 문제를 언제나 걱정해야 했었을 것이었기 때문에 자유를 누릴 시간이 없었을 것이다. 이런 과정에서 그는 정말 사랑을 경험하고, 아름다움을 느끼고, 그의 관심을 끄는 것에 대해 좀 더 관심을 갖고 그러한 호기심을 만족시킬 여유가 없었을 것이다. 그런데 디오게네스는 그러한 권력, 사회적 기능으로부터 해방되어 한순간 한순간을 자신이 진정으로 느끼는 대로 자신에게 진실하게 살 수 있었을 것이다.

그러나 과연 디오게네스가 알렉산더 대왕보다 정말 더 자유로운 삶을 살았으며, 행복할 수 있었다고 할 수 있을까? 두 사람의 삶의 방식을 놓고 양자택일을 하라 할 때 과연 나는 어느 쪽을 택해야 할지 아직도 확실한 판단이 서지 않는다. 어쩌면 이러한 나의 삶에 대한 어정쩡한 태도는 나만의 것이 아닐 것이다. 바로 이런 점에서 "내가 알렉산더 대왕이 아니었다면 디오게네스가 되었을 것이다."라는 말을 알렉산더가 했다면, 똑같은 관점에서 디오게네스는 "내가 디오게네스가 아니었다면 알렉산더 대왕이 되었을 것이다."라고 말했을 것이다.

그것은 디오게네스나 알렉산더 대왕도 결국 인간이기 때문이고 나는, 아니 우리 모두는 그들과 비교하기에는 다같이 너무나 평범한 인간이기 때문이다. 나는 높은 권좌에 오르거나 축재를 한 옛 친구들을 각별히 선망하거나 존경하는 것은 아니지만 그렇다고 그들을 경멸하거나 무시하지도 않는다. 나는 나름대로의 관념적 자유를 만끽하고 관념적 행복에 자부심을 결코 버리지 않겠지만, 그렇다고 권력과 재력을 가진 옛 친구들의 자유와 행복, 자부심과 허세를 탓하지도 않는다. 그들이 나의 삶을 가난하고 사회적으로 무력하다는 점에서 연민이나 경멸의 눈으로 바라본다면, 그들의 삶은 나에게 공허하고 허망한 것으로 생각될 수 있다.

나에게는 나의 길이 있고 그들에게는 나와는 다른 그들의 길이 있는 것이다. 나는 나의 길에 그들이 자랑하는 어떠한 자유나 행복과도 바꿀 수 없는 자유와 행복이 있다고 확신한다. 그리고 그들은 나의 삶에 비추어 자신들의 삶에 대해 내가 했던 것과 똑같은 생각을 자신들의 삶에 비추어 할 수 있을 것이다.

08
동물의 세계

내가 가장 즐겨 보는 TV 프로그램 중의 하나는 〈동물의 세계〉이다. 〈동물의 세계〉에서 간접적으로나마 자연을 새삼 발견하고 접할 수 있기 때문이다. 발견은 언제나 경이롭고, 황홀하고 신선한 경험이다. 발견대상이 근원적인 것일수록 그 경이와 황홀감과 신선감은 그만큼 더 크다. 자연은 모든 것의 원천인 동시에 귀결점이다. 인간도 자연에서 태어났고 자연으로 돌아간다. 그러므로 인간은 자연 속에서 자연을 통하고 그에 비추어서만 자신의 참모습을 발견하고, 배울 수 있으며 삶의 깊이를 경험할 수 있다. 〈동물의 세계〉는 수많은 것을 가르쳐주고, 감동을 제공하며, 여러 가지를 생각하게 한다.

〈동물의 세계〉에서 우리는 지금까지 보지 못했을 뿐만 아니라 상상할 수도 없던 곤충, 파충류, 어류, 조류에서부터 곰이나 늑대, 호랑이나 침팬지와 같은 고등동물들에 이르기까지 수많은 종류의 생명체와 만나면서 우리의 지적 지평선을 확장하고, 우리 자신과 다른 동물들, 생물체들과의 관계, 그들과 관계를 맺고 살아가는 인간 존재의 의미, 한 실존적 개체로서 나의 삶의 의미를 생각하게 된다. 우리는 구조적으로 신비로울 만큼 정밀하고도 기묘한 그들 하나하나의 생김새를 발견하고, 또 모든 동물들의 수놈과 암놈의 짝짓기에서 볼 수 있는 종족번식에 대한 결사적 투쟁, 각기 자신들의 새끼에 대한 어미의 헌신적 정신에서 그들의 '도덕성'에 새삼 숙연해진다. 모든 동물들의 수학적인 엄밀한 구조나 색채의 다양성은 자연스럽게 우리를 미학적으로 황홀하게 만들기에 충분하다.

그러나 〈동물의 세계〉는 '도덕적'으로 숙연하고, 미학적으로 황홀한 것만은 아니다. 〈동물의 세계〉는 삶의 가장 근원적 원리로서의 약육강식, 적자생존이라는 잔인한 원리와 자연의 법칙, 우주의 궁극적 질서로서의 삶의 고달픔을 또한 보여준다.

자연 속에서 모든 동물들은 서로 먹고 먹히는 관계로 얽혀 있다. 한 종의 동물은 다른 종의 동물을 먹어야 살고, 한 동물은 다른 동물을 이겨야만 생존한다. 다람쥐는 여우에 잡히지 않도록 밤낮으로 주위를 살펴야 하고, 덩치 큰 누나 연약한 톰슨가젤은 다같이 사자나 치타, 하이에나에 잡히지 않도록 항상 눈을 굴려 주의를 하고 필요하면 도망쳐야 한다. 사자는 누를 잡아먹거나 치타가 잡은 톰슨가젤을 빼앗아 먹어야 생존할 수 있고, 한 사자는 다른 사자를 몰아내고 먹이를 독식해야 살아남을 수 있다. 이보다 더 가혹하고 잔인한 세계가 존재할 수 있는가? 하지만 이것이 바로 자연, 아니 우주의 피할 수 없는 현실이며 질서이다. 동물의 세계에서 볼 수 있는 진리의 하나는 생존의 가혹함이다. 내가 동물의 세계에 시선이 끌리는 가장 중요한 이유는 이 때문이다.

2

나는 오늘도 〈동물의 세계〉에서 전개되는 자연계의 드라마를 넋을 잃은 채, 그러나 복잡한 생각으로 거기에서 눈을 떼지 못하고 바라본다.

드라마는 아프리카 세렝게티 초원이라는 방대한 무대에서 벌어진다. 초원이라 하지만 오랫동안의 가뭄으로 거의 모든 풀이 말라죽은 삭막한 모래밭이다. 암사자가 몇십 마리 남지 않은 누와 톰슨가젤을 향하여 덤벼든다. 깜짝 놀라 도망치는 어린 톰슨가젤을 한참 동안 추적하던 암사자가 추적을 포기하고 걸음을 늦춘다. 어린 톰슨가젤은 아찔했던 죽음의 위기를 벗어나 멀리 줄달음친다. 이 장면을 보면서 나는 손뼉을 치면서 만세를 부르고 싶었다. 내가 안타깝게 바라던 대로 어린 톰슨가젤이 강한 암사자에 먹히지 않고 살아남았기 때문이다.

암사자는 놓친 먹이를 허탈하게 바라보고 허덕거리며 입에 침을 흘리면서 어슬렁어슬렁 힘없이 걸음을 옮긴다. 암사자는 오늘 벌써 세 번째로 먹이사냥에 실패한 것이다. 암사자와 나무 그늘에서 어미를 기다리는 세 마리의 새끼가 아무 것도 먹지 못한지 이미 이틀이 되었다. 오늘 중으로 먹이를 못 잡으면 어미 사자를 비롯한 온 사자 가족이 굶어 죽을 판이다. 바싹 마른 풀숲에 허덕이면서 잠깐 숨을 돌린 암사자는 다시 한번 목숨을 건 사냥을 시도해야 한다. 살아남자면 다른 선택이 없다. 암사자는 떼를 지어 지나가는 수많은 톰슨가젤 가운데에서 가장 약해보이는 놈을 골라 있는 힘을 다해서 공격을 시작한다.

자연의 약자 톰슨가젤과 자연의 최강자 암사자 간에 먹고 먹히는, 죽이고 죽는, 쫓고 쫓기는, 목숨을 건 극도의 아슬아슬한 상황이 전개되고 있다. 나는 톰슨가젤과 암사자 중 어떤 편에 서야 하는가?

바로 지난번 광경을 보았을 때 나는 분명히 톰슨가젤의 편이었다. 나는 톰슨가젤이 암사자에게 잡히지 않기를 얼마나 간절히 원했던가! 그러나 암사자의 상황을 알고 난 지금 내 생각이 흔들리기 시작했다. 나는 더 이상 어느 편에 서야 할지 알 수 없다. 아니, 이제 나는 어느새 암사자의 편에 서있음을 느낀다. 암사자가 성공적으로 톰슨가젤을 사냥해서 그의 살과 창자를 자신의 새끼들과 나누어 먹고 살아 남게 되기를 바라는 마음이 생긴다. 암사자와 그 새끼들의 굶주린 상황 그리고 그에 따른 그들의 죽음이 너무나 애처로워졌기 때문이다. 만일 이번의 사냥에도 실패한다면 아프리카 초원의 왕자 암사자와 그의 가족에게는 죽음이라는 운명만이 남아 있기 때문이다. 이같은 심성의 변화는 내가 아무 죄도 없는 톰슨가젤의 죽음을 원한다는 것을 의미한다.

과연 이러한 나의 심성의 변화는 도덕적으로, 인간적으로 옳은 것인가? 나의 심성은 잔인하지 않는가? 객관적 현실은 굶주린 암사자와 어린 톰슨가젤 가운데 어느 한쪽의 죽음을 선택할 것을 요구한다. 그렇다면 어느 쪽을 선택해야 하는가? 그중 한쪽을 선택해야 한다면 그 선택의 근거는 무엇인가?

설득력 있는 대답이 나오지 않는다. 이성적 해결책이 막막하다. 이성적으로는 이럴 수도 저럴 수도 없다. 심정적으로 마찬가지이다. 확실한 대답이 나오지 않는다. 안타까운 마음으로 나는 굶주린 사자와 힘없는 톰슨가젤의 둘 가운데 한쪽의 삶과 다른 쪽의 죽음을 그저 지켜보기만 할 뿐이다. 너무나 가혹한 자연과 그러한 우주의 질서 앞에서 우리는 숙연해지기도 하지만 그와 동시에 너무나 잔인하고, 거기에는 무엇인가가 근본적으로 잘못되어 있다는 생각을 피할 수 없게 한다.

《수필》, 2001, 봄호

09
눈의 미학

아침에 커튼을 걷고 밖을 내다보니 아파트 단지의 지붕과 거리는 이미 흰눈에 덮여 있고 그 위로 함박 눈송이가 계속 소리 없이 내리고 있다. 모처럼 서울에 제법 많은 눈이 내렸다.

이번 눈은 큰 불편과 고통을 몰고 왔다. 날이 춥고, 길은 미끄러웠으며 빙판길에서 넘어져 다친 이들도 적지 않다. 교통이 마비되었다. 수도가 터지고 눈 무게를 못 이겨서 무너진 비닐하우스에서는 공들여 가꾼 채소, 몇 년 동안 키운 닭들의 몰살로 망하게 된 농가들이 허다하다. 갈 곳 없는 노숙자들의 수가 늘어났다. 국가적으로 막대한 재산피해가 생겼고, 사회적 문제가 늘어났다.

하지만 눈은 역시 깨끗하고, 오는 광경은 아름다우며 눈에 덮힌 풍경은 역시 곱다. 눈이 와서 기쁘고 함박눈을 맞으니 기분이 상쾌하다. 밖으로 나와 눈을 맞으며 눈에 덮힌 거리를 그냥 걷고 또 뛰어보고 싶기도 하다. 눈을 뭉쳐 아무데고 그냥 던져보고 싶은 충동을 느끼기도 한다. 아주 아득한 먼 하늘에서 내리는 흰 눈송이에 덮힌 산과 들의 설경이 환상적이다. 나는 동심으로 돌아간다.

눈의 아름다움을 느끼고 설경을 좋아하는 것은 나만이 아니다. 벌써부터 길거리에는 아이들이 추위도 잊고 눈을 맞으면서 눈싸움을 벌이고 눈사람을 만들고 깔깔대며 재미있어 한다. 살을 에이는 듯한 찬바람에도 불구하고, 눈에 매혹되어 등산을 하는 이들이 많았다는 소식이 들린다. TV에서는 수많은 인파가 모여 스키를 타면서 하루를 만끽하는 모습을 보여준다.

나는 어려서 농촌에서 자라면서 눈이 올 때마다 신바람이 났었다. 나이 들어서도 내가 오래 살던 보스턴에서 무릎까지 내려 쌓이는 눈송이에 넋을 읽고 그것을 바라보곤 했었고, 눈에 완전히 덮힌 뉴잉글랜드의 풍경에 흥분하곤 했었다. 등산도 안하고 스키장 근처에도 가지는 않았지만 눈이 와서 나는 좋았다. 나는 눈의 아름다움을 피부로 느낀다.

눈이 동반하는 아름다운 감각은 어디서 오는 것일까.

모든 감각이 그러하듯이 미적 감각도 필연적으로 피부적이다. 그러나 눈의 미학은 피부적인 것으로 끝나지 않고 그 이상의 속성을 갖고 있다. 모든 미학적 경험의 대상은 감각적 존재이지만 경험 주체로서의 영혼에 의해서 비로소 그러한 대상에 대한 미학적 경험을 할 수 있다. 미학적 경험은 피부가 아니라 영혼이라는 깊은 땅에 뿌리를 박고 있다. 미학적 경험은 감각적 대상의 물질적 속성에 대한 의미 해석이며 그렇게 해석된 의미에 대한 영혼적 가치 평가이다. 그 평가 척도는 영혼의 깊은 곳에 담겨 있는 영원한 꿈, 궁극적 소망이다.

한없이 복잡하고 지저분하며, 불투명하고 억압적인 세계에서 떠들썩하고 분주하게, 때로는 고달프고 괴로운 일상생활을 해야 하지만, 바로 그렇기 때문에 영혼의 궁극적 소망은 청결과 순수, 투명과 자유, 조용한 시간과 평안한 휴식이다.

영혼이 흰눈에서 아름다운 황홀감과 해방감을 느끼게 되는 것은 눈이, 눈 내리는 풍경이, 그리고 눈에 덮힌 세계가 영혼이 궁극적으로 소망하는 위와 같은 가치들을 상징해주기 때문이다. 눈에 덮히면서 세상은 단 하나의 흰색으로 변하고, 온통 흰색으로 단장된 세계에서는 누구나 순수, 투명성과 자유를 감지하게 된다. 과연 그렇다. 목석이 아니라면 눈이 내린 세상에 깊고 풍요로운 침묵과 조용한 휴식을 경험하지 못하는 영혼은 있을 수 없다. 눈은 어디서나, 영원히 그리고 누구에게나 아름답다.

하지만 설경이 주는 나의 미학적 감동은 각별하다. 눈은 어느 때보다도 강하게 순수하고 깨끗하며, 투명하고 신선하며, 진실하고 아름다운 것으로 피부에 다가오고 영혼에 울려온다. 어째서 이렇게 각별할까? 모처럼 보는 눈이어서 그럴까? 맞는 말이다. 새천년의 정월 초에 내린 눈이어서라고 설명할 수 있을까? 그것도 맞는 말이다. 그러나 또 다른 이유가 있고 다른 설명이 가능하다. 그것은 현재 우리가 살고 있는 사회적 현실, 특히 정치적인 현실로 짚어볼 수 있는 전반적 세태상과 무관하지 않다.

날이 갈수록 쓰레기가 널려 있는 거리는 추해만 가고 달이 갈수록 오염된 공기로 차 있는 하늘은 불투명해지고, 해가 갈수록 불신과 경쟁으로 얽힌 우리의 인간관계는 삭막해진다. 보면 볼수록 원칙이 사라지고 물리적 힘의 논리만이 지배하는 우리 사회는 억압적이고, 알면 알수록 권력의 장악에만 혈안이 된 정계는 도덕적으로 추악한 냄새로 국민의 코를 찌른다. 우리는 이 혼탁한 가운데에서 쉴새없이 떠들썩하게 북새통을 떨며 하루하루 체바퀴를 돌듯이 살고 있다. 이것이 오늘의 현실이며 우리의 일상적 삶이다.

우리는 맑은 공기를 마시면서 눈처럼 깨끗한 거리를 걸으며 눈처럼 투명한 하늘을 바라보고 싶다. 우리는 조금이라도 서로 신뢰하고 상부상조하며 눈처럼 따뜻하게 살고 싶다. 우리는 좀더 이치에 따라 눈처럼 투명하고 싶다. 우리는 조금이나마 눈처럼 조용히 마음의 휴식을 갖고 싶다. 내가 각별히 이번의 설경에 미적 감동을 받은 것은 나의 영혼이 조금이나마 더 아름다운 삶을 살고자 하기 때문이 아닐까?

함박눈이여 모든 추한 것을 덮고 씻어다오!

함박눈이여 더 펑펑 이 땅에 내려라!

10
전나무처럼

나는 내가 똥파리나 지렁이가 아니라 인간으로 태어난 것이 요행스럽고 그러한 요행에 큰 자부심을 느낀다. 하지만 나는 때로는 인간이 아니라 동물로, 동물이 아니라 식물로 태어나고, 식물이 아니라 바위로 존재하고 싶다는 생각이 들 때가 가끔 있다. 인간보다는 다른 생명체로 태어났더라면 하는 생각을 하게 되는 것은 사르트르의 설명대로라면 자유로운 존재인 인간은 축복일 수도 있지만 또한 그만큼 불안을 동반함으로 저주일 수 있기 때문이다.

생명체로 존재하는 것보다는 바위와 돌처럼 그냥 물체로 존재했으면 하는 것은 루마니아 태생의 프랑스의 철학적 에세이스트 E. M. 시오랑의 한 저서의 이름대로『태어났음의 불편』을 의식하고 있기 때문이다. 살아 있는 것이 어딘가 남의 옷을 입은 것처럼 거북하게 느껴지는 때가 적지 않다.

시오랑과 같은 사상적 맥락에서 고대 그리스 신화에 나오는 술과 춤의 신 디오니소스의 양부養父인 동시에 스승이기도 했던 시레니우스는 "가장 바람직한 것은 태어나지 않는 것이며, 그 다음으로 바람직한 것은 빨리 죽는 것이다."라는 주장에 공감이 갈 때가 있다. 모든 종교는 이 세상을 넘어서 존재하는 초월의 영역에 대한 믿음이거나 욕망의 표현이며, 세상에서의 삶의 고통에 대한 뼈아픈 경험의 산물이다. 힌두교와 불교는 삶의 본질적 고통, '공空' 혹은 '무無'로 불리우는 인생의 허망한 무상성의 의식에서 출발한다. 힌두교나 불교와는 달리 인생에 대해서보다 적극적인 태도를 갖는 유대교, 기독교, 이슬람교도 힌두교나 불교와 근본적으로는 다를 바 없다. 니체가 신랄하게 비판했듯이 위와 같은 서양의 종교들은 적어도 이 세상의 삶에 대한 불만과 그러한 삶의 가치를 부정하는 데서 출발한다. 한편 실존철학자 사르트르는 '인간은 무의미한 수난'이라고 주장했다.

이 세상에서의 삶에 대한 부정이 곧 삶 자체를 부정하는 것은 아니다. 사르트르가 주장했던 것처럼 인간의 궁극적 욕망은 인간존재의 철학적 구조상으로 보아 죽는 것인 동시에 살아 있는 것이다. 인생을 긍정하던 부정하던 삶 자체를 부정할 수는 없다. 삶 자체는 인생에 대한 모든 태도, 소망 속에 이미 전제되어 있어야 하기 때문이다. 중요한 것은 삶과 죽음 두 가지 가운데 하나를 택하는 문제가 아니라 어떤 방식의 삶이 가장 바람직한 것이냐를 찾아내는 데 있다. 이러한 사실은 힌두교, 불교에서 말하는 윤회설과 유대교, 기독교, 이슬람교에서 말하는 천당天堂에서의 새로운 양식의 삶의 가능성에 대한 믿음에서도 드러난다.

문제의 답은 삶이 고통스럽다고 해서 죽음을 찾는 데 있는 것이 아니라 고통으로부터 자유로운 삶의 양식을 찾아내는 데 있다. 내 스스로 나의 삶, 나의 살아가는 꼴을 곰곰이 반성해볼 때 아무리 해도 내가 마음에 들지 않는다. 이런 말은 나에게만 해당되는 것이 아니라 대부분의 사람들에게 적용되는 것으로 짐작된다. 다소 차이는 있겠지만 어느 사람이고 자신의 삶을 총체적으로 반성해볼 때나 아니면 자신의 하나하나의 모든 언행들에 대해서 마음 속으로 완전히 만족하게 생각하는 사람은 거의 없을 것이다. 인간으로 존재하는 한 사정이 이렇게 난처하다면, 인간과는 다른 바람직한 존재로 태어날 수는 없을까? 어떤 종류의 존재 방식이 가장 바람직한 삶의 양식일 수 있는가?

이 물음에 대한 대답은 일률적일 수 없다. 그것은 각자의 기호에 따라 달라지고, 각자의 기호는 교육, 자연적 및 사회적 환경에 의해 많은 영향을 받고, 그가 추구하는 이상적 가치관에 따라 서로 달라질 수 있다. 침착한 성격과 의젓한 몸가짐으로 사는 삶의 모습을 귀하게 여기는 이는 어떤 종류의 생명체보다는 바위처럼 말 없으면서도 당당하고 의젓한 모습으로 존재하고 싶을 것이며, 반대로 활동적이긴 하지만 그만큼 경박하게 보이는 삶을 선호하는 이는 한번도 안정감을 주지 못하고 항상 무리를 짓고 정신없이 몰려다니는 리카온의 삶의 양식에 마음이 끌릴 것이다. 또 어떤 이는 육지에 사는 동물보다는 하늘을 높이 그리고 자유롭게 날아다니는 새들의 삶의 양식에 마음이 팔릴 것이다. 권력지향적이고 권위적인 삶을 지향하는 이는 톰슨가젤이나 토끼나 사슴보다는 호랑이나 사자를, 토끼나 물고기보다는 하늘을 선회하는 매나 독수리의 삶을 이상적 양식으로 여길 것이다. 가령 미국과 독일같이 강력한 권력을 갖고 있는 국가들이 독수리를 국가의 한 상징물로서 여러 곳에 사용하고 있는 것을 볼 때 한편으로는 그것의 제국주의적 및 군국주의적 성격에 거부감을 느끼면서도 다른 한편으로는 인간본성의 한 보편적 측면을 인정할 때 그 이유가 충분히 이해된다.

인간의 삶이 그 하루하루가, 그 한순간 한순간이 자유와 그것이 동반하는 불안 속에서 빠져나갈 수 없음을 의식하면 할수록 나는 살아 있으면서 모든 정신적 불안으로부터 자유로운 상태에서 초연하게 존재하는 전나무 같은 인간으로 존재하고 싶다.

죽어서 자신의 존재 양식을 선택하고 새로운 삶을 살 수 있다면 사람들은 어떤 존재로 재생하기를 원할 것인가? 나는 어떤가?

나는 바위나 돌과 같이 비생명체, 즉 물질이나 물고기나 새와 같은 동물보다는 풀과 나무와 같이 식물체를 선택할 것이다. 그러한 비생명체가 에메랄드나 다이아몬드이건 나는 아무리 괴롭더라도 죽어있음보다는 살아있음이 아름답고 생생하기 때문이다. 생명이 없는 존재가 인간들에 의해서 아무리 높이 평가되더라도 말이다. 그렇지만 나는 동물보다는 식물로 존재하고 싶다. 바위도 좋고, 풀도 좋고, 물고기도 좋고, 날짐승도 좋고 네 발 달린 야수들도 좋지만 나는 역시 나무를 더 좋아한다. 동물보다 나무를 더 좋아하는 것은 동물들이 한편으로 풀이나 나뭇잎과 같은 식물들 혹은 다른 동물들을 잡아먹어야 하고, 다른 한편으로는 다른 동물들의 공격을 피해서 항상 사방을 이리저리 조심스럽게 돌아보면서 도망쳐 다녀야 하는 모습이 체통이 없고 불안정하며 당당하지 못하기 때문이다.

모든 식물, 모든 나무가 한결같이 내가 살고 싶은 존재양식은 아니다. 내 마음을 가장 끄는 나무는 곡선을 그리면서도 꺾이지 않고 겨울에도 푸르게 우뚝 서 있는 한국 고유의 높으면서도 우아한 적송赤松이나 봄과 여름, 가을과 겨울 동안 변하지 않는 푸른 잎을 간직하고, 폭풍이 불든 폭우폭설이 덮치든 흔들리지 않고 동네 한가운데나 혹은 산기슭의 하늘을 향해서 높이 뻗어 있는 전나무가 모두 보기에 좋다. 하지만 나는 적송보다는 전나무가, 적송의 존재방식보다 전나무의 존재방식이 더 마음에 끌린다.

언제고 변함없이 푸르고, 어떠한 계절의 요란스러운 변화에도 흔들리지 않고, 항상 떠들썩하고 부산스럽게 돌아가는 동네 인간사의 변동에도 불구하고 그 중심에 딱 버티고 당당한 모습으로 우뚝 서서 마을에 중심과 질서를 잡아주는 묵은 전나무의 자신감과 지조가 한없이 믿음직하다. 하늘로 곧장 높이 뻗어 뛰어나 보이면서도 단순하지만 전체적으로 어디 한 곳에서도 흩어짐 없이 잘 균형 잡힌 동네 한복판에 선 전나무의 자세는 황제와 같은 권위로 아주 당당하면서도 극히 겸손하고, 점잖으면서도 고귀한 품위를 갖추고 있다.

인간의 삶이 그 하루하루가, 아니 그 한순간 한순간이 자유와 그것이 동반하는 불안 속에서 빠져나갈 수 없음을 의식하면 할수록 나는 살아 있으면서 모든 정신적 불안으로부터 자유로운 상태에서 초연하게 존재하는 전나무 같은 인간으로 존재하고 싶다. 내가, 살아가는 모습을 외적으로나 내면적으로 성찰해보면 볼수록 그것은 당당하지도, 아름답지도, 자유롭지도, 건강하지도, 멋있지도 그리고 의젓하지도 못하다. 다른 사람들을 보아도 사정은 별로 다른 것 같지 않다. 이런 것을 의식하면 할수록 그만큼 더 나는 전나무, 말없이 저기 우뚝 선 푸른 전나무 같은 인간으로 존재하고 싶다.

11
이 순간, 이 시간, 이 삶

현재 나는 일흔다섯이다. 인생이란 여정의 거의 종점에서 지금까지 걸어온 과거를 뒤돌아보는 때가 되었다. 뒤돌아보면 향수를 느끼고 돌아가고 싶은 시절들은 누구에게나 있다. 나도 마찬가지다. 그러나 나에게는 꼭 다시 돌아가고 싶은 시절이 없다. 내가 돌아가고 싶은 시절이 있다면 그것은 바로 지금 이 순간, 이 시간, 이 삶이다. 시방 나의 몸은 어느 때보다도 편안하고, 나의 정신은 어느 때보다도 자유롭다.

나와 같은 연령에 속하는 대부분의 사람이 공감할 것이라 추측되는데, 일제 강점기에 태어나 유년기와 소년기를 보냈고, 조국 광복, 6 · 25전쟁과 군사정권하에서 청년기를 보내야 했던 나의 과거는 달콤한 향수의 대상이기보다는 하루라도 빨리 기억에서 지워버리고 싶은 시절이었다. 우리 세대의 청춘은 지독한 가난, 정치적 억압, 사회적 혼돈 속에서 허우적거리며 살과 뼈를 깎는 고통을 경험하며 살아야 했다.

30대에 들어서면서부터 서울을 떠나 60대 초에 조국으로 돌아오기까지 31년을 나는 프랑스와 미국과 같은 한국과는 전혀 다른 환경에서 살면서 돈도 가족도 없이 공부하고, 서투른 외국어로 철학을 가르치며 다른 동료들과 경쟁해야 했던 긴장된 나의 삶이 어찌 편안하고 달콤한 향수의 대상이 될 수 있겠는가. 과거여, 안녕! 현재가 중요하다. 과거의 반추反芻가 아니라 미래에 대한 희망으로 살자.

하지만 나에게도 나름대로 돌아가고 싶은 시절들이 있긴 하다. 어떤 상황에서도 인간의 삶과 인간사회는 인간으로서 잊을 수 없는 소중하고 아름답고 즐거운 경험의 터전이 될 수 있다. 때로는 한없이 사악하고 무지하고 거친 것도 사실이지만, 인간은 또한 그 이상으로 선하고 지혜롭고 고운 동물이며, 그러한 인간이 사는 사회에서는 그 시절이 언제이든 인간으로서 잊을 수 없어 언제고 되돌아가 다시 만나고 싶어지는 사람들, 다시 환기시키고 싶어지는 사건들, 다시 맛보고 싶어지는 아름답고 따뜻한 경험이 누구에게나 있기 때문이다. 그것은 나의 경우 50대의 보스턴 시절, 30대의 파리 시절, 충청도 벽촌에서의 유년 시절로 나누어볼 수 있다.

미국 동부의 문화적 중심도시 보스턴에서 철학교수로 직업을 갖기 시작한 지 7~8년이 지난 40대 후반부터 나는 수업 준비에 그 이전처럼 시달리지 않았고, 경제적으로 조금 안정을 찾게 되었다. 은퇴를 하고 아주 귀국할 때까지 찰스강가의 한 아파트에 살면서 나는 그곳의 고풍스럽고 학문적인 분위기와 그 주변의 아름다운 자연적 환경을 만끽했던 삶이 지금도 자주 그립고 아쉽다.

파리 시절은 되돌아가기에는 마음과 몸이 너무 긴장되고 힘든 시기였다. 하지만 그곳에서의 5년간의 유학생활은 내 생애에서 지적으로 가장 뿌듯한 성장을 한 시기였다. 정말 나의 지적 지평선이 그곳에서 활짝 열림을 경험했고, 내가 택한 지적 삶에 대한 타오르는 열정으로 불타고, 나의 지적 가능성에 대한 막연한 자신감을 얻을 수 있었다. 지적, 실존적 도취에 빠졌었다고 할 수 있는 그 시절을 내가 어찌 쉽게 잊을 수 있겠는가. 나는 그때 무척 고생스러우면서도 무척 행복했다.

가장 근원적으로 내가 되돌아가고 싶은 때는 아버지의 무릎 위에서 아버지의 가시 같이 깔깔한 코밑 수염을 만지며 귀여움을 받기도 하고, 눈 오는 겨울밤에 따뜻한 안방에 깔아 놓은 넓은 요와 이불 위에서 거꾸로 뒹굴며 자빠지고 낄낄대며 두 살 위 누나와 잠들 때까지 놀았던 철몰랐던 어린 시절이다. 지금도 살아 있다는 게 좋지만, 그때는 정말 즐거웠다.

하지만 진정 내가 지금 이런 시절로 돌아가고 싶으냐고? 이 지나간 경험이 아무리 귀하더라도 내가 정말로 돌아가고 싶은 곳은 바로 지금 영원한 현재, 이 순간, 이 시간, 이 삶이다.

『행복한 허무주의자의 열정』(2005)

『행복한 허무주의자의 열정』 초판 서문

투명, 열정, 진실

이 책은 그동안 여러 잡지, 신문, 학술대회 등에 발표했던 여러 글들 가운데 나의 지적 궤적, 정서적 흔적 및 도덕적 자세를 반영한다고 볼 수 있는 자전적 글들을 모은 것이다. 72년에 계간 《창조創造》에 발표했던 「하나만의 선택」을 제외하고는 거의 대부분 지난 10년 내에 발표됐던 것이고, 그중에서 핵심적인 것들은 지난 1, 2년에 썼던 것들이다.

이 책을 통해서 나는 아주 보잘 것 없지만 나름대로 열정적으로 살아왔다고 자처하는 나의 삶을 객관화해서 정리해보고자 했다. 이런 점에서 이 책은 일종의 자서전이다. 나는 이미 약 20년 전에 『사물事物의 언어言語—실존적 자서전』이라는 책을 펴낸 적이 있다. 그런데 새삼 이러한 자서전적 책자를 또 내는 데에는 그 후 나의 외부에서는 꽤 많은 시간이 흘렀고, 나의 삶에도 적지 않은 변화가 있었기 때문이다.

게다가 인생의 황혼을 피부로 실감하면서 나의 삶을 마지막으로 총정리할 실존적 요청을 실감하게 되었고, 덧붙여 이러한 나의 초상화가 혹시 다른 이들, 특히 젊은이들의 삶에도 참고가 될 수 있을지도 모른다는 생각이 들었기 때문이다. 설사 그것이 반면교사로서라도 말이다. 그러나 여기서 내가 정말 원하는 것은 이러한 자기반성을 통해서나마 앞으로 내게 남아 있는 삶을 조금이라도 더 보람 있게 살아보자는 데 있다.

자서전은 자신의 삶에 일어난 모든 구체적 사건들을 족보, 출생, 극복한 도전, 감투, 업적 등의 연대기적 기록의 형식을 갖추는 것이 일반적 관례이다. 그러나 이 자전적 글들에서 볼 수 있는 나의 초상화는 가시적인 외형적 그림이 아니라 비가시적인 내면의 울림이다. 여기서 독자는 지적, 정서적 및 실존적 존재의 찌그러지고 거친 인간의 그림을 눈이 아니라 머리로 그려 보고, 그 존재의 아픈 삶의 노래를 귀가 아니라 가슴으로 들을 수 있을지 모른다.

최근에 와서 나는 사춘기 이후 나를 줄곧 지탱해온 것이 '지적 투명성Intellectual Tranceparancy', '감성적 열정Emotional Intensity' 그리고 '도덕적 진실성Moral Authenticity'이라는 세 가지 가치에 대한 추구가 아니었던가 하는 생각을 하게 되었다. 물론 언제나 의식적으로 그랬던 것은 아니지만 지금 그동안 살아온 과정과 삶의 여러 큰 갈림길에서 내가 해야 했던 어려운 선택들을 뒤돌아보면, 그러한 것들이 위와 같은 삶의 원칙에 시종 일관되게 깔려 있었던 것이 아닌가 싶다.

그것은 학부과정에서 내가 이공계 대신 인문학을 선택했고, 서울대학에서 불문학 학사 논문을 샤를 보들레르Charles Baudelaire에 관해 썼고, 석사논문의 제목을 「폴 발레리에 있어서 지성과 현실과의 변증법으로서의 시La poésie en tant que la dialectique entre la realité et L' intellect chez Paul Valéry」로 잡고, 소르본대학에서 불문학 박사논문을 「말라르메가 말하는 "이데아"의 개념: 논리정연성整然性에 대한 꿈L' "Idée" chez Mallarmé ou la cohérence rêvee」이라 하고, 미국 서던캘리포니아대학에서 철학 박사논문을 「메를로 퐁티의 철학에서 나타난 "표현"이란 개념의 존재론적 해석An Ontological Interpretation of the Concept of "Expression" in Merleau-Ponty」이라고 한 사실에서 알 수 있다고 본다.

나는 '세기말'의 시인 보들레르에서 도구적 근대 이성, 즉 과학적 세계관이 동반한 허무주의와 싸우는 고독한 실존적 인간의 외침에 공감을 했고, 지적 시인 발레리에서 감성과 이성, 시와 논리의 갈등을 이해했고, 상징주의 시인 말라르메에서 감성과 이성, 시와 철학을 초월하고 통합한 절대적으로 정연整然Cohérent한 세계인식으로서의 시에 대한 열정적 꿈을 발견했고, 그 시인 속의 나 자신을 발견했으며, 현상학자 메를로 퐁티의 '표현'이라는 개념에서 마음과 몸, 물질과 정신, 인식과 존재, 사실과 의미가 모두 하나로 통일된 일원론적 존재론에서 화합의 철학을 감지하고 소외가 없는 따듯함을 경험할 수 있었던 것 같다.

그렇다면 내가 위와 같은 작가, 철학자들에 끌린 것은 결코 우연이 아니다. 나는 그들을 통해 몇십 년 동안 무의식적이나마 줄곧 동일한 문제와 싸우고 동일한 가치를 추구했던 것임에 틀림없다. 세 살 버릇이 여든까지 간다는 말이 있듯이, 한 인간의 싹수는 어려서부터 알아볼 수 있듯이, 한 인간은 아주 일찍부터 결정된다는 말이 맞을 법도 하다. 불행이었건 다행이었건 나의 삶도 나 자신도, 이 책에서 볼 수 있는 오늘날의 나의 초상화는 자신도 모르는 사이에 이미 어려서부터, 아니 그 이전에 결정되어 있었던 것은 아닌가?

이 보잘 것 없는 책에 정성을 기울여준 미다스북스의 류종렬 사장과 직원들의 호의에 감사한다. 아울러 사진과 디자인으로 책의 장정을 위해 애써준 정하연 양, 그리고 바쁜 와중에도 책의 교정을 도와준 연세대 비교문학 박사과정의 이은정, 안재연 조교에게도 이 자리를 빌려 사의를 전하고자 한다.

2005년 벽두에
일산 문촌마을에서
박이문

인터뷰 둥지의 철학은 인간의 철학이다

대담자 : 강학순 (안양대학교 기독교문화학과 교수)

둥지의 철학은 박이문 사상의 종착지

강학순 선생님을 뵌 지가 30년이 넘습니다. 그동안 사적으로나 학문적으로 가까이 지내왔지만 이번에 이렇게 대담을 하게 된 것을 무척 기쁘게 생각합니다. 선생님은 사람들에게 설교조의 좋은 말씀을 해주시거나, 혹은 도덕적 권면을 상대방에게 하는 것을 좋아하지 않는 것으로 알고 있습니다.

이는 타자가 누구이든 동등한 인격으로 대우하시며 존중해주시는 훌륭한 자세라고 생각합니다. 그러나 그런 태도는 선생님의 사상과 인격을 통해 무언가 배우고자 하는 후학들에게는 다소 냉정하게 느껴지기도 하고, 또한 무심함으로 다가올 때가 많습니다. 이런 점에서 저는 오늘 대담에 임하면서 모종의 부담감을 갖게 됩니다.
하지만 선생님의 애독자를 위하여, 특히 젊은 독자들을 위하여 더 편안하고 열린 마음으로 소중한 답변을 해주시면 감사하겠습니다.
먼저 선생님께서 평생 탐구해오신 철학과 예술을 완성하여 집대성한 '둥지의 철학'에 대해서 여쭤보겠습니다. 과연 이 '둥지의 철학'이 선생님 철학의 종착지입니까?

박이문 그렇지요, 그것은 종착지라고 할 수 있습니다. 그러나 아직 더 할 말이 있고, 더 정확한 답이 있을 수 있지 않느냐 하는 점에서 아쉬움이 남습니다.

강학순 그러면 '둥지의 철학'의 개념은 언제 처음으로 착안하셔서 독창적인 예술적 철학으로 발전시킨 것입니까?

박이문 거슬러 올라가면, 대학에서 프랑스 문학을 공부하던 때부터 세상의 모든 것을 총체적으로 일관성 있게 '단 하나의 이론'으로 설명하고 싶은 관심을 품게 되었어요. 무엇보다 '둥지의 철학'의 궁극적 의도는 말라르메S. Mallarmée가 구성했던 우주의 모든 것을 담은 단 한 편의 절대적 시로서의 '책Le Livre'이 암시하는 의도와 유사한 것이지요.
그리고 1974년의 「시와 과학」이란 논문에서 '존재 차원'과 '의미 차원'이라는 새로운 개념으로 세계를 설명할 수 있다는 단초를 소개했지

요. 2003년 출간된 『이카루스의 날개와 예술』에서 「둥지의 건축학」을 소개했고, 2009년에 『통합의 인문학』에서 '둥지의 철학'을 본격적으로 다루었습니다. 이를 통해 '둥지의 철학'이 통합 인문학의 가능성으로 제시되었어요.

드디어 2010년에 '둥지의 철학'이 세상에 나오게 되었지요. 마지막으로 2012년에는 『둥지의 철학』의 간결한 해설을 담은 프롤레고메나Prolegomena로서 『철학의 흔적들』이 출간되었어요.

강학순 '둥지의 철학'에서는 인간과 세계를 어떻게 보고 있습니까?

박이문 인간은 고정된 존재가 아니라, 끊임없이 재창조되는 세계에 속한 존재이지요. 다시 말해 인간은 선험적으로 결정된 존재가 아니고, 항상 열려 있고 다시 만들어질 수 있는 존재라는 것이에요. 내 생각으로는 정신과 몸으로 이루어진 인간은 서로 분리되는 것이 아니라, 하나로 연결된다고 보아요.

그것들은 마치 찰흙처럼 엉켜 있어서 어떤 모양으로든지 바꿀 수 있고, 언제든지 리모델링될 수 있다는 얘기입니다. 말하자면 정신과 몸은 상호 침투하는 것이죠. 인간은 자신의 자유를 발휘해서 세계를 지배하거나 군림하는 존재가 아니고 세계 속에, 즉 둥지 속에 있으면서 끊임없이 재구성되는 것이라고 할 수 있어요. 몽골의 게르Ger(이동식 천막)처럼 그 안에 살면서 계속해서 움직이는 것으로 비유할 수 있을 거예요.

나 역시 철학과 예술 사이를 옮겨 다니며 둥지를 계속 만드는 과정 속에 존재한다고 말할 수 있겠지요. 결국 인간이 세계에 속하기도 하고, 세계가 인간에 의해 계속 만들어지는 상호작용이 있다는 것이 '둥지의 철학'의 관점이라고 볼 수 있겠지요.

강학순 오늘날 젊은 세대들은 치열한 자본주의 사회에서 살아가면서 어쩔 수 없이 삶의 가치보다는 물질적 가치에 대한 애착을 더 가지게 됩니다. 이들에게 철학자로서 어떤 조언을 해주고 싶습니까?

박이문 과거의 세대들도 정신적 가치보다 물질적 가치를 추구하기는 마찬가지였어요. 지금은 물질적 가치 추구를 통해 얻을 수 있는 것들도 다양할 뿐만 아니라, 그 가능성의 기회들도 열려 있지 않습니까?

오늘날 시장 자본주의의 물질적 유혹에서도 인간다움을 지키기 위한 여러 가지 방법이 있겠지만 그것을 젊은 세대에게 일방적으로 강요할 수는 없다고 생각해요. 그러나 무엇보다 중요한 것은 자기 자신에게 정직하고 윤리적으로 살아야 해요. 다시 말해 사람이라면 '물질적 가격'에 관심을 가지기보다는 '도덕적 가치'에 따라 살아야 한다고 생각해요.

강학순 그러면 선생님이 강조하시는 '도덕적 가치'란 무엇입니까?

박이문 그것은 우리가 속한 공동체에 기여하는 것이지요. 물질주의가 팽배할수록 도덕적 가치를 지니고 공동체의 이익에 기여하는 일을 중요시해야 해요. 이는 더불어 사는 것의 규칙이니까요. '도덕적 가치'를 추구해야 하는 것이 인간의 당위라고 봐요.

강학순 그렇다면 오늘날 소위 '휴머니즘의 위기' 시대에 인간에게는 변하지 않는 도덕성이라는 상수가 있는 건가요? 그 근거는 무엇인가요? 요즘은 사람의 본성을 조작하고 얼마든지 인위적으로 가공할 수 있다고 보지 않습니까? 말하자면 안티-휴머니즘, 포스트-휴머니즘 그리고 트랜스-휴머니즘까지 거론되지 않습니까?

박이문 단언컨대, 인간의 본성은 상수가 아니라 변수라고 할 수 있어요. 그것은 시대와 환경이 변하더라도 인간의 고유한 본질로서 고정되어 있지 않고, 열려 있는 상태에 변화하는 것으로서 본성 역시 변화한다고 생각해요. 상황에 따라 그 본성은 다른 모습으로 드러나지요. 즉 시대에 따라 다양한 본성들이 나타납니다. 따라서 인간의 본성은 상수가 아니라 변수라고 할 수 있죠. 무엇보다 나의 견해로는 선과 악도 확실치 않아요. 상황에 따라, 역사에 따라 변하는 것이죠. 시대와 상황에 따라 인간의 본질 역시 영향을 받기 때문이지요. 지금은 그런 본성을 논의하는 것보다도 더불어 살아가는 지혜를 찾아가는 것이 더 절실하게 요구된다고 봐요.

강학순 그러면 선생님은 인간의 본성과 그것에 기반한 도덕과 문화에 대해서 역사적 상황에 따른 상대주의 및 다원주의를 주장하는 셈인데요. 고유의 관습을 지닌 지역적 문화도 다른 문화권과 비교해보면 인권 유린, 억압, 폭력으로 비쳐질 수 있습니다.

예를 들면, 도처에서 사이비 이단종교들이 창궐하여 혹세무민을 하고 있고, 사회악을 조장하고 있으며, 특정 이슬람 문화권에서는 오늘날에도 소녀들에게 끔직한 할례의식이 이어지고 있습니다.

이런 것은 문화적 존중의 대상이 아니라 지구상에서 사라져야 할 야만 행위로 보아야 하지 않을까요? 획일적이고 절대적인 잣대는 아니더라도 인류사회에서 보편적으로 용인할 수 없는 일이기 때문에 그때그때마다의 보편타당한 판단 기준이 있어야 하지 않을까요? 만일 용인한다면 인류는 다시 야만의 세계로 돌아가지 않을까요?

박이문 그런 판단 기준은 있을 수 없다고 생각해요. 시대마다 기준이 다를 수밖에 없기 때문이지요. 이 시대에는 선이지만 다음 시대에는 이것이 악이 될 수 있고 그 반대도 가능합니다. 상대적이고 상황에 따른 윤리가 있을 뿐, 절대적 잣대의 기준은 있을 수 없다는 것이에요. 나는 영원한 옳음도, 거짓도 없다고 생각해요.

강학순 이론적으로는 선생님의 상대주의적 입장이 가능할 수 있겠지만, 구체적 역사적 세계에서 일어나는 야만적 폭력과 반인륜적 범죄에 대한 시시비비와 선악의 판단기준은 여전히 유효하다고 여겨집니다. 이 지점에 대해서는 앞으로 더 여쭙도록 하고, 다음 질문으로 넘어가겠습니다.
그런데 젊었을 때부터 세상을 바꾸어 놓을 철학을 만들어보겠다는 그런 꿈이 있지 않았습니까? 선생님은 젊은 시절부터 지닌 그 이상을 향한 열정을 지금까지 한 번도 변하지 않고 유지하고 계십니다. 그 이유가 궁금합니다.

밀도 있는 열정 Intensity을 가져라!

박이문 내가 맞닥뜨려온 젊은 시절은 혼돈 그 자체였어요. 나의 이상을 향한 열정을 위한 출발점은 세상의 혼란과 부조리, 병듦, 애매함 등이었어요. 나는 이것들을 투명하고 명료하고 명석하게 밝혀 보고 싶었어요. 그때의 열정이 지금까지도 유지되어 오고 있지요.
열정이라는 뜻을 가진 영어 단어로 Passion과 Intensity가 있습니다. 나는 Intensity를 주로 사용하는데, '밀도 있는 열정'이라는 의미입니다. Passion은 밖에서 우리를 엄습하고 덮쳐오는 그런 뜻으로, 외부의 어떤 것에 사로잡히는 것을 말합니다. 이에 비해 Intensity는 스스로가 능동적으로 분출하는 열정을 의미합니다.
저의 열정은 적당히 사는 데 그치는 것이 아니라 온 정성을 다해 몰입하고 자신의 에너지를 쏟는 것입니다. 삶에 대한 집념이랄까?

강학순 선생님의 그런 집념은 글쓰기에서 가장 탁월하게 나타나고 있습니다. 100여 권의 저서를 마무리하신 가히 영웅적인 창작혼은 모든 사람을 압도하고도 남음이 있습니다. 그러면 선생님의 삶에서 '글쓰기'란 무엇이고 어떤 의미입니까?

박이문 그것은 내 생각을 정리하는 수단이지요. 말하자면 생각들을 정리해서 내 것으로 삼는 행위이지요. 강 교수도 잘 알다시피, 흩어진 생각들을 광주리에 담아 정리하는 것, 사실 이것이 그리스의 로고스Logos의 개념이에요. 생각들을 모아 질서를 잡고 의미를 부여하고 낯선 세계를 개념으로 포착하여 나의 세계로 만드는 과정인 것이지요.
글쓰기가 바로 철학하는 것이고, 이 방법이 그 세계를 개념적으로 다시 창조하는 창조적 작업입니다. 한마디로 존재의 증명이고 실존의 표현인 것이지요. 또 나는 다른 취미가 없어요. 지금도 글을 쓸 때가 가장 편하고 행복해요.

강학순 이제 오늘날 일상생활에서 일어나는 문제에 대해 선생님의 고견을 여쭤보도록 하겠습니다. 예전과 달리 최근 젊은이들에게 결혼은 필수가 아닌 선택입니다. 결혼에 대해 어떻게 생각하십니까? 그리고 미국 대통령 오바마나 UN 사무총장 반기문은 동성 간의 결혼을 합법적으로 인정했습니다. 어떻게 생각하십니까?

박이문 결혼은 생물학적인 관점에서는 필수일 수 있습니다. 그러나 인간은 생물학적으로만 존재하는 것이 아니기 때문에 사회학적인 관점에서는 결혼이 필수가 아닐 수 있습니다. 동성 간의 결혼도 역시 사회학적으로는 가능하다고 봅니다. 물론 생물학적 관점에서 문제는 있다고 여겨져요.

강학순 가슴 뛰는 열정 없이 뚜렷한 이상도 가질 수 없이 그저 소시민으로서 살아가도록 강요받는 세상에서, 단지 생존만을 위해 살아가는 동시대인들에게 어떤 조언을 해주실 수 있으신지요?

박이문 원래 인간이란 존재가 그렇지 않나요? 사람들에게 변화와 각성을 강요할 수는 없는 일이지요. 기독교인들이라도 무조건 사람들에게 교회에 가서 기도하며 회개하라고 강요할 수 없듯이 말입니다.

강학순 그러면 스스로 자신 안에서 해답을 찾으라는 이야기가 되겠군요. 그러면 철학 및 철학자의 참된 사명은 무엇입니까?

박이문 삶을 살아가는 데 필요한 잣대를 제시하는 것입니다. 물론 잣대는 언제든 변할 수 있습니다.

그러나 그때그때마다의 올바름의 척도는 필요한 법입니다. 그 척도를 마련하는 것이 바로 철학이라고 생각해요. 사람들에게 이래라 저래라 강요할 수는 없지만 그 척도는 필요한 것이지요.

강학순 선생님의 전기 철학에서는 실존적 측면에서 '주체'를 강조하십니다. 자신의 주체적 결단, 선택이라는 사르트르 및 키에르케고르식의 주체관을 많이 거론하셨습니다.
그런데 후기 철학에서는 노장사상에 영향을 받으면서 주체보다는 관계, 그물망을 강조합니다. 우리 모두는 연대적 고리로 연결되어 있다고 말하며 이러한 측면에서 관계를 강조하십니다. 그렇다면 이 '주체'와 '관계'는 어떻게 조화시켜야 할까요?

박이문 어떠한 경우에라도 절대적인 규범은 없어요. 주체와 관계의 관계는 각 시대마다 상황마다 가장 최선의 선택을 통해 조화를 이루어야 하는 것이지요. 의미, 규범, 이성 등이 어느 사회마다 있어왔지만 이것은 의미다 아니다, 이것은 규범이다 아니다, 이것은 이성이다 아니다를 구분 짓는 절대적으로 구분선이 분명하지 않아요. 참 어려운 문제이지요.

강학순 선생님의 사유에는 분명 창조적 혼돈Chaos과 순환론적 동학Dynamic이 엿보입니다. 그것에는 투명성과 애매성, 주체와 관계, 철학과 예술, 자연과 문화의 길항작용과 변증법이 깃들어 있습니다. 사유의 길이 연결되다가도, 어느 곳에 이르면 갑자기 길이 끊어져 있음도 동시에 발견하게 됩니다.

그러면 선생님이 마지막으로 도달하고자 하는 시詩란 무엇입니까?

박이문 이성에는 분명 한계가 있지요. 나는 이성으로 포착할 수 없는 것, 그러니까 이성의 그물망에 들어오지 않는 것들을 시로 표현하고자 했어요. 이성은 보편적인 것들만 포착하기 때문에 구체적인 것들은 다 빠져나가지요. 이 구체적인 것들을 이성으로는 잡을 수 없기에 시가 필요한 것입니다. 그래서 나는 보편적인 것과 개체적인 것들을 모두 잡아 이 세계를 설명하고 싶었어요. 의식과 무의식은 모두 연결돼 있어요.

그런데 이것을 구별하는 순간 인위적인 경계가 생겨요. 이 경계는 실로 애매하죠. 로르샤흐의 잉크나 에셔의 판화 작품이 그렇듯 차원과 경계의 구분은 어느 순간 의미를 잃게 돼요. 실상은 개념 전에 이미 한 덩어리로 모두 연결돼 있는 거예요.

나는 처음에 카오스적인 세계를 못 견뎌서 질서가 잡힌 세계를 보기 위해 노력했는데 거기에서 어떠한 만족도 느낄 수 없어 카오스의 세계로 회귀했어요. 투명성을 위해 서양철학에 기대었다가, 전일적인 Holistic 세계관을 품고 있는 동양사상에 호감을 가지게 된 것이지요.

강학순 그런데 선생님은 노장사상, 불교, 힌두교에는 호의적이신 것 같습니다. 유가사상의 전통이 뿌리 깊은 집안에서 성장하셨는데, 이러한 전통에 대해 어떻게 생각하십니까?

박이문 그것은 지금 시대에는 설득력이 별로 없다고 생각해요. 그 사상은 당대의 사회를 유지하기 위한 사상적 도구였을 뿐이에요. 물론 지금도 아버지는 아버지답고 자식은 자식다워야 한다는 전통이 이어지고 있지만 가부장적인 수직적 관계가 아니라 평등한 수평적 관계가 중시되지 않습니까? 이것은 앞으로 사고의 틀이 변화하면 또 다른 모습을 띨 것입니다.

강학순 동시대의 지성인들은 대부분 현대의 부도덕한 반인륜적 세상이 변혁되어야 한다고 생각합니다. 많은 사람들이 지적하듯이, 자본주의 세계에서는 시장의 가치가 도덕적 가치를 잠식하고 있는 현실입니다. 말하자면 오늘날의 자본주의는 카지노식 자본주의와 승자독식의 원리를 바탕으로 계속해서 위세를 떨치고 있습니다. '인간의 얼굴을 한 자본주의'는 과연 가능한 일일까요? 시장 자본주의 미래나 비전을 말씀해주십시오.

박이문 한때 유럽의 사회주의적 복지국가가 대안이 될 수 있었지만, 현재는 그런 나라들이 다시 경쟁적인 자본주의 정책에 집중하는 모습을 보이고 있습니다. '따뜻한 자본주의'도 어느 정도 가능하겠지만 우리가 바라는 이상적인 모델이 될 것인가에 대해서는 회의적입니다.

나는 현재 '인류는 종말을 향해 다가가고 있다'는 불편한 진실을 말하지 않을 수 없어요.

강학순 인류가 종말을 맞이하는 가장 큰 원인은 무엇이며, 해결책은 무엇입니까?

박이문 인간의 얼굴을 잃어버린 천박한 자본주의를 추동하는 것은 본질적으로 인간의 탐욕입니다. 이 탐욕으로 인해 인류는 종말을 맞이할 것입니다. 이 탐욕은 공동체의 이익에 반하는 것이지요.
결국 이를 해결할 수 있는 길은 개인의 탐욕과 공동체의 이익 사이의 양립가능성을 모색해 나가는 것뿐이겠지요.

강학순 최근 이스라엘이 팔레스타인에 가한 군사적 폭력으로 인한 민간인 학살에 세계 여론이 들끓고 있습니다. 왜 21세기에도 여전히 이런 만행이 반복되는 것일까요?

내 대부분의 스승들은 유대인 출신

박이문 이스라엘 사람들이 큰 잘못을 저지르고 있다고 생각해요. 알다시피, 이스라엘은 제2차 세계대전이 끝난 뒤 전 세계 유대인들이 자기들이 가진 권력과 경제력을 이용해 세운 국가입니다. 평화롭게 살아가던 팔레스타인 사람들을 몰아내고 강압적인 힘을 행사한 결과입니다. 나는 옛날부터 팔레스타인에 대해 동정적이었습니다.

하지만 이를 개인적으로 함부로 말할 수는 없었어요. 내가 가르침을 받은 선생님들 대부분이 유대인이었어요. 소수의 유대인들이 현재 미국은 물론 세계를 지배하고 움직이고 있고 있는 실세라는 사실은 누구나 알고 있을 거예요.

내가 미국에 간 70년대에 간 보스턴의 대학들의 대부분 교수들이 유대인이었어요. 이분들은 개인적으로 내게 무척 많은 가르침을 주신 분들이었어요. 그럼에도 불구하고 이스라엘의 선민사상으로 무장한 폭력행위는 정당화될 수 없다고 생각해요.

이스라엘과 팔레스타인 하마스 사이에 상존하는 테러와 전쟁의 악순환의 고리가 단절되지 않는 것은 그들 속에 내재하는 유대교 근본주의와 이슬람 근본주의라고 봐요. 이 종교적 근본주의를 해결하지 않고는 그런 만행은 반복될 수밖에 없어요. 강 교수가 평소 계속 관심을 가지고 연구하고 있는 근본주의 문제에 대한 철학적 접근이 의미 있는 작업이 되리라 믿어요.

강학순 '더욱 분발하라'는 격려의 말씀으로 받겠습니다. 마지막으로 미다스북스 출판사가 기획하는 전집출간 기획에 대한 선생님의 기대와 바람은 무엇인지요?

박이문 미다스북스 출판사가 그러한 기획을 제안한 것을 매우 고맙게 생각하고 있어요. 출판계의 상황이 어려움에도 불구하고 한국 인문학의 진흥을 위하여 모험을 감수하

고자 하는 모습에 경의를 표할 수밖에 없지요. 내가 살아 있을 동안 전집이 출판될 수 있다면 나에게는 더 없는 기쁨이 되리라 믿어요. 그리고 그것을 위한 준비로서 이번 강 교수의 저서, 『박이문 – 둥지를 향한 철학과 예술의 여정』도 의미 있는 작업이라 여겨져 감사한 마음을 가지고 있어요. 무엇보다 강 교수가 나와 오랫동안 친밀한 인간적, 학문적 교류가 있었고, 내 저작물 대부분을 섭렵하여 독해했다는 점에서 그래요.

강학순 삼복 더위에도 불구하고 이렇게 대담에 응해주셔서 감사드립니다. 더 드리고 싶은 질문들은 다음 기회를 위해 남겨두겠습니다. 모쪼록 선생님의 건필과 강녕하심을 빌겠습니다.

※ 본 인터뷰는 2014년 7월에 일산에서 진행된 박이문 선생님과의 대담으로 『박이문 – 둥지를 향한 철학과 예술의 여정』에 실린 것을 새롭게 넣은 것이다.

박이문 인문 에세이 특별판 01

박이문 지적 자서전 — 행복한 허무주의자의 열정

초판 1쇄 2017년 05월 01일

지은이 박이문
펴낸이 류종렬
총 괄 명상완
마케팅 권순민
편 집 이다경
디자인 한소리

펴낸곳 미다스북스
등록 2001년 3월 21일 제2001-000040호
주소 서울시 마포구 양화로 133 서교타워 711호
전화 02)322-7802~3
팩스 02)6007-1845
블로그 blog.naver.com/midasbooks
페이스북 www.facebook.com/midasbooks425
이메일 midasbooks@hanmail.net

ⓒ 박이문, 미다스북스 2017, *Printed in Korea*

ISBN 978-89-6637-522-6 (03810)

값 8,800원

※ 파본은 본사나 구입하신 서점에서 교환해드립니다.

※ 이 책에 실린 모든 콘텐츠는 미다스북스가 저작권자와의 계약에 따라 발행한 것이므로
인용하시거나 참고하실 경우 반드시 본사의 허락을 받으셔야 합니다.

미다스북스는 다음 세대에게 필요한 지혜와 교양을 생각합니다.